Das Hornissennest

Chuck Hogan

Das Hornissennest

Roman

Deutsch von Jürgen Bürger

Kiepenheuer & Witsch

1. Auflage 1996

Titel der Originalausgabe
The Standoff

Deutsch von Jürgen Bürger

Umschlag Rudolf Linn, Köln
Umschlagfoto: IBID/Judah Harris
Satz Jung Satzcentrum, Lahnau
Druck und Bindearbeiten Graphischer Großbetrieb Pößneck, Pößneck
ISBN 3-462-02450-7

Für
Charlotte Bright

Danksagungen

Danken möchte ich Charlotte, meiner Mutter und meinem Vater, Mary und Julie, Charlottes Familie, unserer weitläufigen Verwandtschaft und unseren Freunden – niemand, der jemals versucht hat, einen Roman zu schreiben, kann es besser getroffen haben; mein Dank gilt ebenfalls der Truppe des Chef Chow's: Jon Blake, Sara Foster, Monica Gambino, Mary Ellen Scholss und besonders Peter Kneisel, weiterhin Deborah Futter und David Gernert bei Doubleday, sowie Irene Webb in Hollywood und ganz besonders auch Amanda Urban.

Prolog
Donnerstag, 13. Juni 1991

Das Refugium

In US-amerikanischen Geheimdienst- und Polizeikreisen ist es ein offenes Geheimnis, daß vom Federal Bureau of Investigation auf einem ausgedehnten Gelände in Chapel Hill, North Carolina, in einer psychiatrischen Einrichtung ein eigener Trakt unterhalten wird.

Das Refugium, wie man ihn nennt, übersteht jedes Jahr aufs neue ausgesprochen zähe Haushaltsplanverhandlungen aufgrund einer Bestimmung im Gesundheitsfürsorgeprogramm für Bundesbedienstete, denen bei Alkoholmißbrauch und Geisteskrankheit eine sechsmonatige freiwillige Therapie garantiert wird. Beamten mit einer entsprechenden Diagnose werden drei Alternativen angeboten: Ausscheiden aus dem Dienst, vorzeitige Pensionierung oder »Sonderurlaub«.

Special Agent John T. Banish hatte sich für den Sonderurlaub entschieden. Jetzt wurde er entlassen, auf den Tag genau sechs Monate nach der Aufnahme in das Refugium. Er war wieder gesund; das hatte man ihm zumindest gesagt. Er hatte den Eindruck, Alkoholismus sei die einzige Krankheit, die weggeredet werden konnte.

Er saß auf einem von vier metallenen Klappstühlen, die halbkreisförmig vor der Chefärztin der Psychiatrie Dr. Juliet Reed aufgestellt waren. Die drei anderen Patienten, ausnahmslos jünger als Banish, trugen die blaue Anstaltsuniform, Banish jedoch Anzug und Krawatte. Sein Koffer stand neben dem Stuhl. Wie gewöhnlich trug Dr. Reed flache Halbschuhe und einen langen Leinenrock. Sie war durch und durch Ärztin, hatte aber ein aufmunterndes Lächeln auf den Lippen. Banish mochte Dr. Reed. Er wollte sie einfach nur nie wiedersehen.

Ansonsten war der Freizeitraum zum Zeitpunkt ihrer allmorgendlichen Sitzung leer; hinter ihnen flimmerte ein Fernseher, dessen Bildschirm durch einen Drahtkäfig geschützt war. Der geflieste Boden roch nach Desinfektionsmittel, und ein Exemplar einer in dieser Gegend häufigen Wespenart flog immer wieder summend gegen die hohen, dick verglasten Fensterscheiben und versuchte zu entkommen.

Dr. Reed machte sich eine einleitende Notiz auf ihrem Block. »Wir alle wissen, daß heute Johns letzter Tag bei uns ist«, begann sie fröhlich.

Keine Reaktion von den anderen. Selbst solch eine Banalität war bei diesen ausdruckslosen Männern nicht überflüssig. Banish hörte das Ticken von Dr. Reeds Armbanduhr.

»John kehrt ohne Ausfallzeit zum FBI zurück und wird in seiner früheren Gehaltsstufe wieder eingestellt. Das dürfte Ihnen anderen eine gewisse Ermutigung sein, da ich mir sehr wohl bewußt bin, daß Sie sich darüber bereits Gedanken gemacht haben –«

»Er ist ein Paria«, sagte Nettles trocken. »Das sind wir alle.«

Dr. Reed kritzelte eine weitere Notiz.

Nettles war Spurensicherungsexperte in der Abteilung für Verhaltensforschung gewesen. Er verdiente sich seine Brötchen mit der Jagd auf Serienmörder. Im Verlauf eines besonders grausigen Falls in Miami war irgend etwas mit ihm passiert, doch dank seines hohen Dienstgrades konnte er sich nach Abschluß der Ermittlungen vor der obligatorischen psychologischen Beurteilung drücken, durch die Traumaanomalien festgestellt werden sollten; zwei andere Agenten, mit denen er zusammengearbeitet hatte, bestanden die Routineuntersuchung anstandslos. Angefangen hatte es, wie es immer anfing – mit Trinken. Dann verschwanden in seiner Nachbarschaft unter mysteriösen Umständen Hunde. Dann fand ein Hausmeister die Kadaver zweier verstümmelter Dobermannpinscher in einem Müllcontainer in der Tiefgarage unter dem J. Edgar Hoover Building. Man sprach sogar davon, daß die Tiere sexuell mißbraucht worden seien.

»Wir haben schon oft darüber diskutiert«, sagte Dr. Reed. »Es gibt keinerlei Grund zu der Annahme, daß John oder irgendeinem von Ihnen die Rückkehr in den aktiven Dienst verwehrt wird –«

»Die werden ihn in die Verbannung schicken«, bemerkte Rice.

Dr. Reed sprach nicht weiter. Sie stützte die Arme auf den Block auf ihrem Schoß. »›Verbannung‹ ist ein drastisches Wort, Daniel«, sagte sie.

Rice nahm die verschränkten Arme auseinander. »Im Bureau weiß doch jeder ganz genau, wo wir sind und warum wir hier sind. Wer würde diesen Händen jetzt noch sein Leben anvertrauen?« Asche rieselte von der zwischen seinen Fingern zitternden Zigarettenkippe. Die Medikamente ließen ihn erschöpft klingen. »Kein Mensch muß irgendwas sagen. Versetzung zu einer unbedeutenden Außenstelle oder einem Kontaktbüro irgendwo im Mittleren Westen – in North Dakota oder Oregon, irgendwo am Arsch der Welt. An einen Ort, wo sie das Rasseln der Ketten nicht hören.«

Rice hatte an einem Banküberfall in Minneapolis gearbeitet. In den Überfall war eine junge Kassiererin verwickelt gewesen, die unter dem Verdacht stand, ihrem vorbestraften Freund Alarmcodes und Tresorkombinationen verschafft zu haben. Rice hatte zwei grundlegende Verfahrensfehler begangen. Der erste war, daß er sich in die Kassiererin verliebt hatte. Der zweite, daß er sie vor Strafverfolgung schützen wollte, indem er im Alleingang versuchte, den Freund festzunehmen. Der Freund erwischte die Kassiererin vorher, vergewaltigte und tötete sie. Rice drehte daraufhin völlig durch.

»Wir befürworten Ortsveränderung«, sagte Dr. Reed. »Wir befürworten eine gewisse Lockerung der Dienstpflichten. Niemand erwartet von John, daß er aus dem Stand sofort wieder in seine Rolle als Unterhändler bei Geiselnahmen schlüpft.«

»Affenscheiße«, sagte Nettles und drehte sich auf seinem Stuhl um. »Alles nur Affenscheiße. Ich mache hier bis zum Gehtnichtmehr mit. Jeder weiß inzwischen genau, was ich in diesem Haus in Miami gesehen habe – schön. Banish dagegen sagt keinen Furz. Wir wissen auch jetzt noch nicht mehr darüber, was im World Financial Center wirklich passiert ist, als das, was in den Zeitungen stand.«

»Niemand hier behauptet, geheilt zu sein. Niemand hier behauptet, sich wieder vollständig erholt zu haben«, sagte Dr. Reed. »Ihre Krankenversicherung ermöglicht Ihnen eine sechsmonatige, stationäre psychiatrische Rehabilitation, und genau das hat John auch bekommen. Er wird allerdings selbständig die Schreibtherapie fortsetzen und auch weiterhin an allabendlichen Treffen der Anonymen Alkoholiker teilnehmen.«

Inzwischen fiel die Sonne in den Raum. Die Klimaanlage sprang an, und das Rumpeln übertönte das Ticken von Dr. Reeds Uhr und das Geräusch der gegen die Fensterscheibe fliegenden Wespe. Banish hatte bislang geduldig wie je-

mand dagesessen, der auf einen Zug wartet, und schaute nun von seinem Koffer auf.
»Was ist mit meiner Frau und meiner Tochter?« fragte er.
Dr. Reed drehte sich mehr zu ihm herum. »Wir haben ausführlich über Ihre Zwangsvorstellung wegen Ihrer Familie gesprochen, John.«
»Alle meine Briefe sind zurückgekommen«, sagte er. »Sie haben doch gesagt, Sie würden sich noch vor meiner Entlassung mit ihnen in Verbindung setzen.«
Dr. Reed nickte kaum merklich und beobachtete ihn. Es war berufliche Neugier. »Ihnen ist doch bewußt, daß die gerichtliche Anordnung, nicht mit Ihrer Familie in Verbindung zu treten, immer noch in Kraft ist.«
»Ich möchte nur wissen, wo sie sind«, sagte er. »Ich will wissen, ob es ihnen gut geht.«
Sie musterte ihn. Dr. Reeds Job war es, einfühlsam zu sein und Verständnis für seine Erfahrungen zu empfinden, ohne sie selbst gemacht zu haben. Er beobachtete, wie sie das versuchte. Sie war vielleicht fünfunddreißig. Er zweiundfünfzig. Sie war approbierte Psychiaterin. Er ein altgedienter Beamter des Federal Bureau of Investigation mit sechsundzwanzig Dienstjahren.
Er war ziemlich sicher, daß sie noch nie um das Leben eines anderen Menschen hatte verhandeln müssen. Er glaubte auch nicht, daß sie schon einmal für die Sicherheit von hundert oder mehr Polizeibeamten verantwortlich gewesen war. In einem Punkt jedoch hatte er absolut keinen Zweifel: Sie war in jener Nacht im World Financial Center nicht dabei gewesen.
»Tut mir leid, John«, sagte sie. »Sie sind weg. Sie sind von New York fortgezogen. Ich habe heute morgen mit Ihrer Schwiegermutter gesprochen, und sie hat unmißverständlich gesagt: Sollten Sie auf irgendeine Weise versuchen,

Verbindung zu ihnen aufzunehmen, werden sie Sie festnehmen lassen.«
Banish starrte in den Raum, konnte im ersten Augenblick überhaupt nicht klar sehen. Er wollte den Kopf schütteln, ließ es dann aber. Nach einer Weile fanden seine Augen den Fliesenboden.
»Und wie zum Teufel soll ich dann hier wegkommen?« fragte er.
Er spürte, wie um ihn herum Mauern in die Höhe schossen. Er spürte, wie er von der Last seines Lebens niedergedrückt wurde. Die Wespe summte an ihm vorbei. Er schaute auf und verfolgte ihren Flug durch den Raum, dann wurde die Tür geöffnet, und sie war frei.
Die Schwester von der Rezeption kam herein. »Entschuldigen Sie bitte, Dr. Reed«, sagte sie. »Hier ist eine Frau, die Agent Banish sprechen möchte.«
Banish schaute zu Dr. Reed und stand auf. Verdutzt und etwas langsamer erhob sich Dr. Reed ebenfalls und beugte sich vor, um den Notizblock auf den Stuhl zu legen. Hoffnungsvoll stand Banish da, wagte nicht zu atmen.
Die Schwester hielt die Tür auf, und eine junge Frau trat ein. Sie war klein und schlank, eine Weiße von Mitte zwanzig mit braunem Haar und blauen Augen. Ihr Gesicht wirkte abgespannt und müde, als hätte sie lange hinter dem Steuer eines Autos gesessen oder viel nachgedacht. Abgesehen von einer kleinen, teuren braunen Lederhandtasche, die von ihrer Schulter hing, war sie einfach und schlicht gekleidet.
Banishs Hoffnung sank. Sie war weder seine Frau noch seine Tochter. Die junge Frau kam mit einem unverbindlichen, erleichterten Lächeln auf ihn zu und blieb knapp einen halben Meter vor ihm stehen.
»Agent Banish?« fragte sie. »Ich bin Lucy Ames.«

Banish schüttelte den Kopf. Er wußte immer noch nicht, wer sie war.

»Aus dem World Financial Center«, sagte sie. »Ich war eine Geisel.« Die Frau griff in ihre Handtasche. »Ich wollte mich nur bei Ihnen bedanken, daß Sie mir das Leben gerettet haben.«

Sie zog eine Waffe und schoß. Ein Mündungsblitz, ein Brennen tief in Banishs Bauch, der Schmerz explodierte in seinem ganzen Körper, dann lag er auf dem Boden.

Wildes Durcheinander, heilloser Lärm, Stühle wurden umgestoßen. Dr. Reed kniete neben ihm, beugte sich über ihn, schrie nach der Krankenschwester. Blut an ihren Händen.

Banish sah an ihr vorbei auf die Deckenplatten aus Kork. Seine Lippen bewegten sich. Er versuchte zu sprechen. Er versuchte, etwas zu sagen. Er konnte einfach nicht glauben, daß er so sterben sollte.

Montag, 2. August 1993

Huddleston, Montana

Es war ein kleines Verwaltungsgebäude mit Flachdach, Betonwänden, Sträuchern links und rechts vom Eingang sowie einem Flecken Kies davor als Parkplatz. Hinter den in der Ferne ansteigenden Gebirgsausläufern ragten gewaltige grünblaue Berge himmelwärts, stürmisch in ihrer Ruhe. Nebel verhüllte und waberte über die schneebedeckten Gipfel. Über den weiten, kaltblauen Himmel trieben Wolken.

Es war Montagmorgen. Das einzige geländegängige Fahrzeug des Border County Sheriff Department, ein 1991er Ford Bronco, bog von der zweispurigen Interstate auf den kreisförmigen Parkplatz ein. Steine ploppten unter dem derben Profil weg. Sheriff Leonard M. Blood stieg aus. Er hatte den lockeren Gang eines Ranchers. Cowboystiefel aus Schlangenleder knirschten über den Kies zum betonierten Fußweg. Dort waren zwei Holzschilder an Pfosten genagelt. Auf dem einen stand CHIEF OF POLICE. Die makellose vordere Stoßstange des Wagens des Polizeichefs befand sich keine fünfzehn Zentimeter davon entfernt. Auf dem anderen Schild stand COUNTY SHERIFF. Dort parkte ein Streifenwagen mit verbeulter Stoßstange und abrasiertem Kühlergrill.

Sheriff Blood begutachtete die Lage. Wie immer war er bestrebt, alles in einem größeren Zusammenhang zu sehen. Ein Streifenwagen der Polizei parkte auf dem für ihn reservierten Stellplatz. Für andere ist das vielleicht eine Belanglosigkeit, dachte er. Aber man muß nur genügend dieser Affronts in aufsteigender Reihenfolge nebeneinander stellen und schon sieht man den Unterschied zwischen einem Schubs und einem Stoß.

Er drehte sich um und marschierte mit großen Schritten zum Eingang, das Fehlen von Sporen an seinen Stiefeln war geradezu augenfällig. Er trug einen Cowboyhut – Kopf gefettet, Krempe steif –, entsprach aber ansonsten nicht den Klischees des hinterwäldlerischen Sheriffs; er kaute weder Tabak noch spuckte er aus oder war übergewichtig. Allerdings war er durchtrainiert und kräftig, hatte breite, vierzig Jahre alte Schultern, auf die dichtes, rabenschwarzes Haar glatt und gepflegt herabhing.

Er war ein Blackfoot-Indianer vom Stamm der Blood, sein Nachname wahrscheinlich die Folge einer schlampig ausgefüllten Geburtsurkunde vor mehreren Generationen. Die Blackfoot-Indianer hatten das Land kultiviert, das heute Montana ist, und den Stamm der Shoshoni im benachbarten Idaho bekriegt. Sie waren ausgezeichnete Reiter, die sich ihres Geschickes rühmten, Feinde sauber zu skalpieren. Jetzt trug Leonard Blood den Stern eines United States Sheriff und war zuständig für das nordwestlichste County des Bundesstaates Montana. Ab und zu wurde ihm die ganze Tragweite dieser Tatsache bewußt, manchmal unter der Dusche oder draußen beim Rasenmähen oder wenn er bequem auf dem Sofa lag und »Jeopardy!« sah.

Sein unverwechselbarer Gang und das Klappklapp seiner Stiefel auf dem schmalen Korridor des Gebäudes, dessen Räume er sich mit der städtischen Polizei teilte, ließen seine Sekretärin Marylene aufschauen und ihn über ihren Schreibtisch hinweg anlächeln, als er eintrat. Marylene war älter als er und trug an ihren fleischigen Ohrläppchen große, klimpernde Silberkreolen, wie sie oft von Kellnerinnen getragen werden. Sie legte Wert darauf, ihn zu bemuttern.

»Morgen, Marylene«, begrüßte er sie.

»Morgen, Sheriff. Kaffee ist schon fertig.«

Vor zwei Jahren, nach seiner Vereidigung zum Sheriff des Border County, hatte seine erste Amtshandlung darin bestanden, Marylene dem Mug N' Dunk abspenstig zu machen, einem Imbiß unten in der Innenstadt von Huddleston. Unmittelbar nach Bloods überraschendem Wahlkampf, den er aus seinem Anglergeschäft heraus durch Mobilisierung der indianischen Bevölkerung improvisierte, war dies ein kühner Zug. Tagelang befand sich die ganze Stadt über die Gerissenheit des neuen Sheriffs in heller Aufregung. Marylene besaß diesen schwer faßbaren sechsten Sinn, das Geheimnis guten Kaffees. In einer Zeit der Maschinen und Filter und Kaffeemühlen vollbrachte sie wahre Wunder. Sheriff Blood öffnete die Tür seines Büros, und da stand der Becher auf seinem Schreibtisch, stolz dampfend. Er nahm den Hut ab und lehnte sich in seinem Holzstuhl zurück. Der Dampf tanzte im Sonnenlicht, schraubte sich in einer feinen Spirale hoch und löste sich auf. Blood trank ihn heiß und schwarz. Marylenes Mischung war ohne Zucker oder Sahne bereits süß. In Vorfreude umfaßte er den warmen Griff des Bechers und widmete sich dem Durcheinander auf seinem Schreibtisch.

In der Mitte der mit Kaffeerändern übersäten Schreibtischunterlage lag eine Verfügung des Bezirksgerichts. Die fett gedruckte oberste Zeile des Dokuments lautete RÄUMUNGSTITEL. Bloods Augen wanderten die Seite zu der Stelle hinab, wo sie von Judge Jonas D. Leary am voraufgegangenen Freitag unterzeichnet, gestempelt und datiert worden war.

Blood zog den Finger aus dem Henkel des Bechers. Er

stand auf. Er schaute sich um, musterte den Schreibtisch und die Stühle in seinem Büro, die an ihn gerichteten und an die Wände gehefteten Notizen, die Kartons in einer Ecke. Alles schien an seinem Platz zu sein. Er ging zu den Aktenschränken, zog prüfend an jeder abgeschlossenen Schublade und kontrollierte den mandelfarbenen Lack an jedem Schloß auf Kratzspuren. Dann nahm er das richterliche Dokument und seinen Hut. Den Kaffee ließ er stehen. Seine Stiefel klapperten den kurzen Verbindungsgang zu den Glastüren der Huddleston Police Station hinunter. Wortlos ging er an dem Beamten in der Wache vorbei und marschierte weiter zu der geschlossenen Tür des Polizeichefs im hinteren Teil.

Chief of Police Gale C. Moody hatte sich zum Fenster gedreht. In seinen breiten, gepolsterten Sessel zurückgelehnt, blickte er auf die Berge und die Sonne hinaus, die gerade über ihnen aufging, und trank seinerseits eine Tasse Kaffee. Er drehte sich langsam um, sah Blood mit zur Seite gelegtem Kopf an. Nur eine Spur von Verärgerung trübte sein Desinteresse. Moody entsprach den meisten Klischees seines Berufes. Auf einer schmierigen Serviette auf seinem Schreibtisch lag ein Honigbrötchen, das aussah, als hätte es ein Bär zur Hälfte verschlungen. Sein Pistolengürtel, dessen Löcher zu einem morsecodeähnlichen Muster gedehnt waren, hing neben seinem Hut an dem Garderobenhaken hinter der Tür.

»Die meisten Leute klopfen an«, sagte er.

Blood ging weiter auf ihn zu und legte ihm die richterliche Verfügung hin. »Was hat das hier auf meinem Schreibtisch zu suchen?«

Ohne seinen Becher abzustellen oder sich zu bewegen, las Moody. »Sieht für mich aus wie ein Räumungsbefehl«, sagte er. »Als Sheriff des Border County gehört es zu Ihren Pflichten, solche –«

»Ich kenne meine Pflichten«, sagte Blood. »Ich habe gefragt, was das auf meinem Schreibtisch zu suchen hat.«
Moody taxierte ihn. »Ach ja«, sagte er und nickte träge. »Das ist am Freitag noch spät reingekommen. Ich hab's von einem der Jungs den Gang runterbringen lassen, damit es übers Wochenende nicht verloren geht. Eine der Annehmlichkeiten der Polizeiarbeit in der Bezirkshauptstadt ist es, daß unser gemeinsames Dienstgebäude –«
Blood unterbrach ihn. »Die Tür ist immer abgeschlossen.«
Moodys fleischige Unterlippe zuckte. »Davon bin ich überzeugt«, sagte er.
»Ich habe einen Schlüssel, und Marylene hat einen Schlüssel.«
Moody nickte. »Klingt vernünftig«, sagte er.
»Was wissen Sie über diesen Streifenwagen, der draußen auf meinem Platz steht?«
Moody sah ihn an. »Welcher Streifenwagen?«
Blood nickte und reckte die Schultern. »Was suchen Sie eigentlich bei mir?« fragte er. »Glauben Sie, daß ich irgendwas verheimliche? Und wenn, glauben Sie denn, ich bewahr's in meinem Büro auf?«
Moodys Augen funkelten ein wenig. Er richtete sich auf. »Wie lange sind Sie hier jetzt Sheriff? Zwei Jahre? Ich bin ungefähr sechzehn Jahre Chief von Huddleston. Falls Sie noch irgendwas für mich haben, spucken Sie's aus. Andernfalls machen Sie kehrt und gehen.«
Blood schüttelte den Kopf. »Geben Sie mir zwei Männer und einen Streifenwagen.«
Moody runzelte die Stirn und blinzelte. »Warum zum Teufel?«
»Weil ich ein Ein-Mann-Büro bin. Oder haben Sie und Ihre Samariter das da noch nicht mal gelesen?« sagte er und deutete auf den Räumungsbefehl.
Wieder runzelte Moody die Stirn, weil er den Kaffeebecher

jetzt abstellen und die Verfügung in die Hand nehmen mußte; er haßte es, gezwungen zu werden mitzuspielen. Er las den Namen. Dann verzog sich sein geschlossener Mund zu einem breiten Grinsen.

»Ich werd nicht mehr«, sagte er.

Blood versuchte, weiter an seiner Autorität zu sägen. »Dann haben Sie den Marshals Service also noch nicht verständigt.«

Moody grinste fett, genüßlich. »Glenn Allen Ables«, sagte er so begeistert, daß er die gerichtliche Anordnung beinahe verschluckte. »Steuerhinterziehung.«

»Keine Ahnung, was Judge Leary sich dabei gedacht hat«, sagte Blood. »Zwei Jahre ist es her, daß Ables nicht vor Gericht erschienen ist und deshalb seine Kaution verloren hat, und jetzt fällt denen urplötzlich auf, daß er seine Steuern nicht bezahlt.«

»Judge Leary ist senil«, sagte Moody, von neuem mürrisch. Dann lehnte er sich in seinem Sessel zurück, soweit es einem Mann seiner Leibesfülle möglich war. Theatralisch verschränkte er die fleischigen Hände hinter dem Kopf, und sein Gesicht glühte vor Schadenfreude. »Und jetzt verraten Sie mir mal, wie Sie einen flüchtigen Schwerverbrecher zur Räumung zwingen wollen?« fragte er.

Der frischgebackene Polizist Officer Brian Kearney saß am Steuer. Sergeant Carl Haley lümmelte sich mit verschränkten Armen auf dem Rücksitz, den Hut tief in die Stirn gezogen, das Kinn auf der Brust. Sheriff Blood saß vorn. Der Motor des Streifenwagens wurde kräftig auf Touren gebracht. Die Bäume entlang der Interstate fegten an der Seitenscheibe vorbei; die Berge wanderten.

Grünschnabel Kearney war jung und ehrgeizig. »Ab und zu sieht man Hubschrauber und Flugzeuge, die über die

Berge schwirren, Regierungsfahrzeuge, die durch die Stadt kommen. Manchmal schnappt man was über Funk auf, wenn die sich unterhalten.«

Blood klopfte mit dem gefalteten Räumungsbefehl gegen sein Bein. Auf der neuen, blauen Fußmatte lagen Erdnußschalen.

»Diese Bundesmarshals«, fuhr Kearney fort, »sind ganz große Nummern. Da gehört schon richtig Mumm zu, wenn der sich da draußen vor denen versteckt.«

»Zwei Jahre oben auf einem Berg«, sagte Sheriff Blood.

»Man erzählt sich, daß er manchmal in die Stadt runterkommt«, sagte Kearney. »Man sieht ihn auf Flohmärkten und so. Ich weiß nicht, ob ich das glauben soll. Allerdings hat er loyale Nachbarn. Wußten Sie, daß die ihm die Lebensmittel und seine Post raufbringen?«

Sie kamen an einem Straßenschild vorbei, auf dem stand: JÄGER! KONTROLLSTELLE FÜR ERLEGTES WILD. Auf einem anderen standen die Entfernungen zur Grenze in Meilen und Kilometern. Abseits der Straße sah Blood Paradise Ridge vor sich, klein und gedrungen war der Berg wegen des stumpfen Gipfels, der abgeflacht war wie ein Ameisenhügel, unverkennbar.

»All die ganze Observiererei und das Rumgerenne«, sagte Grünschnabel Kearney. »Wie können so viele Bundesmarshals so große Angst vor einem einzigen Mann haben?«

Blood starrte durch die Windschutzscheibe. »Es ist wegen seiner Familie, die bei ihm ist. Die Kinder. Wenn die Feds da reinstürmen, und irgendwas geht schief, stell dir vor, was dann am nächsten Tag in den Zeitungen steht. Die wollen lieber abwarten, bis er von allein rauskommt. Ich kann mir nicht vorstellen, daß die Feds kleine Kinder bei so was dabei haben wollen.«

Sie fuhren weiter, der Streifenwagen fraß Mittelstreifen. Kearney sah ihn fragend an. »Was machen wir dann hier?«

»Wie meinst du das?«
»Ich meine, warum sind wir hier und die Marshals nicht? Was sollen wir denn machen?«
»Wir stellen einen Räumungsbefehl zu. Unwichtig, wer hier Mist gebaut hat oder wie diese Sache auf Judge Learys Terminkalender gelandet ist. Bevor wir losfuhren, habe ich versucht, den Marshals Service in Arlington, Virginia, anzurufen. Eine freundliche Dame hat mich verdammt lange auf eine Warteschleife gesetzt.«
»Meinen Sie, der macht Ärger?«
Blood schüttelte den Kopf. »Wir klopfen einfach an, und die tun dann so, als sei keiner zu Hause, und dann nageln wir ihm die richterliche Anordnung an die Tür. Wir tun, was wir tun müssen, aber wir werden ihn auf gar keinen Fall provozieren.«
»Irgendwie bringen wir ihm auch nur seine Post«, meinte Kearney enttäuscht. Dann strahlte er wieder. »Ich frage mich, ob die Feds so was schon mal versucht haben. Einfach an seine Haustür geklopft und ihn freundlich gebeten haben, rauszukommen. Können Sie sich nicht vorstellen, daß wir diese Festnahme doch durchziehen? Ich hätte nichts gegen ein bißchen Action. Strafzettel und Bürokram hängen mir zum Hals raus. Ich schaffe jetzt schon vierzig Anschläge pro Minute.«
Sheriff Blood sah ihn an. Kearney starrte weit über die vor ihm liegende Straße hinaus; er sah eine Heldentat mit sich selbst in der Hauptrolle. Das Ziel junger Männer, unschlagbar zu sein. »Du bist grüner als Moos«, meinte Blood. »Weißt du das? Und auch fast genauso weich in der Birne.« Grünschnabel Kearney grinste und nickte, dümmlich, unverfroren. Blood ließ nicht locker. »Wie geht's übrigens Leslie?« fragte er. »Wie läuft's mit ihr?«
Kearneys Grinsen verschwand. »Sie ist jetzt im siebten Monat«, erwiderte er.

»Hört sich an, als hättest du Streß.«
»Mehr als das. Es ist ein Alptraum. Man sollte doch eigentlich meinen, sieben Monate sind jede Menge Zeit, um damit klarzukommen. Aber es ist einfach zuviel für mich. Ich frage mich immer öfter, ob das alles nicht ein einziger großer Fehler ist.«
Sheriff Blood hielt sich einen Moment mit seinem Urteil zurück.
»Ich versuche ein Grün zu finden, das noch dunkler ist als Moos«, grübelte er laut. »Auf jeden Fall konsequent. Beim Anblick einer Kanone grinsen, aber vor der eigenen Frau weglaufen. Durch und durch ein Grünschnabel.«
Kearney nickte wieder, als verstünde er. Sie bogen von der Interstate auf die mit Bäumen gesäumte, einspurige Zufahrtsstraße ab, die zum Paradise Ridge führte, und wurden vom Schaukeln der Federung des Streifenwagens auf den Sitzen durchgerüttelt.
»Sheriff«, sagte Kearney jetzt ein wenig respektvoller, da er etwas wissen wollte. »Mal ganz unter uns.« Er versuchte sogar, Blood anzusehen, seine Blicke stahlen sich immer wieder von der schmalen, grasbewachsenen Straße. »Was ist los zwischen Ihnen und dem Chief?«
Blood sah ihn an. Es schien eine echte Frage zu sein.
»Er haßt Indianer«, sagte Blood. »Vielleicht ist es so einfach. Manche Leute kotzen wir einfach an. Jedenfalls bin ich sicher, daß sich dein altgedienter Partner auf dem Rücksitz jede Menge Notizen macht.«
Kein Protest von Haley. An einem von Kugeln durchsiebten Sackgassenschild bogen sie von der Landstraße ab und rollten über eine ächzende Eisenbrücke, die passend zum Rost blutorangefarben gestrichen war. Darunter tröpfelte der Paradise Creek zwischen zwei ausgetrockneten, braunen Lehmufern dahin.
Große Eichen und Kiefern standen nun dichter und ver-

dunkelten die ansteigende, kurvenreiche Straße. Der Bach verlief parallel und schien mehr Wasser zu führen, je höher sie kamen, seine Lehmufer wurden breiter und waren von feuchten, vom Wasser geglätteten Felsbrocken durchzogen; irgendwo weiter unten mußte ein Abfluß sein. Die Reifenspuren waren gelblich und tief.

Schließlich verließ die Straße den Bach und schlängelte sich unter kräftigen, schräg einfallenden Sonnenstrahlen höher hinauf, dann über eine steile Anhöhe und plötzlich in das strahlende Licht einer weiten, baumbestandenen Schneise hinein. Es war ein Plateau, etwa nach einem Drittel des Weges den Berg hinauf, mehr als fünfzig Meter lang und annähernd oval. Der Boden war fast eben und übersät mit Flecken abgestorbenen, gelben Unkrauts.

Der Streifenwagen rollte in die Mitte der Lichtung und blieb stehen. Kearney schaltete den Motor aus, und dann war da nur noch die Stille von Berg und Himmel, kein Verkehrslärm mehr oder das Pfeifen von Zügen, nicht einmal in der Ferne ein Laut, überhaupt nichts.

Schließlich rührte sich Haley auf dem Rücksitz. »Wo ist die Straße?« knurrte er.

Blood war als erster aus dem Streifenwagen. Er stand da und entdeckte die Öffnung zwischen den Bäumen, die zu dem am Berghang verlaufenden Ziegenpfad führte, der aber jetzt überwuchert war und fast wie absichtlich unpassierbar.

Haley, ein kugelköpfiger Sergeant mit ergrauenden Haarbüscheln über zierlichen Ohren, stieg aus und sah ebenfalls den Pfad. »Sieht aus, als müßten wir zu Fuß weiter«, sagte er.

Blood versuchte, alles wahrzunehmen. Er holte tief Luft und spürte nichts Vertrautes. »Bin früher hier auf dem Berg jagen gewesen«, sagte er. »Eichhörnchen, Hirsche und Waschbären. Weicher Boden«, erinnerte er sich und stocherte mit der Fußspitze auf der rissigen Erde. »Jetzt nicht mehr.«

Haley öffnete den Kofferraum und löste die Schrotflinte, die dort aufbewahrt wurde, aus der Halterung.

»Jetzt aber mal langsam«, protestierte Blood.

Haley ignorierte ihn, lud die Remington durch und überprüfte sie. »Der hat sich da oben verbarrikadiert«, sagte er.

»Um so mehr Grund zur Vorsicht«, sagte Blood.

Haley sah ihn an. »Dann werden Sie ja wahrscheinlich auch«, sagte er, »einen Plan haben.«

Eine milde Provokation von Haley, aber Blood stand nicht der Sinn danach. Der fünfzigjährige Police Sergeant hatte sich auf dem Rücksitz schlafend gestellt, um ein vertrauliches Gespräch zu ermutigen. Er war ein Zuträger des Chief. Blood dachte nach, beobachtete, wie Kearney den Rest des Berges taxierte, ein Fußmarsch von gut einer Meile, zwischen hohen Bäumen einen steilen Hang hinauf.

»Vielleicht fällt mir auf dem Weg nach oben irgendwas ein«, meinte Blood.

Haley nickte, schloß den Kofferraum und nahm die Schrotflinte vom Kaliber .12. Dann gingen sie um den Wagen herum und hielten auf den Waldrand zu, bis eine Stimme befahl: »Stehenbleiben!«

Zunächst war Blood sich nicht mal sicher, was er gehört hatte. Die Stimme schien aus den Bäumen zu ihrer Linken zu kommen. Sie erstarrten. Der Tonfall war nicht direkt gebieterisch, aber merkwürdig. Hinter den ersten Eichen lag nichts als Dunkelheit, wie ein Schlund hinter langen, braunen Zähnen.

»Ables?« rief Blood.

Kurzes Schweigen, dann wieder diese Stimme. Kraftvoll, nicht leise. »Bleibt schön da stehen.«

»Wer ist da? Geben Sie sich zu erkennen«, erwiderte Blood.

Dann eine zweite Stimme, diesmal von rechts. »Dreht euch um, steigt wieder in euren Wagen und zischt ab.«
Zwei Stimmen. Blood sah niemanden. Er drehte sich halb um und schaute zurück. Haley hielt die Schrotflinte etwa in Brusthöhe vor sich, ohne auf etwas zu zielen. Kearneys Blicke wanderten nach rechts und links, seine Hand ruhte leicht auf dem Knauf des immer noch geholsterten Revolvers. Bis auf den Streifenwagen bot die Lichtung nicht die geringste Deckung.
Blood drehte sich wieder nach vorn. Zu den Bäumen sagte er: »Jetzt mal schön langsam. Ich bin Sheriff Leonard M. Blood. Ich bin im offiziellen Auftrag des County hier, aber es geht um nichts, worüber man nicht auch vernünftig reden könnte. Wer ist da? Spreche ich mit Glenn Ables?«
Die erste Stimme antwortete: »Steigt wieder in euren Wagen und verschwindet.«
Blood machte einen kurzen Schritt nach vorn, war weder tapfer noch dumm, jetzt aber verärgert, denn er war es nicht gewohnt, daß man ihm Befehle erteilte. Er faltete die gerichtliche Anordnung auseinander und hielt sie hoch, damit sie gesehen werden konnte. »Jetzt mal ganz langsam, Leute«, sagte er. »Ich bin der Sheriff, und ich habe hier zwei Polizeibeamte bei mir. Es gibt zwei Möglichkeiten, wie wir das jetzt machen können. Es gibt die harte Tour, und es gibt die –«
Der erste Schuß krachte aus dem Nichts und riß ihm die gerichtliche Anordnung beinahe aus den Händen. Der zweite Schuß zerschnitt die Luft hinter ihm. Haley schrie auf und brach zusammen.
Blood wirbelte herum. Haleys linkes Knie war zerschmettert. Er krümmte sich blutend auf der Erde. Der dritte Schuß erwischte das Funkgerät an Kearneys Hüfte, schleuderte den Grünschnabel nach hinten und zu Boden. Blood hechtete über die Kühlerhaube des Streifenwagens

und schlug auf der anderen Seite hart auf. Er griff um die vordere Stoßstange herum, packte Kearney, der noch nicht wußte, daß er nicht verwundet war, an der Jacke über der Schulter und zog ihn daran zurück. Kearney tastete sich fieberhaft ab. Dann sah er seinen Pistolengurt und das zerschmetterte Funkgerät und sagte: »Ach du heilige Scheiße!«

Haley schob sich auf dem Rücken liegend mit den Ellbogen um das hintere Ende des Wagens. Verzweiflung stand ihm ins Gesicht geschrieben, das Kinn glänzte und war feucht vor Speichel. »Gottverdammte Scheiße –«, schrie er. Er hörte auf und umklammerte sein Knie, ohne es wirklich zu berühren, während das Blut herausschoß und wie Wasser aus einer umgefallenen Feldflasche auf den trockenen Boden lief. Die Schrotflinte hatte er nicht mehr. Haley wand sich so vor Schmerzen, daß Blood nicht an das Funkgerät an seinem Gürtel herankam.

Abgesehen von Haleys Jammern war es wieder still im Wald. Als Blood die Hand hob und den Griff der Beifahrertür packte, hatte er die Vorstellung, umzingelt zu sein und einen Schuß in den Rücken zu bekommen. Er riß die Tür zwischen sich und Kearney auf, schob sich so weit wie möglich auf den blauen Beifahrersitz, griff hinauf zum Mikrofon des Funkgeräts und zog es herunter, während er wieder aus dem Wagen glitt.

Er brüllte ins Mikro, als die Windschutzscheibe explodierte, die Reifen Luft verloren, die Blaulichter in Splittern herabregneten und Querschläger kreischend von der Kühlerhaube abprallten. Blood preßte sich so flach wie nur möglich auf den Boden, zog Kearney zu sich herunter, die Augen geschlossen, den Kopf bedeckt. Schüsse krachten wie ein Gewitter in seinen Ohren. Der Streifenwagen neigte sich zu ihnen herüber, schaukelte und wankte wie ein verwundetes Tier. Hoch aufgewirbelter Staub wehte wie Rauch über ihren Köpfen. Urplötzlich endete das Feuer. Haley hörte auf zu fluchen, das Echo der Schüsse wogte über den Bergrücken und verhallte. Dann war wieder alles still.

Die Lichtung

Blood fuhr den Bronco über die Anhöhe der Bergstraße und weiter auf die offene Lichtung. Die Sonne war jetzt trüber und ging unter. Die Schatten der Bäume krochen immer weiter.
Der komplette Fuhrpark der Huddleston Police war aufgefahren, alle parkten kreuz und quer, Blaulichter kreisten. Auch aus benachbarten Städten war Verstärkung angerückt, womit die gesamte Polizeipräsenz auf dem Berg bei etwa dreißig lag. Blood sah die geöffneten Kofferräume und uniformierte Männer mit Schrotflinten an den Hüften. In der Mitte von allem wurde der zusammengeschossene Streifenwagen erst jetzt auf einen Abschleppwagen gezogen.
Chief Moody stand etwas abseits, auf halbem Weg zwischen der über die ganze Lichtung verteilten Streifenwagenflotte und zwei parkenden Ford-Limousinen mit blauen Regierungsnummernschildern. Der rotblonde Mann vor ihm trug einen braunen Anzug, Krawatte und Straßenschuhe und hatte drei ähnlich gekleidete Männer zur Verstärkung. Die Szene erinnerte irgendwie an einen Baseballtrainer, der beim Schiedsrichter meckerte.
Blood stellte den Bronco ab. Er und Kearney stiegen aus.
»O-oooh«, machte Kearney und nahm sein oranges Krankenhausarmband ab. »Der Chief ist sauer.« Interessiert betrachtete er die Fremden in den Anzügen. »Und wer sind die?«

Bedächtig antwortete Blood: »Was glaubst du?«
Kearney grinste breit und hastete dann über die Lichtung, um sich wieder der Truppe anzuschließen.
Blood hielt sich wie immer zurück, schlenderte gemächlich zu dem Tumult hinüber. Im Krankenhaus hatte er genug Zeit gehabt, sich wieder zu sammeln. Er und Kearney hatten zur Beobachtung hingemußt und waren dann so lange geblieben, daß Kearney noch für Haley Blut spenden konnte, der im OP war, dem es ansonsten aber gut ging.
Blood beobachtete, wie sich alles entwickelte. Chief Moody hatte die Daumen unter seinen Pistolengürtel gehakt, wenn er nicht gerade irgendwohin zeigte und gestikulierte. Es war ein Streit über Zuständigkeiten. »Vielleicht sind Sie mit Ihren Jungs auf den falschen Berg gekommen«, sagte er gerade. »Das hier ist eine örtliche Angelegenheit.«
Der oberste FBI-Mann mit den gepflegten, rotblonden Haaren wirkte professionell und unbekümmert. »Ich habe einen GFVSV Haftbefehl vom Büro des US Attorney in Butte«, sagte er. »Also für ›Gesetzwidrige Flucht zur Vermeidung strafrechtlicher Verfolgung‹.«
Moody nickte. »Ach, ja, ich verstehe. Einer von euren entwichenen Sträflingen gibt Gas und knallt zwei von meinen Leuten ab, aber jetzt wollt ihr übernehmen.«
»Er ist nicht ›unser‹ Mann«, erwiderte der FBI-Mann. »Für die Ergreifung flüchtiger Schwerverbrecher ist der United States Marshals Service zuständig. Wir halten hier nur für sie die Stellung.«
»Schön.« Moody reckte die Schultern. »In dieser Gegend«, sagte er, »in dieser Stadt kümmern wir uns selbst um unsere Leute.«
Der FBI-Mann nickte. »Deshalb sind wir hier«, sagte er. Er musterte die verschiedenen Polizeibeamten, die erwar-

tungsvoll zuschauten. »Instruieren Sie Ihre Männer, sich zurückzuziehen.«
Einige Schrotflinten wurden hinter Moody gesenkt, und die meisten Polizisten von außerhalb steckten die Handfeuerwaffen zurück in die Holster, jedoch keiner der Männer der Polizei von Huddleston. Sie erstarrten hinter ihrem Chief; eine Loyalitätsbezeugung, die die ohnehin breite Brust Moodys noch mehr anschwellen ließ.
»Sehen Sie«, meinte Moody listig lächelnd. »Sie sind nur zu viert.«
Das angedeutete Lächeln des FBI-Manns wich einer wütenden Miene, als er langsam den Kopf schüttelte und zu Boden schaute. Einer der Agenten hinter ihm sagte laut: »Kleine Stadt, kleine Schwänze«, doch der ranghöchste FBI-Agent hob eine Hand und bekundete so sein Mißfallen, wenn auch nicht unbedingt eine andere Meinung, über diese abfällige Bemerkung.
Moody glühte. »Wieso zum Teufel seid ihr überhaupt hier oben?« fragte er. »Er gehört nicht euch und mir auch nicht.«
»Wir haben einen Anruf bekommen«, sagte der FBI-Mann.
Moody starrte ihn an. »Einen Anruf?«
»Jemand hat uns angefordert. Es hieß, es sei die örtliche Polizei.«
Moody legte mißtrauisch den Kopf schief und schob die Daumen wieder unter den Gürtel. »Von uns hat Sie kein Mensch angerufen«, sagte er und schaute sich um. »Wer zum Teufel sollte Sie angerufen haben?«
Zur Bestätigung musterte er seine Männer, bis sein Blick schließlich auf Blood fiel. Blood trat vor. »Ich habe Sie angerufen«, sagte er.
Der FBI-Mann drehte sich ihm zu und musterte die Uniform. »Sheriff?«
»Leonard M. Blood.«

Der Agent nickte. »Reginald Perkins, FBI. Special Agent in Charge, Butte, Montana. Die für dieses Gebiet zuständige Außenstelle.«
Moody unterbrach laut. »Was zum Teufel soll das hier?« Er sah Blood an. Seine Augen waren groß und feucht vor Wut. Blood wandte sich ihm zu. »Da oben sind Kinder, Moody. Und andere Familien. Sehen Sie sich Ihre Männer doch nur mal an. Rennen mit entsicherten Kanonen durch die Gegend, haben Angst. Hier ist Disziplin nötig.«
Moody trat näher und raunte: »Du indianischer Hurenbock. Zuerst ballerst du einem meiner Männer ins Knie und jetzt auch noch mir.«
Blood nickte nur. Er drehte sich wieder zu Perkins. »Ich habe Sie aus dem Krankenhaus angerufen. Er hat da oben loyale Nachbarn.«
Perkins nickte. »Gut«, sagte er. »Wir nehmen Ihre Aussage später auf.«
Blood war so schnell entlassen worden, daß er es nicht mal mitbekam. Es war schon bemerkenswert, diese Leichtigkeit. Er sah immer noch Perkins an, doch Perkins' Aufmerksamkeit wurde jetzt von einem stärker werdenden Rumpeln in Anspruch genommen, das sich von der Bergstraße hinter ihnen näherte. Blood drehte sich um.
Auf dem Schild über der breiten Windschutzscheibe stand in gelben Druckbuchstaben GECHARTERT. Der Bus, silbern und grün, wie von einem Flughafen, mühte sich über die Anhöhe und fuhr den halben Weg bis zur Mitte der Lichtung, wo er mit einem stürmischen Seufzer hielt. Er war voll besetzt mit uniformierten Männern.
Die Tür faltete sich zurück, und ein Schwarzer stieg aus. Er trug einen blauen Overall mit einer schwarzen, kugelsicheren Weste darüber, schwarze Stiefel, eine schwarze Baseballkappe mit einem gelben Sternenemblem und eine geholsterte Schußwaffe.

Einen Augenblick lang stand er da, blickte zu den Bäumen und den fernen, grünen Bergen. Der Mann hatte einen Gesichtsausdruck von ungeduldiger Ungläubigkeit. Dann setzte er sich zu der Gruppe in Bewegung, war sich seines Publikums äußerst bewußt, schritt langsam und stolz über den trockenen, unkrautbewachsenen Boden. Aus der Nähe war sein Gesicht tief schwarz, die Nase breit, die Lippen zu einem Macht-bloß-keinen-Quatsch-Ausdruck gekräuselt. Die Beschriftung um den Goldstern auf seiner Baseballkappe und unter dem an seine Brust gehefteten Abzeichen lautete UNITED STATES MARSHAL.

Er fixierte einen nach dem anderen, griff sich dann Perkins heraus und fragte mit rauher Stimme: »FBI?«

Perkins trat vor. »Perkins, SAC Butte.«

»Fagin, Deputy Marshal, L.A.«

Sie nickten sich zu, dann trat Fagin einen Schritt zurück und ließ den Blick erneut über die Lichtung wandern, als suche er nach einem guten Platz zum Spucken. »Wo zum Henker bin ich hier?« fragte er.

Perkins antwortete. »Sie sind in Montana. In der nordwestlichen Ecke, einen Schuß weit von der kanadischen Grenze entfernt. Das hier ist der Paradise Ridge.«

Fagin schielte kurz zum Berg hinauf. »Hat der Hurenbock uns also endlich gezwungen, aktiv zu werden«, sagte er.

Moody trat vor. »Das Gelände ist abgesichert.«

Fagin betrachtete ihn und seine Uniform, bemerkte dann Blood.

»Der Chief of Police«, sagte Fagin. »Und sogar ein waschechter Sheriff. Tja, hallo, Leute.« Er taxierte all die anderen blauen Uniformen dahinter und die weißen Männer, die sie trugen, schaute von Gesicht zu Gesicht, hob die Stimme. »Vielleicht kann einer von euch mir den Einstein zeigen, der auf die bescheuerte Idee gekommen ist, einfach an die beschissene Haustür von einem flüchtigen Schwerverbrecher zu klopfen.«

Blood schluckte. Er leckte sich über die Lippen und bemerkte ein Brennen im Nacken. »Das dürfte dann wohl ich gewesen sein«, sagte er.

Fagin drehte sich wieder zu ihm um, fixierte ihn, stand nahe genug, daß Blood den Geruch seiner letzten Zigarre riechen konnte. »Wissen Sie, wo ich die letzten zwei Wochen gewesen bin?« fragte er und trat noch einen Schritt näher. »Die letzten beschissenen vierzehn Tage habe ich mit meinem Sondereinsatzkommando in den White Mountains in New Hampshire verbracht. Da haben wir das Geld der Steuerzahler ausgegeben, und ich hab mir meinen beschissenen Arsch abgefroren, während wir eine Taktische Festnahmeoperation hier oben in den Bergen von Montana vorbereitet haben – eine ausgewachsene T.F.O. Wir wollten dieses Arschloch einkassieren.«

»Ich hatte einen Räumungstitel«, verteidigte sich Blood. »Mehr weiß ich nicht.«

Fagin nickte, die Lippen gekräuselt, die Stimme leise und herablassend.

»Tja, Kemosabe«, sagte er, »ich schätze, mit der Überraschung wird's dann ja wohl nichts mehr.«

An diesem Punkt schaltete sich Perkins wie ein Schiedsrichter ein. »Was steht in der Akte von diesem Ables?« fragte er. »Wir haben was von Waffen gehört.«

Fagin löste den Blick langsam von Blood, trat zurück. »Illegaler Handel mit Schußwaffen, Haftbefehl wegen Nichterscheinen vor Gericht. Beschäftigt sich nebenbei mit Sprengstoffen. Ferner Verstöße gegen Bürgerrechte. Keine förmliche Anklageerhebung, aber das steht in seiner Akte. Ein allseits bekannter Rassist.«

Seine Worte wurden von den Polizisten weder schockiert noch überrascht aufgenommen. Fagin musterte die versammelten Uniformierten mit einem spöttischen Lächeln, das man unter anderen Umständen für ein Grinsen hätte halten können. »Und kein Mensch sagt auch nur ein beschissenes Wort.«

Fagin schaute zum Bus und machte mit dem Zeigefinger eine kreisförmige Bewegung in der Luft. Mit Gewehren und Ausrüstung bepackte Marshals stiegen aus. »In Ordnung«, sagte Fagin. »Wir werden unsere Operationsbasis genau hier errichten, Zelte und Caravans, um über Nacht zu bleiben. Räumen Sie das Gelände und fangen Sie an, die Einheimischen zu evakuieren.« Er schaute zu Perkins hinüber. »Das Arschloch hat seine ganze Familie da oben«, sagte er. »Sind Sie der Verhandlungsführer vor Ort?«

Perkins schaute sich auf der Lichtung um. »Vielleicht sollte ich deshalb erst mal Rücksprache mit dem Bureau nehmen«, sagte er.

Mittwoch, 4. August

Paradise Point

Tagesanbruch. Der Morgen kommt schnell auf dem Gipfel eines Berges, als würde jemand den großen, schwarzen Nachthimmel polieren und dabei das Blau zum Vorschein bringen. Deputy Marshal Bascombes Atem umwirbelte ihn im zunehmenden Licht. Seine Thermounterwäsche war eine halbe Nummer zu klein und zwickte überall an den falschen Stellen, und sein Magen knurrte auch schon wieder.

Es war die fünfte Stunde seiner dritten Observierungswache. Sie waren den Berghang in Zwei-auf-zwei-Deckungsformation zu einer Schlucht fünfunddreißig Meter unterhalb des Blockhauses heraufgekommen. Oder war es eine Klamm? Die Böschungen waren glatt. Er kniete, war selbst nicht zu sehen, hatte aber durch die Bäume einen freien Blick auf das Blockhaus. An dieser Stelle war das Gelände wie ein Graben, der den Berg traversierte, dann zwischen den Bäumen abwärts führte und sich verlor. Wie auch immer man das Gelände beschreiben wollte, es war jedenfalls nicht künstlich angelegt.

Er ließ Daumen und Zeigefinger über die Oberlippe gleiten, strich seinen Schnäuzer glatt. Die Langeweile beim Observieren. Bascombe schaute sich um, suchte nach Vögeln. Weil dieser Wald wie tot wirkte, ungeheuer still, mehr wie im Dezember als im August. Es hätten Vögel da sein müssen. Während seiner Kindheit im ländlichen Maryland war er jeden Tag durch den Wald zur Schule gegangen, ein Wald, der brauner war als dieser hier, und dort hatte es Kolibris gegeben, die durch die Luft schossen und um die Baumstämme fegten wie Geschosse mit Flügeln. Und wenn er in diesem Wald lange genug bewegungslos verharrte, dann flatterte vielleicht sogar ein Kolibri um ihn herum, das Vögelchen verwechselte ihn mit einem Baum und kam auf ihn zugeschossen, hüpfte dabei von Brise zu Brise, und dann schloß er die Augen und spürte, wie es um ihn herum die Luft zerteilte, und hörte das Schwirren der kleinen Flügel, flink wie die eines Insekts, wenn es eine Haarnadelkurve flog. Dann schlug er die Augen auf und beobachtete, wie der Kolibri blitzschnell hinter Baumstämmen verschwand.

Also hätte es hier auch Vögel geben sollen, und Tiere, irgendwas außer Deputy Marshals, die im Unterholz raschelten. Eichhörnchen in den Bäumen oder hüpfende braune Kröten, ja sogar Kojoten. Auf jeden Fall aber – Vögel. Wenn auch nur, um das gottverdammte Ungeziefer zu fressen.

Für die Marshals war es der Anfang des zweiten, vollen Tages auf dem Berg. Sie schliefen in Feldbetten auf dünnen Matratzen und wurden vom Roten Kreuz mit »Essen« versorgt. Sie duschten jeweils zu acht, eine Minute lauwarmes Wasser und zwei Minuten kaltes. Zwischen zwei UKW-Sendern lag eine volle Drehung des Handgelenks, von französischem Blah-BLAH-blah zu Bibellesungen und düsteren Prophezeiungen des Jüngsten Tags. Die Hölle ist ein Ort ohne Fast food und Klassikrock. Es ist ein Ort voller Ungeziefer und ohne Vögel. Wo die Wildnis absolut still ist bis auf das Knurren deines Magens und hin und wieder ein statisches Rauschen aus dem kleinen Ohrstöpsel des Funkgeräts.

Es war nicht seine Aufgabe, darüber nachzudenken, was sie hier machten. Sie beobachteten ein Blockhaus. Sie beobachteten ein Blockhaus im Wald auf einem Berg. In diesem Blockhaus befand sich ein Mann, der ein gesuchter, flüchtiger Schwerverbrecher war. Sie warteten darauf, daß er herauskam. Der Wald wimmelte von bewaffneten Marshals, die sich hinter Bäumen versteckten. Die Marshals waren schmutzig und müde und hungrig. Wenn sie keine Wache hatten, dann arbeiteten sie unten, um das Leben im Basislager erträglicher zu machen, errichteten Zelte, bauten Campingtische, hoben Latrinen aus. In Vorbereitung auf diesen Einsatz hatten sie ein zweiwöchiges T.F.O.-Training im Norden New Hampshires hinter sich, wo das Terrain ähnlich war. Und dann noch all das, was sie hinter sich gebracht hatten, nur um in die Special Operations Group, in das Sondereinsatzkommando zu kommen, die taktische Eliteeinheit des US Marshals Service. Die Ausbildung, das schriftliche Examen, die psychologischen Tests, der endlose militärische Drill. Sie waren für Einsätze bei Massenveranstaltungen und gewalttätigen Demonstrationen trainiert, beherrschten den Umgang mit halbautomatischen Waffen, Steilwandklettern, Landnavigation, Anrücken gegen motorisierte Straftäter. Sie waren Experten in der Festnahme gefährlicher Schwerverbrecher, einschließlich solcher, die das Land verlassen hatten. Wie zum Beispiel bei der Jagd auf Noriega in Panama. Das war Krieg gewesen – Geschützfeuer in der Ferne, Raketen über ihren Köpfen, Leuchtkugeln, die den Nachthimmel erhellten. Das hier war nur ein Mann in einer Blockhütte im Wald.

Die Routine des Wachdienstes weckte die Erinnerung an die Grundausbildung in Camp Beauregard in den Bayous von Pineville und an die Insekten dort. Das Sumpfgebiet, Tag und Nacht erfüllt von Tiergeschnatter und Vogelschreien. Den Schweiß wischte er sich mit der ganzen Hand von der Stirn, das T-Shirt klebte während des Drills

am Körper. Das Kitzeln von Sumpfblättern auf dem Gesicht und leise, heiße Louisianamusik zwischen den Bäumen.
Was ihn wiederum an den gegrillten Cajun-Schwertfisch im Samo's erinnerte. Wieder sein Magen. Er hatte nur zweimal in seinem Leben im Samo's gegessen, aber es gibt Orte, die vergißt man nie. Der fette Oberkellner. Die an Seefahrt erinnernde Inneneinrichtung, die dunklen Tische mit den roten Glühbirnen. Der Schwertfisch – Meeressteak, so nannte ihn der Kellner. Himmel noch mal, einfach köstlich. Bascombe lief das Wasser im Mund zusammen, es war mehr wie Schweiß als nur Speichel. Zum ersten Mal während dieser Schicht wurde ihm ein wenig wärmer.
Er bewegte sich. Lobach deckte seine rechte Flanke, kauerte neben abgestorbenen Baumwurzeln, die ineinander verschlungen aus dem harten Erdwall heraustraten. Bascombe schlurfte, tief vornüber gebeugt, zu Lobach hinüber, schob sich neben ihn. Er sah sich selbst in Lobach: ein kauernder, frierender Mann in Tarnoverall, sperrige, schwarze Kevlarweste, über den Schultern und an den Seiten festgezurrt, schwarzer Helm auf dem Kopf, Pistolengurt mit am Oberschenkel festgebundenem Holster, Knie- und Ellbogenschützer und schwarze Handschuhe, und der weiße Draht des Funkgeräts, der von der Schulter zum Ohr verlief.
Im Camp unten gab es nur wenige Spiegel, also teilten sich die Männer vor jeder Schicht in Zweiergruppen und schminkten sich gegenseitig das Gesicht mit tarnenden Wirbeln in Olive, Flaschengrün und Braun. Bascombe hatte das Wort »Pussy« auf Lobachs Stirn gemalt, ohne daß dieser es gemerkt hatte. Das war ihr Spaß. Gott allein wußte, wie er selbst aussah.
Bascombe sagte: »Ich könnte näher ran.«

Lobach war Texaner und hatte eng zusammenstehende Augen. Mal abgesehen davon und den fünf Zentimetern, die er größer war als Bascombe, hätten sie Brüder sein können. In voller Montur sah ein Marshal wie der andere aus.

In fast lupenreinem schleppendem Texanisch sagte Lobach: »Was gibt's da schon zu sehen? Is' doch sowieso alles verrammelt.«

»Da oben steht ein schöner, fetter Baum, ungefähr fünfzehn Meter von hier.«

Lobach hatte sich gegen den Erdwall gelehnt. »Wir haben unsere Befehle«, sagte er.

»Weiß ich. Ich dreh aber trotzdem langsam durch. Ich muß was tun.«

Lobach schlug nach der Luft. »Da gibt's nichts zu sehen.«

»Scheiß doch drauf. Dann klingel ich vielleicht kurz bei ihm und hau schnell wieder ab.«

Lobachs Augen leuchteten auf. »Wenn du das machst, kriegst du heute abend meine Rote Kreuz-Ration.«

Bascombe fühlte sich verarscht. »Leck mich.«

»Was denn, soll ich dir lieber den Rücken reiben?«

»Leck mich. Texanischer Pisser.«

»Baltimore-Pussy.«

»Das würde ich aber nicht sagen.«

Bascombe mußte wegblicken, sonst hätte er laut losgeprustet. Er schaute zu den hohen Ästen und dem heller werdenden Himmel darüber auf. Er war gern U.S. Marshal. Er liebte die zweihundertjährige Tradition des Dienstes und die Bilder, die sie in den Köpfen der Menschen weckte – Gary Cooper, der wilde Westen –, und er liebte den Respekt, der seinem goldenen Stern entgegengebracht wurde. Aber irgend etwas sagte ihm, daß er sich von den anderen unterschied. Und das hatte ihn dazu getrieben, sich gegen den ausdrücklichen Wunsch seiner Frau Laura

freiwillig zum Sondereinsatzkommando zu melden. Dieser Wunsch, dazugehören zu wollen. Im Grunde genommen war er anders, vielleicht auch nachdenklicher und nicht aus dem gleichen Holz geschnitzt wie die anderen. Er wußte, daß er immer ein Außenseiter bleiben würde, der sie um ihre ungezwungene Kameradschaft beneidete.
»He«, sagte er und drehte sich wieder um. »Erinnerst du dich noch ans Samo's?«
Lobach blinzelte ihn verwirrt an.
»Der schwarzgebratene Schwertfisch. Das Tagesgericht zu 6,95 Dollar?«
Lobach starrte ihn einfach nur an. Bascombe streckte den Arm aus. »Der Baum da«, sagte er. »Wo die Anhöhe abflacht. Vielleicht kann ich von da die Lage besser peilen.«
Lobach schlug wieder in die Luft. »Scheißungeziefer.«
Bascombe ging in die Hocke. »Ich gehe jetzt.«
Er erhob sich, gebückt, klopfte auf seine 9 mm, schaute über den Rand der Böschung, um sich zu vergewissern, daß die Luft rein war, schwang dann ein Bein hinüber. Genausoschnell war er wieder unten, landete auf beiden Beinen. »He«, sagte er. »Ist das hier eine Schlucht oder eine Klamm?«
»'Ne Schlucht«, erwiderte Lobach. »In einer Klamm kannst du Boot fahren.«
Bascombe nickte zufrieden. Er zog die Handschuhe straff zurück und kletterte wieder rauf.
Hinter dem ersten Baum richtete er sich auf, hielt einen Ast fest, den er versehentlich berührt hatte, und zog seine Waffe, die Mündung nach unten, den behandschuhten Zeigefinger am Lauf ausgestreckt. Lobach gab ihm kein Zeichen, also wirbelte er herum und sprang hinter den nächsten Baum, dann diagonal die Anhöhe hinauf zu dem angepeilten Ziel.
Nichts von Lobach. Bascombe war sicher. Nach all der Be-

wegung war ihm warm geworden. Er holte tief Luft und roch plötzlich die Kiefern. Rinde scheuerte gegen seine Schultern.
Die Arme gerade ausgestreckt, die Pistole nach vorn gerichtet, den Rücken fest gegen den Baum gepreßt, spähte er über die Schulter hinter dem dicken Stamm hervor. Er war näher an der Blockhütte, als er gedacht hatte. Sie war ungefähr sechs mal sechs Meter groß, ein Patchwork verschiedener Holzarten, zum größten Teil Sperrholz. Das Dach war stumpf und nicht mit Schindeln gedeckt, die Fenster mit Brettern vernagelt, und eine kleine, schiefe Veranda, die man über drei ungleichmäßig hohe Stufen erreichte, erstreckte sich über die gesamte Vorderfront. Dahinter fiel das Gelände wieder ab, die Mitte und der hintere Teil der Blockhütte standen auf unterschiedlich hohen Holzpfählen, um alles im Lot zu halten. Hinter dem Dach waren Baumwipfel zu sehen. Man wußte, daß sich dort ein Seitengebäude und mehrere kleine Holzschuppen befanden, jenseits davon eine steil abfallende Felswand. Das einzige Lebenszeichen war ein träger Rauchfaden, der aus dem steinernen Kamin aufstieg.
Bascombe zog sich wieder hinter den Baum zurück und lehnte sich dagegen. Er entspannte die Arme ein wenig und schaute sich um, trat mit den Füßen auf. Ihm wurde klar, daß er hier genauso steif und kalt und hungrig werden konnte. Er beobachtete, wie ein Blatt zu Boden schwebte, ließ den Blick dann den Berghang hinunter zu der Stelle wandern, an der die dichter werdenden Baumstämme zu einer schwarzen Mauer verschmolzen, die ihm schließlich die weitere Sicht versperrte.
Ein Geräusch hinter ihm. Etwas wie ein sattes Knacken oder ein Klicken. Er stellte sich einen Vogel oder ein Eichhörnchen vor, das sich auf einem viel zu dünnen Ast nie-

derließ. Er drehte sich um und beugte sich wieder vor, um zu sehen, was da war.
Die Vordertür der Blockhütte stand offen. Zwei Männer mit automatischen Waffen traten heraus. Der eine entsprach im Aussehen eindeutig Ables' Fahndungsfoto. Hinter ihnen kam ein kleines, vielleicht zwölf- oder dreizehnjähriges Mädchen, eine von Ables' Töchtern. Das Mädchen trug ein Gewehr über der Schulter, das viel zu schwer für sie war, möglicherweise ein AR-15, und hielt drei dünne, graue Hunde an einer Leine.
Bascombe zog sich schnell zurück, hielt die Arme steif. Das in seinen Schläfen pochende Blut beeinträchtigte zwar sein Gehör, aber über die Funkfrequenz der Marshals kam nichts herein. Er schaute talwärts zur Schlucht, sah niemanden.
Er duckte sich und beugte sich in die andere Richtung vor. Durch die Bäume sah er einen Mann, der sich der Blockhütte näherte. Älter, wahrscheinlich ein Nachbar. Aber sämtliche Bergbewohner waren schon vor langem evakuiert worden.
Ables, seine Tochter und der dritte bewaffnete Mann – groß, kräftig, bärtig – begrüßten den älteren Unbekannten mit locker gehaltenen Waffen, gingen ihm bis zur vorderen rechten Ecke der Blockhütte entgegen. Sie unterhielten sich. Bascombe war zu weit entfernt, um etwas zu verstehen. Die Hunde wühlten um sie herum, schnupperten hungrig im Dreck, waren glücklich, einfach nur draußen zu sein.
Bascombe richtete sich wieder auf und ging in südlicher Richtung in Kampfstellung. Was zum Teufel auch immer hier oben los war, er saß jetzt hier fest, wenn auch außer Sicht. Er war okay. Er nickte und versuchte, locker zu bleiben, beobachtete die Schlucht, ob er Anweisungen bekam. Da war Lobach, der sich seitlich nach rechts schob und in

Stellung ging. Das beruhigte Bascombe. Er nickte sich selbst wieder aufmunternd zu.
Zuerst bellte nur ein Hund, fast spielerisch. Dann bellten alle drei zusammen, knurrend und gurgelnd und nach Luft schnappend. Wie gleichzeitig lachende und fluchende Bestien, Geheul, das von engen Halsbändern erstickt wurde. Dann Bewegung, zögernde Stiefelschritte und Pfoten, die Waldboden und Gebüsch aufwühlten. Dann rufende Stimmen.
Bascombe erstarrte. Er ließ den Finger über den Abzug gleiten.
Das Bellen klang jetzt verzerrt, die Hunde rannten, waren freigelassen worden. Die Ereignisse überschlugen sich. Ein Hund war näher als die anderen. Wütendes Knurren, Pfoten, die wie Hufe auf den harten Boden schlugen, jetzt fast schon bei Bascombe waren. Er preßte sich gegen den Baum. In Erwartung des Kommenden zitterte er, die Waffe schußbereit.
Der Hund an der Spitze schoß an ihm vorbei. Die Beine nur ein verschwommener Fleck, der Kopf hob und senkte sich. Unbeachtet von dem Hund schaute Bascombe ihm nach. Dann erkannte er, daß der Hund zur Schlucht raste und Lobach angriff.
Das Spiel war aus. Bascombes Verstand arbeitete fieberhaft. Schnell klopfte er sich die Brust ab. Hochgeschwindigkeitsprojektile würde die kugelsichere Weste nicht aufhalten, das wußte er. Er fand seinen Marshals-Ausweis, riß ihn heraus, schlug ihn auf und sah ihn an – blödes Foto. Mit pochendem Kopf wirbelte er plötzlich mit gezogener Waffe hinter dem Baum hervor. Den Ausweis hielt er hoch, wie man es ihm beigebracht hatte.
»Bascombe, U.S. Marshals! Keine Bewegung!«
Dabei wurde ihm bewußt, er hatte gegen den Lärm der Hunde nicht die geringste Chance. Das Hämmern in sei-

nen Ohren war so laut, daß er sich fragte, ob er überhaupt etwas gesagt hatte. Immer noch nichts über Funk. Die Männer waren etwa zwanzig Meter bergauf stehengeblieben.

»Federal Marshals!« brüllte er. »Keine Bewegung!«

Der zweite Hund hatte ihn fast erreicht. Bascombe zielte, drückte ab, schoß einmal, der Hund jaulte auf, brach zusammen, überschlug sich und war tot.

Bascombe schaute wieder auf, zielte erneut. In seinen Ohren klingelte und toste es. Die Männer hatten sich inzwischen auf den Boden geworfen, aber der dritte Hund kam auf ihn zugerast – ein lebendes Geschoß mit gebleckten Zähnen. Dann bemerkte Bascombe, wie sich Schlitze in den Wänden der Blockhütte öffneten und unterschiedlich große Läufe darin auftauchten. Er fragte sich flüchtig, was wohl Lobach hinter ihm machte. Das Mädchen sah er erst, als es schon zu spät war.

Hinter einem Baumstumpf, der Lauf der AR-15 darauf abgestützt. Eine junge Stirn gekräuselt vor Wut und Konzentration beim Zielen. Ein paar schnell aufeinanderfolgende Explosionen, irgend etwas schlug Bascombe hart gegen den Hals, und er sackte nach hinten weg und stürzte.

Er rutschte ein Stück kopfüber, blieb dann bewegungslos liegen. Er griff nach Erde und abgestorbenen Blättern unter seinen jetzt leeren Händen. Er drehte den Kopf hierhin und dorthin, konnte aber nicht mehr aufstehen. Niemand war in seiner Nähe, ihm war schwindlig. Er brauchte Hilfe. Stimmen überschlugen sich jetzt in seinem Ohr. Irgendwo weit entfernt das *Brrrrp* von Schüssen. Ein süßlicher Geschmack in seinem Mund. Der Morgenhimmel über ihm. Und ein Vogel, eine Krähe, schwang sich von den hohen, schwarzen Ästen in die Luft, aufgeschreckt durch all den Lärm.

Skull Valley, Montana

Memorandum, SA Coyle an [Dienstgrad und Name gelöscht]: »BELAGERUNG«
Sir,
mit Bezug auf Ihre Anfrage vom 22. Oktober 1993 wurde dieser vertrauliche Bericht, der auf persönlichen Erinnerungen basiert, zusammengestellt und wird angesichts der Umstände und Fragen im Zusammenhang mit dem Ausgang der Operation BELAGERUNG und der noch nicht abgeschlossenen Untersuchung vorgelegt. Er ist weder als Empfehlung noch als Schlußfolgerung des Verfassers oder des FBI zu verstehen. Gespräche wurden rekonstruiert und sollten nicht als wörtliche Protokolle verstanden werden.

Am 4. August 1993 etwa gegen 14:00 Uhr (Mountain Time) trafen Special Agent MARY GRACE COYLE und Special Agent DOUGLAS TAYLOR vom Butte Field Office im FBI Kontaktbüro in Skull Valley, Montana, ein. Das Kontaktbüro Skull Valley ist ein abgeschiedenes, einstöckiges, vom Bureau bereitgestelltes Wohnhaus am Stadtrand, wird lediglich von einem einzelnen Agenten benutzt und ist als Eigentum des FBI nur durch ein Briefkastenschild zu erkennen, auf dem das offizielle Emblem des Federal Bureau of Investigation dargestellt ist.

Das Kontaktbüro Skull Valley wurde ursprünglich 1971 eingerichtet, um strafbare Verabredungen und umfangreiche Diebstähle von Regierungseigentum im Rahmen illegaler Abholzungen im nahegelegenen Indianerreservat Ft. Belknap und im Charles M. Russell National Wildlife Refuge zu überwachen und zu untersuchen. Eine starke Verminderung des Waldbestandes, wie Hektare kahl geschlagener Berge deutlich bekunden, hatte die Holzfäller jedoch schon seit langem aus der Gegend vertrieben. Die aktuelle operative Funktion dieses Kontaktbüros war daher nicht unmittelbar ersichtlich.

Das Butte Field Office hatte seit mindestens vierundzwanzig Stunden (letzte aufgezeichnete Kommunikation zwischen den Dienststellen: 23. März) keinen Kontakt mehr zu Skull Valley. Mit Notfalleinsatzbefehlen trafen SA Coyle und SA Taylor per Helikopter ein und begaben sich über die Straße zur Vordertür des Wohnhauses. Die Telefondrähte von den Telegrafenmasten entlang des Bürgersteiges zum Haus schienen intakt und das Gebäude sicher zu sein.
Ohne ein Antwort zu erhalten, betätigte SA Taylor zweimal die Türklingel. Dann verließ SA Coyle zwecks weiterer Nachforschungen die Vordertreppe und erlangte durch ein zur Straße gelegenes Fenster Einblick in das Wohnhaus. Im Inneren schien nichts durcheinander oder anderweitig ungewöhnlich. Dann versuchte SA Taylor die Tür zu öffnen und stellte fest, daß diese unverschlossen war. SA Coyle kehrte wieder zu ihm auf das Podest vor der Haustür zurück, beide Agenten zogen ihre Dienstwaffen und betraten das Gebäude. Das vordere Zimmer war ordentlich, wenn auch spärlich möbliert und zeigte keinerlei Anzeichen eines Kampfes. Es fanden sich jedoch mehrere Hinweise, daß das Kontaktbüro bis vor kurzem noch bewohnt war – zum Beispiel war die Luft weder abgestanden noch muffig. Nach oberflächlicher Untersuchung stellte SA Coyle fest, daß die Kabel von Telefon und Fernschreiber aus den jeweiligen Wandanschlußdosen herausgezogen worden waren. Danach setzten die Agenten ihre Untersuchung fort.
Von den beiden Türen im Hausinneren stand die unmittelbar rechts von ihnen gelegene offen. Die Agenten näherten sich vorsichtig und betraten eine kleine Küche, die unbenutzt wirkte und aufgeräumt war. Als die Agenten detaillierte Essens-, Arbeits- und Schlafpläne inspizierten, die an den Küchenschränken angebracht und bis zum voraufgegangenen Tag datiert waren, befahl eine Stimme aus dem hinter ihnen liegenden Hauptraum, daß sie sofort ihre Waffen fallen

lassen sollten. Sie wurden angewiesen, die Hände in den Nacken zu legen und sich umzudrehen. SA Coyle und SA Taylor blieb keine Wahl.

Die Person war mit einer großkalibrigen Handfeuerwaffe bewaffnet. Es handelte sich um einen männlichen Weißen von Anfang fünfzig. Er war etwa einsachtundachtzig groß, mittlerer Statur, hatte graues Haar, blaue Augen, trug eine khakifarbene Hose und ein helles, kariertes Hemd, weiße Socken ohne Schuhe, eine Lesebrille mit Metallrahmen, einen kurzen, grauen Bart. Er war durch die geschlossene Tür am anderen Ende des hinter ihnen liegenden Raumes hereingekommen. Er wirkte erregt und verwirrt und potentiell gefährlich.

Der Mann nahm beiden Agenten ihre Dienstausweise ab, musterte sie und warf sie den Beamten anschließend in einer unfreundlichen Geste wieder zu, so daß die Ausweise zu Boden fielen. Er wollte den Grund ihrer Anwesenheit erfahren. SA Coyle setzte ihn in Kenntnis, daß sie Bundesagenten seien und daß er sich unbefugt Zutritt zu Bundesbesitz verschafft habe.

Daraufhin wiederholte der Mann die ursprüngliche Frage, auf die SA Coyle erwiderte, sie und SA Taylor ermittelten die scheinbare Deaktivierung des Kontaktbüros und das mögliche Verschwinden des dort lebenden Agenten SA John Banish. SA Coyle riet dem Mann dann, die Waffe niederzulegen und sich zu ergeben.

Statt dessen fuhr dieser fort, beide Agenten auf geringschätzige Art zu kritisieren. Insbesondere berief er sich auf grundlegende FBI-Vorschriften bezüglich feindseligen Eindringens: daß sämtliche Türen zu überprüfen und zu sichern seien, bevor eine weitere Durchsuchung des Gebäudes vorgenommen werde; daß alle Agenten sich unmittelbar nach Eindringen laut und deutlich zu identifizieren hätten.

SA Taylor erkundigte sich daraufhin, ob der Mann vielleicht selbst Special Agent Banish sei, worauf der Mann erwiderte:

»Wir sind alle etwas Besonderes. Das Bureau macht keine Unterschiede.« Special Agent John Banish senkte dann seine Waffe und kehrte in das vordere Zimmer zurück. SA Coyle und SA Taylor folgten ihm.
SA Banish postierte sich neben der offenen Haustür. Er wirkte beunruhigt und bedrückt. Er setzte die Agenten davon in Kenntnis, daß die Außenstelle Butte keinerlei Anlaß zur Beunruhigung habe, und forderte beide auf zu gehen. Weder bot er eine Erklärung an, warum Telefon und Telex nicht angeschlossen waren, noch warum er anscheinend nichts von der Landung des Hubschraubers gehört oder warum er auf das Klingeln nicht geöffnet hatte.
Als er darüber in Kenntnis gesetzt wurde, daß SA Coyle und SA Taylor Befehl hatten, ihn wegen eines neuen Einsatzes mitzunehmen, reagierte SA Banish aufgebracht und sichtlich verwirrt. Sofort stellte er die Gültigkeit der Befehle in Frage und bezweifelte ihre Richtigkeit:

SA COYLE: Sind Sie über die Lage am Paradise Ridge informiert, Sir?
SA BANISH: Das ist nördlich von hier. Örtliche Polizei wurde beschossen.
SA COYLE: Heute morgen wurde ein US Marshal bei einem Schußwechsel getötet. Ein weiterer Marshal wird zur Stunde immer noch festgehalten. Die Marshals Service Operations Group versucht eine Befreiungsaktion.
SA BANISH: Wie alt war er?
SA COYLE: Sir?
SA BANISH: Der tote Marshal. Wie alt war er?
SA COYLE: Das wissen wir nicht, Sir.

Nach einigen Augenblicken des Schweigens im Anschluß an diese unvorschriftsmäßige einleitende Befragung fuhr SA Banish fort, sich nach der Relevanz des Zwischenfalls in Bezug auf seine Person zu erkundigen:

SA COYLE: Der betreffende Verdächtige ist ein flüchtiger Schwerverbrecher. Kompliziert wird die Angelegenheit durch die Anwesenheit weiterer Personen, die sich mit ihm in der Blockhütte verbarrikadiert haben, Sir. Fünf davon sind Jugendliche, die Kinder des Verdächtigen. Die Situation wird wie eine Geiselnahme behandelt.
SA BANISH: Hier muß ein Irrtum vorliegen.
SA COYLE: Nein, Sir. Ich habe Ihre neuen Einsatzbefehle hier. Der Computer hat eine Übereinstimmung zwischen Ihnen und den Anforderungen dieses Falles ausgeworfen: Alter, geographische Lage, hervorragender Militärdienst.
SA BANISH: Es ist ein Irrtum.
SA COYLE: Das denke ich nicht, Sir. Aber Irrtum oder nicht, unsere Befehle sind eindeutig. Der Fall ist als Sonderfall eingestuft worden, und Sie wurden zugeteilt. Sie sind der zuständige und verantwortliche Agent.
SA TAYLOR: Sir, wir können Ihnen beim Packen helfen, während Sie sich rasieren.
SA BANISH: Sie verstehen nicht. Das ist unmöglich. Meine Arbeit ist hier.
SA COYLE: Sir. Sie sind Angehöriger der Verhandlungsgruppe für Geiselnahmen der Abteilung Special Operations and Research des FBI. Ihr aktueller Einsatzort ist jetzt in Montana.
SA BANISH: Wer ist derzeit Abteilungsleiter?
SA COYLE: Welche Abteilung meinen Sie, Sir?
SA BANISH: Sieben. Entführung.
SA COYLE: Das weiß ich nicht. Aber für diese Sache ist SOAR zuständig.
SA BANISH: Wer ist derzeit Chef der SOAR?
SA COYLE: Carlson, Sir.

SA BANISH: Wer ist Leiter der Oberabteilung. GID. Ist Richardsen immer noch Assistant Director?
SA COYLE: Ich denke schon, Sir.
SA BANISH: Ich werde ihn anrufen.
SA COYLE: Sie können aus dem Hubschrauber anrufen, Sir.
SA BANISH: Sie verstehen mich nicht. Ich werde diesen Hubschrauber nicht besteigen.

Sowohl im Tonfall als auch im Verhalten wurde SA Banish zunehmend aufgebrachter. An diesem Punkt gelangte SA Coyle zu der Ansicht, daß sich SA Banish irrational verhielt. Er widersprach und lehnte einen neuen Auftrag ab und verharrte in einem Zustand starker Erregung. Inzwischen hatte er sich in die Nähe der geschlossenen Tür zurückgezogen, die hinter ihm lag, und durch seine Abwehrhaltung schien er die Aufmerksamkeit von besagtem Raum ablenken oder dessen Betreten verhindern zu wollen.
SA Coyle empfahl SA Banish erneut, sich während des Fluges mit AD Richardsen in Verbindung zu setzen. Als SA Banish sich weiterhin weigerte, bestand SA Coyle darauf, für ihn zu packen, und ging durch fragliche Tür.
In krassem Gegensatz zum vorderen Zimmer befand sich SA Banishs Schlafraum in absoluter Unordnung. Die Bettlaken waren zerwühlt, zerknitterte Kleidungsstücke hingen aus halb geöffneten Schubladen, und der muffige Geruch eines geheizten, ungelüfteten Zimmers war penetrant.
In einer Ecke des Raumes stand unter durchhängenden Bücherregalen ein Schreibsekretär, dessen Arbeitsfläche mit Blättern übersät war, auf denen Text mehrmals durchgestrichen und neu geschrieben worden war. Auf dem Schreibtisch lag ferner ein großes Deutsch-Englisches-Wörterbuch und ein verblichenes, spiralgebundenes Notizheft voller fremdsprachlicher Verse. Welchem Zweck diese Gegenstände dienten, bleibt dem Verfasser unbekannt.
SA Banish folgte SA Coyle schnell ins Zimmer. Er wirkte wü-

tend und unangemessen geheimnistuerisch, gab dann aber plötzlich seinen Widerstand auf und willigte ein, selbst zu packen, allerdings unter der Voraussetzung, dies allein tun zu dürfen.
SA Coyle war einverstanden und zog sich zurück. Sie und SA Taylor holten ihre Dienstwaffen und Ausweispapiere aus der Küche, wobei sie erneut die eigentümlichen Listen der Nahrungsaufnahme, exakten Länge der Schlafenszeiten etc. bemerkten. Dann kehrten sie in den vorderen Raum zurück, um auf SA Banishs Erscheinen zu warten.

Washington, D.C.

Salvatore Richardsen, Assistant Director der General Investigative Division des FBI trat aus dem Fahrstuhl und befand sich auf halbem Weg zu seinem Wagen unter dem J. Edgar Hoover Building, als ihn eine Frauenstimme aus einem Deckenlautsprecher wegen eines dringenden Anrufs in sein Büro zurückrief.
Wieder oben stellte Richardsen im offenen Trenchcoat die Aktentasche auf den schiefergrauen Teppichboden und drückte auf den blinkenden Knopf seines Freisprechtelefons.
»Jack«, sagte er und spielte mit der Gesprächsnotiz, die die Sekretärin auf seinem Schreibtisch hinterlassen hatte. Ausgesprochen sexy Handschrift. Reines Wunschdenken zum gegenwärtigen Zeitpunkt, aber er war zweifelsohne interessiert. Er bewunderte ihre Schrift, versuchte sich ihre vertikalen Schleifen und die fein rankenden Spiralen um das Wort »Schwanz« vorzustellen. »Lange her, Jack. Zu lange. Hörst dich an, als wärst du in der Luft.«
Banishs Stimme drang leise und entfernt aus dem Lautsprecher. »Sal«, sagte er. »Was tust du mir hier an?«

»Ist eine üble Sache, Jack. Wir brauchen dort draußen jemanden von deinem Kaliber.«

»Sal – ich sitze in einem Hubschrauber. Ich kann nicht reden. Nur soviel. Ich glaube nicht, daß ich der Sache gewachsen bin.«

Richardsen leckte sich über die warmen Lippen. Er runzelte die Stirn. Es war unmöglich, angesichts dieser Verbindung eine zutreffende Beurteilung der Gefühlslage zu treffen, vom Kopfhörer und Mikro eines Hubschraubers zu einem Freisprechapparat auf der anderen Seite des Landes. Das war wie per Autotelefon mit jemandem zu reden, der sich in der letzten Runde der Indy 500 befand.

»Jack«, sagte er. »Du *mußt* der Sache gewachsen sein. Ausgesprochener Schlamassel dort oben, sehr wichtig für das Bureau wie auch für die SOAR. Du weißt, daß an den Händen von diesem Bastard das Blut eines Bundesbeamten klebt.«

Schweigen. Das *Uapp-uapp* der Rotorblätter und ein tiefes Heulen.

»Was ist mit Raleigh?« hörte er Banish fragen.

Richardsen schüttelte den Kopf. Geistesabwesend hielt er die rosa Gesprächsnotiz gegen die helle Deckenbeleuchtung. »Der ist momentan noch mit dieser Port Authority-Geschichte in Los Angeles beschäftigt«, erwiderte er.

Wie sie das große *B* malte. Kräftige, breite, ausladende Striche. Hart, zuversichtlich. Zupackend. Immer alles fest im Griff, erfahren – aber mit einem gefühlvollen Ausdruck. Genau wie sie sich bewegte, wenn sie vor ihm den Flur hinunterging. Das königsblaue Kostüm, das sie heute getragen hatte. Plötzlich hatte er einen Geistesblitz. Er würde irgendwas von ihr zur Handschriftenanalyse bringen. Um mehr über ihre außerberufliche Persönlichkeit zu erfahren. Vielleicht irgendwas von ihrem Schreibtisch.

Richardsen legte die Gesprächsnotiz wieder hin und wanderte auf und ab. »Hör zu, Jack«, sagte er. »Du bekommst alles, was du brauchst. Ruf mich wegen der Details wieder an. Die Sondereinheit zur Befreiung von Geiseln gehört ganz dir, falls du sie brauchst. Erledige die Sache, du weißt ja, wie man so was anpacken muß. Er hockt auf einem Scheißberg, also laß dir Zeit und greif tief in deine Trickkiste.«

»Sal – es ist über zwei Jahre her.«

»Allgemein bekannt, Jack. Ich meine, nicht jedem. Aber du sitzt da draußen in den Karpaten und drehst Däumchen. Paß auf, Jack. Ein Mann mit deinen Talenten. Ich setze in dieser Sache absolutes Vertrauen in dich, unbedingt. Du bist der Beste, das ist mein Ernst. Also, in diese Sache sind auch Kinder verwickelt, ich weiß nicht, ob du das weißt. Das kommt noch dazu. Die sind bewaffnet, richtig? Seine Kids sind bewaffnet, so lauten die Meldungen, die wir reinbekommen. Er hat sie ausgebildet – und genau das meine ich, wenn ich von einem Schlamassel dort oben spreche. Verstehst du jetzt, wie die Dinge liegen? Soweit es das Geiselszenario betrifft, nimmt SOAR die Sache voll in die Hand. Wir können diese Sache nicht allein den Marshals überlassen, es steht zu viel auf dem Spiel. Wir wissen hier alle, daß es der reinste Alptraum ist, reinzugehen. Was aber die Hauptsache ist: Falls geschossen werden muß, achte darauf, daß es die Marshals tun. Wir wollen nicht in eine Schießerei mit kleinen Kindern hineingezogen werden. Also – sie sind Geiseln. Alles klar? Das hat oberste Priorität.«

»Sal«, sagte Banish. »Du bietest mir volle Unterstützung an, und dann fesselst du mir die Hände. Ich muß mit klarem Kopf in diese Sache reingehen.«

»Du tust ja gerade so, als würde ich dich hier den Löwen zum Fraß vorwerfen, Jack.« Richardsen nahm seinen Football vom Regal. »Jack, das ist dein Job. Genau das hast du in New York elf Jahre lang so verdammt gut gemacht. Sieh's doch einfach so: Du kehrst nach Verletzung von der

Reservebank zurück. Okay, toll – jetzt hast du also dein großes Comeback.«
»Sal! Jesus!«
»Red ihn einfach in Grund und Boden. Sorg dafür, daß er von diesem beschissenen Berg runterkommt und festgenommen wird. Bring diesen Bastard vor Gericht. Das ist mein Ernst, du hast freie Hand. Es ist mir egal, wie du es anstellst. Und hör zu – falls sich dieses Kidnapping schneller als erwartet erledigen sollte, vielleicht können wir dann Raleigh raufschicken. Verdammt – du hast ihn selbst ausgebildet, stimmt's? Jack – ich muß jetzt los.«
»Sal, hör mal. Sag mir nur eins. Steckt mehr dahinter? Wollen die, daß ich meinen Abschied nehme?«
Richardsen blieb wie angewurzelt stehen. Trotz all der Störungen in der Leitung hörte er es dieses Mal deutlich die Verzweiflung in Banishs Stimme. Richardsen schüttelte den Kopf.
»Jack«, sagte er. »Wir brauchen hier deinen Sachverstand. Wir brauchen diesen Sack voller Tricks in deinem Kopf. Himmel, Jack – ein Mann ist tot, und da oben schweben Kinder in Todesgefahr. Alles klar? Jack – alles klar?«
Uapp-uapp-uapp.
»Du bist der Beste, Jack, der Beste, den wir haben. Vergiß New York einfach. Laß es zurück. Fang noch mal ganz von vorne an. Meine Nummer Zwei kommt später rein, also ruf ihn an und gib ihm deinen Wunschzettel durch. Der SAC da draußen heißt Perkins und kommt aus Butte. Alles klar? Alles klar. Bleib mit uns in Verbindung, Jack.«
Richardsen drückte auf einen Knopf, und das rote Lämpchen erlosch. Er starrte noch einen Moment auf den Apparat, dann trat er vom Schreibtisch zurück. Er drehte seinen alten College-Football in den Händen hin und her. Das Leder war rissig, die Blase erschlafft. Er erinnerte sich, stundenlang in seinem kleinen Zimmer in Fordham am

Fußende des Metallbettes gesessen zu haben, in Gedanken beim nächsten Spiel, und die Hände, die früher diesen Ball gehalten hatten – straffe, kräftige Finger ohne Ringe –, packten ihn, drehten ihn, warfen ihn auf und ab. Es war das letzte Mal, soweit er sich erinnern konnte, daß seine Prioritäten mit seinen Verpflichtungen übereingestimmt hatten.

Bei jedem anderen hätte Protest gegen oder Ablehnung eines Auftrags das sofortige Aus bedeutet. Aber es hatte sich bis zu seinem alten Freund Jack Banish und allen anderen, die nicht mehr alle Tassen im Schrank hatten, herumgesprochen, daß man gegen ungerechtfertigte Entlassung klagen konnte. Sal Richardsen nahm den Football in die rechte Hand. Er stemmte die Füße auf und zog den Arm zurück für ein dramatisches, das Spiel entscheidende Ave Maria. Dann durchquerte er den Raum und legte den Football wieder auf den Holzständer im Regal. Die Gesprächsnotiz warf er fort, nahm seine Aktentasche und ging zur Tür. Sie hatten schnellstmöglichst einen Unterhändler vor Ort gebraucht. Wer auch immer hier Mist gebaut hatte, es war ein Fehler, der einen Mann die Karriere kosten konnte. Banish war versehentlich auf der Liste der aktiven Agenten gelandet, und SOAR hatte ihn unter geographischen Gesichtspunkten als den geeigneten Mann für diese Krisensituation ermittelt. Carlson in Quantico hatte weder Richardsen persönlich kontaktiert noch genug gewußt, um diese Entscheidung abzulehnen. Also war der Einsatzbefehl auf den Weg geschickt und die große Maschinerie in Bewegung gesetzt worden. Banish jetzt noch zurückzupfeifen hätte bedeutet, die gesamte Operation quietschend zum Stehen zu bringen, und dafür war einfach keine Zeit mehr. Die Krise erforderte sofortiges Handeln. Richardsen erkannte, daß er die Sache aufmerksam im Auge behalten mußte, sehr aufmerksam.

Während der langen Fahrt raus nach Rockville würde er weiter darüber nachdenken.

Die Lichtung

Der Hubschrauber setzte sauber auf, doch das brüllende Triebwerk röhrte weiter. Banish sprang hinter Coyle und Taylor auf die Lichtung und duckte sich vor den schlagenden Rotorblättern. Zwei US Marshals in Tarnuniform und mit schminkebedeckten Gesichtern gingen an ihm vorbei. Er drehte sich um und beobachtete, wie sie eine mit einem Laken bedeckte Bahre an Bord hievten. Dann wurde das Schlagen der Rotoren wieder lauter, der Hubschrauber hob sich, drehte sich träge in der Luft, senkte die Nase und verschwand.

Banish richtete sich auf und schaute ihm nach. Durch das plötzliche Fehlen des Lärms rauschte es dumpf in seinen Ohren, so, als hörte er Wind, ohne ihn jedoch zu spüren. Banishs frisch rasierte Wangen brannten in der kühlen Luft. Es nieselte leicht, Nebelschwaden hingen in den Bäumen. Unter der FBI-Regenjacke trug er einen schranksteifen braunen Sakko, die Riemen des Holsters saßen straff um seine Schultern und unter seinen Armen. Drei Männer kamen ihm entgegen. Agenten. Banish hoffte, daß er sein Pokergesicht aufgesetzt hatte.

Der erste Mann strich das gepflegte, rotblonde Haar zurück und stellte sich als Perkins vor. Seine Erleichterung über Banishs Eintreffen war offensichtlich. »Wir hatten hier einen Toten«, sagte er.

Banish schnaubte. Der Tote, der den Berg verließ, fiel sofort unter seine Verantwortung. In dem Augenblick, da seine Füße den Boden berührt hatten, war er Case Agent geworden, der für diesen Fall verantwortliche Beamte.

»Der zweite Marshal?« fragte er.
»Kommt gerade runter. Er ist okay. Hatte durch Schüsse aus dem Blockhaus festgesessen. Der Chef der Special Ops Group befragt seine Männer W.W.S.«
Während wir sprechen, erinnerte sich Banish. Die seltsamen Kürzel, der Jargon. Er schaute sich um, während sie die feuchte Lichtung überquerten. Der Himmel zog sich zu, und der Berggipfel war im Nebel verborgen. Banish zählte drei große Segeltuchzelte und zehn Caravans. Provisorische Latrinen waren errichtet worden, und er bemerkte mehrere Hilfsfahrzeuge, darunter einen Feuerwehrwagen und eine Feldküche des Roten Kreuzes. Männer in Kampfausrüstung, in Anzügen, Polizeiuniformen, Militäruniformen und Zivilkleidung wimmelten herum. Manche hielten Kaffeetassen in Händen, andere Waffen. Trotz der Ordnung der parkenden Fahrzeuge und der allgemeinen Selbstzufriedenheit der Männer herrschte hier keine wirkliche Ordnung, soweit Banish erkennen konnte.
Er versuchte, seine Gedanken zu ordnen. Die Abgeschiedenheit der Lichtung auf der Hochebene bot gewisse taktische Vorteile, darunter die Möglichkeit, eine groß angelegte Operation ohne nennenswerte Störung des Alltags von Zivilisten durchzuführen, den Vorteil eines sicheren und zentralen Standorts und die günstige Bedingung, eine potentiell riskante Situation vor den Augen der Öffentlichkeit zu verbergen. Zu den Nachteilen gehörte, daß man Wind und Wetter ausgesetzt war, der Zugang zum eigentlichen Schauplatz der Krise schwieriger war und die Gefahr bestand, eine potentiell riskante Situation vor den Augen der Öffentlichkeit zu verbergen.
Er richtete seine Aufmerksamkeit auf Perkins. Der Mann aus Butte wirkte erfahren und aalglatt. Wahrscheinlich ein Mormone, ein Bundesagent von der verschlossenen Kra-

wattennadelsorte. Im Gegensatz zu den Ostküstentypen, wie sie Banish in Erinnerung hatte, grauhaarige Schulterklopfer mit frischer Gesichtsfarbe, die immer noch jedes Jahr ihre Collegetreffen besuchten – die »Young Kennedys« wurden sie früher genannt, die Sorte Agenten von katholischen Schulen, wie Banish selbst einer gewesen war. Perkins' Untergebene trugen langärmelige Trikots unter Tarnuniformen, Arbeitsschuhe und FBI-Abzeichen auf Baseballkappen. Perkins selbst behielt seine Anzugjacke an und trug Gummiüberschuhe. Er ließ sich nicht anmerken, daß er Banishs Namen kannte, was reine Höflichkeit war. Das war Banish eine Warnung.

»Ich sehe keine Telefonleitungen«, sagte Banish.

»Auch keine Stromleitungen«, erwiderte Perkins. »Wieviel wissen Sie?«

»Nichts. Sie müssen mich vollständig ins Bild setzen.«

Perkins nickte. »Sie brauchen die Akte. Ich kann Ihnen schon mal einen ersten Überblick geben. Der Verdächtige heißt Glenn Allen Ables. Vor mehr als zwei Jahren wurde er wegen illegalem Waffenhandel von Undercoveragenten des Bureau of Alcohol, Tobacco and Firearms geschnappt. Er hat damals seine Blockhütte als Kaution gestellt und ist dann nicht vor Gericht erschienen. Seitdem hat er sich hier verkrochen. Der hier zuständige Sheriff wollte ihm einen gerichtlichen Räumungstitel zustellen und hat damit die ganze Sache ins Rollen gebracht. Neun weitere Bewohner leben auf dem Berg. Sie sind allesamt vor zwei Tagen evakuiert worden.«

»Wie ist der Zugang?«

»Nur zu Fuß möglich. Für Autos ist der Waldweg unpassierbar.«

»Wie alt war der tote Marshal?«

Perkins drehte sich überrascht um. »Das weiß ich nicht«, sagte er verdutzt. »Jünger.«

»Verheiratet?«
Perkins starrte ihn noch immer an und schüttelte ausdruckslos den Kopf. »Ich habe wirklich keine Ahnung.«
Sie näherten sich dem Zelt, das dem Fuß des Berges am nächsten lag. Davor standen mehrere verkniffen wirkende Marshal BOLOS, Angehörige des selbsternannten Beloved Order of Long-Rifle Men and Observers, mit Präzisionsgewehren im Regen und warteten.
Aus dem Zelt drangen laute Stimmen und kräftiges Fluchen, ein Tisch wurde umgestoßen. Dann stolperte ein Marshal durch die Zeltfalten nach draußen und fiel auf den matschigen Boden; ein wütender, älterer schwarzer Marshal hatte ihn hinausgeworfen. Die BOLOS griffen sofort ein und hielten den schwarzen Marshal zurück. Der jüngere Marshal rappelte sich wieder auf und schaute benommen um sich. Sein Gesicht und die eng zusammenstehenden Augen waren wie versteinert. Banish bemerkte, wie sich das Wort »Pussy« auf seiner geschminkten Stirn im Regen auflöste.
Der schwarze Marshal schimpfte durch zusammengebissene Zähne, zwischen denen ein brennender Stumpen klemmte. »Gottverdammtes Insektenspray«, fauchte er. »Bei einer verdeckten Observierungsoperation benutzen die beschissenes Insektenspray –« Er stemmte sich gegen die Arme der vier Marshals, die ihn festhielten. »Was zum Henker habt ihr euch eigentlich dabei gedacht? Ist das hier vielleicht ein beschissenes Picknick oder was?«
»Nein, Sir«, krächzte der Marshal mit dem bemalten Gesicht.
Funken und Asche regneten herab, als der schwarze Marshal einen Arm frei bekam, und fegte mit dem Stumpen quer über die kugelsichere Weste des Marshals mit dem verschmierten Gesicht. »Ich glaub, ich spinne, ›nein, Sir‹, du Stück Scheiße. Du beschissene Pussy. Du ungeziefer-

freies, beschissenes Mädchen. Die haben dich gewittert. Die Hunde haben dich gottverdammt gewittert, du beschissenes, parfümiertes Arschloch. Bascombe wird zu Tode gestochen, und du hast gottverdammt keinen einzigen Stich. Ich bring dich gottverdammt um. Geh mir aus den Augen, andernfalls knall ich dich eigenhändig ab.«

Der Marshal mit der Schminke wagte nicht mehr zu atmen. Sein Mund war verzerrt, und er schaute sich mit einem dümmlichen Gesichtsausdruck um, als suche er seinen toten Partner. Dann machte er auf dem Absatz kehrt und ging.

Die Männer ließen den schwarzen Marshal los, aber er hätte sie ohnehin abgeschüttelt. Wütend stapfte er herum, erspähte einen in der Nähe parkenden Transportjeep, ging hinüber und schlug mit seiner behandschuhten Faust in die Mitte der Windschutzscheibe. Sie bekam ein feines Spinngewebe von Sprüngen, zersplitterte jedoch nicht. Dann ließ er seine kräftigen Arme sinken. »Beschissene Leiche«, brummte er.

Er drehte sich um und sah Banish bei Perkins stehen. Die schwarzen Augen des Marshals leuchteten stechend über dem mißbilligend verzogenen Mund. Die Haare unter einer schwarzen Baseballkappe waren kurz geschnitten. »Was?« sagte er.

Perkins, überfreundlich, stellte vor: »Deputy Fagin, Chef der Marshals Special Ops Group, SA John Banish. Banish ist jetzt der zuständige Case Agent.«

Fagin stutzte. »Was für ein Case Agent, zum Teufel?«

Perkins reckte steif die Brust, verhaspelte sich bei einigen Worten. »SA Banish ist Unterhändler bei Geiselnahmen. Er kommt von der Special Operations And Research –«

»Welche Geiseln?« Fagin trat schnell vor, fixierte beide. »Auf diesem Berg hier gibt's keine Geiseln. Was zum Teufel wird hier gespielt?«

»Sagen Sie mir, was dort oben passiert ist«, sagte Banish.
Fagin drehte sich um. »Leck mich.«
Perkins sagte: »Jetzt warten Sie aber mal –«
Fagin wirbelte wieder herum. »*Sie* warten gottverdammt mal. Ich habe nichts gegen einen Schreibtischhengst hier oben, und ich habe auch nichts gegen tatkräftige Unterstützung des Bureau. Aber das hier ist ein Einsatz des US Marshals Service.«
Perkins schüttelte den Kopf mit einem Ausdruck schmallippigen Bedauerns. »Nicht mehr.«
»Affenscheiße«, tobte Fagin. »Ables ist ein flüchtiger Schwerverbrecher. Seine Wiederergreifung ist Sache der Marshals.«
Perkins zählte die Anklagen auf. »Entführung, tätlicher Angriff gegen einen Polizeibeamten, tätlicher Angriff gegen einen Bundesagenten, Mord an einem Bundesagenten, Bildung einer kriminellen Vereinigung, Verabredung zum Mord –«
»Alles Affenscheiße.« Fagin entfernte sich fünf große Schritte, nur um sofort wieder zurückzukehren. Seine Körpersprache betonte noch seine Leidenschaftlichkeit. »Affenscheiße. Das ist mein Mann, der da unter einem Laken nach Hause fliegt.«
Hinter ihm rührten sich interessiert die BOLOS mit trotzig herausfordernden Blicken. Grimmige Männer mit Schnäuzer. Aber Banishs Blicke waren die herausforderndsten. »War er verheiratet?« fragte er.
Fagin starrte Banish an. Er schien unmittelbar vor der Explosion zu stehen. »Ist das hier Ihr Spezialist?« fragte er Perkins. »Was für eine bescheuerte Frage soll das sein?«
»Hatte er Kinder?« fragte Banish ungerührt weiter.
Fagin sah ihn an, als sei Banish verrückt. Als er den Kopf schüttelte, drückte seine Miene verdutzten, unverhohlenen Spott aus.

Einer der BOLOS meldete sich zu Wort. »Er war verheiratet«, sagte der Marshal. »Keine Kinder.«
Banish nickte. »Ende zwanzig?«
Der BOLO nickte bestätigend.
Banish schloß die Augen. Mit Daumen und Zeigefinger der linken Hand rieb er sich zuerst die Stirn, dann die Schläfen, schließlich die Augen. Er hatte keine Kopfschmerzen, da war nur ein Wirbel von Komplikationen und verzerrten Stimmen aus der Vergangenheit. In der Dunkelheit hätte er überall sein können.
Er öffnete die Augen und war wieder dort, wo er war, die anderen starrten ihn alle an, warteten, waren verärgert oder fragten sich, was zum Teufel war los? Banish war es gewöhnt, angestarrt zu werden.
Er sah Fagin an. »Rufen Sie Ihren Vorgesetzten an«, sagte er. »Sorgen Sie dafür, daß ich von diesem Berg abberufen werde.«
Fagin verzog das Gesicht. »Leck mich.«
Banish schüttelte ernst den Kopf. »Der Berg gehört Ihnen, ganz. Ich hab ihn nicht haben wollen, und will ihn auch jetzt nicht. Rufen Sie Ihren Chef an und sorgen Sie dafür, daß ich noch heute hier wegkomme.«
»Leck mich. Sie wissen doch genau, daß es so nicht läuft.«
Banish wußte es nur zu gut. Wenn es so einfach wäre, dann hätte er schon selbst angerufen.
»Dann erzählen Sie mir jetzt, was da oben passiert ist«, sagte er.
Fagin starrte ihn wütend an und sah zu Perkins hinüber, der ihm nicht weiterhalf. Dann verschränkte er die muskulösen Arme.
»Routinemäßige Observierung, Zwei-auf-zwei-Deckungsformation. Zwei Teams in einer Schlucht fünfunddreißig Meter unterhalb und jeweils seitlich des Zieles. Nullsiebenhundert Uhr nähert sich ein Nachbar dem Ge-

bäude. Das Rote Kreuz hatte Bewohner der evakuierten Häuser begleitet, damit sie die Tiere füttern oder Medikamente abholen konnten; diese Person ist offensichtlich irgendwie entwischt. Der Verdächtige, Ables, sein Schwager Mellis und eine von Ables Töchtern verlassen das Haus mit Hunden und Waffen, um den Besucher zu begrüßen. Die Hunde nehmen Lobachs Witterung auf und stürmen zur Schlucht. Bascombe ist hinter einem Baum fünfundzwanzig Meter unterhalb postiert. Der vorderste Hund läuft vorbei, geht auf Lobach los. Bascombe springt aus der Deckung, identifiziert sich und legt einen Hund um, dann wird er schnell hintereinander von drei Schüssen getroffen, zwei in die Brust, einer in den Hals.«

Banish spannte sich ein wenig an, erinnerte sich an das Gefühl von Haut und Muskeln zerreißendem Blei. »Panzerung?« fragte er.

»Dünner, ballistischer Standard. Beschissenes Blech. Die haben AR-15er.«

»Wer hat die Schießerei angefangen?«

»Unbekannt. Alle drei haben gefeuert, auch das verdammte Mädchen. Weitere zehn Minuten Schußwechsel, dann massives Maschinengewehrfeuer von der Blockhütte, und alle drei Personen haben sich zurückgezogen. Die Hunde sind tot. An zwei kommen wir nicht ran. Feuer aus der Blockhütte hat uns manövrierunfähig gemacht. Nebel und Terrain machten Luftunterstützung unmöglich. Rettungsteams mußten zu Fuß rauf. Drei Versuche waren erforderlich, um die Leiche zu bergen.« Fagin warf wieder einen Blick zur Seite und schüttelte den Kopf. »Scheißinsektenspray.«

»Ihre Männer haben niemanden erwischt?«

»Zur Zeit nicht bekannt.«

»Das Mädchen?« hakte Banish hartnäckig nach.

»Unbekannt.«
Banish dachte kurz nach. »Wie alt ist sie?«
Fagin sah ihn wieder ungläubig an. »Wie alt? Was spielt es verdammt noch mal für eine Rolle, wie alt sie ist?«
»Es spielt eine Rolle. Wie alt sind die Kinder?«
»Lesen Sie die Akte«, knurrte Fagin. »Dann können Sie ihnen Geburtstagskarten schicken. Aber bis dahin sitzen wir hier kräftig in der Scheiße.«
Banish nickte, aber mehr zu sich selbst. Zuviel auf einmal. Wie er dort stand, fühlte er sich plötzlich durchsichtig, als könne jeder einfach durch ihn hindurch sehen. Selbstvertrauen war wesentlich für Erfolg. Besonders der Eindruck von Selbstvertrauen. Davon brauchte er jetzt etwas. Schnell wandte er sich an Perkins. »Wir errichten auf dieser Lichtung eine reguläre Operationsbasis – Versorgungslaster, Lastwagen, Bulldozer, mehr Caravans, Jeeps – bis morgen vormittag ist alles einsatzbereit.«
Dann zu Fagin: »Das Rote Kreuz geht nicht mehr rauf. Verstärken Sie den Ring um die Hütte und ziehen Sie ihn auf fünfzig Meter zusammen. Keiner geht rein, keiner kommt raus. Dann fordern Sie schnellstmöglichst anständige Körperpanzerung an. Und wenn sich alles etwas beruhigt hat, lassen Sie Ihre Männer Geld für die Frau des Toten sammeln.«
Der BOLO sagte: »Bascombe, Sir.«
Banish nickte. Er hatte jetzt hier das Kommando, er sollte den Namen des Mannes kennen. »Bascombe«, wiederholte er.
Die BOLOS hinter Fagin nickten. Jeder von ihnen war Familienvater oder wollte einer werden, und der Geruch des Todes machte ihnen Angst. Niemand wollte allein sterben. Banish spürte, daß er auch einen Kloß im Hals hatte. Er mußte hier weg und sich erst einmal sammeln. Er drehte sich um, entdeckte Agent Coyle und nahm ihr seinen Koffer ab. »Welcher Caravan ist für mich?« fragte er.

»Wir sind zu dritt untergebracht«, sagte Perkins. »Sie können –«
»Ich bekomme einen für mich allein. Lassen Sie ihn räumen und schicken Sie mir jemanden mit der vollständigen Akte rüber. Wohin führt diese Straße?«
Er schaute über die Lichtung zu einer Stelle, an der ein Jeep hereinkam. Der Jeep verschwamm ein wenig vor seinen Augen.
»Runter zur Brücke, wo wir eine Straßensperre errichtet haben«, sagte Perkins. »Aber wir haben nicht mehr Caravans.«
Banish ließ ihn stehen. Vage registrierte er noch, daß Fagin irgend etwas hinter seinem Rücken sagte, fluchte. Dann, weiter entfernt, hörte Banish ein Schluchzen. Er blieb stehen und entdeckte zwischen zwei Lastwagen Lobach, der mit zitternden Schultern und dem Kopf in den Händen auf dem nassen Boden hockte. Banish schaute schnell fort und ging weiter. Falls es irgend etwas zu sagen gab, dann hätte er es gesagt. Aber es gab nichts, was er hätte sagen oder tun können. Marshal Lobach hatte einen Fehler begangen, und ein anderer Mann war tot, und das würde er für den Rest seines Lebens nicht mehr loswerden. Banish nahm sich vor, später zu veranlassen, daß für Lobach der Einsatz damit beendet war.

Zelt der Marshals

[BELAGERUNG, S. 11]
SAC Perkins und Deputy Marshal Fagin blieben stehen und schauten ihm nach. Deputy Marshal Fagin sagte laut: »Was zum Teufel war das? Verdammt, irgendwas ist mit dem Kerl doch nicht in Ordnung!«
Worauf SA Coyle nach kurzem Überlegen ihre Beobachtun-

gen mitteilte. Sie sprach SAC Perkins an und schilderte ausführlich die merkwürdigen Umstände bezüglich SA Banishs Versetzung. Speziell: daß SA Banish seine Dienstwaffe gegen SA Coyle und Taylor gezogen hatte, daß SA Banish außergewöhnlichen Widerstand gezeigt hatte, seine Versetzung zu akzeptieren, und daß SA Banish sich während des Fluges mit AD Richardsen in Verbindung gesetzt hatte, um den Versetzungsbefehl widerrufen zu lassen.

Es war zugegebenermaßen unüblich und zeugte vielleicht von fragwürdigem Urteilsvermögen, ein solches Fehlverhalten in einem offenen Forum darzulegen, aber die Relevanz dieser unangemessenen Reaktionen schien gewichtiger zu sein als Diskretion. Daraufhin bat SAC Perkins um den Namen des Verfassers dieses Berichtes und erhielt ihn:

SAC PERKINS: Erinnern Sie sich an die Krise im World Financial Center vor etwa drei Jahren?

SA COYLE: Ich war damals noch in der Ausbildung in Quantico, Sir. Ein Gastdozent des FBI hielt einen Vortrag über die wesentlichen Probleme dieser speziellen Krise. Soweit ich mich erinnere, wurde in der Folge die Strategie bei Geiselverhandlungen überdacht.

DEPUTY MARSHAL FAGIN: Der war das?

SAC PERKINS: Eine der von ihm geretteten Geiseln spürte ihn sechs Monate später auf und versuchte, ihn zu töten.

DEPUTY MARSHAL FAGIN: Was für ein beschissener Witz ist das? Was zum Teufel halsen Sie mir hier auf? Scheiße, ich habe vierzig Männer auf diesem Berg!

SAC PERKINS: Ich habe den Chief der SOAR davon in Kenntnis gesetzt, daß unsere Situation hier einen Experten für strategische Planung und Krisenmanagement erfordert. Ich vermute, der Computer hat allein aufgrund von Fakten Polizist und Killer in Übereinstimmung gebracht.

SAC Perkins' mangelnder Enthusiasmus für einen Kollegen war anfangs verwirrend. Von den drei (inoffiziellen) Möglichkeiten eines Agenten, sich den Respekt seiner Kollegen zu verdienen – in Ausübung seines Dienstes einen Verdächtigen zu erschießen, in Ausübung seiner Pflichten verwundet zu werden oder bewußt Beförderungen zu meiden, um im aktiven Einsatz bleiben zu können – schien SA Banish im Verlauf seiner Karriere alle drei erfüllt zu haben.

Der Caravan

Banish stellte seinen Koffer aufs Bett. Vier neue Wände. Der Caravan sah aus wie die Hälfte eines billigen Motelzimmers, die Hälfte ohne den Fernseher. Er drehte sich um, sah sich in einem Wandspiegel, ging hin und nahm den Spiegel ab.

Die Worte waren ihm vor dem Zelt der Marshals zu einfach über die Lippen gekommen. Vertretergeschwätz. Er befürchtete, in die alte Routine zurückzufallen. Er fürchtete sich vor seinem alten Selbstvertrauen.

Dies war kein Geiseldrama. Es war nicht mal ein Fall von Verbarrikadierung. Es war eine Pattsituation, von beidem das Schlimmste.

Er sollte nicht zuviel grübeln. Er sollte handeln, sich vorwärts bewegen. Er holte tief Luft und überprüfte erneut die alten Maximen: Disziplin ist unabdingbar für Erfolg; durch Vorausberechnung hat man eine Situation zu neunzig Prozent im Griff.

Er zog den Reißverschluß seines Koffers auf und drehte ihn um, leerte Kleidung und Toilettenartikel auf die über das niedrige Bett drapierte, gemusterte Decke.

Ein Klopfen erschütterte die Aluminiumtür. Es war Coyle. Sie gab ihm einen schweren, weißen, zweiundzwanzig mal sechsunddreißig großen Karton, Ables Akte. Banish stellte den Karton auf den Boden und kehrte zu dem Durcheinander auf seinem Bett zurück, registrierte dann, daß Coyle immer noch hinter ihm in der Tür stand. »Die Lage hat sich stabilisiert –«, setzte sie gerade an, als Banish die Tür mit einem Fuß zustieß. Er wühlte in den Kleidungsstücken auf dem Bett, fand aber nichts passendes. Wie bei allem anderen würde er auch hiermit ganz von vorn anfangen müssen.

Operationsbasis

In einem Versorgungslaster fand Banish eine abgelegte John Deere-Baseballkappe und tauschte seine FBI-Regenjacke gegen eine Jagdjacke mit Tarnmuster. Seinen Ausweis steckte er in die Brusttasche und schloß hinter sich die Tür des Lastwagens. Tropfen fielen auf seine Schultern und den Schirm der Mütze, aus dem Nieseln wurde ein ausgewachsener Landregen.

Männer, die Aufgaben zu erledigen hatten, überquerten geschäftig die Lichtung und ignorierten Banish. Unter denjenigen, die untätig herumstanden, erkannte Banish den hiesigen Polizeichef aufgrund der Uniform. Er hatte ein feistes Gesicht und wirkte unter der offen stehenden blauen Regenjacke fett. Die Daumen hatte er unter seinen Pistolengurt gehakt. Banish ging zu ihm.

»'N Abend«, sagte Banish.

»'N Abend«, antwortete der Chief of Police.

Banish griff in seine Brusttasche. Er zog den Ausweis heraus.

Der Polizeichef warf einen Blick darauf, während der Regen von der Plastikhülle spritzte. »Noch mehr FBI?« meinte er stirnrunzelnd.

»Ich bin der neue Case Agent«, sagte Banish. »Wollte mich nur beim ranghöchsten Polizeibeamten vorstellen.«
»Moody«, erwiderte dieser und plusterte sich auf. »Chief of Police.«
Banish nahm den Ausweis zurück und vergrub die Hände in den Taschen. »Ich werde mit Ihren Leuten sprechen müssen. Lassen Sie sie exakt neunzehnhundert Uhr vor dem Kommandozelt antreten.«
Der Polizeichef nickte. Er war jetzt einbezogen. »Wir werden da sein«, sagte er und reckte das schwabbelige Kinn.
Banish ging.

Bergstraße

Die unbefestigte Straße war kurvenreich und schien aus unerfindlichen Gründen nicht schlammig zu werden. Rechts daneben verlief ein Bach, in den der Regen klatschte, und die feuchte Bergluft roch nach frisch gefällten Bäumen. Banish dachte an das verwüstete Skull Valley.
Er trat zur Seite, um einem Streifenwagen Platz zu machen, der drei einheimische Polizisten zur Lichtung brachte. Sie grüßten unverbindlich, so wie Kollegen sich gegenseitig zuwinken. Banish nickte, blieb dann stehen, drehte sich um und schaute ihnen nach.
Hinter einer steilen Kurve am unteren Ende der Straße lag eine kleine Brücke aus Eisenträgern, die an den Seiten von gestohlenen Autobahnleitplanken abgesichert war. Dahinter verlief im rechten Winkel dazu eine grasbewachsene, einspurige Straße. Vier bewaffnete Marshals in grünen Ponchos standen jeweils zu zweit auf der Brücke. Sie unterhielten sich. Gelbes Polizeiabsperrband war dreimal quer über die Brücke gespannt wie das Netz einer faulen Spinne.

Mehr als ein Dutzend Demonstranten marschierten auf der anderen Seite friedlich auf und ab. Ein vorbeifahrendes Auto bremste ab. Man wollte wissen, was hier los war. Dann wurde zur Unterstützung gehupt. Das alles registrierte Banish.
Ein etwa vierzigjähriger Weißer mit einem wild wuchernden Schnäuzer und Jeans mit Grasflecken an den Knien hielt ein Plakat hoch: GEHT NACH HAUSE.
Eine weiße Frau von etwa dreißig hielt ihre kleine Tochter an der Hand. Ein ordentlich beschriftetes Holzschild lehnte an ihren Beinen: IST DAS FREIHET? LASST GLENN ABLES IN RUHE!
Ein vielleicht fünfzigjähriger Weißer in Arbeitskleidung, Wollmütze und mit einem Holzfällerbart hielt eine Pappe in Hüfthöhe und intonierte deren Botschaft: »Erhebt euch gegen die Tyrannei. Gehorcht nur Jahwe.«
Andere hielten Kerzen, die im Regen flackerten. Ein Mann las laut aus der Bibel vor, während er gleichzeitig ein knapp zwei Meter hohes Kreuz aufrecht hielt. Banish bemerkte vier Personen, die etwas abseits zusammenstanden.
Er betrachtete das seichte Bachbett und die Autos, die ohne Überprüfung vorbeifuhren, dann wieder die dürftige Absperrung vorne an der Brücke.
Auch auf dem Rückweg die Straße hinauf wurde er von niemandem angehalten. Auf halbem Weg zur Lichtung tauchte ein Jugendlicher mit kahl rasiertem Schädel zwischen den hohen Bäumen auf der anderen Seite des Baches auf. Der Junge schaute beiläufig die Straße hinauf und hinunter, näherte sich dann Banish. Er trug keine Jacke, sondern nur ein kurzärmeliges, schwarzes Hemd, schwarze Stiefel und eine Uniformhose. Auf der weißen Haut seiner durchtrainierten Arme hatte er schwarze Tätowierungen, am auffallendsten war ein kunstvolles Hakenkreuz und ein lachender Totenkopf.

»He«, sagte er und nickte. Er lächelte nicht, machte aber auch kein finsteres Gesicht.
»He«, antwortete Banish.
Der Jugendliche gab ihm ein gefaltetes Flugblatt. Banish bemerkte die scharfkantigen Ringe und die vernarbten Knöchel.
»Heute abend Treffen hinter der Barrikade«, sagte der junge Mann. »Bring einen Freund mit.«
Er drehte sich um und verschwand wieder zwischen den Bäumen. Banish schaute ihm nach, senkte dann den Blick auf den primitiv gedruckten Handzettel mit der Überschrift AMERIKAS HOFFNUNG. Den Inhalt kannte er, ohne die Brille herausnehmen zu müssen, und stopfte das Blatt tief in die Jackentasche.

Operationsbasis

Sheriff Blood ertappte sich dabei, daß er den Kopf schüttelte. Er beobachtete uniformierte Männer, die wie Soldaten in Vierer- und Fünfergruppen an ihm vorbeimarschierten, und spürte, wie der Berg bebte, als ein weiterer Hubschrauber auf der von Unkraut überwucherten Weide hinter ihm landete. Die Auspuffgase der Jeeps ließen ihn husten. Er stand im Regen mitten auf der Berglichtung und schüttelte langsam den Kopf, so daß Wasser von der Krempe seines in Plastik gehüllten Cowboyhuts über sein ohnehin klatschnasses, schwarzes Haar lief und in den Kragen seiner Jacke tropfte – und er wunderte sich. Das hier waren Profi-Möbelpacker, und die Welt war voller Möbel. Er würde sehr darauf achten müssen, nicht beiseite geschoben zu werden.
Ein Mann mit einer Truckerkappe und einer Armeejacke kam auf ihn zu. Seine Schuhe waren schlammverschmiert,

vielleicht sogar ruiniert, und er war völlig durchnäßt, auch wenn ihm das nichts weiter auszumachen schien. Er war älter, etwa fünfzig, hatte stechende Augen und ein wachsames Gesicht, das Blood sofort warnte.
Blood drehte sich ihm zu. Der Fremde nickte zur Begrüßung. Blood nickte zurück.
»'N Abend«, sagte der Fremde.
Er trug keinerlei Legitimation. Seine Hände waren geöffnet und leer.
»'N Abend«, antwortete Blood.
Der Fremde griff nach seiner Brusttasche. Blood streckte fast beiläufig abwehrend den Arm aus, packte das Handgelenk des Mannes, zog schnell seine Sheriffjacke auf und ließ seine .38er sehen.
»Immer sachte«, sagte Blood.
Der Fremde griff in die Jacke, zog langsam eine dünne Brieftasche heraus und zeigte Blood eine Ausweiskarte mit Foto und Dienstmarke. »FBI«, sagte der Mann, genau wie es in blauer Blockschrift auf der Karte stand.
Blood ließ das Handgelenk des Mannes los und verstaute die Hände wieder in den Jackentaschen, ließ den Agenten allerdings nicht aus den Augen, dessen Namen er nicht mitbekommen hatte.
Der Agent steckte den Ausweis fort. »Der Chief of Police hat nicht mal mit der Wimper gezuckt«, sagte er mit einer tiefen, vollen Stimme, die den strömenden Regen zerschnitt.
»Wenn Sie eine Reaktion haben wollten«, sagte Blood, »hätten Sie nicht nach Ihrer, sondern nach seiner Brieftasche greifen sollen.«
Die Augen des Agenten wurden eine Idee schmaler, als beurteile er Blood noch einmal neu. Zu sehen, wie sich diese Augen bewegten, und etwas von den Gedanken dahinter zu erraten, war, als beobachte man einen Stein dabei, der

vergessen wollte, daß er ein Stein war, und zu sprechen versuchte.
»Wie viele Skinheads haben Sie hier in der Gegend, Sheriff?« fragte der Agent.
Blood hatte das Gefühl, sein eigenes Gesicht verriet in diesem Augenblick etwas. »Ein paar«, meinte er. »Unseren Teil.«
»Wie viele unerledigte Todesfälle?«
Auch diese Frage gefiel Blood nicht. Der Agent hatte zwar die hiesige Terminologie für »ungeklärte Todesfälle« benutzt, dennoch hatte Blood den Eindruck, herablassend behandelt zu werden.
»Insgesamt acht«, sagte Blood, wobei er so tat, als müsse er zunächst darüber nachdenken.
Der Agent nickte. »Wie viele davon waren Indianer wie Sie?«
Kurze, nicht rasierte Haare richteten sich auf Sheriff Bloods Nacken auf. Diesmal zeigte er sein Mißfallen deutlich. »Sechs«, sagte er und beobachtete weiter das Gesicht des Agenten.
»Hoher Prozentsatz«, meinte der Agent. »Wie ich sehe, hat dieser Ables hier in der Gegend eine ziemlich große Anhängerschaft.«
»Er hat seine Anhänger, ja«, bestätigte Blood.
»Ihre Wähler.«
Erst da dämmerte es Blood. Sie hatten sich die ganze Zeit geistig gemessen. Dieser Fremde hatte ihn umkreist, während Blood mit einem aussichtslosen Frage- und-Antwortspiel beschäftigt war. Nachdem er jetzt wußte, was hier gespielt wurde, entspannte sich Blood ein wenig, wie es seine Art war, wurde locker wie ein Hochseeangler, der sich an Deck seiner Yacht zurücklehnte und die Leine ablaufen ließ.
»Sie wollen wissen, auf welcher Seite ich stehe«, sagte er.

»Ich versuche nur, mich hier zu orientieren«, sagte der Agent. »Ich versuche herauszufinden, ob Sie auf diesen Berg gehören oder nicht.«
Blood nickte. Regen platschte auf die Erde und trommelte laut auf seinen Hut. »Sie machen gern Spielchen«, sagte er. »Sie haben hier wahrscheinlich jetzt das Sagen.« Er zog den Räumungstitel aus der Tasche, faltete ihn langsam auseinander und zeigte das Einschußloch. »Das hier ist meine Eintrittskarte zur großen Show«, sagte er.
»Wir werden sehen«, sagte der Agent. »Hilfssheriffs?«
»Nein.«
»Allein hier oben?«
»Klar! Aber ich bin schon vergeben.«
Der Agent nickte kommentarlos. »Kommandozelt, sieben Uhr«, sagte er und ging.
Blood schaute ihm nach. Er rieb sich den Nacken unter den langen Haaren, massierte die Verbitterung fort. Es regnete Bindfäden. Unerledigte Todesfälle. Es interessierte ihn, wieso ihm dieser Agent so schnell unter die Haut gegangen war. Blood nahm sich vor, besser vorbereitet zu sein, wenn sie das nächste Mal die Klingen kreuzten.

Kommandozelt

Es war Punkt sieben Uhr, und Perkins saß auf einem Klappstuhl in der ersten Reihe. Er hatte immer noch deutlich den Geschmack des Hühnerfrikassees im Mund, das an diesem Abend vom Amerikanischen Roten Kreuz verbrochen worden war. Er nahm einen Schluck heißen, schwarzen Kaffee und schwappte ihn mit der Zunge durch den Mund, hoffte so, den Nachgeschmack wegzubekommen. Dann sah er die Tasse an. Er spürte seine feuchte Hand. Das Rote Kreuz hatte ihm einen Becher für kalte Getränke gegeben, und der heiße Kaffee weichte das Material auf, ließ die Außenseite schwitzen und die innere Beschichtung schmelzen, so daß nun kleine Wachsaugen auf der Oberfläche der Flüssigkeit trieben. Er runzelte die Stirn und stand auf, hielt den Becher von sich weg, versuchte, keine Aufmerksamkeit zu erregen. Er stellte die Schweinerei in einen mit Plastik ausgekleideten Papierkorb und setzte sich dann wieder, schabte mit den Schneidezähnen über seine klebrige Zunge.

Hardy, Perkins' Stellvertreter, saß hinter ihm und blätterte in einem kleinen Notizbuch. Fagin saß links von Perkins, trug immer noch Mütze, Schutzweste und seine gesamte Ausrüstung, mindestens zwanzig Pfund zusätzliches Gewicht. Er stieß dichten, weißen Zigarrenqualm aus und hatte die Beine breit über der Kante des Klappstuhls gespreizt, um so bequem wie möglich zu sitzen. Es war eine gute Show. Jeder, der soviel Energie auf den Versuch verwendete, die Leute zu überzeugen, er sei ein Einzelgänger, mußte ein echter Kotzbrocken sein, und hatte noch dazu den falschen Beruf, da die Marshals als durch und durch teamorientiert bekannt waren. Für die Operation war jetzt allein das FBI zuständig; die anwesenden Marshals standen nun allein unter Banishs Befehl, womit automatisch Fagins Rolle geschmälert und Perkins' Position als die Nummer Zwei auf dem Berg gestärkt wurde.

Die FBI-Außenstelle Spokane war vertreten, ebenfalls verschiedene Kontaktbüros in Montana wie Kalispell, Missoula und Great Falls. Beamte der mittleren Verwaltungsebene von FBI und US Marshals Service hatten die restlichen Klappstühle belegt.

Im Zelt war es zugig, der Regen schlug und klatschte in Strömen gegen das straff gespannte Dach und die Seitenwände. Nackte Glühbirnen waren aufgehängt worden. Das Licht war fleckig, der geringsten Bewegung folgten drei oder vier verschiedene Schatten. Kabel von Faxgeräten und Computern und Telefonen schlängelten sich über den unebenen Segeltuchboden, und irgendwo draußen, hinter der Rückwand, vor der sie saßen, rumpelte ein Generator. Die Vergrößerung des Luftaufklärungsfotos an der Wand zeigte in grobkörnigem Schwarzweiß die Blockhütte und das sie umgebende Gelände sowie die breite, erhöhte hintere Veranda, auf der Glenn Ables zu sehen war, klein aber unverkennbar, wie er dem Hubschrauber den ausgestreckten Mittelfinger zeigte.

Banish trat um fünf nach sieben ein. Zuerst ließ er Fotos herumgehen. Perkins hatte sich erneut mit den Biografien der einzelnen Familienmitglieder vertraut gemacht und war für alle Fragen gerüstet. Auf den zwei Jahre alten Polizeifotos sah Ables aus wie ein großkotziger, kleiner Dreckskerl. Blonder Bürstenschnitt, Eichhörnchenaugen, pfeilförmige Nase, lange Ohren und ein breites, grinsendes Kinn. Er forderte die Kamera heraus, stand nicht einfach nur davor. Ein Bantamgewicht, klein und drahtig, Anfang vierzig. Ein Mann von der Sorte, der nach ein paar Gläschen loszieht und Streit provoziert, nur um zu beweisen, wie aggressiv und kampflustig er ist.

Das zwanzig mal fünfundzwanzig große Foto von Marjorie Ables auf dem Weg ins Gericht in Montana an dem Tag der Anklageerhebung gegen ihren Mann zeigte eine füllige Frau von Mitte dreißig in einem Gehrock. Sie trug eine Sonnenbrille und eine dunkle, gelockte Perücke. Die Haare waren im Verlauf der Chemotherapie im Anschluß an die Entfernung eines Kehlkopftumors Ende 1987 ausgefallen, wodurch sie auch die Stimme verloren hatte. Ihr Haar war nie mehr nachgewachsen.

Dann Schulfotos. Rebecca, die älteste Tochter, damals 10, jetzt 14 Jahre alt, trug schmale, gelbe Bänder in den Zöpfen, und ein breiteres Band war unter dem Kragen ihrer

Bluse zu einer lockeren Schleife gebunden; und die damals acht-, heute zwölfjährige Judith, von der man glaubte, sie wäre an der Schießerei beteiligt gewesen, hatte zerzaustes Haar; sie lächelte schief in die Kamera. Beide waren im folgenden Jahr von ihren Eltern von der Schule genommen worden. Eine weitere Schwarzweißluftaufnahme, erst vier Monate alt, zeigte Ruth, 9, und Esther, 5, beim Spielen vor einer der Hütten hinter dem elterlichen Blockhaus. Es war deutlich zu erkennen, daß Ruth eine kleinkalibrige Handfeuerwaffe an der Hüfte trug. Das fünfte Kind und der einzige Sohn, Amos, 18 Monate, war bereits im Exil geboren worden. Von ihm existierten keine Fotos.

Perkins kaute auf seiner belegten Zunge herum, reichte seinem Stellvertreter Hardy die Fotos weiter, drehte sich auf dem Stuhl um und schenkte Banish seine ungeteilte Aufmerksamkeit. Banish wirkte wie ein griesgrämiger, alter Soldat – nur noch zwei oder drei Jahre von der obligatorischen Pensionierung mit siebenundfünfzig entfernt –, doch seine überstürzte Reaktivierung bedeutete wohl, daß er einen guten Draht zu AD Richardsen besaß. Perkins hatte gehört, daß Richardsen und Banish gemeinsam die Akademie absolviert hatten, was eine Menge bedeutete.

Banish fing an. »Ich werde es kurz machen«, sagte er. »Der interne Codename des Bureau für diese Operation lautet BELAGERUNG.« Hinter ihm wurde fleißig mitgeschrieben. Perkins hoffte, seine verschränkten Arme ließen seine übergeordnete Stellung erkennen. »Die verwaltungsmäßig zuständige Außenstelle ist Butte. Faxe, Memoranden, Einsatzberichte, Telexe, 302er, LHMs – alles geht über meinen Schreibtisch, alles wird von mir abgezeichnet.«

Perkins gefiel nicht, daß der Fall über die Bücher seiner Außenstelle lief, aber durch Banishs Initialen würde es schon okay sein. Die Kennzeichnung ZA bedeutete, daß der ganze Schreibkram über Butte geleitet werden würde.

Falls irgendwas schieflaufen sollte, sorgte der Sonderfall-Status und die entsprechenden Initialen des zuständigen Case Agents automatisch dafür, daß letztlich Banish allein für ein Scheitern verantwortlich war; wenn aber alles glatt verlief, würde Perkins' Büro auf jedem internen wie öffentlichen Stück Papier von Belang, das im Zusammenhang mit der Operation BELAGERUNG verfaßt wurde, erscheinen.

In der Zwischenzeit konnte Banish schon mal davon ausgehen, vierundzwanzig Stunden am Tag Papiere abzuzeichnen. Perkins kannte die Papierberge, die eine Operation wie diese produzieren konnte.

Banish deutete auf eine imaginäre Linie, durch die das hintere Fünftel des Zelts abgetrennt wurde. »Dieser Bereich wird für mein persönliches Büro abgeteilt«, sagte er und nannte dann detailliert Ausrüstung und Materialien, die er benötigte. Perkins erinnerte sich an die Grundregel eines neuen Einsatzes: Reorganisier dein neues Büro. Ein Machttrick, eine Möglichkeit, seiner Autorität Geltung zu verschaffen – obwohl Banish, so wie er es schilderte, mehr daran interessiert schien, einen Platz zum Verstecken zu haben.

»Mein Operationsname wird ›Chefunterhändler SA Bob Watson‹ sein. Sobald der Kontakt hergestellt ist, werde ich der einzige sein, der mit Ables redet. Ich werde der alleinige Unterhändler und Ables' einzige Verbindung zur Außenwelt sein. Ich werde zu keinem Zeitpunkt in unmittelbaren Kontakt zu Ables treten. Ich werde ebenfalls zu keinem Zeitpunkt mit eventuell freigelassenen Geiseln in Berührung kommen, noch werde ich mich an Festnahmen beteiligen oder sie herbeiführen.«

Perkins erkannte darin die Standardverfahrensweise aller FBI-Unterhändler wieder, auch wenn sich Banish damit wahrscheinlich in Fagins Augen als Feigling abstempelte.

Perkins jedoch durchschaute Banishs Feuer- und-Schwefel-Geschrei und erkannte dahinter ein gewaltiges, schamloses Ego.

»Sämtliche FBI-internen Berichte und/oder LHM-Zusammenfassungen gehen unter meinem Operationsnamen mit den angefügten Initialen JB raus. Pressekonferenzen, falls und soweit ich sie für erforderlich halte, werden von SAC Perkins durchgeführt.«

Perkins schlug die Beine übereinander. Das war eine Bombe. Er hatte Mühe, sich seine Begeisterung nicht anmerken zu lassen. Washington rümpfte die Nase über zuviel Publicity und Pressekonferenzen, aber todsicher wurden sie dort wahrgenommen.

»Ich habe die Alarmbereitschaft für das FBI Hostage Rescue Team aufgehoben. Hier geht es im Augenblick nicht um eine Befreiung, und wenn wir sie hier vierundzwanzig Stunden in Alarmbereitschaft halten, könnte dies nur zu einer weiteren Eskalation beitragen. Die Marshals Service Special Operations Group unter Deputy Supervisor Fagin ist für Überwachung und Abschirmung des Geländes um die Blockhütte sowie für die Sicherheit der Operationsbasis verantwortlich. Falls der Vorhang hochgeht, sind Ihre Männer zuerst dran.«

»So haben wir's gern«, sagte Fagin.

»Aber ausschließlich auf meinen Befehl«, ergänzte Banish.

Perkins schaute zu Boden, rechnete mit einer Explosion. Aber Fagin war ungewöhnlich zurückhaltend. »Ich erledige die Arbeit, für die ich hergeschickt worden bin«, sagte er.

Banish fuhr fort. »Ab zweiundzwanzig Uhr wird der Funkverkehr des FBI und Marshals Service auf eine gemeinsame Frequenz des Justizministeriums geschaltet. Ab Mitternacht wird der Luftraum in einem Umkreis von zwei Meilen um den Paradise Ridge für den privaten und gewerblichen Flugverkehr gesperrt. Bei Tagesanbruch will ich Ingenieure hier haben, die sich die Brücke ansehen. Wir schaffen hier eine Menge schwerer Ausrüstung her, deshalb möchte ich sicher gehen. Morgen früh beginnen wir, den Weg den Berg hinauf zur Blockhütte neu anzulegen beziehungsweise zu verbreitern. Engagieren Sie ein hiesiges Bauunternehmen, aber halten Sie sie an der kurzen Leine.« Er schaute auf. »Jetzt möchte ich den neuesten Stand der Dinge hören. Wie steht's mit Ables' Lebensmittel- und Wasservorräten?«

Perkins stellte die Beine gerade. Er setzte sich auf und sprach als erster, nicht schnell, aber voller Selbstvertrauen.

»Die sind autark«, sagte er. »Hühner, ein paar Tiere, ein Garten. Wasser aus zwei Fünfzig-Gallonen-Fässern.«

»Im Freien?«

»Im Freien und über der Erde.«

Banish dachte darüber nach. »Im Haus befinden sich fünf kleine Kinder«, sagte er. »Wir lassen ihm das Wasser solange wie möglich. Sanitäre Anlagen?«

»Im Freien. Primitiv.«

»Jagt morgen ein paar Schüsse in die Haustür, laßt sie wissen, daß wir hier sind. Wir wollen nicht, daß jemand draußen herumläuft. Gebäude in der näheren Umgebung?«

»Ein paar Scheunen, Hütten, Hühnerställe«, sagte Perkins. »Soweit wir wissen, alle halb verfallen und verlassen. Ansonsten hat er die Bergspitze für sich allein. Das nächste Wohnhaus befindet sich fünfundsiebzig Meter talwärts, aber alle Häuser sind evakuiert.«

Banish setzte seine Lesebrille auf und nahm ein Fax vom Tisch.

»Ich nehme an, jeder hier hat den vorläufigen Bericht über Marshal Bascombe gelesen. Kaliber .223, entspricht einem Colt AR-15 Halbautomatik. Basierend auf den Einsatzbe-

richten und den Geschossen, die wir heute aus den Bäumen geholt haben: Dreißig-null-sechser, Dreißig-dreißiger, Neunmillimeter, Maschinenpistolen, Schrot, Mini-M-1er, und automatische Waffen, wahrscheinlich Maschinenpistolen der Art, wie er sie den Beamten von Alcohol, Tobacco and Firearms verkauft hat.« An diesem Punkt hörte Banish auf und nahm die Brille ab. Er musterte die Anwesenden.
»Eigentlich sollte jemand vom ATF hier sein«, sagte Perkins.
Banish runzelte die Stirn. »Morgen früh will ich mit den Beamten sprechen, die damals die Festnahme durchgeführt haben. Also: Verbürgtes Waffen- und Munitionslager im Haus. Es handelt sich um ein Arsenal. Das sollte jedem klar sein. Und jetzt«, sagte er und ging dabei Papiere auf dem Tisch durch, »von wem wissen wir noch mit Sicherheit, daß er bei ihnen ist?«
Perkins antwortete. »Zwei Ehepaare. Bruder und Schwägerin von Ables' Frau, die Newlands. Was irgendwie merkwürdig ist, da sie mit Ables zerstritten sind. Mormonen aus Provo und angeblich keine Sympathisanten, also haben sie sich für ihren Besuch wahrscheinlich nur das falsche Wochenende ausgesucht. Wir versuchen, Fotos aufzutreiben. Dann noch Ables' Schwester Michelle und deren Mann Charles Mellis. Die Mellis' sind allgemein bekannte Sympathisanten und wohnen inzwischen seit über einem Jahr zusammen mit der Familie in dem fünf Zimmer großen Blockhaus.«
Banish fand, wonach er gesucht hatte, und hielt es auf Armeslänge vor sich. »Charles Maynard Mellis. Eine Vorstrafe wegen tätlichem Angriff auf einen Polizeibeamten, 1990. Urteil zur Bewährung ausgesetzt.« Zufrieden legte er das Blatt wieder fort. »Das sind eine Menge Leute in einer Blockhütte ohne größere Lebensmittel- und Wasservorräte und ohne vernünftige sanitäre Einrichtungen.«

Perkins warf eine andere Frage auf. »Was ist mit der Nationalgarde?«
»Nein«, erwiderte Banish. »Keine Wochenendkrieger. Ergänzen Sie das – ich will nur zwei Hubschrauberpiloten, nicht hier aus der Gegend, und zwei UH-1 Transporthubschrauber. Wir werden leichte Luftunterstützung benötigen.«
Perkins hatte noch etwas für ihn. »Wir haben hier neun evakuierte Familien, die der Ansicht sind, das Rote Kreuz täte mehr für uns als für sie, und sie hatten überhaupt keine Probleme damit, genau das gestern abend hier im Lokalfernsehen auch deutlich zu sagen.«
Banish runzelte wieder die Stirn. »Bringen Sie sie alle in Wohnmobilen unter, aber irgendwo weit genug von der Straßensperre entfernt. Noch Fragen?«
Perkins lehnte sich zufrieden zurück, nachdem er sich hier hervorgetan hatte. Offensichtlich war Banish nicht der Mann für Details. Dies war eine große Operation, bei der, egal wie sie ausging, Perkins' geschickte Unterstützung in D.C. zur Kenntnis genommen würde. Und man würde sie zu schätzen wissen. Er würde schon dafür sorgen, daß sein Name positiv über AD Richardsens Lippen kam.
Links von ihm richtete sich Fagin auf seinem Klappstuhl auf. »Ich habe eine Frage«, sagte er durch einen Schwall dichten Qualms, zog dann ein letztes Mal an seinem Stumpen und trat ihn mit dem Stiefelabsatz aus. »Warum schleichen wir hier wie die Katze um den heißen Brei?«
»Sie wissen warum«, entgegnete Banish.
»Weil der Kerl sich hinter seiner Familie verschanzt?«
»Die Sicherheit der Kinder hat Vorrang.« Banish sprach alle Anwesenden an. »Wir dürfen jedoch nicht vergessen, daß die Kinder vermutlich bewaffnet und uns gegenüber

allen Berichten zufolge feindselig eingestellt sind. Bei allem, was wir hier tun, geht es darum, eine Töten-oder-getötet-werden-Konfrontation zu vermeiden. Das sollte jedem absolut klar sein. Dieser Mann versteckt sich hinter seiner Familie, weil er weiß, daß das funktionieren wird, und es funktioniert. Deshalb können wir nicht einfach reingehen und ihn rausholen. Deshalb müssen wir dafür sorgen, daß er zu uns kommt.«

Einen Moment wurde Perkins durch ein leises, verzerrtes Summen abgelenkt. Es war der kleine Funkempfänger, der in Fagins Ohr flüsterte. Auch andere drehten sich zu Fagin um, der völlig ungerührt da saß. Perkins beschloß, daß er auch so einen Ohrstöpsel haben mußte.

Banish faßte zusammen. »Als erstes werden wir morgen früh versuchen, eine Verbindung herzustellen. Ables hat kein Telefon, also werden entsprechende Vorkehrungen getroffen, ihm eines zu bringen. Auch keinen Fernseher, obwohl die Luftaufklärung eine große Antenne entdeckt hat,« – Banish deutete auf die Geländeaufnahme – »und man geht davon aus, daß sich im Haus ein entsprechender Generator befindet. Bislang haben wir hier ohne Verschlüsselung gearbeitet, und Ables Fachgebiet beim Militär war die Elektronik, also ist es möglich, daß er uns abhört. Aus diesem Grund wird jeder weitere Funkverkehr auf ein Minimum reduziert. Vergessen Sie nicht, er ist ein kampferfahrener ehemaliger Soldat, also ist er es gewohnt, daß ihm jemand einheizt. Vielleicht versucht er sogar, uns einzuheizen.«

»Wir halten immer noch diesen Nachbarn fest, Deke Belcher«, sagte Pushrad. »Der dem Roten Kreuz durch die Lappen gegangen ist und sich unmittelbar vor der Schießerei mit Ables getroffen hat.«

»Was hat er zu erzählen?« fragte Banish.

»Er sagt, er habe überhaupt nichts gemacht. Er sagt, das

Land da oben gehöre ihm, und er sei sein lebenlang Tag für Tag auf den Berg gegangen.«
Banish reagierte unwirsch. »Lassen Sie ihn über Nacht schmoren«, sagte er. »Ich verhöre ihn morgen früh in Gegenwart der hiesigen Polizei. Ich möchte, daß die städtische Polizei an der Barrikade unten an der Brücke postiert wird, verstärkt durch Marshals. Vertraute Gesichter könnten die Wogen zumindest für eine Weile glätten.«
»Sagen Sie denen aber«, knurrte Fagin, »daß sie mir nicht in die Quere kommen sollen.«
Banish war fertig, griff nach seinem Regenmantel und bat Fagin, ihn zu begleiten. »Sagen Sie ihnen das selbst«, sagte er.

Operationsbasis

Sie standen jetzt schon eine halbe Stunde im Regen, und alle meckerten. Der Mann neben ihm stampfte mit den Füßen auf und schimpfte: »Ist doch alles Scheiße.« Brian Kearney hielt jedoch den Mund. Genau wie unten im Revier war es kein Problem, bei diesen Meckereien mitzumachen. Solange es gegen einen gemeinsamen Feind ging wie den Stadtrat, fehlende Klimaanlagen in den Streifenwagen oder den Regen war sich jeder einig. Einer fing an, erhielt Rückendeckung von jemand anderem und dann von noch jemandem, wie ein Kartenhaus, das sie zwischen den Schichten im Pausenraum bauten, und es konnte sogar irgendwie lustig werden, wenn jeder sein Scherflein dazu beitrug, lauter und lauter, Beschwerde um Beschwerde, die Stimmung heizte sich immer mehr auf. Jetzt passierte es wieder. Thema war, wie die Dinge hier angepackt wurden. Darüber, daß Ables auch nur jemand war, der mit dem Rücken zur Wand stand, und wer hätte sich an seiner Stelle anders verhalten? Niemandem gefiel, daß Haley das Knie zerschossen worden war, aber die Schuld daran gaben sie dem Sheriff. Und so ging es weiter und weiter. Nicht etwa, daß einer von ihnen tatsächlich dabei gewesen wäre. Nicht daß auf einen von ihnen tatsächlich geschossen worden wäre. Manchmal sah es fast so aus, als wäre dieses Gemecker ihre Vollzeitbeschäftigung.

Brian Kearney hatte schon immer Glück gehabt. Zum Beispiel, daß die Kugel nur das Funkgerät an seiner Hüfte getroffen hatte. So was passierte ihm andauernd. Kein Glück wie ein Volltreffer beim Lotto, einfach nur das Glück des Dummen. Wie zum Beispiel vom Schulbus abgesetzt zu werden, unmittelbar bevor ein Auto hineindonnerte. Wie zum Beispiel einen Gefangenen ins Krankenhaus zu begleiten, und in der Aufnahme platzte dann Brians Blinddarm. Wie in die falsche Leichenhalle zu einer Totenwache zu gehen und irrtümlicherweise der Tochter des toten Fremden zu kondolieren, und dann kamen sie ins Gespräch, und am Ende wurde sie seine Frau. Und jetzt schon wieder: Zwei Monate, nachdem er seine Bewerbung ans FBI geschickt hatte, war das FBI zu ihm gekommen.

Also hielt Brian Kearney sich zurück und wartete. Draußen vor dem großen Zelt, das sie Kommandozelt nannten, war es pechschwarz, und der Regen prasselte senkrecht und ohne Unterbrechung herab. Er lief ihm in Strömen vom Kinn. Seine Uniform und die lange Unterhose war völlig durchnäßt, und er zitterte. Aber das alles klaglos zu ertragen gelang Brian, indem er darin eine Art Prüfung sah, es irgendwie biblisch verstand. Schon komisch und merkwürdig, wie einem die Dinge, die man in der Sonntagsschule nicht beachtete, im Kopf haften blieben.

Chief Moody war stocksauer, da sämtliche Klagen und Beschwerden langsam auf ihn zurückfielen – wie zum Beispiel: Wer hat eigentlich dieses Treffen anberaumt? Wie ein Bär in einem blauen Regenmantel stapfte er wütend auf und ab, fluchte leise vor sich hin, während ihm der Regen wie Spucke von den Lippen flog. Niemand stand gern wie der letzte Trottel da, Moody am allerwenigsten. Wie auf einer Wippe war es stimmungsmäßig den ganzen Tag mit ihm rauf und runter gegangen. Als Brian ihn das erste Mal wegen eines neuen Funkgeräts ansprach, nachdem er aus dem Krankenhaus zurück war, brüllte der Chief ihn an, er solle verschwinden. Als Brian es dann vor dem Abendessen erneut versuchte, gab ihm Moody sofort sein Gerät. Und das Abendessen, das von der Ladefläche eines Rote Kreuz-Lasters verteilt wurde – das könnte eine weitere Prüfung sein.

Da waren sie also, dreißig Polizeibeamte, die mit in den Taschen vergrabenen Händen und hochgezogenen Schultern im Regen standen, und alle meckerten. Vielleicht haben die vergessen, was es bedeutet, Polizist zu sein, dachte Brian, nachdem sie schon solange dabei waren. Oder vielleicht verstand immer noch keiner von denen, was hier wirklich passierte. Diese Männer besaßen keinerlei Ambitionen, außer endlich aus dem Regen zu kommen. Das FBI. Das Federal Bureau of Investigation. Das waren die Superprofis. Die Oberliga, die zu einem Spiel auf einem Unkrautacker gekommen war. Unglaublich, daß der Sheriff sie gerufen hatte. Dafür würde Moody ihn mit Sicherheit noch fertigmachen. Sheriff Blood stand jetzt etwas abseits, eigentlich wie immer. Ein Typ, der kaum auf etwas zu achten schien und sich dann am Ende an mehr erinnern konnte als man selbst. Er warf aus dem Augenwinkel einen kurzen Blick auf einen Baum, falls überhaupt, und drei Stunden später konnte er einem die genaue Anzahl der Blätter sagen, sofern man danach fragte. Brian kannte außer ihm niemanden, der einem selbst im

Stehen den Eindruck vermittelte, sich völlig entspannt zurückzulehnen. Und selbst jetzt im Regen – genausogut hätte er gemütlich an einem Zaunpfahl lehnen können, ein Fuß auf der unteren Latte, die Arme weit auseinander, einen Strohhalm im Mund und die Nachmittagssonne genießend. All die faulen Indianer, von denen man so hörte – Sheriff Blood machte sich diese Stereotype zunutze.

Schließlich tauchten die Bundesbeamten aus dem Zelt auf und schwärmten sofort aus; die meisten gingen fort, geschäftige Männer mit konkreten Aufgaben. Nur drei blieben. Der Chief ging direkt zu dem ranghöchsten FBI-Agenten. Vorwurfsvoll sagte er: »Um Himmels willen, es ist jetzt halb acht!«

Den Agenten schien das überhaupt nicht zu tangieren. »Lassen Sie Ihre Männer antreten«, erwiderte er nur.

Brian reckte die Schultern gegen den Regen und trat dorthin, wo die vorderste Reihe sein würde. Andere murrende Beamte, auch die aus dem nahegelegenen Crater und Little Elk und Simston, trotteten mehr oder weniger diszipliniert neben und hinter ihn.

Der ranghöchste Agent war älter, hatte eine hohe Stirn unter der FBI-Mütze und einen ernsten Zug im Gesicht. Er stand aufrecht und stolz da, und sein Regenumhang reichte ihm bis zu den Knien runter. Schräg hinter ihm stand der schwarze Marshal mit dem militärischen Tonfall, der beeindruckende Mann, der als erster aus diesem Bus gestiegen war. Seine Uniform und die kräftigen, verschränkten Arme waren unter einem langen, durchsichtigen Plastikponcho nur undeutlich zu erkennen. Der andere FBI-Agent, der Perkins hieß, hatte ein unauffälliges Gesicht mit hellen Sommersprossen und wirkte so unscheinbar, daß man ihn leicht wieder vergaß. Keiner von ihnen war unter vierzig. Sie sahen aus wie ganz gewöhnliche Männer, und nur bei dem Marshal war die typische

Ausbeulung von einer Waffe zu sehen. Völlig anders als im Kino.

Ohne die Miene zu verziehen wartete der ranghöchste Agent sogar dann noch, als die Männer alle angetreten und verstummt waren, so als sammle er seine Gedanken.

»Mein Name ist Special Agent John Banish«, sagte er gegen den dunklen Regen. »Bevor wir anfangen, möchte ich ein paar Dinge klarstellen. Wie ich gehört habe, gab es Meinungsunterschiede, was unsere Vorgehensweise hier betrifft. Manche von Ihnen glauben, daß wir als Außenstehende möglicherweise einige mildernde Umstände übersehen. Falls jemand etwas sagen möchte, einen gegensätzlichen Standpunkt oder Vorschlag zu unterbreiten hat, vom dem Sie glauben, er könnte helfen – jetzt ist der richtige Zeitpunkt dafür.«

Das kam ein wenig überraschend – daß sie Vorschlägen gegenüber so offen waren. Einige Männer bewegten sich nervös. Der eine oder andere drehte sich um.

Agent Banish sagte, »Sprechen Sie«, wobei seine Stimme zwar klar und ernst durch den Regen tönte, aber auch ein wenig ermutigend klang.

Sergeant Polchrist wurde irgendwie nach vorn geschubst, ohne daß jemand ihn wirklich berührte. Brian, der stur geradeaus schaute, sah den Sergeant nur aus dem Augenwinkel. Eine stillschweigende Abstimmung hatte Polchrist zum Sprecher der Truppe gemacht.

»Ich finde, vielleicht wird Ables da oben nicht ganz fair behandelt«, sagte Sergeant Polchrist. »Sicher, er hätte keinen Cop erschießen sollen. Davon spreche ich nicht. Aber man kann auch nicht behaupten, er wäre nicht provoziert worden.«

Agent Banish nickte. Er schaute irgendwo anders hin und dachte darüber nach. Irgend etwas an der ganzen Sache stimmte nicht, aber Brian konnte noch nicht sagen, was genau hier passierte. Agent Banish sagte: »Na gut. Sonst noch jemand?« Polchrists Aussage wurde schweigend unterstützt, als weitere Männer ihre Haltung änderten, aber es trat niemand mehr vor. Agent Banish sagte: »Wie wär's mit einer kurzen Abstimmung durch Handzeichen.«

Polchrists Hand schoß in den Regen hoch, da er ja jetzt der Anführer war, und noch eine Hand, dann weitere. Agent Banish hatte Schwierigkeiten, die ganze Gruppe zu überblicken. »Wer ein Handzeichen gegeben hat, tritt zur Seite hinaus«, schlug er daher vor.

Einer nach dem anderen, insgesamt sieben von den dreißig Sergeants und einfachen Polizeibeamten verließen die Formation nach rechts. Agent Banish wartete, bis alle neben dem Zelt standen. Dann sagte er: »Ihr sieben seid entlassen.«

Zuerst war nicht klar, was er meinte. Aus der Besprechung entlassen? Dann sagte Agent Banish: »Weiter. Heute haben mir drei Männer aus einem Streifenwagen auf der Bergstraße zugewinkt.« Er suchte die Gruppe ab und deutete auf die drei Männer. »Ich habe Zivil getragen und war äußerlich nicht als Polizeibeamter zu erkennen. Entlassen«, sagte er.

Jetzt war es ernst. Es war klar, daß die drei den Berg verlassen mußten. Scheiße, dachte Brian. Scheiße. Scheiße. Es war wieder genau wie bei der ersten Stunde der Grundausbildung, überhaupt nicht zu wissen, was sie von dir wollten, und das schürte bei dir die Angst. Was auch immer geschah, was auch immer dieser Agent Banish vorhatte, Brian hielt sich bedeckt.

»Jetzt die verheirateten Männer«, sagte er, »Männer mit Familie. Handzeichen.«

Brian war sich nicht sicher. Er dachte, es könnte vielleicht ein Trick sein, daß Banish eigentlich genau das Gegenteil meinte, daß zum Beispiel alle verheirateten Männer blie-

ben. Aber er wußte nicht, wie die richtige Antwort lautete. Seine rechte Hand bohrte sich in seinen Oberschenkel.
Im Regen um Brian herum wurden langsam, fast schüchtern Hände gehoben. Er würde sich fünfzigmal in den Hintern beißen, und wahrscheinlich sogar für immer und ewig, wenn er sich jetzt irrte.
Agent Banish wartete, bis sich jeder entschieden hatte. »Die Verhandlungen können sich über Tage hinziehen«, sagte er. »Nichts für Männer mit Frau und Verpflichtungen. Die sind alle entlassen.«
Brian holte tief Luft. Die Männer reagierten durchweg mit betretenem Schweigen; völlig durchnäßt schoben sie sich durch die sich lichtenden Reihen zur Seite. Er konnte nicht erkennen, wie viele noch übrig waren – bestimmt deutlich weniger als die Hälfte –, und hatte Angst, auch nur den Kopf zu drehen. Aber es war noch nicht vorbei. Jetzt ging Agent Banish die Reihe entlang, musterte einen nach dem anderen. Scheinbar willkürlich sagte er: »Entlassen.«
Brian richtete sich auf. Er versuchte, so entschlossen wie nur möglich zu wirken und eindrucksvoll auszusehen. Agent Banish kam näher. Brian war der vorletzte in der ersten Reihe. Er straffte die Schultern und reckte das Kinn. Dann fiel ihm sein Ehering ein.
So etwas würde diesem Mann nicht entgehen. Und da waren noch die beiden anderen, Agent Perkins und der schwarze Marshal, denen auch nichts entging.
Brian schob den Ring mit dem Daumen hin und her. Er bewegte sich nicht. Verzweifelt versuchte er, nicht bemerkt zu werden. Agent Banish kam näher. Brian wurde rot; jetzt ging es ihm nicht mehr darum, ausgewählt zu werden, sondern er wollte einfach nicht erwischt werden. Er zog den Ring nie ab. Es gab nie einen Grund dafür.
Er zerrte wieder daran und rieb. Der schwarze Marshal starrte genau zu ihm hinüber. Agent Banish kam näher

und näher und sagte: »Entlassen. Entlassen.« Im Ernst, was kümmerte es diesen FBI-Mann, ob ein Cop verheiratet war oder nicht? Brian ballte die Hand zur Faust und zerrte an der Haut.

Er bewegte sich. Der Ring drehte sich oberhalb des Knöchels. Brian zog daran, drehte ihn immer wieder herum. Agent Banish kam näher und näher. Brian schob den Ring bis zum mittleren Knöchel, drückte und zog an dem Ding. Er riß ihn über das Gelenk und vom Finger, ließ ihn genau in dem Augenblick in der Tasche seines Regenmantels verschwinden, als Agent Banish den Mann direkt neben ihm entließ.

Dann war er da. Er stand unmittelbar vor Brian. Der Regen prasselte ihm auf die Schultern, lief von der Hutkrempe über sein Gesicht. Brian versuchte, Banish nicht direkt anzusehen, schaffte es aber nicht. Agent Banish stand dort vor ihm wie ein Geist. Sein Gesicht hatte tiefe Falten und lag im Schatten, Atemluft kondensierte vor seiner Nase. Seine Augen fingen das wenige, vorhandene Licht ein und bohrten sich in Brian. Diese Augen hatten schon eine Menge gesehen. Brian hatte das Gefühl, als bedeute er ihnen gar nichts. Er wußte, daß er zuviel und zu schnell atmete. Er befürchtete, daß ihm der Mund sperrangelweit offenstand. Soviel Nebel vor seinem Gesicht, Brian glaubte, er würde sich auflösen. Agent Banish sah ihn direkt an.

Dann ging Agent Banish zum letzten Mann weiter und entließ ihn. Brian wußte nicht, was tun. Es erforderte die größte Anstrengung seines Lebens, einfach still stehenzubleiben und nicht in die Luft zu springen oder umzukippen. Plötzlich war er in Hochstimmung. Er war nicht entlassen worden, das war alles, und doch war es ein Gefühl, als wäre er auserwählt worden. Er wollte wissen, warum. Er wollte wissen: Wer war dieser Mann, wer war dieser Banish?

Sein Atem hing wie Nebelschwaden um seinen Kopf. Agent Banish stand wieder vorn, sprach jetzt, und Brian zwang sich zur Konzentration, während ihm der Kopf schwirrte. »Ob es Ihnen gefällt oder nicht, betrachten Sie sich als Freiwillige«, sagte Agent Banish. »Dies ist jetzt eine Bundesangelegenheit. Ich bin Unterhändler des FBI für Geiselnahmen, ich bin der verantwortliche Case Agent dieser Operation.«

Moody hatte im Hintergrund gewartet und wurde zunehmend erboster. »Unterhändler?« wiederholte er jetzt, trat durch den dunklen Regen vor, den Kragen bis über die Ohren hochgeschlagen. Seine Stimme überschlug sich fast vor übertriebener Ungläubigkeit. »Was ist das hier? Bei uns wird nicht mit Kriminellen verhandelt.«

Agent Banish drehte sich um, ihre Blicke begegneten sich. »Deshalb tragen Sie eine Uniform, und ich habe das Kommando«, sagte er. »Sie sind entlassen.«

Chief Moody mußte ihn zweimal ansehen, so ziemlich alle anderen auch. »Das glauben auch nur Sie«, sagte er, mehr überrascht als herausfordernd. »Bei den anderen ist das vielleicht in Ordnung, aber ich bin Chief of Police.«

Agent Banish sagte: »Dieser Berg liegt abseits einer County-Straße. Fällt somit in den Zuständigkeitsbereich des Sheriff Department. Die US Marshals werden Sie und Ihre Männer zur Brücke begleiten.«

Der Chief sah aus, als hätte er einen Schlag ins Gesicht bekommen. Er war vom Berg weg. Einfach so. Brian spürte, wie sich in diesem Augenblick alle aufrichteten. Jedem war klar geworden, daß Agent Banish auf dem Berg Macht über Leben und Tod besaß. Er mußte nicht freundlich sein, nicht einmal fair. Der Chief war entlassen worden. Es war unwirklich.

Agent Banish fuhr fort, redete gegen das Trommeln

des Regens an. »Glenn Allen Ables ist ein flüchtiger Waffenhändler, der am Mord an einem Bundesbeamten beteiligt ist, und das Justizministerium ist fest entschlossen, den Mann vor Gericht zu stellen. Ich bin auf diesen Berg versetzt worden, um ihn aus seinem Haus herauszuholen und seine Festnahme herbeizuführen, und dies ist eine Aufgabe, von der ich mich weder abbringen noch ablenken lassen kann oder will. Zwei Dinge werde ich keinesfalls dulden: Diskussionen über meine Entscheidungen und ungenügende Leistungen. Ist das klar?«

Er schien keine Antwort zu erwarten. Er erhielt ohnehin keine, und der schwarze Marshal, der bislang geschwiegen und fast bewegungslos, wenn auch wachsam, dagestanden hatte, entfernte sich urplötzlich mit forschen Schritten. Er drückte eine Fingerspitze gegen den Funkempfänger in seinem Ohr.

»Irgendwas unten an der Barrikade«, sagte er im Vorbeigehen zu Agent Banish, ignorierte ihn jedoch ansonsten.

Agent Banish verharrte einen Augenblick, dann setzte er sich ebenfalls in Bewegung. Agent Perkins folgte. Schließlich ging auch der Sheriff.

Und so hatte Chief Moody keinen mehr, den er anbrüllen konnte. Erst dann wagte Brian, sich verstohlen umzusehen. Fünf von ihnen waren übrig geblieben. Er schüttelte sein gesegnetes Haupt. Er hatte schon immer Glück gehabt. Er hoffte jetzt nur, daß keiner der anderen, die Bescheid wußten, etwas sagen würde. Er tastete in seiner Tasche, um sich zu vergewissern, daß der Ring noch da war, und streifte ihn sicherheitshalber erst mal wieder über den nackten Finger. Er schaute in den Regen auf, der aus dem schwarzen Himmel fiel. Ihm kam das alles unheimlich bedeutungsvoll vor. Als könnte genau das seine große Chance sein. Außerdem war Leslie ja erst im siebten Monat, und Brian fand sowieso: Auch wenn sie ihm niemals verzeihen könnte, Gott würde es ganz bestimmt tun.

Die Brücke

Hinter der Straßensperre war die Zahl der Demonstranten auf vierzig angewachsen. Sie würde, wenn die Pattsituation noch länger anhielt, zunehmen; damit rechnete man. Das hier jedoch war etwas anderes.
Sie standen dicht gedrängt in der Mitte der Straße unmittelbar hinter der Brücke. Sie hielten die Köpfe im Regen gesenkt, und sie waren still bis auf die eine Stimme, die ihnen vorsprach. Sie beteten. Alte Frauen, Skinheads, junge Pärchen, Kinder. Leute in paramilitärischen Uniformen mit rot-weiß-blauen Hakenkreuzarmbinden, die rechte Faust wie zum Hitlergruß erhoben. Alle standen ehrfürchtig da, beleuchtet von Autoscheinwerfern, die in einem weiten Halbkreis hinter ihnen aufgestellt worden waren.
Die vier auf der Brücke postierten Marshals schauten schweigend zu, die Schultern unter ihren Ponchos eingezogen, die Arme verschränkt.
Fagin, der die Szene aus dem vor Banish parkenden Jeep beobachtete, sagte: »Das hier ist die gottverdammte Twilight Zone.«
Perkins saß auf dem Fahrersitz neben Banish und schüttelte den Kopf.
Banish behielt beide Hände in den Jackentaschen. Er zitterte leicht, was nur zum Teil auf den Regen und die frische Bergluft zurückzuführen war. Das Fahrzeug des Sheriffs rollte neben sie, und Banish schaute zu dem Indianer hinüber, dem er aus irgendeinem Grund nicht traute.
»Leute von hier?« fragte Banish.
Der Sheriff blickte hinüber. »Ein paar.«

Das bedeutete Ärger. Wenn es nur ein lokales Ereignis war, dann konnte es unter Kontrolle gehalten werden. Aber Menschen, die eine gewisse Entfernung zurücklegten, kamen in Gruppen und brachten unweigerlich ihr eigenes Programm mit. Die Lage spitzte sich erheblich schneller zu, als es Banish gefiel.

Fagin fragte über die Schulter: »Der Klan?«

Perkins liebte leichte Fragen. »Der Klan kämpft heute praktisch nur noch vor Gericht«, sagte er. »Die gleiche Scheune, aber ein anderes Tier. Die Stadt Crater liegt ungefähr eine Autostunde südlich von hier. Dort befindet sich das Hauptquartier des White Aryan Resistance. Dann gibt es noch eine hiesige Splittergruppe, kleiner, noch radikaler, die sich The Truth nennt. Ihr Ziel ist ein unabhängiges arisches Vaterland, das aus den fünf nordwestlichen Bundesstaaten besteht, aber wir haben sie in Verdacht, in jüngster Zeit südlich von hier eine Reihe Überfälle auf Geldtransporter durchgeführt zu haben, und im Augenblick können wir nur vermuten, wofür das Geld bestimmt ist. Beide Gruppen sind Abspaltungen der pseudotheologischen, neonazistischen Christian Identity Movement.«

Fagin drehte sich wieder zu ihm um. »Wovon zum Geier reden wir hier eigentlich?« sagte er.

»Ein separatistisches Netzwerk, locker organisiert, aber prinzipiell vereint gegen alle Nichtweißen, Juden und andere. Dieser ganze Abschnitt der Rockies – keine ethnischen Minderheiten, schwache Polizei – ist eine Zuflucht für Outlaws, Fanatiker und rassistische weiße Suprematisten.«

Wieder blickte Banish zu dem lockeren Geflecht aus Polizeiabsperrband, das vor der Brücke hing. Er schloß die Augen. Sein Kopf war schwer; er hatte das Gefühl, sein Gehirn sei geschwollen mit Blut, das dringend ablaufen

mußte. Er wollte hier raus. Er brauchte acht Stunden Erholungsschlaf, aber sein Verstand arbeitete bereits zu fieberhaft. Er hoffte auf zwei Stunden, vielleicht drei.
Er öffnete die Augen. Alles war wie vorher, nur daß die Bäume auf beiden Seiten näher gerückt zu sein schienen.
»Ich will, daß das Wasserreservoir heute abend unter Beschuß genommen wird«, sagte er.
Mehr brauchte Fagin nicht. Er riß den Schalthebel in den ersten Gang. »Ich setze meinen besten Mann drauf an«, sagte er.

Paradise Point

Fagin wanderte die letzten paar Schritte den bewaldeten Berg hinauf. Der Regen ließ jetzt allmählich nach, aber er konnte kaum erkennen, wo zum Teufel er sich befand, Wasser tropfte immer noch von den Ästen und durch die Blätter. Scheißbäume, dachte er. Scheiß-Montana.
Taber sah ihn kommen und nahm am Absperrseil zackig Haltung an. Fagin erkannte die Angst und den eifrigen Respekt, den er in den Gesichtern seiner jüngeren Marshals zu sehen gewohnt war. Er reichte Taber sein Remington 700 Präzisionsgewehr und legte das Seilgeschirr über die Schultern, um die Taille und zwischen den Beinen an. Ekelhaft enges Ding. Wie ein gottverdammter Babysitz.
»Draußen alles klar?« fragte er.
Taber schlug die Hacken zusammen. »*Yessir.*«
Fagin nahm das Remington zurück und schulterte es. Er gab Taber seine Baseballkappe. »Geben Sie mir Ihr NSG«, sagte er.
Taber löste die Schnalle seines Helms. Ein sperriges Mistding, aber was zum Teufel machten schon weitere vier oder fünf Pfund aus.

Fagin spannte das Seil mit seinem Körpergewicht, riß dann an der Leine – und *zisch*! Das Gegengewicht fiel herunter, Fagins Füße schnellten vom Boden hoch, und er glitt auf dem Flaschenzugseil dreißig Meter senkrecht an der Seite der Eiche, deren Äste abgehackt worden waren, in die Höhe. Das Geschirr schlug gegen die Laufrolle des Flaschenzugs, und mit einem Ruck hielt er an. Dicke Regentropfen von den höchsten, nassen Blättern fielen auf ihn wie Vogelscheiße von einem ganzen Schwarm, prasselten auf seine Uniform. Fagin fluchte lautlos in die Nacht. Mit dem rechten Fuß fand er die Holzplattform des Heckenschützennestes, löste das Geschirr und stellte sich hin.
Er war in den Baumgipfeln oberhalb des Berges. Beschissen dünne Luft hier oben, Jesus Christus. Die Plattform war nicht groß, aber der Stamm bot genügend Halt. Eine kalte Brise wehte, um ihn herum rauschten die hohen Äste, aber das alles war kein Hindernis. Vor zwanzig Jahren hatte er im Dschungel ein .50er M-2 samt Dreifuß auf dem Buckel schleppen müssen und auf Distanzen von mehr als 2200 Yard Vietcong-Guerillas in Reisfeldern abgeballert. Für das hier hatte er nicht mal seine Zeit damit verschwendet, das Gewehr zu justieren. Einer 7.26er Kugel, die ungefähr fünfzig Meter weit mit einer Geschwindigkeit von gut 850 Metern pro Sekunde flog, war das scheißegal. Er war hier, um zu zerstören.
Er schaute nach oben. Gottverdammte Scheiße. Beschissene Sterne. Überall. Ganze Sternbilder. Blinkten wie Leuchtkäfer in einer gottverdammten Dunkelkammer. Und kein Mond. Mein Gott! Was für eine beschissene Gegend war das hier? In L.A. gab's auch Sterne, aber die brachten nur den Verkehr zum Erliegen. Wie konnten die Typen hier oben nur schlafen? Vielleicht war's ja genau das – die Scheißsterne hielten sie die ganze Nacht wach und trieben die Leute hier oben in den Wahnsinn. Sorgten

dafür, daß sie sich Nazikostüme anzogen und im Regen rumstanden und für ihre kriminellen Nachbarn beteten.
Er zog das Remington von der Schulter. In der vor ihm liegenden Dunkelheit wippten einige silbrige Zweige im trüben Sternenlicht. Dahinter – nichts.
Er klappte Tabers NSG über die Augen. Diese Nachtsichtgeräte waren nicht wie die älteren Infrarotbrillen, die, eingeschaltet, verräterisch klickten und surrten, Rotaugen und somit leichte Ziele, wenn sie einem im Dunkeln entgegenkamen. »Passiv« hieß die jetzige Technologie. Etwa fünfzig Meter hinter den deutlich sichtbaren grell-grünen Ästen brodelte der Umriß des Blockhüttenkomplexes nun in kontrastierenden Nuancen eines gespenstischen Grüns. Die Blockhütte selbst glühte, schwebte in seinem Blickfeld wie ein Haus unter Wasser.
Zuerst suchte er nach Bewegungen. Nichts.
Die Doppelfässer standen hinten, rechts von der Blockhütte, zwei klare Ziele in Grün- und Schwarztönen. Fagin hob das Remington und nahm den ersten Tank ins Visier. Er machte sich nicht mal die Mühe, sorgfältig zu zielen. Drück verdammt noch mal einfach ab.
Das scharfe Echo des Schusses hallte von den Bergen der Umgebung. Gottverdammt netter Effekt. Fagin beobachtete, wie sich ein phosphoreszierend grüner See unter dem Faß bildete.
Er lud durch, nahm den zweiten Tank ins Visier und drückte wieder ab. Dieser zerplatzte mit einem fernen Zischen und Krachen und leerte sich schnell.
Fagin verharrte, ließ das Visier langsam über das Grundstück wandern. Eine ähnliche Waffe, ein .30–06 Model-70 Winchester war in Vietnam meistens sein Reisebegleiter gewesen. Aber dieser neue, bullige Lauf war dicker und schwerer, besaß einen genaueren Druckpunkt und verwackelte nach dem Schuß nicht. Ein schönes, solides Stück

Holz. Es gefiel ihm. Er packte den glatten Schaft wieder fester. Lud durch. Drückte die Wange gegen den Schaft. Banish gab ihm Befehle, dachte er. Er drückte zweimal ab und klopfte zweimal an der Tür des Nebengebäudes an. Zwei klaffende, schwarze Brocken tauchten auf, der Gewehrknall folgte und hallte in den Bergen nach. Banish machte Police Chiefs aus der Kleinstadt Feuer unter dem Hintern, um sie einzuschüchtern. Pfiff den Obermacker zusammen, um zu beweisen, daß er alles im Griff hatte, der älteste Trick überhaupt. Das beschissene FBI übernahm.

Dann visierte er die Blockhütte selbst an, die mit Brettern vernagelten Fenster und die Eingangstür waren deutlich in unterschiedlichen Grün- und Schwarzschattierungen zu sehen. So gottverdammt leicht, dachte er. Das alte Können kehrte zurück. Im Dschungel hatte er sich den Spitznamen »Spider« erworben, weil er der König aller Scharfschützen war, eiskalt und geduldig und verdammt listig und verstohlen. Sein Spinnennetz entsprach der Reichweite, auf die er sein Visier einstellte, war aufgehängt an einem Felsvorsprung, der ihm hoch auf einem numerierten Berg als Schlupfwinkel diente, eine Reisfeld-Abschußzone des unsichtbaren, flüsternden Scheißtodes. 56 bestätigte Abschüsse in zwei Dienstzeiten in Vietnam. Damals für ihn nur ein beschissenes Spiel, denn er war jung und von Kopf bis Fuß ein neuer Mensch, hatte den mageren, schwarzen Jungen aus Arkansas für immer hinter sich gelassen, der seine Mutter anflehte, ihn an seinem siebzehnten Geburtstag zu den US Marines gehen zu lassen. Die höllische Geduld und die verwegene Listigkeit eines jungen Schwarzen, der sich in einer weißen Welt beweisen mußte, brannte heute nicht mehr in ihm. Er hatte sich, verdammt noch mal, bewiesen. Jetzt nahmen Leute zackig vor ihm Haltung an.

Er drückte noch einmal ab und fetzte einen großen Steinbrocken aus der Schornsteinspitze. Er hoffte, daß er in ihren Kamin krachte und die Kinder ausflippen ließ, daß Ables ihn runterpoltern hörte und an der White Power-Scheiße erstickte, die er gerade da drinnen predigte. Er hoffte, daß sie sich alle vor Angst in die Hose schissen.
Er wußte, daß Banish weiter unten die Schüsse mitzählte. Fagin riskierte, dafür zur Schnecke gemacht zu werden. Scheiß doch auf Banish, dachte er, warf das Remington über die Schulter und zog das durchnäßte Seilgeschirr wieder an. Scheiß-Montana.

Donnerstag, 5. August

Paradise Point

Banish drückte auf den Knopf und blies probeweise in das Megaphon. Er kniete neben einer dicken, feucht riechenden Kiefer. Der Regen hatte über Nacht aufgehört, und der Nebel vor Tagesanbruch hob sich gerade von der Bergspitze, die Sonne ging auf und brach durch den Dunst. Mehr als fünfzig Marshals und FBI-Agenten in Tarnuniformen und kugelsicheren Westen standen, kauerten oder knieten um ihn herum zwischen den Bäumen, alle waren schwer bewaffnet, alle zielten über das fünfzig Meter breite Niemandsland aus Baumstümpfen und vereinzelten Bäumen auf die taufeuchte Berghütte.

»*Glenn Allen Ables.*« Banishs ausgebildete Stimme klang roboterhaft. »*Hier spricht Special Agent Bob Watson vom Federal Bureau of Investigation. Ihre Blockhütte ist umstellt. Sie haben keine Möglichkeit zur Flucht. Befolgen Sie genau meine Anweisungen, dann wird niemand zu Schaden kommen. Legen Sie Ihre Waffen nieder und kommen Sie mit leeren und erhobenen Händen einer nach dem anderen durch die Vordertür heraus.*«

Er senkte das Megaphon, ließ den Hebel los und wartete. Der hinter ihm postierte BOLO Marshal visierte lautlos sein Ziel an. Die Stille auf dem Berggipfel war vollkommen. Banish stellte sich die im Inneren verschanzte Familie vor, die, Rücken zur Wand, Waffen in der Hand, auf dem Boden unter den Fenstern kauerte und auf jedes einzelne seiner Worte horchte.

Der Eröffnungsspruch war im Grunde eine reine Formalität. Es waren vertraute Worte, an die er sich erinnerte wie an den Text eines Liedes aus seiner Jugend. Der frühere Lieblingshit einer längst vergessenen Liebsten. Die gewohnte Routine. Er warf einen Blick nach rechts. Fagin stand zwischen den Bäumen bereit, hockte hinter einem Trupp von fünf Marshals in voller Kampfausrüstung. Banish nahm das Megaphon wieder hoch.

»Bewohner der Blockhütte. Beamte des United States Marshals Service stehen bereit, Ihnen ein Telefon zu bringen. Dies ist kein, ich wiederhole, kein Angriff. Jede Bewegung oder Handlung aus Ihrer Blockhütte wird als feindseliger Akt aufgefaßt und entsprechend beantwortet.«

Ein weiterer Augenblick angespannter Stille, dann senkte Banish das Megaphon und nickte Fagin zu, der seiner Gruppe mit Handzeichen den Befehl zum Einsatz gab. Die Fünf-Mann-Taktik war kurz und effizient. Zwei schwarzgekleidete Marshals gingen mit Plastikschildern voran, hielten in den freien Händen Blendgranaten bereit. In Kauerstellung folgte ihnen unmittelbar ein zweites Paar, M-21er schußbereit an den Schultern, die Blockhütte durch die Plexiglasvisiere ihrer Helme fest im Blick. Der fünfte Mann befand sich geschützt in der Mitte.

Der Trupp rückte stoßweise vor. Die Stelle, an der das Telefon abgelegt werden sollte, lag fünfzehn Meter vor den Verandastufen. Banish sah, wie sich Fagin zum Rand des Niemandslandes bewegte, die .44er gezogen an der Seite. Seine Lippen bewegten sich, gaben über das Funkgerät an seiner Schulter Befehle weiter. Selbst auf diese Entfernung konnte Banish den schmalen schwarzen Stoffstreifen über Fagins Abzeichen auf der Brust sehen, genau wie bei dem BOLO-Scharfschützen, der momentan über Banishs Kopf postiert war. Der Präzisionsschütze spannte sich jetzt an und zielte erneut.

Der Trupp war am Zielpunkt stehengeblieben und begann mit dem Rückzug. Aus der Blockhütte kam keinerlei Lebenszeichen, als das zehnbeinige Wesen sich langsam und so vorsichtig, wie es vorgerückt war, durch die Bäume zurückzog, vorbei an dem ersten, verkrümmten Hundekadaver, vorbei am zweiten, und schließlich wieder in den dichten Wald eindrang, wo Fagin ihnen von hinten Feuerschutz gab. Banish spürte, wie die Schulter des Scharfschützen über ihm eine Nuance sank.

Das Handy in einem schlichten Etui aus schwarzem Hartplastik, wasserfest und temperaturbeständig, lag fünfzehn Meter vor der Veranda.

Banish nahm wieder das Megaphon hoch. *»Glenn Allen Ables. Man hat Ihnen das Telefon gebracht. Ihre körperliche Unversehrtheit und die Sicherheit Ihrer Frau und Familie und Verwandten ist unser Hauptanliegen. Sie haben mein Wort, daß man Ihnen erlaubt, das Telefon ohne jedes Risiko hereinzuholen.«* Er unterbrach sich einen Moment, machte eine vorläufige Lagebeurteilung und überlegte sich seine abschließenden Worte. *»Ich bin überzeugt, daß wir eine für alle Beteiligten annehmbare und würdevolle Lösung finden können.«*

Er senkte das Megaphon. Wieder wartete der Wald auf die Blockhütte.

Nichts. Die Haustür blieb geschlossen. Keine Bewegung oder Reaktion oder Erwiderung.

In diesem Augenblick schoß Banish der Gedanke durch den Kopf, daß da drinnen bereits alle tot waren. Daß Ables ein Messer genommen hatte oder was immer am zweckmäßigsten gewesen war und bereits die gesamte Familie massakriert hatte. Er sah die im Tode erstarrten Gesichter der abgeschlachteten Kinder und ihre zusammengesunkenen Körper und die Schnittverletzungen an den Händen, weil sie sich gewehrt hatten, und die starren Augen und all das Blut.

Es dauerte eine ganze Weile, bis Banish den Handgriff des Megaphons losließ. Dann stand er auf und sagte zu dem BOLO hinter dem Baum neben sich: »Sagen Sie Ihrem Vorgesetzten, er soll die Männer weitere zehn Meter zurückziehen. Ich möchte es dem Verdächtigen leicht machen. Geben wir ihm etwas mehr Raum.«

Operationsbasis

Sheriff Blood lehnte an seinem Bronco, einen Styroporbecher mit Kaffee vom Roten Kreuz in der Hand. Was den Koffeingehalt betraf, war der Kaffee zwar akzeptabel, ihm fehlte aber die Süße und Substanz von Marylenes berühmtem Filterkaffee. Er hatte sie bereits als erstes an diesem Morgen über Polizeifunk verständigt und ihr angeboten, ein paar Tage freizunehmen, da er nicht glaubte, für den Rest der Woche ins Büro zurückzukommen. Für diese Vorhersage war keine besondere prophetische Gabe erforderlich gewesen.

Ein Panzer rollte an ihm vorbei über die Lichtung. Ein ausgewachsener Panzer der US Army. Er war auf einem rumpelnden Tieflader hergeschafft, über eine Rampe abgeladen und den Bundesbeamten überstellt worden. Jetzt walzte er an Blood vorbei zu den beiden Hubschraubern der Nationalgarde. Die Bundesbeamten postierten das schwere Gerät am Rande der Lichtung wie Tarzan seine Elefanten.

Blood stand etwa in der Mitte der von Bäumen gesäumten ovalen Lichtung, und von dort erstreckte sich, zu den oberen zwei Dritteln von Paradise Ridge blickend, eine ganze Flotte parkender Militärfahrzeuge in einer langen Reihe vor einem brandneuen Maschendrahtzaun, wie der Zeiger einer Uhr, wenn es drei ist. Die schwersten Fahrzeuge standen am weitesten entfernt, grüngestrichene Lastwagen und Tieflader mit riesigen Maschinen unter Tarnnetzen. Außerdem gab es noch Jeeps verschiedener Größen, sowohl offen als auch mit Verdeck, die hauptsächlich benutzt wurden, um Männer im Pendelverkehr von und zur Brücke am Fuß des Paradise Ridge zu transportieren, sowie Limousinen und Allrad-Explorers mit jeweils zwei oder drei Peitschenantennen. Alle Fahrzeuge hatten blaue Regierungsnummernschilder und Inspektionsaufkleber aus verschiedenen Bundesstaaten. Lokale Feuerwehr- und Krankenwagen waren hinten neben dem schwersten Gerät abgestellt, weit rechts am Rand der Lichtung. Feuerwehrmänner aus Huddleston und Sanitäter des Border County Hospital standen herum, tranken Kaffee und rissen Überstunden ab.

Genau vor Blood, etwa zwölf Uhr anzeigend, parkten, eingekeilt zwischen den Zelten, vier geräumige Lkws. Inzwischen waren es sieben große Zelte, deren Spannseile sich überschnitten und die sich drei oder vier Stromgeneratoren teilten, die summten und knatterten wie gutgefütterte Mulcher.

Etwa in Zehn-Uhr-Position, weit links nahe der Einmündung auf die Straße hinunter zur Brücke, standen Dutzende von Wohncontainern zusammengepfercht wie Winter-Sonderangebote auf dem Parkplatz eines Autohändlers. Das bedeutete beengte Quartiere für die Feds wie auch für die Marshals, die in den größeren Zelten kampierten; Blood hatte die Nacht in seinem Bronco verbracht. Hinter ihm, bei sieben Uhr, waren FBI-Agenten mit dem Bau von etwas beschäftigt, das wie zwei Feldküchen aussah. Mobile Toiletteneinheiten waren mit Lastwagen herangeschafft und neben dem hölzernen Latrinenschuppen aufgestellt worden, und ein Lastwagen der Heilsarmee stand dicht neben seinem Schwesterfahrzeug vom Amerikanischen Roten Kreuz.

Auf der anderen Seite der Lichtung vor ihm schließlich, ganz weit hinten oben bei zwölf Uhr und am Fuß der Flanke des Paradise Ridge, buddelte an der Zufahrt des schmalen Bergwegs ein schmutzig- orangefarbener Schaufelbagger, der hupte, während er langsam zurücksetzte und seine Ladung in einen Kipplaster fallen ließ, ehe er sich mit Volldampf voraus wieder in den harten Boden grub. Der Bautrupp schien den Ziegenpfad zu verbreitern; man wollte anscheinend eine Straße den Hang hinauf bauen, um dann höchstwahrscheinlich mit einigen der größeren Fahrzeuge hinauf fahren zu können. Das war ein bißchen so, als ob man einen Strohhalm weitete, um Hamburger aufzusaugen.

Wieder schüttelte Blood den Kopf, trank seinen Kaffee aus und schaute sich nach einem Mülleimer um. In der Nähe dieses Wettbuddelns kam Banish jetzt zwischen den Bäumen hervor. Er unterschied sich von den anderen Männern in blauen Windjacken durch das Megaphon in der linken Hand und den selbstbewußten Gang – er bewegte sich zielstrebig, scheinbar ohne den Lärm und die allgemeine Geschäftigkeit um sich herum zu registrieren. Banish ging schnurstracks hinüber zu einem großen, ungekennzeichneten, dreiachsigen, schwarzen Transporter, den Blood bislang noch nicht bemerkt hatte. Er stand direkt am Fuß des Berghangs, wo FBI-Agenten hohe Holzmasten aufrichteten, Lampen anbrachten und schwarze Telefonkabel spannten. Banish verschwand hinter dem Transporter, und Blood wartete, daß er auf der anderen Seite wieder auftauchte. Aber das war nicht der Fall. Blood knüllte den leeren Becher in der rechten Hand zusammen und ging langsam über die lärmerfüllte Lichtung.

Tontechnik

Banish stand vor der geöffneten Schiebetür des umgebauten, schwarzen Econoline Transporters und erinnerte sich an die langen Tage und noch längeren Nächte, die er in einem größeren, moderneren Modell verbracht hatte, draußen auf dem Rollfeld von La Guardia geparkt oder eine Straßenecke von einer Bank in Midtown entfernt, ja sogar auf Liberty Island im Schatten der großen Statue. Der Bienenstock, so war dieses Spezialfahrzeug genannt worden: ein dunkles, geschäftiges, Informationen verarbeitendes Gehirn. Banish hatte am Schaltpult gesessen, Informationen über Kopfhörer empfangen und den um ihn herum schwirrenden Agenten Befehle erteilt. Dieses Spezialfahrzeug aus Butte ermöglichte jedoch weder digitale Tonaufzeichnung noch Satellitenanbindung. Es besaß lediglich Dolby-Tonbandgeräte und sechs 5″-Monitore, unter denen numerierte Prägeklebestreifen angebracht waren, und bot gerade genug Platz für zwei ausklappbare Arbeitstische. Aber es war eigentlich egal. Er wußte, daß er statt dessen die Ungestörtheit und die Zuflucht seines Büros im Kommandozelt vorziehen würde.

»Alles bereit?«

Der FBI-Beamte nahm den Kopfhörer ab und drehte sich um. »Wenn er rangeht«, sagte er.

Banish stellte das Megaphon mit der Schallöffnung nach unten auf den Boden. Er beobachtete, wie Perkins geschäftig an dem Transporter vorbeihastete, dann stehenblieb und sich selbst bestätigend zunickte, als er Banish sah. Perkins trug Anzug und Krawatte und jetzt auch einen Ohrstöpsel. In der rechten Hand hielt er eine zusammengefaltete dünne Zeitung. Als er näherkam, bemerkte er den Ü-Wagen. »Alles viel zu kompliziert«, kom-

mentierte er. »Warum nicht einfach ein Handy auf die Veranda schmeißen und ihn anrufen?«
Banish kam die Frage nicht ungelegen, so hirnverbrannt sie auch war. Das ersparte ihm die öde Höflichkeit, guten Morgen zu sagen. »Keine Verhandlungen über eine unsichere Leitung«, erwiderte er.
»Aber der Zeitfaktor. Selbst wenn Außenstehende mithören könnten ... wollen wir denn keine schnelle Lösung?«
Banish schüttelte den Kopf. »Nicht auf Kosten der Sicherheit.«
Perkins gab ihm die an einer bestimmten Seite aufgeschlagene Zeitung. »Ein Käseblatt hier aus der Gegend«, sagte er. »Nachdruck eines Interviews mit Ables, vor ungefähr sechs Monaten geführt. Könnte Ihre Meinung ändern.«
Banish überflog die Zeilen. Im wesentlichen machte sich der Artikel über die blamable Unfähigkeit der Regierung der Vereinigten Staaten lustig, einen ortsansässigen, flüchtigen Kriminellen zu ergreifen, dessen Aufenthaltsort allgemein bekannt war. Um die Auflage hochzutreiben, stellte die Zeitung einen einheimischen Outlaw als Volkshelden dar. Der Reporter hatte Ables vor der Blockhütte interviewt. In einem Absatz, der mit blauem Kugelschreiber unterstrichen war, erklärte Ables, daß man ihn niemals lebend festnehmen würde.
Banish nickte. Es paßte zum Profil des Mannes.
»Sie nehmen das nicht ernst?« fragte Perkins.
»Darauf hat er doch nur gewartet«, sagte Banish. »Und das ist wiederum genau der Grund, warum wir nichts überstürzen.«
Banish schaute auf und sah den indianischen Sheriff auf sie zugeschlendert kommen. Banish erkundigte sich bei Perkins nach dem Namen des Mannes.
»Blood«, sagte Perkins. »Er ist derjenige, der uns verständigt hat.«

Der Indianer näherte sich mit tief in die Stirn gezogenem Cowboyhut. Sein entspanntes Gesicht hatte die Farbe von nassem Kirschholz, die Nase war nicht besonders markant. Tiefe Falten zogen sich von den Winkeln seiner dunklen Augen zum Mund, seine Ellbogen waren lässig abgewinkelt und die Hände behaglich in den Taschen einer braunen Sheriffjacke vergraben. Braunes Wollfutter ließ die Jacke weich aussehen. »Sie wollten mich sprechen?« sagte er.

Er sah Banish ruhig an. Banish fragte: »Mit welchem Slogan haben Sie gewonnen?«

Der Sheriff sah ihn an. »Wie bitte?«

»Ihr Wahlkampf. Mit welchem Slogan sind Sie angetreten?«

Der Sheriff schürzte die Lippen, als müsse er sich erinnern. »›Blood fürs Border County‹«, sagte er.

Perkins lächelte müde und verdrehte die Augen zum Himmel. »Super«, sagte er.

Dann herrschte eine Zeitlang Schweigen. Banish musterte den Indianer, dem dies nichts auszumachen schien, und Perkins, der zwischen ihnen stand, wippte langsam auf den Fußballen.

»Wir werden einen Einheimischen verhören«, sagte Perkins, weil er offensichtlich meinte, das Schweigen beenden zu müssen. »Anschließend werden wir Ihnen den Mann übergeben, damit Sie ihn in Untersuchungshaft nehmen.«

Der Indianer kombinierte schnell. »Deke Belcher«, sagte er.

»Kennen Sie ihn?«

Der Indianer nickte. »Ein Einheimischer. Aber ich würde nicht sagen, daß er irgendwas gemacht hat, weshalb ich ihn festhalten könnte.«

Perkins sagte: »Wenn die Bundesregierung mit Mr. Belcher fertig ist, ist das allein Ihre Entscheidung.«

Banish beobachtete immer noch den indianischen Sheriff und dachte, daß er eigentlich beklommener hätte wirken müssen.

Zwei Marshals kamen mit Deke Belcher, der in Handschellen zwischen ihnen ging, um die Ecke. Belcher war klein, hatte struppiges, graues Haar und verfaulte Zähne. Er war etwa fünfundsiebzig Jahre alt. Als er näher kam, heiterte sich seine Miene sichtlich auf. Aufgeregt grinsend registrierte er all die Aktivitäten auf der Operationsbasis.

»Solltet Eintrittskarten verkaufen!« meinte er.

»Mr. Belcher«, sagte Perkins mit einem Kopfnicken, nachdem er sich vorgestellt hatte. »Was haben Sie sich dabei gedacht, als Sie gestern auf den Berg gegangen sind?«

Belcher grinste. »Ist doch nicht verboten, auf sein eigenes Land zu gehen oder einen Nachbarn zu besuchen.« Mit einem vergnügten Funkeln in den Augen sah er aggressiv von einem zum anderen. »Jedenfalls noch nicht.«

»Sie wissen, daß gestern dort oben ein United States Marshal angeschossen und getötet wurde.«

Belcher brummte zustimmend. Das dümmliche Grinsen des Mannes verschwand nicht. »Ich hab eine Menge Leute da oben gesehen, die da nichts zu suchen hatten«, sagte er.

Perkins nickte. Es war ein förmliches Nicken, das nichts verriet, aber gleichzeitig den Eindruck von beginnendem Verständnis vermittelte. Perkins machte es besser als die meisten. »Dann sind Sie also ein guter Freund von Mr. Ables?«

Belcher nickte. »Glenn ist ein guter Nachbar. Anständiger Kerl. Moralisch einwandfrei. Man muß einen Mann schon bewundern, der sich nicht kleinkriegen läßt. Führt diese Marshals schon ewig an der Nase rum.« Er lächelte den beiden größeren Männern links und rechts von ihm zu.

Banish sagte: »Er hält da oben seine Familie als Geiseln fest.«

Belcher sah Banish an und schüttelte grinsend den Kopf, als wollte ihn jemand auf den Arm nehmen. »Ihr Feds redet nichts als Scheiße. Meint ihr vielleicht, wir wären nicht auf euch vorbereitet? Glaubt ihr vielleicht, wir wüßten nicht ganz genau, was zum Teufel das alles hier soll?«
»Wer ist ›wir‹?« fragte Banish.
Belchers Gesicht strahlte, verschmitzt und voll wissender Aufregung. »Die Bundesregierung will uns doch nur in eine bewaffnete Auseinandersetzung treiben. Damit sie hier wüten können, uns unsere Waffen abnehmen, unsere Familien massakrieren und uns ihre Neue Weltordnung aufzwingen können. Das ist bekannt.«
»Wer ist ›uns‹?« fragte Banish.
»Wissen Sie, hier in der Gegend glauben die Menschen an das Recht, Waffen zu tragen. Das Recht, Kinder großzuziehen, wie immer sie es für richtig halten. Das Recht, Jahwe zu verehren – oder Jesus, ganz wie Sie wollen. Das hier ist der Große Nordwesten, die letzte Festung der wirklich weißen Freiheit in diesem Land. Verstehen Sie das? Hier geht es ums Prinzip.« Seine Handschellen klirrten, als er immer erregter wurde, dann plötzlich nichts mehr. »Aber ich sag Ihnen was. Glenn wird jetzt nicht vom Paradise Ridge runterkommen, er wird überhaupt nie runterkommen. Glenn ist bereit, für das zu sterben, woran er glaubt. Ein sehr moralischer Mann, ein Mann mit tiefem Glauben.« Er genoß die Aufmerksamkeit, schaute von einem Gesicht zum anderen, nicht nur, weil er eine Reaktion suchte, sondern auch Zustimmung. Banish warf dem Indianer einen kurzen Blick zu. Dessen Augen waren eine Spur heller unter der Hutkrempe, aber ganz sicher nicht deshalb, weil er etwas hörte, das er nicht schon früher gehört hatte. Die beiden Marshals rührten sich nicht.
»Das dürfte dann der Glaube der Christian Identity sein«, sagte Perkins.

Belcher nickte ernst. »Genau.«
Perkins glänzte wieder mit seinem Wissen. »Ein fundamentalistisches Glaubensbekenntnis, das behauptet, die Angelsachsen seien die einzig wahren Israeliten und Amerika ihr gelobtes Land. Alle Nichtweißen sind Untermenschen, die aus dem Land vertrieben werden müssen.«
»Vergessen Sie nicht die Trennung von Kirche und Staat«, sagte Belcher, lächelnd den Finger erhebend. »Glenn mag umgängliche Menschen. Genau wie ich. Der große Rassenkrieg steht kurz bevor. Glenn hat es gewußt. Er hat das schon immer gesagt, hat gesagt: Die ersten Schüsse fallen an seiner Blockhütte. Und jetzt sehen Sie sich doch mal um.« Er kam wieder in Fahrt, klirrte mit den Handschellen. »Sie wissen doch selbst, daß unsere Gesetze heute in den Türmen von Babylon gemacht werden, bei den Vereinten Nationen in Jew York City. Fünfundzwanzigtausend Mann Blauhelmtruppen sind an der kanadischen Grenze zusammengezogen worden. Und was sagt Ihnen das? Es geht los. Sehen Sie, Glenn ist dafür, die weiße Rasse zu schützen. Er ist für das Große Alte Amerika.«
Er nickte stolz, sah wieder von einem zum anderen. Banish erwiderte seinen Blick. Aus irgendeinem Grund mußte er an einen Patienten im Refugium denken, ein kerngesunder, ehemaliger Arzt mit der Manie, durch die Gegend zu rennen und den Leuten zu erzählen, sein Körper sei von Krebs zerfressen.
Banish beobachtete Perkins und Sheriff Blood, die wiederum Belcher beobachteten. Der Sheriff reagierte ungewöhnlich gelassen. Perkins schien stolz darauf zu sein, Belcher aus der Reserve gelockt zu haben – einen geschwätzigen, alten Narren, den selbst ein Pantomime bei einer Unterhaltung aus der Reserve gelockt hätte. Mit dieser Episode würde Perkins später vielleicht versuchen, ein Gespräch mit Banish zu beginnen: »Also, was diesen alten

Knaben betrifft …« Aber Banish interessierte sich weder für kulturelle Kuriositäten noch für die verschrobenen Ansichten eines verschrumpelten Mannes aus den Bergen. Ihn interessierte nicht, wer wen haßte und ganz sicher nicht warum. Er interessierte sich ausschließlich für die tiefe Überzeugung in der Stimme des alten Mannes und die ausgeprägte separatistische Einstellung hinter seinen Worten. Banish wußte, daß dieser Mann nicht alleine stand.

Banish sah Perkins an und nickte, und Perkins sagte: »Vielen Dank, Mr. Belcher, das ist alles.« Die Marshals führten ihn ab.

»In einem Umkreis von ein paar Meilen gibt es von dieser Sorte noch fünfzig andere«, sagte der Sheriff. »Keiner von ihnen hat je gegen ein Gesetz verstoßen.«

Banish drehte sich zum Transporter und klopfte zweimal mit einem Knöchel dagegen. Der Tontechniker nickte ihm durch die geöffnete Tür zu und legte ein Tonband ein.

Paradise Point

Das Telefon lag fünfzehn Meter vor der Veranda auf der Erde und blieb unangetastet. Banish stand an der gedachten Grenzlinie des vierzig Meter breiten Niemandslandes, das die Blockhütte umgab. Neben ihm war ein Lautsprecher auf einen stählernen Dreifuß mit sicher im Boden verankerten Beinen montiert; Metallklappen auf beiden Seiten sollten den Klang direkt auf die Blockhütte richten.

Banish sagte in sein Motorola-Walkie-talkie: »Jetzt.«

Der harte Rhythmus des Basses und das sich monoton wiederholende, diskante Pulsieren schwarzer Großstadtmusik dröhnte aus dem Lautsprecher. Die tiefsten Baßnoten erschütterten den Boden, wo Banish stand, dann setzte der Rap-Text ein – gebrüllt und aggressiv.

Banish postierte sich hinter dem Lautsprecher und gab dem Tontechniker über Funk Anweisungen. »Schleife von zwanzig Minuten gefolgt von zehn Minuten Pause nach dem ersten Durchgang, dann jede halbe Stunde eine Minute weniger. Und fordern sie Ohropax für die Männer hier oben an.«
Fagin stand etwas abseits von seiner Einheit, spielte an einem nicht angezündeten Stumpen in seiner Hand herum und runzelte die Stirn über die Musik. Er kam näher und brüllte gegen den Lärm: »Wollen Sie ihn schon so gottverdammt früh fertigmachen?«
»Ich will, daß er das Telefon reinholt und uns sagt, wir sollen die Musik abstellen«, erwiderte Banish. »Ich will, daß er anfängt, Forderungen zu stellen.«
Fagin schüttelte den Kopf. »Das ist gottverdammt viel zu früh«, sagte er.
Banish nickte nur. Für so etwas hatte er keine Zeit. Er blickte wieder zum Niemandsland und den zwei Hundekadavern hinüber, die dort verwesten. Sie lagen zehn Meter von einander entfernt, steif und unnatürlich verrenkt; beide zogen inzwischen eine unübersehbare schwarze Wolke hungriger Fliegen an. In ein oder zwei Tagen würde der Gestank unerträglich sein.
Banish schob sich an Fagin vorbei, um wieder hinunterzugehen. »Ist das Ihre Musik?« fragte er ihn.
Fagin warf ihm einen finsteren Blick zu. »Ich bin wahrscheinlich der einzige auf diesem Berg, der diese beschissene Musik noch mehr haßt als Ables.«

Operationsbasis

Brian Kearney war gerade von der Brücke heraufgekommen, wo sich die Situation langsam aufheizte. Die Zahl der

Demonstranten hatte sich wieder verdoppelt. Autos parkten jetzt auf beiden Seiten des Feldweges, und Leute mit Schildern, Kühltaschen und Picknickkörben marschierten daran vorbei zur Brücke. Jede Menge Reden wurden geschwungen, und es herrschte ein ständiges Kommen und Gehen. Was Brian und die anderen vier Polizisten zu tun hatten, unterschied sich kaum von jedem anderen Einsatz, nur daß sich die Marshals, anders als Arbeiter von der Telefongesellschaft oder vom Straßenbau, keine Zeit zum Quatschen nahmen. Bei so einem Einsatz konnte man nicht viel mehr tun als Kaffee trinken und auf der Stelle treten, und von beidem mußte Brian pissen wie eine Springbrunnenfigur, und das war wiederum der Grund, weshalb er im Moment zurück auf der Lichtung war.

Auch dort passierte eine Menge. Er trat einen Schritt zurück und versuchte sich die freie Fläche vorzustellen, wie er sie von früher kannte. Hier herrschte jetzt ununterbrochen Rush-hour. Und nun auch noch Musik aus der Ferne, was schon merkwürdig war, an- und abschwellend, als liefe irgendwo ein Radio oder würde jemand auf eine Trommel schlagen. Das Echo der Musik schien von den Gipfeln zurückgeworfen zu werden.

Der Rote Kreuz-Laster, von dem Kaffee und Donuts verteilt wurden, und die Latrinen standen direkt nebeneinander, rechts von Brian, als er den Jeep am oberen Ende der Bergstraße parkte, damit er nicht so weit gehen mußte. Männer errichteten zwei lange Holzschuppen hinter den Lastwagen, und als Brian sich bei einem von ihnen erkundigte, was sie da bauten, schaute der FBI-Agent auf und antwortete: »Feldküchen.« Brian bewunderte ihre Tüchtigkeit; sag der Huddleston-Polizei, sie solle sich ihre eigene Feldküche bauen – und vergiß es. Offensichtlich richteten die Bundesbeamten sich auf eine längere Operation ein.

Über zwei Holzstufen gelangte man durch eine dünne Holztür, die einem Sturm wahrscheinlich nicht standhalten würde, in die Latrine. Im Inneren befand sich eine Reihe Plastikpissoirs, eins direkt neben dem anderen. Es war nicht so intim wie in den transportablen Toiletten draußen, aber wahrscheinlich sauberer, vermutete Brian, und ganz bestimmt luftiger. Es gab keine Spiegel, und in dem einzigen Waschbecken neben der Tür stand ein leerer Putzeimer. Neben dem Becken ein fleckiges, grünes Handtuch. Zwei Glühbirnen hingen an Kabeln von der niedrigen Decke, wo die Bretter ohnehin verzogen waren und dadurch Tageslicht in breiten, schrägen Streifen hereinfiel. Ein Schwall salzig-fauligen Geruchs schlug Brian entgegen.

Es war bereits jemand da, und wie in jeder öffentlichen Toilette versuchte Brian, den anderen nicht anzusehen. In einer öffentlichen Toilette vermeidet man den direkten Blickkontakt mit einem Fremden. Man will erledigen, was erledigt werden muß, sich dann die Hände waschen und gehen. Der Bursche stand vielleicht vier Pissoirs entfernt, genau in der Mitte der Reihe, also hatte Brian auf beiden Seiten genug Platz, um sich zwei oder drei Pissoirs von ihm entfernt hinzustellen. Weil der Unbekannte Brian jedoch den Rücken zukehrte, konnte er ihn ohne Risiko von oben bis unten mustern, als er die Tür hinter sich schloß und der Kerl sich nicht einmal umdrehte. In diesem Moment wurde ihm klar, daß er Agent Banish vor sich sah.

Sein erster Impuls war, sofort wieder zu gehen. Als könnte er den Mann schon allein durch seine Anwesenheit stören. Doch dann bremste sich Brian. Nur sie beide waren hier drin. Brian hielt dies für seine große Chance.

Glücklicherweise fiel ihm sein Ehering ein, er zog ihn ab und schob ihn in die Hosentasche. Er ging über die knarrenden Bodendielen, schluckte im wahrsten Sinne des

Wortes, überlegte, was er sagen sollte. Agent Banish hatte seine Baseballkappe nicht auf, sein ergrauendes Haar war leicht gelockt; er starrte stur geradeaus auf die triste Holzwand. Er ließ Wasser. Brian achtete darauf, beim Gehen jede Menge Lärm zu machen, damit es nicht so aussah, als wolle er sich anschleichen.

Agent Banish drehte nicht den Kopf, als Brian sich vor das Pissoir direkt neben ihm stellte. Brian wußte immer noch nicht, was er sagen oder wie er ein Gespräch anfangen sollte, also räusperte er sich, zog seinen Reißverschluß herunter und machte es ziemlich genau wie immer. Inzwischen mußte er natürlich nicht mehr. Er war darüber hinweg. Aber noch komischer hätte es ausgesehen, wenn er es jetzt nicht durchzog, also stand Brian mit geöffneter Hose da, starrte die Wand an, roch den salzigen Geruch und wartete, daß etwas passierte. Er blickte stur geradeaus, genau wie Agent Banish. Er war viel zu verschüchtert, um woanders hin zu sehen. Agent Banishs Wasser plätscherte stoßweise, und dann wußte Brian, jetzt oder nie. Brians Vater machte gern Sprüche, und einer seiner Lieblingssprüche lautete: Ein Mann muß im Leben die Initiative ergreifen. Brian wußte, daß er es nie zu was bringen und nie aus Huddleston, Montana, herauskommen würde, wenn er nicht zu dem großen Tisch ging, den Mund aufmachte und sein Stück vom Kuchen verlangte.

Also drehte er schließlich den Kopf. Es erschreckte ihn, wie dicht nebeneinander sie standen. »Agent Banish«, sagte er und tat so, als habe er ihn gerade erst bemerkt. Brian hob die rechte Hand und streckte sie aus. »Officer Brian Kearney«, stellte er sich vor.

Agent Banish hörte auf zu pinkeln. Er drehte den Kopf, und seine stahlblauen Augen durchbohrten Brian, genau wie gestern Abend im Regen. Sein Blick fiel auf Brians angebotene Hand, musterte dann wieder sein Gesicht, und das alles mit einem ungläubigen Ausdruck.

»Ich wollte Ihnen nur sagen«, zwang sich Brian tapfer, »ich bin nicht wie die anderen. Ich meine, die sehen alles nicht so wie ich. Ich meine, ich sehe alles nicht so wie sie. Also, eigentlich«, brachte er heraus, »habe ich vor zwei Monaten ein FD-646 eingereicht, eine Bewerbung zum Special Agent. Ich hoffe, beim FBI angenommen zu werden.«

In diesem Moment verdunkelten sich Agent Banishs Augen. Er sah Brian wie über eine tiefe Kluft hinweg an, obwohl sie in Wirklichkeit doch nur wenige Zentimeter voneinander entfernt standen, und dann schaute er fort. Er zog seinen Reißverschluß hoch und ging ohne ein Wort hinaus, ja sogar ohne sich die Hände zu waschen. Die dünne Tür fiel knallend hinter ihm zu.

Sägemehl tanzte in den Strahlen des einfallenden Tageslichts. Brian stand erstarrt da, wußte nicht, was er jetzt tun sollte. Dann zog er den Reißverschluß hoch und ging ebenfalls hinaus.

Agent Banish entfernte sich mit großen Schritten. Brian beeilte sich, ihn einzuholen und lief dann neben ihm her. Es überraschte ihn, daß sie etwa gleich groß waren.

»Ich bin einer der Beamten, auf die geschossen wurde«, sagte Brian schnell, damit Agent Banish Bescheid wußte. »Die Kugel ist vom Funkgerät an meiner Hüfte abgeprallt. Hab nicht mal einen Kratzer. Ich schätze, ich war schon immer ein Glückspilz –«

Dann blieb Agent Banish stehen. Das Gesicht war zur Lichtung gerichtet, die Augen registrierten die Aktivitäten dort und die Bäume am Rand, so wie Leute Wörter und Zeichensetzung ansehen und einen Satz erkennen. Brian folgte seinem Blick zu der Stelle, wo Sheriff Blood auf der anderen Seite des Weges stand.

»Was für eine Geschichte hat er?« fragte Agent Banish.

Er stellte Brian eine Frage. Die Antwort blieb Brian im Hals stecken, weil Agent Banish die Frage gestellt hatte und weil Brian nun überlegte, was ein Experte des FBI für Geiselnahmen wohl vom Sheriff wollte.
»Sheriff Blood?« sagte er. »Der hat keine Geschichte.«
Die Antwort ergab selbst für Brian wenig Sinn. Agent Banish schaute trotzdem weiter hinüber. Auf Brian wirkte es wie nachdenkliche Neugier, so wie große Tiere manchmal kleinere Tiere mit der Pfote betatschen, bevor sie sie töten.
»Was läuft zwischen ihm und Ihrem Chief of Police?« fragte Agent Banish.
Brian mußte blinzeln. Er versuchte, aus Agent Banishs Gesichtsausdruck schlau zu werden. »Woher wissen Sie davon?«
Aber dem Mann eine Frage zu stellen, war genau die falsche Reaktion, denn Agent Banish drehte einfach den Kopf um und sah Brian an, erkannte ihn in diesem Augenblick oder registrierte vielleicht auch nur seine Uniform. »Sollten Sie nicht unten an der Barrikade sein?« sagte er.
»Bin ich auch. Ich meine – war ich. Ich bin raufgekommen, um Kaffee für die anderen zu holen, und auch, weil ich mal pinkeln mußte. Sie wissen, wie so was ist. Bei so einem Einsatz kann man nur zwei Dinge tun: mit den Füßen stampfen und Kaffee trinken, und von beidem muß –«
Agent Banish entfernte sich bereits wieder. Diesmal blieb Brian, wo er war, und schaute ihm nur nach. Er wußte selbst nicht, warum er versuchte, Agent Banishs Zeit zu verschwenden. Das hier waren Männer der Tat. Die standen nicht dummes Zeug quatschend in der Gegend herum und stampften mit den Füßen oder tranken Kaffee. Man konnte nicht einfach zu ihnen gehen und Kameradschaft erwarten. Ihnen gebührte der Respekt, den man sich selbst erst verdienen mußte.

Brian sah, daß er die Sache ziemlich vermasselt hatte, und tatsächlich spürte er jetzt auch wieder seine Blase. Aber vorher mußte er mit dem Sheriff sprechen. Sheriff Blood sah ihn kommen und blieb auf halbem Weg zu seinem Bronco stehen, schaute sich dann um und sah Agent Banish in die entgegengesetzte Richtung verschwinden. Die Tatsache, daß der Sheriff sie zusammen gesehen hatte, ließ Brian etwas schwungvoller gehen.

»Brian«, grüßte der Sheriff lässig und mit verschränkten Armen. »Wie läuft's denn so?«

»Gut«, sagte Brian, der sich umdrehte, um Agent Banish nachzuschauen, und so den Sheriff dazu brachte, dasselbe zu tun. »Wissen Sie«, sagte Brian, »er hat sich nach Ihnen erkundigt.«

Um dem Nachdruck zu verleihen, schaute Brian noch eine Weile hinter Banish her, dann wandte er sich wieder dem Sheriff zu und erwartete neugierige Fragen, um dann ein paar nützliche Informationen zu geben. Statt dessen sah ihn der Sheriff vorwurfsvoll an.

»Ables ist der Mann, um den Sie sich Gedanken machen sollten«, sagte er.

Es schien Blood beinahe gleichgültig zu sein, aber Brian erkannte, daß er es falsch angepackt hatte. Hätte er sich sofort umgedreht und den Sheriff angeschaut, hätte er wahrscheinlich dessen Überraschung oder Neugier oder Besorgnis oder was auch immer gesehen. Brian mußte einfach glauben, daß es so war. Das hier war schließlich das Federal Bureau of Investigation, und die interessierten sich für ihn persönlich.

»Und?«, fragte Sheriff Blood. »Wie fühlt man sich denn wieder als Junggeselle?«

Scheiße. Schnell fischte Brian den Ring aus der Tasche und streifte ihn über den Finger. »Sie verraten den Feds doch nichts?« fragte er ängstlich.

Mit ernster Miene vergrub der Sheriff die Hände tief in den Jackentaschen. »Wie geht's Leslie?«
Wieder Scheiße. »Ehrlich gesagt«, murmelte Brian und wußte, wie sehr das nach einer Entschuldigung klang, »ich bin noch nicht dazu gekommen, sie anzurufen.«
Jetzt war der Sheriff wütend. Brian wußte, daß er seine Frau vor ein paar Jahren verloren hatte, durch Krebs oder irgendwas, aber das war etwas, worüber er nie sprach, denn so eine Beziehung hatten sie nicht. Aber vielleicht war das auch der Grund, warum sich der Sheriff so für Brians Ehe und Leslies Schwangerschaft zu interessieren schien. Er zog die Hand aus der Tasche und gab Brian einen kleinen Schlüsselbund.
»Rufen Sie sie von meinem Wagen aus an«, befahl er.
Brian nickte, ging und rief an.

Kommandozelt

[BEALAGERUNG S. 23]
SA Banish betrat etwa um 11:00 Uhr vormittags zum ersten Mal das Kommandozelt. SA Coyle, in ihrer neuen, von SAC Perkins zugewiesenen Funktion, holte SA Banish auf halbem Weg zu seinem Büro ein. Die Unterhaltung war kurz.
SA COYLE: Während der Nacht sind zwei weitere SAS vom Bureau eingetroffen, Sir. Abteilung für Verhaltensforschung. Sie arbeiten an einem psychologischen Profil von Ables.
SA BANISH: Gut. Sie sollen mir auch sein Horoskop ausarbeiten.
SA COYLE: Und die Beamten des ATF sind auch angekommen.

An dieser Stelle wurde SA Banish abgelenkt. Er starrte auf

einen Kühlschrank, der mit Früchten und Mineralwasser für das Hilfspersonal gefüllt war. SA Coyle stellte fest, daß SA Banishs Interesse einem Sechserpack Bier der Marke Pabst Blue Ribbon galt, das oben auf dem Gerät stand. SA Coyle erklärte, das Bier sei von einem ortsansässigen Arzt gebracht worden. Sie erklärte ferner, daß den Flaschen ein Narkotikum beigemischt sei. Sie erklärte, die Flaschen würden für den Fall bereitgehalten, daß Ables alkoholische Getränke verlangte.
SA Banish ordnete an, daß der fragliche Gegenstand umgehend aus dem Kommandozelt zu entfernen sei, und ging dann ohne weitere Erklärung in sein Büro.

Büro

Banish saß hinter den sich auf seinem Schreibtisch türmenden Berichten und Akten und musterte die beiden leger gekleideten Beamten des Bureau of Alcohol, Tobacco and Firearms, die vor ihm saßen. FBI und ATF operierten unter ähnlichen Bedingungen und gerieten sich daher häufig in die Quere. In der Presse wurden beide Organisationen oft als Konkurrenten bezeichnet, doch das war unpräzise: Der jährliche Etat des FBI übertraf die 265 Millionen Dollar des ATF bei weitem, womit jede Grundlage für einen gerechten Vergleich fehlte. Die eigentliche Ursache für Differenzen zwischen den beiden Behörden lag in ihrer Vorgehensweise. Die Leute des ATF hielten sich für Cowboys, die vom FBI für Männer des Gesetzes.
Zuständigkeitsbereiche überschneiden sich, und das führt zu Frustrationen. Das FBI und der US Marshals Service sind Abteilungen des Justizministeriums. Das ATF untersteht dem Finanzministerium. Aufgrund eigener Informationen über illegalen Waffen- und Sprengstoffhandel hatte

das ATF die ursprüngliche Undercoveroperation durchgeführt, an deren Ende Ables' Verhaftung stand. Als Ables zu seinem Gerichtstermin nicht erschien, verwirkte er damit die von ihm hinterlegte Kaution, seine Blockhütte, und wurde zu einem flüchtigen Schwerverbrecher erklärt. Die Zuständigkeit für seine Wiederergreifung wechselte daraufhin zum Marshals Service. Der Mord an einem Bundesbeamten und die Entwicklung bei der Belagerung bewegte den Zeiger ein drittes und letztes Mal, wodurch das FBI zuständig wurde. Es gab keine weitere übergeordnete, für das Inland zuständige Polizeibehörde.

Beide Seiten verhielten sich bei diesem Fall kollegial, und das ATF war bislang kooperativ gewesen. Banish wußte weder, ob das auf internen Druck, Druck von den Medien oder auf den diskreten, aber weitreichenden Einfluß des Justizministeriums zurückzuführen war, noch interessierte es ihn weiter. Riga und Crimson, die Beamten aus Spokane, die jetzt vor seinem Schreibtisch saßen, beeindruckten ihn nicht sonderlich. Rigas kleine Statur wurde durch seine ausgeprägte Muskulatur mehr als kompensiert. Crimson war ruhiger, weniger urwüchsig, kooperativer.

Riga erklärte, daß er sich für seine Rolle im Rahmen der Undercoveroperation Schnäuzer und Haare abrasiert hätte. »Wir haben uns als Mitglieder des White Aryan Resistance aus Nevada ausgegeben und wollten in einem Rasthaus nur ein paar Meilen von hier einen Kauf abwickeln. In der Skinhead-Kneipe The Bunker. Das Treffen war von unserem V-Mann innerhalb der WAR eingefädelt worden. Reine Routine. Ables setzte sich zu uns in eine Nische, wir haben den Handel perfekt gemacht, bar bezahlt, sind dann mit ihm raus auf den Parkplatz und haben die Ware erhalten.«

»Er hatte die Kanonen bei sich?« sagte Banish.

»Ja, in seinem Laster. Sagte, er habe es eilig.«

»Kein Sprengstoff?«
»Diesmal nicht. Erinnern Sie sich an Miles City?«
Banish nickte. Vor einigen Jahren war eine selbstgebastelte Bombe in einer Kindertagesstätte explodiert, die eine gemeinsame Außenwand mit dem Kontaktbüro des FBI in Miles City, Montana, hatte.
Riga fuhr fort. »Die Herkunft der Chemikalien ließ sich nicht zurückverfolgen, aber die Zündkapseln stammen definitiv von ihm. Er ist ein fanatischer Elektronikbastler. Zwei Kinder sind dabei getötet worden.«
Banish sagte: »Hat er Widerstand geleistet?«
»Nein. Hat sogar gegrinst. Hat sich im übrigen auch nicht über seine Rechte aufklären lassen. Als ich ihn informierte und fragte: ›Sind Sie sich über Ihre Rechte im klaren?‹ hat er geantwortet, nein, wäre er nicht. Wollte einfach nicht mitspielen.« Riga lehnte sich zurück und schlug die Beine übereinander. »War einfach nur ein Nazi-Arschloch.«
Banish machte sich Notizen. »Was wurde unter dem Strich beschlagnahmt?«
»Eine«, antwortete Riga.
Banish notierte: »Eine Kiste.«
Riga sagte: »Eine Kanone.«
Banish hörte auf zu schreiben. Er starrte auf das Blatt, schaute dann zu den beiden auf. »Eine Kanone«, wiederholte er ungläubig.
Riga strich sich den Schnäuzer glatt. »Eine Maschinenpistole Beretta Model 12. Vierzigschüssiges Magazin. Feuert zwei Neun-Millimeter-Kugeln pro Sekunde. Effektive Reichweite über zweihundert Meter.«
»Sie haben ihn wegen *einer* Kanone eingelocht?« fragte Banish.
Crimson beugte sich auf dem Stuhl vor. »Es ist eine Terroristenwaffe, die in Südamerika und im Nahen Osten beliebt ist. Wie er daran gekommen ist, ist eine ganz andere

Frage, aber es ist bestimmt keine Wasserpistole. Und wir wissen, daß er Zugang zu erheblich mehr hat. Nur sechs Monate bevor wir ihn geschnappt haben, hat er zwölf Dutzend an The Truth verkauft. Das ist bestätigt.«

»Und warum haben Sie dann nicht mehr genommen?« fragte Banish.

»Es war ein erstes Treffen. Er hat uns erst mal gecheckt.«

»Warum habt ihr dann nicht weitergemacht?«

»Unser Informant hat uns davon abgeraten. Ables macht nur mit Aryans Geschäfte. Unsere Tarngeschichte war einfach zu dünn, um eine längere Geschäftsbeziehung zu überstehen.«

Banish nickte nur. Er sah sich mit einem langen, glühenden Blick in seinem kleinen Büro um, kämpfte gegen das gleiche Schwindelgefühl, das er auch empfunden hatte, als er das Pabst-Bier sah. Wie ein Bauer, der Heuschrecken zertrat, hatte er wieder das Gefühl, daß ihm die Dinge entglitten.

So war es eine Festnahme gewesen, die Schlagzeilen gemacht hatte. Wenn bei weißen Haßgruppen Waffen beschlagnahmt wurden, griffen dies die überregionalen Nachrichtenagenturen immer auf. Im Finanzministerium hatte wohl eine Neufestsetzung des Budgets angestanden. State Highway Patrolmen nennen so was »die Tage kriegen«, diese überstürzte Eile gegen Ende jeden Monats, das Soll an gerichtlichen Vorladungen zu erfüllen. Jede Behörde war dafür empfänglich. Jeder Zweig der Exekutive mußte Erfolgszahlen vorweisen.

Banish wollte Riga und Crimson nach draußen bitten. Er wollte ihnen zeigen, was sich aus ihrer Festnahme wegen einer einzigen Kanone entwickelt hatte. Aber das war alles Affenscheiße. Weil die Vergangenheit keine Rolle mehr spielte. Ein Marshal war tot. Überall auf dem Berg wimmelte es von Kriminellen und Geiseln und Männern des Gesetzes, und das Wohlergehen jedes einzelnen lag letzten

Endes in Banishs Verantwortung. Mildernde Umstände waren dasselbe wie belangloses Gequatsche, und Banish verbannte diese Überlegung sofort aus seinem Kopf. Er würde sich nicht davon abbringen oder ablenken lassen, seinen Job zu erledigen.

Der Bronco

Blood gefiel es nicht, wie Paradise Ridge in seinem Rückspiegel immer kleiner wurde. Er machte sich Sorgen, daß etwas passieren könnte, wenn er nicht da war. Nicht daß er im Rahmen der gesamten Operation auch nur einen Furz zählte. Aber er war immerhin daran beteiligt. Es war wie bei einer Kleines-Mädchen-in-tiefen-Brunnen-gefallen-Geschichte im Fernsehen. Man wollte nicht, daß sie das Baby rausholten, wenn man nicht dabei war, um es mit eigenen Augen zu sehen. Besonders wenn die Möglichkeit bestand, daß das Baby bewaffnet war.

Also hatte er sich wie alle anderen auf den Leim führen lassen – von den Satellitenschüsseln auf den Fernsehwagen, an denen sie hinter der Brücke vorbeifuhren. Das war, nachdem sie sich einen Weg durch die Demonstranten gebahnt hatten, die sich sofort auf den Bronco stürzten, auf die Kühlerhaube trommelten und gegen die Wagentüren traten, als sie Deke Belcher entdeckten, der ihnen vom Rücksitz aus zuwinkte. Fäuste, die gegen die Scheiben hämmerten, Gesichter mit weit aufgerissenen, grölenden Mündern. Der alte Mann verströmte einen dumpfen, schmutzig-säuerlichen Geruch, der Bloods Nase in stetig zunehmenden Wellen beleidigte. Draußen auf der Interstate kurbelte Blood seine Seitenscheibe runter. Er lockerte die Plastikfolie an dem nach Kiefernnadeln duftenden Pappbaum, der am Zigarettenanzünder auf seinem Armaturenbrett baumelte. Dann zog er die Plastikhülle ganz ab. »Bringst du mich in den Knast?«

Dieses aggressive Lächeln mit verfaulten Zähnen. Er führte es Blood vor wie ein kleines Kind, das die schmutzigen Hände hebt, die gewaschen werden sollen. Blood fuhr inzwischen hundertzehn.

»Kannst mich nicht verhaften«, sagte Deke. »Wegen was schon?«

»Ich muß Ihretwegen eine Menge Formulare ausfüllen«, sagte Blood und versuchte zu sprechen, ohne einzuatmen. »Sachen, die Sie unterschreiben müssen. Danach können Sie wieder gehen.«

Deke nickte, lächelte weiter und schaute zufrieden durch die Windschutzscheibe. »Was ist mit den Bundes-Jungs?« fragte er und schüttelte verwundert den Kopf, als wollte er sagen: *Huuu-iee.* »Die wissen ja nicht mal, was sie da angefangen haben. Kapieren nicht, in was sie da reingeraten sind. Weißt du«, sagte er und drehte den Kopf zu ihm, »ich mach jede Wette, daß du sie gerufen hast. Jede Wette.«

Blood dachte nicht daran anzubeißen.

»Weil Chief Moody nämlich ein Mann ist, der weiß, wie man hier in der Gegend die Sachen anpacken muß. Du scheinst immer Hilfe zu brauchen, wenn du was zu erledigen hast. Zum Beispiel, ich weiß ja, daß du gewählt worden bist, und seit zwei Jahren bist du hier Sheriff – aber wo ist jetzt deine Unterstützung? Ein Sheriff, der Indianer ist? Ist doch das gleiche, als würde man einem Stein das Kommando über einen Wald geben, sage ich immer. Heutzutage weiß keiner mehr, wo sein Platz ist. Aber es passiert überall. Das Land hat sich verändert. Eine Rothaut aus einem Zigarettenladen, eine von diesen alten Reklamefiguren aus Holz, urplötzlich will sie rein und den ganzen verdammten Laden übernehmen. Verstehst du? So bekloppt ist das. Vielleicht gibst du mir ja sogar recht. Was ist denn mit den Toten, zum Beispiel, mit diesen Indianerjungs? Nichts ist dabei rausgekommen, stimmt's?«

Blood verzog keine Miene. Sein Nacken brannte.

»Du fährst einen Indianerjungen, der zuviel getrunken hat und mitten auf der Straße rumtorkelt, über den Haufen. Das ist Fahrerflucht, aber wer könnte's dem Fahrer verübeln, wenn er so was nicht meldet? Ein betrunkener Indianer latscht vor deine Karre. Wer hat hier die Schuld? Tatsache ist, ihr Typen bechert gerne, was eine ganz normale Sache ist, und dann passiert so was eben.«

Mehr Köder. Der alte Narr war vielleicht doch gerissener, als er aussah. Blood spielte seine Rolle, während Deke weiterquasselte und schwadronierte.

»Jedenfalls hast du einen anständigen Job. Wenigstens bist du keiner von den Indianern, die dauernd ihrem Land nachjammern. Das muß ich dir wirklich lassen. Die behaupten, der weiße Mann hätte es ihnen gestohlen. Verdammt, ja, wir haben es euch gestohlen. Wir haben euch praktisch mit links fertiggemacht und das Land unterm Hintern weggezogen. Weil wir das konnten, weil das das Gesetz des Landes ist. Aber jetzt kommt ihr Indianer angerannt und versucht, alle Gesetze zu ändern und das ganze Land zurückzufordern, und man weiß ja, wer dahinter steckt. Die jüdischen Anwälte flüstern euch das ein, die sind's, und dann schlagen sie aus allem noch Kapital. Indianer sind viel zu begriffsstutzig, um von selbst auf so was zu kommen. Ihr Eingeborenen solltet euch alle hübsch still und ruhig verhalten und unsere ursprünglichen Verträge achten. Wir mußten euch die Reservate nicht geben, verstehst du. Das war reine Großzügigkeit von uns.«

Blood sagte: »Ihr räumt ja sogar ein, daß wir auch Menschen sind.«

»Glaubst du auch nur eine Sekunde, wenn heute jemand

dieses Land übernehmen könnte, daß sie's dann nicht tun würden? Und du kannst mir glauben, die würden uns nicht erst von unserem Land vertreiben und das ganze Land umkrempeln, und dann würden wir ihnen urplötzlich leid tun, und sie würden die neuen Gesetze ändern und uns alles zurückgeben. Die würden's nehmen und behalten. Und genau das passiert doch hier, genau in diesem Augenblick. Deshalb müssen wir stark bleiben, um uns selbst zu schützen. Sicher – wir könnten den Weg des roten Mannes gehen. Die Bundesregierung hat der weißen, christlichen Rasse den Krieg erklärt. Glenn Ables ist nur die Spitze des Eisbergs. Aber glaubst du nicht, daß auch du und deine Vorfahren skalpieren und wie der Teufel kämpfen würden, wenn ihr noch eine zweite Chance bekämt. Die Sache ist doch, daß man keine zweite Chance kriegt. So einfach ist das. Wir schützen unsere Rasse hier, und wir schützen sie jetzt. Das verstehst du wahrscheinlich genausogut wie jeder andere.«

Blood wischte sich Schweiß von der dicken Oberlippe. »Ich verstehe Sie vollkommen«, sagte er.

Sie erreichten das Revier, und Blood bog auf den Schotterparkplatz ein. Außer der hoch am Mast flatternden Fahne wirkte alles verlassen, so, als wäre das Gebäude wegen Quarantäne geschlossen. Als wäre Fieber im ganzen Land ausgebrochen.

Deke rutschte besorgt auf seinem Sitz hin und her. »Nur ein paar Papiere unterschreiben sagst du?« fragte er.

»Genau.«

»Dann kann ich wieder gehen?«

»Genau.«

»Dann fährst du mich zurück rauf zum Paradise Ridge?«

Blood schob den Hebel der Automatik auf Parken und drehte den Zündschlüssel. Er schnappte sich seinen Hut vom Armaturenbrett, zog an der Türverriegelung und

stieg schnell aus. Auf der Schotterzufahrt stehend atmete er in tiefen Zügen die frische Luft ein. Er setzte den Hut auf und drehte sich um, um durch die geöffnete Tür Deke anzusehen.
»Dann«, sagte Blood, »müssen Sie sehen, wie Sie allein weiterkommen.«

Paradise Point

Jetzt war es dunkel. Wieder die beschissenen Sterne und die schnell ziehenden Wolken. Der nächtliche Wind rauschte in den Bäumen. Fagin sah seine Scharfschützen, die überall um ihn herum kauerten, schwarze Gestalten vor dem Hintergrund schwarzer Bäume und einer violettfarbenen Nacht. Auch andere Männer waren im Wald, Beamte des Bureau mit Jagdstiefeln und Daunenjacken von dem beschissenen L.L. Bean. Sie arbeiteten an verschiedenen Positionen an der Grenze zur Blockhütte, machten eine Menge Lärm, klirrten mit Sachen, und Fagin war sich ziemlich sicher, was sie vorhatten, und das machte ihn stocksauer. Aber er würde den Teufel tun und fragen. Banish hielt ihn auf dem laufenden, andernfalls …
Wenigstens war die Musik wieder ausgeschaltet worden. Fagin hörte das verzerrte Bellen des Megaphons und setzte sich durch die dunklen Bäume dorthin in Bewegung. Während der Mittagspause hatte er sich mit einem Kontaktmann beim FBI in Verbindung gesetzt, um Informationen über seinen neuen Freund Special Agent John Banish zu bekommen. Wie es schien, hatte Banish das ganze Jahr 1991 Sonderurlaub genommen – sechs Monate länger, als normalerweise bei einem Trauerfall in der Familie erlaubt ist –, und er hatte die Hälfte der Zeit hinter

sich, als diese durchgeknallte Maus ihn im Krankenhaus zusammenballerte. Die näheren Umstände des Zwischenfalls blieben vage – gottverdammt absichtlich vage –, aber sie hatte ihm eine Ladung so tief in den Bauch verpaßt, daß er fast reif für einen Kolostomiebeutel gewesen wäre. Nach der Entlassung aus dem Krankenhaus hatte er zwei Jahre in einem nicht aktiven Ein-Mann-Kontaktbüro irgendwo in Montana verbracht und auf seine Pensionierung hingearbeitet. Die ganze Sache stank. Es roch nach Einmischung und Sonderbehandlung und Vitamin B und all den anderen Dingen am Bureau, die Fagin verdammt ankotzten.

Ein Mann in einem FBI-Blouson kniete in der Dunkelheit am Rand der Todeszone, und zunächst dachte Fagin, es sei Banish, erkannte aber bei näherem Hinsehen, daß es jemand anderes war, ein Beamter mit Kopfhörern, der ein Richtmikro mit Parabolspiegel aufstellte. Banish kauerte unmittelbar hinter ihm, beendete gerade seine bescheuerte Nummer mit dem Megaphon. »*... legen Sie die Waffen nieder und kommen Sie mit hinter dem Kopf verschränkten Händen heraus.*« Er senkte das Megaphon und wartete. »Irgendwas?« fragte er.

Der Agent mit dem Kopfhörer kniete reglos da und starrte auf die Erde. »Man hört Trippeln«, sagte er mit leichtem Virginia-Akzent, dem bevorzugten Akzent von FBI-Agenten und Astronauten. »Aber nichts deutlich. Die Wände sind vielleicht doch dicker, als wir dachten.«

Fagin starrte mit zusammengekniffenen Augen in die dunkle Ferne, wo irgendwo im Sternenlicht zwischen den Bäumen vor der schwarzen Silhouette der Blockhütte wie ein dickes, fettes Stück Käse das schwarze Plastiketui mit dem Scheißtelefon lag.

»Hier stehen wir also«, sagte Fagin und spielte damit auf den Stand der Dinge an. Es hatte keinen Sinn, noch länger herumzumurksen. »Sie haben eine Varietenummer in einen beschissenen Drei-Manegen-Zirkus verwandelt. Was jetzt?«

Banish stand auf, ohne sich zu Fagin umzudrehen. »Ihre Männer sollen die Nachtsichtgeräte ausschalten«, sagte er.

Fagin machte ein finsteres Gesicht. Verärgert schüttelte er den Kopf, überflüssigerweise, denn er hatte nur Banishs Rücken vor sich. »Fagin hier«, sagte er. »Alle ausschalten. Ich wiederhole, alle. Wir bekommen hier eine Show geboten.«

Banish schaute weiter stur nach vorne, wartete noch eine gute halbe Minute, sah durch die schwarzen Bäume zur Blockhütte hinüber oder beobachtete vielleicht auch nur den Nachthimmel. Wenn er es nicht einzig und allein machte, um Fagin auf die Palme zu bringen oder zu beweisen, wie toll er alles im Griff hatte, dann war er ein ausgemachter Vollidiot. Schließlich sah Banish sich um. Er hob die linke Hand.

Lautes, metallisches Klicken erklang überall auf dem Gelände, als Schalter umgeworfen wurden und sechs große Flutlichtscheinwerfer aufflammten, die die Blockhütte praktisch in Tageslicht tauchten. Fagin kniff die Augen zusammen und hob eine Hand, als sich seine Pupillen zusammenzogen. Man sah, daß die Scheinwerfer in regelmäßigen Abständen in einem weiten Halbkreis angeordnet und leicht erhöht um die konvexe Außengrenze des Niemandslandes errichtet waren; sie summten. Die beleuchtete Fläche wirkte fahl und war praktisch schattenlos, die Blockhütte nun deutlich durch die Bäume zu erkennen.

»Prima«, sagte Fagin. »Sie pissen gegen den verdammten Wind. Und ich stehe direkt hinter Ihnen.«

Banishs Rücken zeichnete sich als Silhouette ab, hinter ihm die Bäume und die knallhelle Blockhütte, so, als

stünde er vor einem Gemälde. »Hat er das Telefon zerstört?« fragte Banish.
Fagin blinzelte immer noch.
»Hat er auf das Telefon geschossen?« fragte Banish.
Fagin runzelte die Stirn. »Noch nicht.«
Banish nickte. »Er wird reden«, sagte er. »Das tun sie immer.«
In diesem Augenblick tauchte Perkins hinter Fagin auf. Er war den Berg heraufgelaufen und versuchte die Tatsache zu verbergen, daß er ziemlich außer Atem war. »Neue Schwierigkeiten unten an der Straßensperre«, keuchte er.
Banish stand da, dachte darüber nach. Riesenvollidiot. Schließlich drehte er sich um und sah den FBI-Beamten an, der den Kopfhörer trug. »Wir machen noch was Musik«, entschied er. Dann ging er mit Schreibtischhengst Perkins den Berg hinunter. Und dann fing die beschissene Musik wieder an. *Jesus fucking Christ ...*

Die Brücke

Früher war es so: Nachrichten ereigneten sich, und dann wurden sie gemeldet. Und das schien auch nur vernünftig zu sein. Wenn jemand einen großen Fisch angelte, dann erschien am nächsten Tag ein Foto von ihm in der Zeitung, auf dem der Mann neben seiner aufgehängten Trophäe auf dem Pier stand. Vorher- und-Nachher schien die natürliche Abfolge einer Geschichte zu sein.
Sheriff Blood betrachtete die Szene, die sich keine dreißig Meter von ihm entfernt auf der anderen Seite des schmalen Bachs abspielte. Er hatte die lokalen Montana-Nachrichtensendungen schon immer gehaßt. Hielt auch die Nachrichten der großen Networks nicht für besonders gut, aber die hatten wenigstens weniger Zeit für Mumpitz.

Er wurde wütend bei der Vorstellung, daß Nachrichten bewußt fabriziert wurden, aber genau das taten diese Leute, und das taten sie auch jetzt wieder. Sie benutzten ihre Kameras wie Stöcke, richteten sie auf Menschen und stachelten sie an. Und ihre Satellitenschüsseln wie Sirenen. Kurz nach Einbruch der Dunkelheit hatten sie ihre Kamerascheinwerfer auf die an der anderen Seite der Brücke versammelten Demonstranten gerichtet. Sie wollten einen Zwischenfall, und sie würden ihren Zwischenfall bekommen. Es hatte keinen Sinn darauf zu warten, daß ein Fisch vorbeigeschwommen kam. Sie warfen Köder ins Wasser. Sie schaufelten mit beiden Händen Blut und Innereien hinein und zogen an einem großen Schleppnetz.

Natürlich kam hier noch eine weitere Zutat zur Wirkung – Alkohol. Whiskey und Bier machten aus den meist leicht aufbrausenden Typen blitzschnell Problemlöser. Der Große Klärer verlieh ihnen die Kraft und Überzeugung, entschieden aufgrund von Lösungen zu handeln, die sich ihnen erst in diesem Augenblick offenbarten. Das ist der Moment, in dem es höchstwahrscheinlich zu einer Kneipenschlägerei oder einem Mord oder einem Ehekrach kommt.

Einige Worte übertönten deutlich den Lärm. »Verschwindet aus unseren Hinterhöfen!« brüllten sie. »Schweine!« Und wieder und wieder, von einer Bande junger, schwankender Männer der zornige Ruf: »*The Truth! The Truth!*«

»Herr im Himmel«, stöhnte Brian Kearney, der beobachtete, wie die Menge plötzlich wieder auf die Brücke zubrandete. Er stand mit offenem Mund da. Die Marshals, die ihn auf seinem Posten vorne an der Brücke abgelöst hatten, redeten jetzt hastig mit zu den Schultern geneigten Köpfen in die Mikros ihrer Funkgeräte und hielten die Gewehre schußbereit. Aus der Versammlung von Demonstranten war ein ausgewachsener Mob geworden.

Lichter, Menschen, Lärm. Es war alles eine tolle, große

Monstrositätenausstellung wie auf einer Kirmes. Die Bundesregierung war Der Mann Mit Hundert Armen, und Glenn Ables war der Anreißer. Kearney hätte auch einen dicken Büschel rosafarbene Zuckerwatte in der Hand halten können, als er staunend auf einen Mann an der linken Seite der Brücke zeigte. »Sheriff«, sagte er. »Der Bursche da hat sich gerade an einen Baum gekettet.«
Neben dem Mann hielten fünf oder sechs Leute ein Transparent hoch: BUNDESREGIERUNG! VERSCHWINDET VON UNSEREM LAND!
»Umweltschützer«, erklärte Blood.
Kearney starrte mit großen Augen auf die Szene vor ihm. »Sind hier eigentlich alle übergeschnappt?«
Blood trank einen weiteren Schluck Kaffee und verscheuchte eine brummende Schmeißfliege. Mit einem dumpfen Klatschen landete ein Ei direkt neben ihnen auf der Straße. Blood bewunderte den ovalen Fleck und wie die Masse sich ausbreitete.
»J-ja«, sagte er.
Dann fiel Scheinwerferlicht auf die Menge. Hinter ihnen hielt ein Jeep, und Kearney und Blood drehten sich um. Es waren Banish und Perkins, Perkins saß am Steuer. Perkins starrte mit weit aufgerissenen Augen auf die Menge, als er aus dem Jeep stieg. Banish betrachtete sie mit distanzierterer Besorgnis, taxierte die Menge wie ein Ladenbesitzer, der einen großen Räumungsverkauf bei der Konkurrenz auf der anderen Straßenseite beobachtet.
Kearney war als erster bei ihnen. »Die haben ordentlich getankt«, erläuterte er. Genausogut hätte er die Bemerkung fallenlassen können, daß die Erde rund war. Er gab Banish einige der Flugblätter und Rundschreiben, die hinter den Linien verteilt wurden, selbstgedruckte rassistische Pamphlete mit solch unbeholfenen Titeln wie *Der Bund*.

Perkins beobachtete den anwachsenden Mob. »Schakale«, sagte er. »Braunhemden.«
Banish warf kaum einen Blick auf die Flugblätter, die Kearney ihm gegeben hatte. »Was hat sie aufgestachelt?« wollte er wissen.
»Was gerade mit den Mellises passiert ist, würde ich sagen«, antwortete Kearney. Als die Agenten nicht sofort reagierten, fügte er hinzu: »Die Eltern von Charles Mellis.«
Aber sie warteten nur. Sie suchten keine Unterhaltung. Banish schien die Leute hinter ihnen zu zählen.
Kearney fuhr unbeirrt fort. »Mr. Mellis wollte durchgelassen werden. Er wollte mit euch reden. Ich habe ihm gesagt, daß niemand durchkommt, also ist er an mir vorbei und hat die Marshals angesprochen, und die haben auch abgelehnt. Dann hat ein Fernsehteam Mr. Mellis vor die Kamera bekommen, als er direkt vor der Brücke stand, und denen hat er dann erzählt, was gerade passiert war und daß er ungerecht behandelt würde, und von da an wurde es wirklich heiß. Da haben die Leute angefangen zu brüllen.«
Perkins hob einen Arm und sagte: »Da ist Belcher.«
Blood schaute hin. Deke stand in der Nähe der Brücke, grinste breit und hob die Hand, um ein primitives Plakat mit hochzuhalten, auf dem stand: FEDERAL BUREAU OF INFIDELS.
Blood drehte sich wieder um und sah, wie Banish die Stirn runzelte, wahrscheinlich seinetwegen. Kearney fuhr fort, tat sein möglichstes, das weiterzuverfolgen, was auch immer er verfolgte.
»Die Sache ist die, Sir, Mr. Mellis kennt Glenn Ables genau. Er sagt, vielleicht kann er vernünftig mit ihm reden.«
Banish tat dies mit einem kurzen Kopfschütteln ab.
»Aber er behauptet, Ables würde auf ihn hören. Wenn sie miteinander reden könnten, erleichtert das vielleicht manches –«

»Während einer Krise«, sagte Perkins, »brüsten sich immer Leute mit ihren ausgezeichneten Beziehungen zu einem Geiselnehmer. Heldenmentalität.«
»Sind denn die Geiseln nicht tatsächlich nur aus Ables' Familie?« fragte Kearney.
Banish schüttelte den Kopf. »Niemand passiert die Polizeiabsperrung.«
So schnell gab selbst Grünschnabel Kearney nicht klein bei. »Das verstehe ich, Sir«, sagte er, »aber immerhin ist der Sohn des Mannes da oben. Er will doch nur mit jemandem reden, um herauszufinden, ob seine Familie wohlauf ist.«
Banish sah Kearney scharf an. »Niemand überschreitet die Polizeiabsperrung. Das gilt ganz besonders für Familienangehörige. Ist das deutlich genug?«
In der Nähe landete ein weiteres Ei. Banish drehte sich um und betrachtete es mit mildem Interesse. Das Eigelb floß träge aus der Schale und versickerte im Dreck. Dann schien ihm wieder die Haßliteratur einzufallen, die er in der Hand hielt, und er gab die Pamphlete an Perkins weiter. Er sah zu Blood hinüber.
»Für mich sieht das hier wie ein Aufstand aus«, sagte Banish. »Sie sind doch der Sheriff in dieser Stadt, stimmt's?«
»Dachte eigentlich, ich wäre nur als Beobachter hier«, sagte Blood. »Ein Freiwilliger, ich glaube, so haben Sie sich ausgedrückt.«
Banish nickte. »Ich frage mich auch, warum Sie hier sind«, sagte er. »Wie sehen Sie die Zusammensetzung dieses Haufens?«
Blood drehte sich nicht zur Menge um. »Es ist ein ziemlich guter Querschnitt, würde ich sagen. Wir haben die ganze Skala hier. Als da sind Wehrdienstverweigerer, Protestierer, Steuerhinterzieher, Konstitutionalisten, Überlebensfanatiker und Separatisten. Oder hätten Sie's gern genauer?«

Banish sagte nicht nein.
»Leute, die ihre Kinder zu Hause unterrichten, Steuerverweigerer, Alt-Hippies, Verschwörungstheoretiker, Vietnamveteranen, religiöse Fanatiker, radikale Umweltschützer, Banditen, christliche Patrioten, verschiedene Mystiker und sogenannte Weltuntergangspropheten, Anhänger der Weiße Herrenmenschentheorie, und, natürlich, auch ein paar Leute vom White Aryan Resistance. Außerdem ein paar Skinheads, die Mitglieder von The Truth sind. Habe ich irgendwen vergessen, Brian?«
Kearney sagte: »Ich hoffe doch nicht.«
»Ein richtiger Flickenteppich wütender Einzelinteressen. Bis auf ein sie alle einigendes Prinzip.«
Banish sagte: »Nicht Glenn Allen Ables.«
Blood nickte. »Ihr Haß und ihr Mißtrauen gegenüber der Bundesregierung der Vereinigten Staaten. Die meisten von ihnen, auf jeden Fall die Einheimischen. Deshalb leben sie, wo sie leben. Statt, sagen wir, einer Bergarbeitergemeinde ist das hier eine Protestlergemeinde. Deshalb nehmen sie die ganze Sache auch so persönlich.«
Banish stand da und musterte ihn, dachte offensichtlich über etwas nach. Dann nickte er. »In Ordnung, Sheriff«, sagte er. »Ich übertrage Ihnen hier unten die Verantwortung, weil ich keinen Mann entbehren kann. Ich möchte, daß sich eine Autoritätsperson vom Ort mit diesen Leuten auseinandersetzt. Außerdem müssen Sie Proteste und die Medienberichterstattung überwachen, Zeitungen und sämtliches in Umlauf gebrachte schriftliche Material sammeln und mir zweimal täglich persönlich Bericht erstatten.«
Blood sah ihn an. »Das klingt ja nach einer tollen Ehre«, sagte er.
Kearney sagte: »Ich erledige das.«
»Es ist ein wichtiger Job«, sagte Banish. »Wenn Sie nicht damit klarkommen, werden Sie abgelöst.«

Blood nickte. »Ich hab mal Zeitungen ausgetragen«, sagte er. »Ich schätze, das qualifiziert mich dafür.«
Kearney fragte: »Und wofür brauchen Sie mich, Sir?«
Banish schien ihn erst jetzt zu bemerken und tat, als würde er ernsthaft darüber nachdenken. Er erkundigte sich nach seinem Namen, den Kearney ihm sagte. »Ich möchte, daß Sie dem Sheriff helfen«, sagte Banish. »Und den Marshals. Damit absolut niemand die Absperrung überschreitet. Das ist von vorrangiger Bedeutung. Ich brauche Verbindungsleute zur Front, und Sie beide sind es.«
Kearney sagte mit dem ganzen Eifer eines guten Soldaten: »Jawohl, Sir.«
Doch nun schüttelte Blood den Kopf. Er mußte einfach grinsen angesichts dieses absurden Theaters, das sich hier inmitten des sie umgebenden Chaos abspielte.
»Ist irgendwas komisch, Sheriff?« fragte Banish.
»Nein«, sagte Blood. »Ich seh euch Jungs nur gern bei der Arbeit zu.« Aber zu weit konnte er es nicht treiben. Banish war ein Tier, das sich gegen ihn wenden konnte.
Perkins starrte vor sich hin und dachte nach. »Wir könnten versuchen, die Straßensperre etwas zurückzuziehen«, sagte er.
Banish schüttelte den Kopf. »Dafür ist es zu spät.«
Dann brandete die Menschenwoge wieder gegen die Brücke an, klebrig und zähflüßig wie menschliches Toffee, das auf der anderen Seite des Baches hergestellt wurde. Sie schwoll gefährlich an, brach am Scheitelpunkt, und im Auf und Ab wurde eine ältere Frau grob zu Boden gestoßen. Ganz bestimmt die Großmutter von irgendwem; sie trug eine Bluse und rosafarbene Synthetikhosen und hatte eine Mähne winzig klein gelockter weißer Haare; auf der unbefestigten Straße vor der Brücke rappelte sie sich mühsam auf allen Vieren wieder auf.
Besorgte Menschen halfen ihr. Etwas, das sie in der Hand

gehalten hatte, war auf den Boden der Eisenbrücke gefallen, und jetzt beschimpfte sie den nächststehenden Marshal. Er schien anzubieten, es ihr zu holen, aber sie weigerte sich oder bestand darauf – auf jeden Fall verlangte sie zeternd, durchgelassen zu werden. Dann erhielt sie plötzlich die volle Unterstützung der gleichen Menge, die sie vorher umgestoßen hatte. Sie klopfte ihre kurze Jacke ab und zeigte dorthin, wo Blood und die anderen drei standen, und der Mob scharte sich lautstark hinter ihr zusammen. Diese Großmutter war ein Tiger. Der Marshal an der Brücke konnte einem wirklich leid tun, als er sich umdrehte und hilfesuchend zu Blood und den anderen Männern schaute.
Blood sah, daß Banish die Szene beobachtete und verbittert die Stirn runzelte. Offensichtlich hätte er die Sache am liebsten ausgesessen, aber die Menge hörte einfach nicht auf, ihr schimpfendes Gejohle schwoll an wie ein Gewitter, das über die Berge kam, bis endgültig alles außer Kontrolle zu geraten schien. Dann raunte Banish Perkins zu: »Laßt sie durch.«
Perkins gab dem Marshal ein Zeichen. Ein unversöhnlicher Jubel erhob sich aus der Menge, als der Marshal der alten Frau half, unter dem gelben Netz von Absperrbändern durchzukriechen und die Grenzbrücke zu betreten. Er kontrollierte das von ihr fallengelassene Päckchen und gab es ihr mit einem höflichen Nicken zurück. Sie bedankte sich und überquerte mit einer Aura des Stolzes und der Entschlossenheit die Brücke, wie ein Spion, der zwischen zwei Ländern ausgetauscht wird, und die Menge dahinter verstummte, wartete gebannt auf die bevorstehende Begegnung.
Die Frau ging an Blood vorbei, um zu Perkins zu gelangen, der ihrer Meinung nach der Verantwortliche war. Banish hatte sich ein Stück zurückgezogen. In den Händen

hielt sie eine blaue, mit Alufolie verschlossene Tupperware-Schüssel. Die Frau zog die Folie zurück und zeigte einen Schwung selbstgebackener kleiner Schokoladenkuchen, die sie Perkins freundlich überreichte.
»Ich wollte Sie nur wissen lassen«, sagte sie, »daß viele von uns Leuten aus Montana hundertprozentig hinter euch Jungs stehen.«
Perkins versuchte, nicht zu überrascht auszusehen, als er das Geschenk annahm. »Also, das ist wirklich sehr nett von Ihnen, Ma'am«, sagte er.
Die Großmutter lächelte und nickte den anderen beiden zu, dann kehrte sie zur Brücke zurück. Wieder flogen ein paar Eier, und die Menge krakeelte und brüllte. Sie waren betrogen worden. In ihrem Sturm auf die Macht hatten sie einen Vertreter der Gegenpartei nominiert.
Banish kehrte zurück. Er sagte zu Perkins: »Ich werde über Nacht das Material für eine Pressekonferenz morgen früh vorbereiten, um diese Sache hier wenigstens etwas zu entschärfen.« Dann wendete er sich an Blood. »Ich will eine Notverordnung, die den Verkauf und Genuß von Alkohol im ganzen County einschränkt. Führen Sie Gefahr von gewalttätigen Ausschreitungen und die öffentliche Sicherheit an. Fällt das unter die Befugnisse Ihres Amtes?«
Blood sagte: »Ich denke schon.«
Banish nickte. »Das dürfte Ihre Popularität ins Unermeßliche steigern.«
Kearney hatte eine Hand in den Tupperwarebehälter gesteckt, kostete jetzt einen saftig-weichen Kuchen und nuschelte sein kaum verständliches positives Urteil. »Nette alte Dame«, bemerkte er zwischen zwei Bissen.
Banish befand sich bereits auf dem Rückweg zum Jeep. »Wahrscheinlich vergiftet«, sagte er über die Schulter.
Kearney hörte auf zu kauen.

Der Bund – Rundbrief

HEILIGER KRIEG!
EIN RUF ZU DEN WAFFEN

Die letzte Stunde ist gekommen. Agenten der Zionistischen Besatzungsregierung zertrampeln unseren Boden. Sie haben ihre Panzer einrücken lassen und sind überall in Huddleston in Stellung gegangen. Sie ziehen sich auf dem Paradise Ridge zusammen. Örtliche Übergriffe stehen unmittelbar bevor.
Unsere Nation ist in Gefahr. Unsere Leute werden festgenommen. JETZT ist es an der Zeit zu handeln. Glenn Ables ist nur der Anfang. Sie wollen an Glenn Ables ein Exempel statuieren.
JETZT ist es an der Zeit, unsere Stärke zu zeigen. Sie wollen unsere Waffen verbieten. Erhebt eure Stimme für den obligatorischen Besitz von Schußwaffen!!! Es ist die EINZIGE MÖGLICHKEIT unsere Freiheit zu garantieren. Euer Recht, eine Schußwaffe zu besitzen und zu tragen und eure Familien zu verteidigen, ist von der Verfassung GARANTIERT. Tretet ein für Glenn Ables! Wenn jemand unbefugt euren Grund und Boden betritt und eure Hunde erschießt, dann würdet ihr auch zurückschießen, und ihr würdet nach euren von Gott gegebenen Rechten handeln. Legt ausreichende Munitionsvorräte an, und haltet für den Fall einer Säuberungsaktion der Besatzer immer eine Waffe versteckt. Die Verhängung des Kriegsrechts steht unmittelbar bevor. Die Blauhelme kommen.
Die Tyrannei ist nicht nur auf das Land des Großen Nordwesten begrenzt. Die Belagerung von Glenn Ables ist nur Teil einer Serie von strategischen Mordanschlägen des Bundes, angefangen mit dem Mord an Robert Matthews, dem Gründer des Ordens, bis hin zum jüngsten Massaker in Waco. Wir müssen DIESE TYRANNEI BEENDEN! Falls wir zulassen, daß die Zionistische Besatzungsregierung hier am Paradise Ridge

einen Stützpunkt errichtet, werden sie anschließend in Montana und im ganzen Nordwesten wüten. DIES IST UNSER LETZTES GEFECHT!! Wir brauchen als Zeugen an den Fronten für die Freiheit kämpfende Christliche Soldaten. JETZT ist es an der Zeit, unsere Charta zu festigen und ein für allemal das unabhängige, weiße Vaterland von Washington, Idaho, Montana, Oregon und Wyoming zu gründen und unsere Grenzen zu sichern.

Sie haben es auf Glenn Ables abgesehen, weil er für die Lebensart steht, an die wir als Angehörige der Weißen Rasse glauben und die wir für wahr halten. Seine Familie ist wie jede andere Familie, die hier hergezogen ist, um ihre Kinder fern von den Drogen und der Gewalt und Inzucht der Städte großzuziehen und zu versuchen, einen kleinen Winkel dieses großen Landes zurückzuerobern, das einmal uns gehört hat. Kein anständiger, aufrechter Christ sollte neben einer Bande Nigger und Juden leben müssen.

Dieser Angriff ist die reinste Provokation. Hunderte von Agenten der Vereinten Nationen, finanziert von den Geldhändlern im Osten, Militärhubschrauber, die über dem Höhenzug kreisen, gepanzerte Mannschaftswagen, Hi-tech-Baumaschinen – und das alles nur wegen einem einzigen Mann und einem einfachen Waffendelikt? Die reine und blutrünstige Provokation. Die Zionistische Besatzungsregierung muß am Paradise Ridge aufgehalten werden.

Wir alle besitzen Waffen und haben keine Angst, sie zu benutzen. Wir erhalten unsere Befehle direkt aus der Bibel, und wir wissen, daß *Du sollst nicht töten* in Wahrheit *Du sollst nicht morden* heißt. Jahwe hat seinem Volk in der Bibel befohlen: *Gehet hin und tötet.* Im Namen des Allmächtigen Gottes, wir werden tun, was auch immer nötig ist, um unsere Familien und unseren christlichen Lebensstil zu verteidigen.

Glenn Ables hatte keine Angst, das vom Berggipfel zu rufen. Er und seine Familie sind ein Testament der Freiheit, die das

Bundesestablishment uns jetzt und hier gewaltsam nehmen will.

!!

Dies ist ein Ruf zu den Waffen. Wie schon vor uns unsere Ahnen die Tyrannei und Unterdrückung durch die Könige und Bankiers Europas abgeschüttelt und ein unabhängiges Vaterland errichtet haben, müssen auch wir uns jetzt für die Sache erheben. Die letzte Stunde ist nahe. Amerika befindet sich im Kriegszustand. Dies ist ein Aufruf zum Handeln. Unterstützt Glenn Ables. Sein Kampf ist unser Kampf. Nehmt ihn euch zum Beispiel und schließt euch ihm an. Verbreitet die Nachricht über alle Kommunikationswege. Besorgt euch Faxgeräte, falls ihr noch keine besitzt, besorgt euch Computermodems. Wendet ihre Technologie gegen sie. Verschickt die Nachricht über das Patriotische Amerikanische Fax Netzwerk. Wir müssen uns jetzt zusammenschließen. Sorgt dafür, daß die Gläubigen von überallher zum Paradise Ridge strömen.

HALTET AMERIKA REIN!

Dies ist unser letztes Gefecht gegen die Zionistische Regierung und ihre Neue Weltordnung. Wir werden nicht nachgeben. Wir müssen unser Land frei halten. FBI-Agenten sind nur der Hautfarbe nach weiß, aber an ihren Früchten werdet ihr sie erkennen. Die hier versammelten Bundesagenten werden für ihre Verbrechen zur Verantwortung gezogen. Wenn Glenn Ables ermordet wird oder wenn seiner Frau oder einem seiner fünf unschuldigen Kinder auch nur ein Haar gekrümmt wird – dann wird im Namen von allem, was *christlich* und *gut* ist, die zweite Amerikanische Revolution genau hier beginnen. Die Plünderer und Räuber werden zu Fall gebracht. Das ist unser heiliger Schwur und Bund.

Freitag, 6. August

Büro

Während der Nacht tat sich nichts an der Blockhütte. An der helleren Tönung der graubraunen Segeltuchwände erkannte Banish, daß es Morgen war. Da es keine echten Fortschritte gab, hatte er sich dem Bürokram gewidmet. Fotos von den Newlands, Ables' angeheirateten Verwandten, waren zusammen mit Biographien und Aussagen von Nachbarn aus Provo reingekommen. Der Bruder von Marjorie Ables, Craig Newland, hatte vor vier Monaten eine Woche Urlaub von seinem Job in der papierverarbeitenden Fabrik beantragt. Ihr Sunoco-Kreditkartenkonto wies vor sechs Tagen einen Umsatz auf: neun Gallonen Benzin am 31. Juli 1987 morgens um 10:37 Uhr bei einer Tankstelle zwanzig Meilen außerhalb von Huddleston. Ihr Ford Lynx, Baujahr 1987, war abgestellt, verschlossen und leer auf einer der Zufahrtsstraßen in der Nähe des Paradise Ridge gefunden worden, auf der Rückbank lag ein Tourenplan des AAA, übersät mit Kaffeeflecken und markierten Interstates von Utah nach Montana. Allen Berichten zufolge mochten die Newlands Glenn Ables nicht, hatten aber die Reise in den Norden unternommen, um Marjorie und die Kinder zu besuchen, die sie seit vier Jahren nicht gesehen hatten. Sie waren höchstwahrscheinlich die einzigen wirklichen Geiseln in der Blockhütte.

Zwei Bundesstaatsanwälte waren kurz vor Tagesanbruch eingetroffen, um Banish über die förmliche Strafanzeige der Regierung bezüglich der Schießerei in Kenntnis zu setzen. Sie würden Ables wegen Mordes an Deputy Marshal Bascombe und Mellis wegen Körperverletzung an einem Bundesbeamten anklagen, während sie sich eine spätere Anklage gegen die zwölfjährige Judith noch vorbehielten. Die genaue Formulierung der Anzeige war für Banish wichtig, da durch ihre Einreichung beim Bezirksgericht in Helena die FBI-Version des ersten Feuergefechts quasi veröffentlicht wurde. Die Medien konnten der Anzeige dann weiter nachgehen und bislang zurückgehaltene Informationen bringen. Andererseits war es ein rechtsgültiges Dokument, und alle Ungenauigkeiten oder Auslassungen würden später vor Gericht die Staatsanwaltschaft behindern. Banish hatte fast zwei frühe Morgenstunden damit verbracht, die Anzeige mit einem Rotstift zu überarbeiten. Die Situation mit der Presse spitzte sich allerdings zu. Die Pressestelle der External Affairs Division des FBI hatte während der Nacht angerufen und ein Abweichen von der üblichen Verfahrensweise angeordnet. Man hatte beschlossen, daß an diesem Morgen ein Pool aus zwanzig Reportern der Printmedien und ein Fotograf von Associated Press auf der Operationsbasis zugelassen würden. Die Sorge des Bureaus bestand darin, daß eine viertägige Pattsituation ohne nennenswerte Entwicklung die mit Nachrichtensperre belegten Medien zu wilden Spekulationen treiben würde. Dies konnten Kommentare sein über eine vermeintliche Überschreitung von Machtbefugnissen seitens »Des Staates« oder Vergleiche mit ähnlichen Pattsituationen, die unglücklich verlaufen waren – wie die Sprengung des Gebäudes in Philadelphia, in dem sich MOVE verschanzt hatte, oder Waco. Je länger eine Belagerung sich hinzog, desto mehr wurde normalerweise die Polizei als Verursacher der Krise dargestellt. Um eine Störung der Abläufe auf der Operationsbasis durch die Medien zu vermeiden, hatte Banish sich bereits eine Mög-

lichkeit überlegt, den Befehl zu umgehen. Perkins begleitete zu diesem Zeitpunkt die Presseleute auf einen benachbarten Berg, einen mit einem höheren Grat und einem fernen, aber guten Blick auf den Paradise Ridge darunter. Das war die einzige offizielle Mitteilung aus dem Bureau SOG, oder Seat of Government, in Washington, D.C., gewesen. Nichts von den hohen Tieren, und besonders auch nichts von AD Richardsen. Die naheliegende Erklärung lautete, daß kein nennenswerter Fortschritt erzielt worden war. Bis jemand das Telefon abnimmt, passiert bei einer Geiselnahmeverhandlung nichts. Banish hatte immer den Alleingänger gespielt, indem er das Bureau in Schach hielt, bei dieser Sache jedoch, seinem ersten aktiven Einsatz nach fast drei Jahren, hatte er damit gerechnet, an der kurzen Leine gehalten zu werden. Nicht nur damit gerechnet, sondern es vorhergesehen. Ja, sogar gehofft. Beiläufig fragte er sich, ob sie ihn vielleicht auf andere Art im Auge behielten.
Er unterbrach seine Arbeit und lehnte sich im Sessel zurück. Wie er es im Anschluß an seine Entlassung aus dem Krankenhaus vor zwei Jahren ein- oder zweimal täglich getan hatte, und praktisch alle paar Stunden seit seiner Ankunft auf dem Paradise Ridge, maß er jetzt seinen mentalen Puls. Er nahm eine Selbstbeurteilung vor. Sein Verstand schien ihm ausreichend wach. Die Unterbrechung seiner Routine in Skull Valley war zunächst überwältigend gewesen. Indem er sich dort an strenge Arbeits-, Essens- und Schlafpläne hielt, sich aus den ständigen Zwängen und Belastungen des Alltagslebens zurückzog, hatte er langsam und gewissenhaft seinen Verstand wiederhergestellt. Er hatte dort im Inneren seines Kopfes wie ein Mann mit weißem Kittel und Klemmbrett gelebt, an den finsteren Gedanken, Gelüsten und Bedürfnissen, die ihn fast verzehrten, gearbeitet und sie abgemildert. In

Skull Valley war er seine eigene Laborratte gewesen. Er rannte durch die Labyrinthe und verteilte den Käse. Und das Bureau hatte ihn in Ruhe gelassen, wenn auch vielleicht zu lange. Nun erkannte er, daß die Wiedererlangung seiner geistigen Kräfte nur wenig Raum für die diffuseren Nuancen des Verstandes gelassen hatte, wie zum Beispiel Persönlichkeit, Temperament und Charakter.
Aus der Einsamkeit herausgerissen zu werden, hatte zunächst desorientierend gewirkt, doch er spürte, daß er seit seiner Ankunft auf dem Berg jede Aufgabe direkt erfüllt und es geschafft hatte, einen einigermaßen guten Schatten seiner einstigen Arbeitspersönlichkeit abzugeben. Er hatte alle vertrauten Witterungen aufgenommen. Er konnte wieder funktionieren und eine kühl distanzierte Vertrautheit vermitteln, wie ein Hund, der in einen lange vergessenen Garten geriet und nach alten Knochen grub. Aber er hatte sich noch nicht bewährt und wußte dies genau. Aber hinter jeder einzelnen Handlung lauerte die schlimme Möglichkeit, daß ihm irgendwie etwas Entscheidendes oder Offenkundiges durchging. Und eine gewisse Paranoia, deren er sich bewußt war, eine Stimme, die in sein Ohr flüsterte, genährt von dem Vakuum absoluter Stille aus D.C. Und vor allem anderen stand noch die Hoffnung auf den Anruf, der ihn von seiner Verantwortung entbinden und nach Skull Valley zurückbringen würde. Doch da er sich einen Schritt von seiner Persönlichkeit distanzierte, konnte er all das unter Kontrolle halten.
Allerdings bestand jederzeit die beunruhigende Möglichkeit, daß das Meßgerät selbst defekt war. Daß bei diesen stabilisierenden Selbstbeurteilungen sein Verstand versagte, sich selbst präzise zu überwachen, und wie ein Mann, der stehenblieb, um seinen Puls zu zählen und zufrieden weitermachte, ohne zu wissen, daß seine Uhr zu langsam ging, könnte auch Banish sich etwas vormachen.

Bislang erschienen ihm seine Methoden solide zu sein. Es gab kein vorgegebenes Drehbuch für Verhandlungen mit Geiselnehmern. Es gab Strategien, und es gab Taktiken, aber keine Methodik. Jede Situation war einzigartig. Der Unterhändler versuchte den Täter zu isolieren, während er selbst gleichzeitig eine abwartende Haltung bezog, das Individuum psychologisch aushungerte, wie in diesem Fall, wo Ables sehr effektiv unter Hausarrest gestellt worden war. Dann ist der Unterhändler sich selbst überlassen. Als Banish sich noch für einen Experten auf diesem Gebiet hielt, hatte er im Rahmen seiner Vorträge auf der FBI-Akademie in Quantico, Virginia, die Rolle des Chefunterhändlers bei Geiselnahmen mit der eines Mannes verglichen, der selbst versucht, eine Antenne auf dem Dach zu justieren. Man installiert die Antenne, erzählte er den Trainees, dann klettert man vom Dach, um die Empfangsqualität zu überprüfen, kehrt zurück und versucht wieder etwas völlig anderes. Der Vergleich ergab Sinn in jener Zeit, als Kabelfernsehen nur ein Traum war und Satellitenschüsseln einen Durchmesser von fünfzehn Metern hatten. Als er noch einer der Jungtürken des Bureaus war, der beste und intelligenteste, der das FBI wieder zur hervorragendsten Polizei der Welt in der Nach-Vietnam-, Nach-Watergate-, Anti-Regierungsära machen konnte. Als er noch Familienvater mit Frau und Tochter war, wodurch sichergestellt war, daß er eine Dachantenne niemals allein justieren mußte.

Er kehrte zur Arbeit auf seinem Schreibtisch zurück. Die Stapel gebundener Berichte und Memoranden und Anforderungsgenehmigungen waren wie Felsen, an die er sich klammern konnte. Das waren reale Dinge, die er berühren und mit den Händen bewegen konnte.

Dies waren die ruhigen Stunden. Die Zeit der Stase, wenn Besorgnis gegen Vernunft kämpft und meistens Fehler gemacht werden. Die Ausfallzeit, die die Stimmung der

Männer drückte. Selbst negative Entwicklungen waren willkommener, denn sie erforderten zumindest irgendeine Form des Handelns. Frustration war der Feind des Unterhändlers. Das Fegefeuer war die Hölle.

Erneut zeichnete er das von ihm verfaßte Mitteilungsblatt für Perkins ab, in dem er detaillierte Leitlinien für die Pressekonferenz am Morgen aufführte, einschließlich einer offiziellen, drei Absätze langen Presseerklärung und eines kommentierten Spickzettels mit Antworten auf zu erwartende Fragen. Er ging gerade noch einmal die Observierungsberichte der Marshals vom voraufgegangenen Tag durch, als er von draußen Gelächter hörte.

Irgend etwas daran störte ihn. Als er das Lachen wieder hörte, legte er den Kugelschreiber aus der Hand und ging in den Hauptraum des Kommandozelts. Die Beamten dort arbeiteten an ihren Schreibtischen, die mit Limodosen und Kaffeebechern und Plastikverpackungen von den Fast food-Snacks übersät waren, die die Versorgungslastwagen gebracht hatten. Die behelfsmäßige Telefonzentrale und das Telex und die Faxgeräte waren in Betrieb. Ein FBI-Beamter tippte Berichte in einen Computer, ein anderer gab über Funk Befehle. Nur Coyles Stuhl in der Nähe des Eingangs war leer.

Rechts von Banish, in der Ecke neben dem kleinen Kühlschrank, standen zwei Beamte der Montana State Police, die in eine zwanglose Unterhaltung vertieft waren, lachten und zwei große Dosen des präparierten Pabst Blue Ribbon Biers tranken.

Banish sah rot. Ohne Vorwarnung fuhr er die völlig verdutzten Männer an, packte sie an den Armen und stieß sie aus dem Zelt in das helle Morgenlicht. Dort kippte er die Dosen aus, der Biergeruch reizte seine Nase, dann hielt er zuerst den beiden Polizisten eine Standpauke und schließlich auch Coyle, die mit einem Styroporbecher Kaffee in

der Hand mitten in die Predigt platzte. Als er mit Coyle fertig war, wagten die Männer wieder den Mund aufzumachen.
»Hören Sie«, sagte der eine, »wir haben gerade eine Zwölf-Stunden-Schicht hinter uns.«
Banish erwiderte scharf: »Auf diesem Berg macht keiner Feierabend.«
Der andere sagte: »Aha, ihr Jungs da drinnen bekommt schönes, kaltes Bier, aber die Männer hier draußen, die richtig arbeiten, nicht?«
Banish blickte auf die dunklen Bierpfützen hinunter, den Schaum an den Rändern, der an Grashalmen klebte. Der Biergeruch wehte zu ihm herauf. Sein Kopf drehte sich. Er schaute sich um und bemerkte ein vertrautes Gesicht unter den Leuten in der Nähe. »Kearney«, bellte er.
Der junge Cop schaute erschreckt auf. *»Yessir«,* sagte er und kam herüber.
Banish mußte sich zwingen, nicht zu brüllen. »Diese beiden Schwachköpfe können gehen. Ich will, daß Sie sie persönlich vom Berg und zurück zu ihrer Kaserne begleiten.«
Kearney nickte ohne nachzufragen und ging neben den beiden empörten Polizisten fort.
Banish wandte sich wieder an Coyle. »Haben Sie ein Problem mit den Ohren, Agent Coyle?« fragte er.
»Nein, Sir«, antwortete Coyle.
»Haben Sie ein Problem, Befehlen zu gehorchen?«
»Nein, Sir.«
»Ich weiß wirklich nicht, wer Ihnen die Leitung über das Kommandozelt übertragen hat, aber wenn ich noch einmal einen Befehl zweimal geben muß, ROLLEN HIER KÖPFE. HABEN SIE MICH VERSTANDEN?
»Ja, Sir.«
»HABEN SIE IRGENDETWAS DAVON NICHT VERSTANDEN?«

Coyle schluckte und schüttelte den Kopf. »Nein, Sir«, sagte sie.
Banish nickte. Er wußte, daß seine Stimme sich überschlagen hatte. Er war dabei, die Beherrschung zu verlieren. Er sah zu dem Kommandozelt hinüber wie zu einem möglichen Schlupfwinkel. Die aus dem Eingang zuschauenden Beamten verschwanden wieder im Zelt. Banish drehte sich um und stapfte in die entgegengesetzte Richtung über die Lichtung davon. Männer, die gaffend stehengeblieben waren, beeilten sich jetzt, ihm aus dem Weg zu gehen.
Er entfernte sich von dem Gestank. Der Geruch des Bieres war so intensiv, daß er es beinahe schmecken konnte, und wenn er das Bier schmecken konnte, dann konnte er es auch schlucken, also sah er zu, daß er wegkam. Er atmete frische, saubere Luft. Sie roch nach Diesel und Auspuffgasen, aber sie schmeckte sauber, weil sie nicht seinen gewaltigen Durst in Versuchung führte.

Tontechnik

Er erreichte den Ü-Wagen und klopfte zweimal an. Der Agent, der darin saß, der Tontechniker oder wie auch immer er hieß, schob die Tür auf. Rap-Musik hämmerte blechern aus dem Kopfhörer um seinen Hals. Er trat zurück, um Banish hereinzulassen.
»Irgendwas Neues?« fragte Banish.
Der Tontechniker schüttelte den Kopf. »Nichts.«
Banish nickte nicht. Falls es eine wie auch immer geartete Aktivität an der Blockhütte gegeben hätte, wäre er natürlich sofort benachrichtigt worden. Es war eine unsinnige Frage. Er setzte sich auf den Stuhl, der am nächsten zur offenen Tür stand. Der Stuhl knarrte unter ihm.
Der Tontechniker nahm den anderen Stuhl. Er war still,

wartete, daß der ranghöhere Beamte etwas sagte. Als das Schweigen zu drückend wurde, klopfte er mit zwei Fingern auf die heruntergeklappte Arbeitsfläche. Schließlich rückte er mit dem heraus, was ihn beschäftigte. »Warum haben die nicht geantwortet?« sagte er.

Banish hatte die Augen geschlossen. Sein Kopf war gesenkt. Er schüttelte nur den Kopf.

Nach einer Weile wurde die blecherne Musik leiser, als der Tontechniker die Kopfhörer wieder aufsetzte. Banish öffnete die Augen und schaute auf. Während der Nacht waren Überwachungskameras installiert worden; die Monitore auf dem Brett über dem Kopf des Tontechnikers zeigten sechs verschiedene Szenen in flackerndem Schwarzweiß. Banish brauchte einen Moment, um jede Stelle genau zuzuordnen: die Blockhütte aus drei strategischen Winkeln, einmal frontal durch die davorstehenden Bäume und zwei weitere Bilder mit einem Blickwinkel von über fünfundvierzig Grad in beide Richtungen; eine Weitwinkelansicht der Brücke und der Demonstranten am Fuß des Berges; ein Abschnitt der den Berg hinaufführenden Straße; und schließlich ein breites Panoramabild der Operationsbasis von oben.

Banish meinte den kleinen, dunklen Fleck erkennen zu können, den das Telefon auf dem unebenen Gelände zwischen den Bäumen vor der Blockhütte abgab. Als der Tontechniker wieder aufschaute, nickte Banish ihm kurz zu. Der Mann nahm den Kopfhörer ab. »Was ist mit den Außenmikros?« fragte Banish.

Der Tontechniker schüttelte den Kopf. »Nichts in den Pausen zwischen der Musik. Nur einmal gegen drei Uhr morgens etwas, als ein Marshal gegen einen Baum gepinkelt hat.«

»Meine Männer pinkeln nicht im Dienst«, sagte Fagin.

Banish drehte sich langsam um, völlig unbeeindruckt von dem theatralischen Gehabe. Fagin stand in voller Uniform

draußen vor der offenen Schiebetür, und statt der Baseballkappe hatte er ein Halstuch in Tarnfarben um seinen harten, schwarzen Schädel gebunden.
»Dann eben riesengroße Eichhörnchen«, sagte der Tontechniker in seinem Virginia-Akzent.
Fagin nickte. »Muß wohl so sein, verdammt noch mal.« Er stand mit verschränkten, muskulösen Armen da und musterte die beiden anderen von oben bis unten. Er sah aus, als habe er geduscht. »Ein wunderschöner Morgen in Montana«, sagte er, seine Augen waren kalt und leuchteten. Irgend etwas an Fagin war immer angespannt.
»Genaugenommen«, sagte der Tontechniker, wobei er sich weiter auf seinem Stuhl umdrehte, »gab's heute nacht was Merkwürdiges. Ein Knurren.«
»Was meinen Sie damit?« fragte Banish.
»Ich weiß nicht. Es kam nicht aus dem Inneren der Blockhütte – von irgendwo da draußen im Niemandsland. Ab und zu. Kehlige Laute, tief und grimmig.«
»Kojoten«, sagte Fagin. »Blutrünstige Dreckskerle. Meine Männer sehen sie nachts zwischen den Bäumen am Rande des Niemandslandes herumstreifen. Ekelhafte, gelbe Augen, und listig sind die Biester. Es ist das Hundefleisch. Die Musik macht denen keine Angst mehr.«
Fagins Stimme wurde allmählich leiser, seine gesamte Haltung veränderte sich; die stechenden Augen wirkten nun etwas ausdruckslos. Dann runzelte er die Stirn. Er bekam eine Meldung über seinen Ohrstöpsel.
Er schaute auf. »Wo zum Henker steckt Perkins?«
»Bei der Presse«, sagte Banish. »Da oben.« Er deutete auf den benachbarten Gipfel.
Fagin sagte: *»Fuck!«* und entfernte sich schnell.
Banish drehte sich wieder um. Der Tontechniker sah ihn an, aber Banish zuckte mit den Schultern. Man mußte delegieren, wenn man das Kommando hatte. »Stellen Sie

mich durch«, sagte Banish müde und nahm den Hörer von der Gabel.
Der Tontechniker rückte den Kopfhörer zurecht, dann beendete er die Musik mit dem Schnipsen eines Schalters und gab Banish das Stichwort.
Banish sagte tonlos: »Hier spricht Special Agent Bob Watson.« Er beobachtete die Blockhütte auf dem unscharfen Monitor, den dunklen Fleck des Telefons. »Ihre Blockhütte ist von allen Seiten umstellt. Es besteht keine Möglichkeit zur Flucht …«

The Baltimore Sun

HUDDLESTON, Montana, 7. August – Im Zusammenhang mit dem Tod von Deputy US Marshal Stanley Bascombe erwirkten die Bundesbehörden gestern einen Haftbefehl wegen Mordes gegen den flüchtigen Glenn Allen Ables.
Auch gestern setzten FBI-Agenten die Belagerung von Ables' abgelegener Blockhütte in den Bergen fort. Man befürchtet, daß das Leben der fünf sich dort aufhaltenden Kinder durch einen groß angelegten Sturmangriff gefährdet werden könnte.
Vor zwei Jahren stand Ables wegen mehrerer Verstöße gegen Bundeswaffengesetze vor Gericht. Bascombe wurde im Verlauf eines Schußwechsels getötet, zu dem es kam, als ein Hund der Familie die Witterung von vier Marshals aufnahm, die sich in einer Schlucht unterhalb von Ables' Blockhütte auf einer, wie es nach Angaben der Behörden heißt, routinemäßigen Observierung befanden.
Bascombes Leiche wurde vor zwei Tagen nach Maryland überführt. Bei dem heutigen Trauergottesdienst in der St. Paul's Church in Baltimore wird E. Walter Leveralt, Direktor des US Marshals Service, die Trauerrede halten.

Ables, bekannter Neonazi und früheres Mitglied des Ku-Klux-Klan, wird beschuldigt, den Schuß abgegeben zu haben, der Bascombe tötete. Charles Mellis, 29, Ables' Schwager und einer der vier anderen Familienangehörigen, die sich ebenfalls in der Blockhütte versteckt halten, wird eines geringeren Verbrechens – Angriff auf einen Bundesbeamten – beschuldigt.

Wie verlautet, haben die Behörden seit der anfänglichen Schießerei keinerlei Reaktion aus der Blockhütte bekommen. Gestern wurde der Versuch fortgesetzt, Ables aus der Blockhütte zu locken. »Dies ist keine Routinefestnahme«, sagte Frank Spona, Sprecher des FBI in Washington, D.C. »Wir werden alle uns zur Verfügung stehenden Mittel ausschöpfen, von denen wir glauben, daß sie zu einer friedlichen Lösung führen könnten.«

Ables hat geschworen, sich niemals lebend festnehmen zu lassen.

[Laut Associated Press war der vierte Tag des Patts durch wachsende Anspannung und wilde Gerüchte gekennzeichnet.

Gestern am frühen Morgen kam es zu einer bizarren Szene, als Angehörige der Eliteeinheit US Marshals Special Operations Group fünf schwerbewaffnete Männer auf einer Bergstraße festnahmen, die zu einem hoch gelegenen Grat oberhalb von Ables' entlegener Blockhütte und der Einsatzzentrale der Bundesbehörden führt. Marshals, die die jungen Männer als Mitglieder der neonazistischen Skinhead Splittergruppe The Truth bezeichneten, hielten den Jeep ohne weitere Zwischenfälle an und beschlagnahmten mindestens acht halbautomatische Gewehre.

Augenzeugen zufolge hatten sich die fünf Männer Hakenkreuze auf die Gesichter gemalt. Ein Transparent, das ebenfalls sichergestellt wurde, verkündete die »Große Weiße Revolution«.

Gestern berichtete außerdem eine Fernsehstation aus Helena ohne nähere Angaben der Quellen, daß die Behörden die Trinkwasserversorgung der Familie unterbrochen haben. Die Behörden ließen verlautbaren, dies sei reine Routine, während gleichzeitig verschiedene andere Berichte dementiert wurden, darunter eine Meldung, daß Tränengasgranaten auf Ables' Blockhütte abgefeuert worden seien.
»Wir haben bewußt und geduldig von jedem Angriff abgesehen«, sagte Reginald Perkins, Special Agent in Charge der FBI-Außenstelle in Butte, Montana, während der ersten Pressekonferenz auf dem Paradise Ridge. »Der kritische Punkt bei der augenblicklichen Lage ist die Anwesenheit von Minderjährigen in diesem Haus.«
Die Behörden dementierten energisch, daß Ables' fortgesetztes gesetzwidriges Verhalten Beweis für ihre Unfähigkeit sei.
»Ich sehe hier keine Blamage«, sagte Perkins. »Dieses ganze, sich in die Länge ziehende Verfahren beweist nur das umsichtige Vorgehen der Staatsgewalt. Im Moment sieht es doch so aus, daß wir uns mehr um das Wohlbefinden der Kinder sorgen als Mr. Ables, und das ist wirklich eine Schande.«
Die Behörden teilten mit, daß sie nicht genau wissen, wie viele Waffen Ables in der Blockhütte gehortet hat, allgemein bekannt ist jedoch, daß seine Frau und Kinder, im Alter zwischen 18 Monaten und 14 Jahren, regelmäßig in der näheren Umgebung Zielschießen üben.
»Wir haben uns auf ein ganzes Arsenal eingerichtet«, sagte Perkins.
Perkins ließ ferner verlautbaren, daß er derzeit unmöglich sagen könne, wie lange sich die Pattsituation noch hinziehen wird. Laut Associated Press war nicht eindeutig klar, ob er die Rolle des Chefunterhändlers übernommen hat.]
Die Behörden haben auf dem Berg eine Operationsbasis eingerichtet, die aus wenigstens neun Zelten, einer größeren Zahl von Militärfahrzeugen, mehreren angemieteten Lastwa-

gen, einem Feuerwehrwagen und Hubschraubern besteht. Mehrere hundert Polizeibeamte und Hilfspersonal sind dort stationiert. An der Belagerung beteiligt sind Beamte des FBI, des Bureau of Alcohol, Tobacco and Firearms, U.S. Marshals Service Deputies, die Montana State Police, das örtliche Border County Sheriff's Department sowie Angehörige der städtischen Polizei von Huddleston.

Die Dauer der Belagerung hat nicht dazu beigetragen, die generelle Unterstützung von Ables in diesem winzigen Weiler und dessen näherer Umgebung im Nordwesten des Landes zu verringern. Einheimische, Angehörige verschiedener Sekten der Christian Identity, Neonazis aus benachbarten Bundesstaaten und Schaulustige aus dem ganzen Land versammeln sich auch weiterhin jeden Tag an der Polizeiabsperrung, bedrohen Fahrzeuge, die das Krisengebiet verlassen, und örtliche, an der Brücke postierte Polizeibeamte. Gelegentlich kommt es zu rassistischen Kommentaren, oder es werden auch neonazistische Parolen des White Aryan Resistance intoniert.

Ables und seine Familie sind vor einigen Jahren von Chicago in diese entlegene Gemeinde im Norden Montanas gezogen. Von dort ist es nicht weit zum Hauptquartier der Church of Christian White Aryan Resistance (WAR), die als eine der größten und aktivsten Organisationen weißer Suprematisten in den Vereinigten Staaten gilt. Eine Delegation dieser Gruppe brachte am späten gestrigen Tag Haßliteratur zur Polizeiabsperrung am Fuß des Paradise Mountain.

Bislang hat Ables jede Verbindung zum WAR bestritten.

Durch die jüngsten Ereignisse ist Ables, 41, für seine Nachbarn von einem religiösen und radikalen Extremisten zu einem Volkshelden geworden. Anwohner helfen ihm und bringen Post und Lebensmittel zur Blockhütte des Flüchtigen, in der es weder Elektrizität noch Telefon gibt.

Nachbarn beschreiben Ables als einen stolzen und selbstgenügsamen Mann, als jemanden, der vor Beginn der Belagerung immer mit einer Kindergruppe zum Angeln ging. »Glenn ist ein Mann mit hohen moralischen Werten«, sagte Deke Belcher, 77, ein Nachbar von Ables, der noch hinzufügte, das FBI und die Marshals sollten vom Berg abziehen und die Anwohner in Ruhe lassen. »Er ist provoziert worden«, sagte Belcher.

Das Büro

Sheriff Blood betrat das Kommandozelt, tippte zur Begrüßung der Beamtin am ersten Schreibtisch an seinen Hut und stellte sich vor. Sie gehörte zu der Sorte Mensch, die keinen Spaß versteht, hatte einen mißbilligenden Blick und eine bärbeißige Stimme. Sie schien mehr FBI-Agentin als Frau zu sein, so wie auch die Männer mehr wie FBI-Agenten denn wie Männer wirkten. Es gab nur zweierlei Geschlecht auf dem Berg: Agenten und alle anderen. Sie inspizierte die Zeitungen unter Bloods Arm, suchte vielleicht nach irgendeiner versteckten Waffe, abgesehen von der Pistole, die er an der Hüfte trug, dann schickte sie ihn in den hinteren Teil des Zelts. Er tippte wieder an den Hut und ging weiter.
Das Zeltinnere war schon etwas. Ein heller, ernster Raum, wo Beamte etwas auf Computertastaturen tippten und ein Summen von all den Stimmen herrschte, die gleichzeitig in Telefone und Funkgeräte und miteinander sprachen. Die Hauptattraktion stand dick und fett in der Mitte des Zelts, eine Tafel aus Glas oder durchsichtigem Plastik, die irgendwie von innen erleuchtet war. Ein Beamter mit schwarzer Brille skizzierte mit einer Art Wachsstift auf der Tafel, ergänzte das detaillierte, farbcodierte Übersichtsdiagramm des Berggipfels und von Ables' Grundstück. Ent-

fernungen und Höhenangaben und vieles mehr waren genau angegeben. Das war todsicher besser, als mit einem Stock im Dreck zu malen. Blood kam sich wie im Kontrollraum eines U-Bootes vor, das in den Krieg ausläuft.
Aus dem mit Segeltuchplanen abgetrennten Büro im hinteren Teil drangen Stimmen, eine war sehr erregt. Blood blieb stehen und überlegte, ob er hineingehen sollte. Aber da es nur die heruntergelassene Segeltuchplane gab und nichts, wo er anklopfen konnte, schob er die Plane beiseite und trat ein.
Die zunehmend aufgebrachter klingende Stimme gehörte Perkins, den Blood noch nie so in Rage erlebt hatte. Er sagte gerade: »Ich bin mit zwanzig Zeitungsleuten und ohne jede Deckung da oben, und der taucht aus heiterem Himmel auf und rast hinter einem Jeep voller Neonazis her. Wissen Sie, was das war? Das war blamabel. Fagin ist leichtsinnig, und das gefällt mir nicht.«
Banish saß hinter einem Schreibtisch, Perkins stand davor und hatte Blood den Rücken zugekehrt. Keiner von beiden reagierte auf sein Erscheinen, also trat Blood ganz ein. Über den Papierstapeln auf Banishs Schreibtisch lauerte wie ein Geier eine Halogenarbeitslampe. Ein Telefon stand neben einem Walkie-talkie in einem Ladegerät, und unter der Segeltuchabtrennung verliefen Kabel nach draußen. Hinten, in einer dunklen Ecke, sah Blood auf einem kleinen Holzregal eine Windjacke, ein Paar Stiefel und eine Kanne Wasser.
»Er hat das getan, was getan werden mußte«, sagte Banish. Perkins stand zwischen zwei Metallklappstühlen in dem engen Raum vor dem Schreibtisch. »Ich will wissen, wie sie überhaupt dorthin gekommen sind«, fuhr er fort. »Um ein Haar hätte die Presse da oben ein Schauspiel erlebt, das sie nicht mehr vergessen hätten. Ich stehe da und füttere diese Schreiberlinge mit Ihren Antworten, und urplötzlich

haben wir einen gestoppten Jeep, und überall wimmelt es von Marshals. Und ein Fotograf von AP knipst munter rum. Ich komme mir vor wie das letzte Arschloch, weil ich keinen Schimmer habe, was zum Teufel eigentlich vor sich geht. Fünf Kids mit halbautomatischen Gewehren und Hakenkreuzen auf den Gesichtern, und ich stehe da wie blöd. Das war eine Demütigung.« Perkins stach mit dem Finger in die Luft.

Banish schien nicht sonderlich besorgt. Tatsächlich wirkte er beinahe gelangweilt. »Je verrückter die sich aufführen, desto bessere Figur machen wir doch letztlich«, sagte er. »Sonst noch was?«

Perkins stand dort vor Banish, inzwischen offensichtlich auf hundertachtzig; die herunterhängenden Hände ballten sich zu Fäusten, öffneten und schlossen sich erneut, wieder und immer wieder. Er schien das alles persönlich zu nehmen. »Verstehen Sie denn nicht, was für einen günstigen Aussichtspunkt die gehabt hätten?« sagte er. »Die hätten uns in den Topf gucken können. Wir sind hier oben verwundbar. Verstehen Sie das überhaupt? Ist Ihnen klar, wie knapp wir an einer Katastrophe vorbeigesegelt sind?«

»Fagin hat die umliegenden Berge gesichert«, sagte Banish, der sich immer noch mehr für die Arbeit auf seinem Schreibtisch interessierte. »Es war ein bedauerlicher Zwischenfall, aber auf lange Sicht wird es uns nützen, und wir werden daraus lernen.«

Perkins nickte, war überhaupt nicht zufrieden. »Das war's dann also«, sagte er. Als er keine Antwort erhielt, marschierte er steif an Blood vorbei, ohne ihm auch nur einen Blick zu gönnen.

Banish schloß die Augen. Auf beiden Seiten seiner Nase befanden sich deutlich gerötete Druckstellen von einer Lesebrille, die umgekehrt auf den Berichtsstapeln auf dem

Tisch vor ihm lag. Er wirkte sehr mitgenommen. Wangen, Hals und Kinn waren mit graumelierten Stoppeln überzogen, und das grelle Licht der Lampe über seinem Schreibtisch ließ seine Haut bleich erscheinen.
Er massierte die Druckstellen an der Nase, öffnete dann wieder die Augen und setzte die Brille auf. Er nahm einen Stoß Blätter in die Hand und las weiter. Blood trat an den Schreibtisch heran. »Sind das meine Zeitungen?« fragte Banish, ohne aufzuschauen.
Blood legte sie hin. »Und ein neuer Schwung dieser Pamphlete.«
»Sonst noch was?«
»Ich bin vorhin hinter den feindlichen Linien gewesen«, sagte Blood. »Ich habe Autos gezählt. Neunundachtzig zur Zeit, aus acht verschiedenen Staaten, darunter ein Nummernschild aus Heaven.«
Banish nickte verächtlich. »Wir haben jemanden draußen, der sämtliche Nummernschilder aufschreibt«, sagte er. »Sonst noch was?«
»Tja«, meinte Blood, »wenn Sie so fragen.« Er zog ein Blatt Papier aus der Jackentasche. »Das hier sorgt da unten für einiges Aufsehen. Macht ordentlich Stunk, wie das bei Stunk so ist.« Er reichte ihm die Kopie des Briefes. »Ich bin sicher, Sie können die Handschrift verifizieren. Es ist ein Brief von Glenn Ables an den Pastor der WAR-Kirche drüben, datiert vom Juli vor zwei Jahren. Damit dürfte der Brief unmittelbar vor seiner Festnahme geschrieben worden sein. Lesen Sie selbst. Er behauptet, ein Beamter vom Alcohol, Tobacco and Firearms sei zu seiner Blockhütte gekommen und hätte versucht, ihn unter Druck zu überreden, als Informant für die zu arbeiten.«
Banish warf kaum einen Blick auf den enthüllenden Brief, legte ihn zu allem anderen auf die Seite und widmete sich wieder seinen Unterlagen. »Sonst noch was?«

Blood sah zuerst ihn, dann den Brief an. »Glauben Sie nicht, daß das ein ziemlich dicker Hund ist?«
»Dies ist eine taktische Operation, keine Ermittlung«, erwiderte Banish knapp.
Blood riß die Augen auf. »Tja, aber trotzdem«, sagte er, »habe ich so das Gefühl, als wär das ein ziemlich großer Fisch, der da rumzappelt.«
»Mich interessiert nicht«, sagte Banish, »wer was mit wem gemacht hat. Ich bin hier, um einen Mann aus seiner Blockhütte herauszuholen.«
Blood wollte schon mit den Achseln zucken, als Banish plötzlich aufschaute und ihn mit einer Frage überraschte. »Macht Ihnen der WAR hier oben große Sorgen?« fragte er.
Blood kniff die Augen zusammen. »Sorgen?« wiederholte er. »So würde ich das nicht direkt nennen.«
»Was würden Sie denn«, fragte Banish, »zu fünf bewaffneten jungen Männer sagen, die sich Hakenkreuze aufs Gesicht malen und sich von dem hier versammelten Polizeiaufgebot überhaupt nicht einschüchtern lassen?«
Blood grunzte empört. »Ignoranz«, sagte er. »Nichts als Kindereien. Geheime Handzeichen und der ganze Mist. Wenn man hier bei uns Waffen in seinem Pickup durch die Gegend karrt, ist das nicht anders, als wenn man Angelruten dabei hätte. Die Leute hier oben glauben im allgemeinen an vier Dinge, Mr. Banish: Familie, Eigentum, Jesus und Waffen. Und nicht unbedingt in dieser Reihenfolge. Aber das bedeutet nicht, daß man sie auch gegen Menschen einsetzen will.«
»Dann ist es also nichts weiter.«
Blood nahm Haltung an. »Ich bin ein vereidigter Hüter des Gesetzes«, sagte er. »Ich drücke bei nichts ein Auge zu, das gesehen werden sollte. Aber zu fünfundneunzig Prozent ist das alles nur leeres Geschwätz. Großspuriges Gerede. Deshalb kann man keinen verhaften.«

»Solange niemand gegen den Buchstaben des Gesetzes verstößt.«
Das klang wie eine Fangfrage. Blood ging vorsichtig darauf ein. »Genau«, sagte er. »Wie wenn man neben einem Atomkraftwerk wohnt, vermute ich. Es ist da, also hat man es auch immer irgendwo im Kopf. Aber solange es nicht in die Luft fliegt, kann man nicht viel tun.«
An diesem Punkt reagierte Banish leicht unwillig, dann nickte er. »Was diesen Zettel betrifft«, sagte er. »Der ist nichts Neues. Wir wissen außerdem, daß Ables sich vom White Aryan Resistance getrennt hat. Die waren ihm zu gemäßigt. Sonst noch was?«
Blood stand einfach da. »Schätze nein«, sagte er.
Dann legte Banish das Bündel Papiere beiseite, und Blood sah Fotos darunter, Schulporträts von Ables' Kindern. Banish nahm sie in die Hand und betrachtete sie konzentriert, für Blood ein Zeichen, daß es Zeit war zu gehen. Er blieb noch ein paar Augenblicke, falls dies wieder nur ein Spielchen von Banish war, aber der war wirklich in die Fotos versunken und schien Bloods Anwesenheit gar nicht mehr wahrzunehmen.
Als Blood auf dem Weg nach draußen in die Nähe der Telefonanlage kam, sah er, wie der dort postierte Beamte etwas bestätigte, das er über Kopfhörer empfing, und dann mehrere Schalter betätigte. Die FBI-Agentin am Eingang bemerkte es ebenfalls, stand unauffällig vom Schreibtisch auf und schlenderte zur Telefonanlage hinüber. Die Dienstmarke hing am Gürtel ihres Rockes. »Was wollte er?« erkundigte sie sich leise bei dem Beamten dort.
»Eine Amtsleitung. Er hat gesagt, ich soll das Tonband abschalten.«
Was immer hier los war, Blood stand bereits am Zeltausgang und hatte keinen Grund, noch länger herumzutrödeln. Draußen blieb er in einiger Entfernung stehen, um

nachzudenken. Neben seinem Fuß befand sich ein großer Ameisenhaufen, eine gigantische Leistung, aus hellerem Sand gebaut als die Erde, auf der er errichtet war. Mit einer leichten Bewegung seiner Stiefelspitze ebnete Blood den Haufen ein. Er schaute zu, wie die Ameisen ausschwärmten und herumhasteten, dann machte er sich den Berg hinunter auf den Rückweg.

Cincinnati, Ohio

Beim dritten Klingeln sah Frank Dewey das Telefon an. Die Lämpchen der anderen vier Amtsleitungen brannten bereits. Eigentlich hatte er rechtzeitig zum nachmittäglichen Footballtraining seines Sohnes weggewollt, aber sein Partner befand sich auf einer ausgedehnten Reise nach Las Vegas, verband Geschäftliches mit ein bißchen Vergnügen, und das Büro ertrank in Arbeit. Dewey hatte siebzehn Angestellte und zwei Teilzeitkräfte unter sich, was für eine Detektei in Cincinnati eine ganze Menge war. Aber das Geschäft boomte auch.

Dewey & Stone Associates waren auf solche Fälle spezialisiert, die ihre Klienten ruhiger schlafen ließen. In der Zeit von AIDS und privaten Kontaktanzeigen hatten die Menschen Angst. Das Werben um einen Partner entwickelte sich zunehmend zu einem Relikt der Vergangenheit. Menschen wollten Fakten, und sie wollten sie sofort, und in vielen Fällen offenbarte eine umfassende Überprüfung der persönlichen Lebensumstände mehr als in jahrelangen Beziehungen je an den Tag kommen würde. Innerhalb weniger Tage oder auch nur Stunden konnten Dewey & Stone den sozialen, finanziellen und gesundheitlichen Status eines Menschen zu einem präzisen, zwei- bis dreiseitigen Bericht verdichten. 500 Dollar für eine einfache Überprü-

fung der Lebensverhältnisse oder 75 Dollar pro Stunde und Detektiv für eine umfassende Ermittlung war eine geringe Prämie, die für eine Versicherung gegen das desillusionierende oder gar tragische Ende einer Beziehung zu zahlen war.
Beispiel. Eine junge Frau, die Tochter eines Freundes und Geschäftspartners, war vor zwei Tagen ins Büro gekommen und hatte um Überprüfung der Lebensverhältnisse ihres neuen Freundes gebeten. Jetzt war Freitagnachmittag, und auf Deweys Schreibtisch lagen zwei Schriftstücke. Das eine war die Kopie des Vorstrafenregisters des Jungen bei der Polizei von San Francisco, demzufolge er 1989, anderthalb Jahre vor seinem Umzug nach Cincinnati, zweimal wegen Heroinbesitzes festgenommen worden war. Das andere war die Kopie eines erst kürzlich ausgestellten Begleitscheins aus der Ambulanz einer Klinik in Cincinnati, mit dem Blutproben unter der Sozialversicherungsnummer des Freundes, aber mit falschem Namen an ein serologisches Institut in Philadelphia geschickt worden waren. Die Testergebnisse sollten direkt an die Anschrift des Patienten geschickt werden, die sich als Postfach in einem Postamt zwei Blocks von der Wohnung des Freundes entfernt herausstellte.
Die junge Frau sollte Samstagmorgen um neun kommen. Die Sache bestätigte wieder einmal Deweys persönliches Wahrscheinlichkeitsgesetz: In fünfundneunzig Prozent aller Fälle liegen die Klienten mit ihren Vermutungen höchstwahrscheinlich richtig, wenn sie mißtrauisch genug sind, einen Privatdetektiv zu engagieren.
Er warf einen Blick auf die Uhr unter der gestärkten blauen Hemdmanschette, hörte das Telefon dann wieder klingeln, drückte auf den Knopf und nahm den Anruf entgegen. »Dewey & Stone Associates.«
»Mr. Dewey.«

Dewey erkannte die Stimme sofort. Er setzte sich von seinem Schreibtisch mit der gläsernen Arbeitsplatte zurück, legte ein Bein sorgfältig über das andere und zog die Manschette wieder über das goldene Uhrarmband. Dieser Klient interessierte ihn. Dewey konnte nicht sagen warum, aber er fühlte sich dem Burschen irgendwie verwandt, einer der wenigen Fälle, um die er sich immer noch persönlich kümmerte.

»Mr. Banish«, sagte er. »Sie rufen zwei Tage später an als sonst. Ich dachte schon, es sei womöglich etwas passiert.«

»Es ist mir etwas dazwischengekommen.«

Der Bursche versäumte nie seinen zweiwöchigen Anruf. Er zahlte immer pünktlich. Das Geld wurde von einem Bankkonto in Cincinnati an Dewey & Stone überwiesen, die Korrespondenz jedoch schickte die Detektei an eine Postfachadresse irgendwo mitten in Montana.

»Hören Sie, Mr. Banish«, sagte Dewey, wobei er sich wieder vorbeugte, eine Seitenschublade öffnete und durch die Akten blätterte. »Wir müssen Ihnen in Zukunft einen Sonderpreis einräumen. Sie sind ein Stammkunde, es ist keine schwere Arbeit. Ich denke, wir könnten uns auf ein festes monatliches Honorar einigen.«

»Wie Sie wollen«, sagte Banish. »Schießen Sie los.«

Er war ungeduldig, und das war ungewöhnlich. Dieser Banish war ein merkwürdiger Bursche. Irgend etwas sagte Dewey, daß er ein ehemaliger Cop sein mußte.

»Sie hat mit ihrem Liebhaber Schluß gemacht«, sagte Dewey und schlug die Akte auf. »Wir wissen nicht genau, was passiert ist oder warum oder wie, aber es ist aus. Vor drei Abenden war sie wieder in dieser Pianobar. Sie hat zwei Musikwünsche geäußert, ist etwa eine Stunde geblieben und hat während dieser Zeit zwei Manhattan getrunken. Sie ist allein weggegangen.«

Banish sagte: »Gut.« Er sagte es ohne große Gemütsbewegung, aber es schien eine angemessene Reaktion zu sein, wenn es um die Ex-Frau ging.

»Die Kehrseite der Medaille ist, daß sie wieder raucht. Und keine Filterzigaretten. Die Beziehung kann problematischer gewesen sein, als wir ursprünglich dachten. Außerdem spielt sie ernsthaft mit dem Gedanken, die Eigentumswohnung zugunsten von etwas Kleinerem aufzugeben.«

»Etwas Kleinerem?« sagte Banish. »Was ist mit Nicole?«

Dewey legte die Karten auf den Tisch. »Tja, das ist die Sache, Mr. Banish«, sagte er. »Die große Neuigkeit ist, daß Ihre Tochter allem Anschein nach bald heiratet.« Er öffnete die Akte auf seinem Schreibtisch. »Immer noch derselbe Bursche, der bei diesem Radiosender arbeitet. Ein Halbkaräter.« Er nahm die Kopie des Kreditkartenbelegs in die Hand. »Knapp drei Riesen auf seine Visacard, am fünfundzwanzigsten Juli per Mail-order bei Tiffany's in Chicago bestellt. Den Erhalt hat er am achtundzwanzigsten quittiert.«

Dewey wartete auf eine Reaktion. Selbst er hatte Mitleid mit dem Burschen. Dewey, ein Wildfremder für diese Leute, hatte das Pärchen unzählige Male zusammen gesehen, genaugenommen von ihrem allerersten Rendezvous an bis heute, wohingegen Banish allem Anschein nach seine eigene Tochter in den letzten zwei Jahren kein einziges Mal gesehen hatte.

Daher schien es irgendwie wichtig, jetzt etwas zu sagen. »Er hat ihr in einem Restaurant den Heiratsantrag gemacht«, sagte Dewey. »Auf einem Knie und alles. Die Leute an den anderen Tischen haben applaudiert.« Am anderen Ende der Leitung rührte sich nichts. »Hören Sie, Mr. Banish«, sagte er. »Ich stelle keine Fragen, weil mir das nicht zusteht und weil meine Klienten immer recht haben. Immer. Und daran hat sich nichts geändert. Aber vielleicht könnten Sie sie jetzt besuchen. Vielleicht könnten Sie wenigstens versuchen, sie anzurufen.«

Banish sagte: »Das ist unmöglich.«

Wieder ließ Dewey Banish Zeit. Und Frank Dewey war normalerweise kein Mann, der sich schnell unwohl fühlte. Aber, ob nun von Ex-Cop zu Ex-Cop oder von Vater zu Vater, er hatte das Gefühl, diesen Burschen zu kennen. Irgend etwas berührte ihn hier. Er dachte an seinen eigenen zwölfjährigen Sohn und an das Footballtraining und daran, was er selbst eines Tages verlieren könnte. Er beugte sich vor und schaute wieder auf die Uhr. Direkt nach dem Anruf würde er gehen.

»Möchten Sie das übliche Päckchen?« fragte er. »Fotos, Tonbänder, Abschriften?«

Nach ziemlich langer Zeit erklang Banishs Stimme. »Nur die Fotos.«

Kommandozelt

[BELAGERUNG, S. 35]

Aus diesem Grund muß davon ausgegangen werden, daß SA Banish vorsätzlich und wissentlich den Befehl der Pressestelle ignoriert hat.

Erneut wurden SA Banishs Urteilsvermögen und Kompetenz in Zweifel gezogen. Der beinahe erfolgreiche terroristische Anschlag auf die Operationsbasis der Bundesbehörden wäre fast unbeachtet geblieben, während überarbeitete und geringfügiger logistischer Verstöße beschuldigte Agenten umgehend und in aller Öffentlichkeit diszipliniert wurden.

Im Anschluß an den extremistischen Zwischenfall auf dem benachbarten Grat empfing SA Banish einen Sheriff des County zu einer Besprechung unter vier Augen, dann meldete er ein Ferngespräch an, das auf SA Banishs Anweisung hin nicht mitgeschnitten wurde. Dies erklärt die dreiminütige Lücke in den Tonbandaufzeichnungen, wie sie von den ermittelnden Beamten festgestellt wurde. Unmittelbar im Anschluß an dieses Gespräch verließ SA Banish das Kommandozelt, ohne SA Coyle über seine Absichten zu informieren. Es wird davon ausgegangen, daß er sich in seinen privaten Caravan zurückgezogen hat. Mehrere Stunden kehrte er dann nicht in das Kommandozelt zurück.

Operationsbasis

Zum Abendessen aß Sheriff Blood eine auf einem Blechteller angerichtete Ration Hackbraten mit Reis. Er saß an einem Campingtisch, der ein Stück abseits von den langen Bankreihen dienstfreier Marshals und FBI-Agenten aufgestellt war, die hungrig ihr Essen verschlangen. Er saß dichter bei den Marshals, und die Unzufriedenheit der Männer war offenkundig. Sie sahen vor allem abgerissen und mitgenommen aus, wie eben Männer, die an ein Leben in der Stadt gewöhnt sind, nach vier Tagen in den Bergen aussehen. Selbst ihre Bürstenschnitte wirkten struppig. In den Bergen bekommt man überall Juckreiz, für den Ungeziefer nur zum Teil verantwortlich ist. Dies ging so weit, daß selbst Blood sich ein wenig schmutzig fühlte. Er hatte aus dem Rucksack gelebt, den er immer mit dem Angelzeug auf der Ladefläche seines Broncos aufbewahrte.

Da war also zunächst der Schmutz, der sich in Poren ablagert, die an regelmäßiges und gründliches Waschen gewöhnt sind, übrigens auch der Grund, warum sich Menschen aus den Bergen immer die Arme reiben, als wäre ihnen kalt. Dann der allgemeine Verdruß: ein sich in die Länge ziehendes Ausgucken mit einem Mann, der nicht blinzelte, ja nicht mal die Augen öffnete, ein Krimineller, der so nah war, daß sie praktisch aus dem Stand auf ihn spucken konnten. Das Gefühl, an der Nase herumgeführt zu werden, daß sich dieser Mann, dieser Kriminelle, in seiner Blockhütte auf ihre Kosten hämisch ins Fäustchen lachte. Es war für jedermann augenfällig, daß sie stolze Männer waren, die Affronts durchaus nicht auf die leichte Schulter nahmen. Es waren Männer, über die man sich normalerweise nicht lustig machte. Aus all dem wurde ersichtlich, warum sich ihre Animosität auf ein anderes Ziel zu richten begann.

Auch die höheren Dienstgrade wurden unruhig. Einige Stunden zuvor war Blood nahe genug an dem schwarzen Transporter gewesen, um mitzubekommen, wie Banish, Fagin und der Agent mit den Kopfhörern mögliche Strategien in Erwägung zogen. Der Agent mit den Kopfhörern schlug vor, ein Abhörgerät über den Kamin in die Blockhütte »einzuschmuggeln«, was Banish allerdings unter Hinweis auf Ables' Elektronikkenntnisse ablehnte. Dann plädierte Fagin energisch für eine Art Gasangriff, was Banish ebenfalls mit der Begründung zurückwies, daß die Ables-Familie womöglich auch Gasmasken besäße, und wenn dem so sei, die vorrückenden FBI-Agenten und Marshals mit einiger Wahrscheinlichkeit niedergemetzelt würden. Mit rationalen Argumenten schmetterte Banish auch jeden weiteren Vorschlag ab, und weder Fagin noch dem Beamten mit den Kopfhörern gelang es, seine Meinung zu ändern.

Jetzt war Schichtwechsel bei den Wachtposten, die Zeit unmittelbar vor Einbruch der Dunkelheit, wenn die Sonne untergeht und gegenüber der Mond dick und fett aufsteigt und alles irgendwie unwirklich erscheint. Es war recht frisch, wenn auch immer noch feucht, und das Ungeziefer stach zu. Mit einem Blechteller in der Hand tauchte Brian

Kearney auf und knallte ihn Blood gegenüber auf den Tisch, der Bank der Marshals den Rücken zudrehend. Der Junge war ungewöhnlich still und sogar ernst, grüßte nicht und war offenbar nicht wie sonst zum Schwatzen aufgelegt. Er konzentrierte sich aufs Essen und wirkte bedrückt, als hätte er ernste Probleme. Er grübelte wohl darüber, wie unten die Familie Mellis behandelt wurde. Blood gelang es nur einmal, ihn aus der Reserve zu locken, sie redeten über Bienen, nachdem er eine Wespe von seinem Essen geschnipst hatte.

»Ich habe mal gesehen, wie ein Mann zu Tode gestochen wurde«, sagte Kearney. »Das war bei der Grundausbildung. Er hatte Gartendienst, stand auf einer hydraulischen Bühne und beschnitt Bäume. Ich vermute, er muß wohl einen Bienenstock erwischt haben, denn als er endlich wieder unten war, war er über und über mit den Viechern bedeckt. Es war ein ganzer Schwarm. Wie verrückt hat er um sich geschlagen und ist weggerannt, ich glaube, er hat sogar versucht zu schreien. Und dann dieses irre Summen, wie man es ja auch erwarten würde. Keiner von uns wußte, was er tun sollte. Also sind wir los und haben ihn irgendwie mit Stöcken in einen Teich gestoßen, weil wir dachten, das Wasser würde ihm helfen, aber das war nicht der Fall. Ich habe später viel darüber nachgedacht. Wie es wohl gewesen sein muß, mit all diesen Bienen bedeckt zu sein – die waren rasend – alle gelb und schwarz und pelzig. Eine nach der anderen jagte ihren Stachel in ihn hinein, und wie er dann ins Wasser gegangen ist. Ich frage mich, ob er überhaupt wußte, was ihm da geschah. Ob er wußte, warum wir ihn stießen und traten und so grob waren.«

»Ein ziemlich unschöner Tod«, meinte Blood.

Kearney starrte auf den Tisch. »Er ist über tausendmal gestochen worden. Seitdem habe ich keine Biene mehr umgebracht. Ich weiß, daß sie nicht nachtragend sind, aber damals kam es mir so vor, als würden sie etwas heimzahlen. Wirklich.«

»Sie wollen sagen, die Natur hat sich gerächt.«

Kearney nickte kaum. »Und er war ein anständiger Kerl. Er hat's nicht verdient. Ein magerer Junge. So was hat kein Mensch verdient.«

Blood war überrascht von Kearneys düsteren Gedanken. Aber dann wurden sie von lautem Gelächter auf der Bank der Marshals hinter ihnen abgelenkt. Ein unbedeutender Tumult, aber es war ein böses Lachen, ein Lachen auf Kosten von jemand anderem. Ein Lachen, bei dem man aufhorcht. Teils aus Neugier, so wie man nachts das Licht anmacht, wenn ein Hund bellt. Teils weil das kleine Kind in einem wissen will, ob man nicht vielleicht selbst ausgelacht wird. Blood achtete bewußt nicht auf ihre Bemerkungen und hörte doch gleichzeitig aufmerksam zu.

»Der Mann ist doch völlig unfähig«, hörte er einen von ihnen, der hinter Kearney saß, sagen.

»Meiner Meinung nach ist er ein absoluter Stümper. Der hat doch keinen blassen Schimmer, was er überhaupt macht.«

»Der versucht doch nur, Zeit zu schinden.«

»Ich hab gehört, seine letzte Verhandlung ist voll in die Hose gegangen.«

Blood beobachtete, wie sich alles in Kearney anspannte. Seine Schultern wurden breiter, und kleine Atemwölkchen lösten sich aus seinem Mund. Blood sah ihm in die Augen, und sie verstanden sich ohne eine Geste. Dann sahen sie sich einfach nur an und hörten zu.

Ein anderer Marshal sagte: »Was meinst du damit?«

»Ich meine Tote. Tote unter den Geiseln. Er hat die ganze Sache in den Teich gesetzt.«

»Du redest Scheiße.«

Dann etwas, das Blood nicht ganz mitbekam. Dann:
»Ich hab gehört, er trinkt.«
»Ach, hör doch auf.«
»Nein, Moment«, sagte eine neue Stimme empört. »Ich hab gesehen, wie er heute zwei State Troopers Bier abgenommen hat.«
Kearneys Augen begannen zu glühen.
»Hat er wahrscheinlich in seinen Privatvorrat getan.«
»Beschissener Dreckskerl.«
»Egoistischer Hund.«
Kearney legte seine Gabel hin. Er stützte die Hände flach auf den Tisch und sah aus, als wollte er aufstehen. Blood erhob sich einen Sekundenbruchteil vor ihm und packte ihn an den Handgelenken.
»Laß es«, sagte Blood. »Das ist nicht dein Kampf.«
Es waren nur ein paar Marshals, die redeten. Alle hörten zu, die meisten aber wahrscheinlich nur, weil ihnen nichts anderes übrigblieb, weil es um ihren Hals ging und nicht weil sie gern tratschten oder Klatsch hören wollten. Einer schien der Wortführer zu sein, und Blood konnte ihn unter den anderen ausmachen. Der Marshal lehnte sich etwas auf der Bank zurück und hielt Hof. Blood schaute sich um und entdeckte, etwas abseits, aber immer noch in Hörweite, Perkins, der mit nichts beschäftigt war, sich nicht mal bewegte und gottverdammt nichts unternahm.
Kearney machte ein finsteres Gesicht. Für ihn war es mehr als nur himmelschreiende Respektlosigkeit, mehr als glatte Beleidigung.
»Ich hab gehört, entlassen konnten sie ihn nicht, also haben sie ihn in irgendeine trockene Präriestadt gesteckt, wo er keinem schaden konnte. Da haben sie den Scheißkerl begraben.«
»Und was zum Teufel hat er dann hier zu suchen?«
»Gute Frage. Eine verdammt gute Frage ist das.«

Eine weitere, neue Stimme, zweifelnd. »Woher weißt du das alles überhaupt?«
Aber ein anderer schnipste nachdrücklich mit den Fingern und reagierte aufgebracht. »Der Typ könnte jeden Augenblick – «
»Aber das ist nicht mal die halbe Geschichte. Er war eine Zeitlang in so einem Scheißkrankenhaus. Genau, ja aber nicht in irgendeinem Krankenhaus.«
Kearneys Augen schienen Blood zu durchbohren.
Jetzt Reaktionen. Eine andere Stimme. »Was zum Geier redest du da?«
»Ich sag's euch, dem Typ fehlen ein paar Tassen im Schrank, der hat sie nicht mehr alle.«
Plötzlich schoß Kearney kerzengerade in die Höhe. Bevor Blood ihn zurückhalten konnte, hatte er sich umgedreht, war über die Bank gestiegen und stand jetzt vor der Doppelreihe von US Marshals. Blood hatte sich hinter ihn gestellt.
»Wer hat das gesagt?« fragte Kearney. Die Fäuste an den Seiten geballt.
Die Marshals waren alle verstummt und schauten zu ihm hinüber. Niemand sagte auch nur ein Wort, aber Kearney mußte den Wortführer sofort herausgepickt haben, wahrscheinlich hatte er ihn an seinem schiefen Grinsen erkannt.
»Steh auf«, befahl Kearney.
Der Marshal grinste zunächst einfach nur weiter und schaute sich nach den anderen um. Nicht einer erwiderte das Grinsen. Die meisten starrten immer noch Kearney an. Dann reckte der Marshal etwas die Schultern, und sein Grinsen verschwand, als er Kearneys Blick begegnete, doch er sagte immer noch nichts.
»Steh auf«, wiederholte Kearney, dessen Stimme jetzt lauter, beinahe drohend war.
Blood konnte von hinten erkennen, daß Kearney zitterte,

allerdings nicht aus Angst. So hatte er ihn noch nie erlebt. Dieser unbekümmerte, sorglose Junge. Eine Statur wie ein Baseballspieler, und groß, breite Schultern, die die Polizeiuniform ausfüllten, und genau das bemerkte der Marshal jetzt auch.

Wieder schaute Blood zu Perkins hinüber. Der tat so, als bekäme er überhaupt nicht mit, was sich hier abspielte. Fagin war von der Seite an die Bank herangetreten und sah interessiert zu.

Der Wortführer fixierte Kearney und zuckte mit den Achseln. »Wo liegt dein Problem?« fragte er.

Kearney sagte: »Steh auf.«

Dann stand der Marshal auf. Er hatte keine andere Wahl. Er grinste darüber, daß er angesprochen worden war, und versuchte es, so gut er konnte, wie einen Witz aussehen zu lassen. »Was ist?« fuhr er halb spöttisch fort. Jetzt trennte sie nur noch der Tisch. »Was geht dich das an?«

Die neben ihm sitzenden Männer rutschten allmählich weg, um einen besseren Blick zu bekommen, aber auch um sich zu distanzieren. Sie würden nicht eingreifen. Der Marshal spürte das und schaute sich nun wieder um.

»Was glaubst du denn, was das hier ist?« fragte er Kearney.

»Für mich bist du ein Lügner«, erwiderte Kearney.

»Brian«, sagte Blood hinter ihm.

»Ich meine, was geht dich das verdammt noch mal an«, fuhr der Marshal fort, »welche FBI-Agenten saufen und welche nicht? Wer zum Henker bist du schon? Ein kleiner Verkehrsbulle aus einer Landeierstadt.«

Kearneys Atem wirbelte um seinen Kopf, seine Stimme war jetzt die eines anderen. »Du nimmst sofort zurück, was du gesagt hast, sonst sorg ich dafür, daß du in Zukunft dein großes Maul hältst.«

Der Marshal versuchte, seine Kameraden hinter sich zu scharen. »Wovon zum Geier redet das Landei?«
Kearney war bemerkenswert schnell, als er über den Tisch setzte, um an den Marshal heranzukommen. Die anderen sprangen auf, aber nicht einer mischte sich ein. Kearney packte den Mann vorne an der Uniform und warf ihn mit einer schnellen Bewegung rückwärts gegen den nächsten Tisch, an dem die FBI-Agenten blitzschnell aus dem Weg sprangen. Blood stürzte sich mit einer Flanke über seinen Tisch hinterher.
Kearney stand da und beugte sich über den Marshal, der mit dem Rücken flach auf dem Tisch lag.
»Du nimmst es zurück«, sagte er schwer atmend.
Blood sah, wie der Marshal hinter sich nach einer Ketchupflasche griff. Blood wollte schnell zu ihnen, doch Fagin war noch vor ihm da und schob sich zwischen die beiden Männer.
Fagin drängte Kearney mit der flachen Hand zurück und ermöglichte seinem Marshal, wieder auf die Füße zu kommen. Die Flasche blieb auf dem Tisch. »Ich hab absolut nichts gegen eine gute Schlägerei«, verkündete Fagin. »Aber nicht hier und nicht jetzt.«
Der Marshal sagte: »Sir, Sie–«
Fagin fiel ihm ins Wort. »Das Abendessen ist vorbei. Alle gehen jetzt, und die Männer der Nachtschicht melden sich umgehend bei mir zum Dienst.«
Kearney verschwand daraufhin schnell. Fagin drehte sich um und schaute ihm nach. Er bemerkte Blood, der zu ihm herübersah. »Um was zum Henker ging's hier eigentlich?« fragte Fagin. Aber Blood blickte dem Mann nur in die Augen und sah, daß er es genau wußte.

Kommandozelt

Brian Kearney ging eine ganze Weile spazieren, und als er schließlich wußte, wo er war, brannten die hohen Lampen, und deren Lichtstrahlen zerschnitten die Dämmerung, die über der Lichtung lag. Er stand vor dem Kommandozelt. Er glaubte nicht, daß er bewußt dorthin gegangen war, aber nachdem er nun einmal da war, erkannte er, daß er es wahrscheinlich doch gewollt hatte. Er wollte Agent Banish irgendwie warnen. Er wollte ihn davor warnen, daß Lügen erzählt wurden. Doch sobald Brian das Zelt erreichte, wurde ihm klar, daß er nichts zu sagen hatte. Und dann fühlte er sich nur noch schlechter. Er drehte sich zu der beleuchteten Lichtung um und mußte sich fragen, wozu das alles gut sein sollte. Er fühlte sich, als sei er etwa fünf Zentimeter groß und ungefähr halb so stark. In diesem Augenblick trat Agent Banish unmittelbar vor ihm aus dem Zelt. Agent Banish trug eine blaue FBI-Jacke. In der Hand hielt er ein Funkgerät. Er sah Brian merkwürdig an, als wisse er nicht, woher er plötzlich gekommen war, oder vielleicht hatte Brian auch nur einen Gedankengang unterbrochen.
»Was gibt's?« sagte Agent Banish.
Brian konnte nicht einmal den Kopf schütteln. Er stand da und erforschte irgendwie Agent Banishs Gesicht, suchte nach Mängeln. Es hatte tiefe Falten und Schatten, dunkle Ringe lagen unter den Augen, und die Lippen waren aufgesprungen. Banishs Hemdkragen war schlaff und verknittert, der Mann sah blaß aus, ja sogar alt. Kinn und Wangen jedoch waren frisch rasiert, und die Augen wirkten klar. Er wollte noch etwas sagen, weil Brian wie gelähmt dastand und einfach nichts herausbrachte, doch wie eine Katze, die etwas in den Wänden hörte, wurde Agent Banish dann abgelenkt. Sein Blick wanderte über die Lichtung.

Brian schaute ebenfalls hin. Banish hatte die beiden FBI-Agenten in der Nähe bemerkt, die die Hände an die Ohren legten und sich in Bewegung setzten, auf etwas reagierten. Überall auf der dämmrigen Lichtung begannen Leute herumzulaufen. Stimmen wurden lauter.
Agent Banish schaltete sein Funkgerät ein. »Fagin«, sagte er hinein.
Nach einem Augenblick drang Marshal Fagins Stimme knisternd aus dem Gerät. *»Hier oben tut sich was.«*
Agent Banishs Lippen wurden zu einem dünnen Strich. »Das Telefon?«
»Negativ. Südostseite des Geländes. Flüchtende. Drei.«
Agent Banish sagte: »Gehen Sie davon aus, daß es sich um Mittäter handelt. Gehen Sie rauf und bringen Sie sie einzeln und ohne großes Aufsehen runter.«
Banish schaltete das Funkgerät aus und entfernte sich eilig über die Lichtung. Brian blieb noch lange genug stehen und sah ihm nach, bis er mit forschen Schritten in den Schatten zwischen zwei hoch angebrachten Scheinwerfern verschwunden war, dann ging er rasch zu einem Jeep, um so schnell wie möglich zu seinem Posten zurückzukehren. Endlich passierte etwas, und er wußte jetzt, daß Agent Banish alles fest im Griff hatte.

Tontechnik

Perkins war bereits beim Ü-Wagen, als Banish dort eintraf. Der Tontechniker saß vor den Monitoren. Banish stieg in den Wagen. Sein Blut pulsierte wieder.
Auf dem Monitor, der die künstlich erleuchtete Ostseite des Geländes zeigte, unterzog gerade ein Team von Marshals unsanft drei auf dem Bauch liegende Menschen einer Leibesvisitation.

»Die Newlands und Charles Mellis«, sagte Perkins.
»Geflohen oder freigelassen?«
»Die sind einfach rausgekommen«, antwortete der Tontechniker achselzuckend.
Banish schaute noch einen Moment auf den Monitor. »Die drei getrennt halten«, sagte er zu Perkins. »Befragen Sie sie, bevor Sie ihnen zu essen geben. Klären Sie sie über ihre Rechte auf, dann zeichnen Sie alles auf Video auf. Schreiben Sie den vorgeschriebenen Bericht und kommen Sie anschließend zu mir. Ich will Beobachtungen und Eindrücke. Anschließend verständigen Sie die Bundesstaatsanwaltschaft. Die werden die Aussagen benötigen und so weiter.«
Perkins nickte, merkte sich alles. »Warten Sie«, sagte er. »Wir haben nur zwei Arrestzelte.«
Banish nahm dies stirnrunzelnd zur Kenntnis. »In Ordnung«, sagte er. »Räumen Sie den persönlichen Kram aus meinem Caravan. Dann bringen Sie Mellis dort unter und lassen ihn rund um die Uhr von zwei Marshals bewachen.« Dann hob er das Funkgerät. »Fagin? Irgendwas Neues?«
Fagins Stimme kam vom Gipfel des Berges. »Negativ.«
Banish nickte. »Weiter beobachten.«

Tontechnik

Perkins wartete vor dem Ü-Wagen auf Banish. Der Ohrstöpsel war ausgehakt und hing locker über seinem Revers, und er rauchte eine Zigarette. Bislang hatte Banish keinen Tabakgeruch an ihm wahrgenommen. Bevor sie ein Wort wechseln konnten, setzte wieder ein lautes Heulen ein, und ein UH-1 Hubschrauber der Nationalgarde erhob sich in den frühabendlichen Himmel, flog einen Bogen und verschwand. Staub wirbelte auf, und die ganze Lichtung schien zu beben. Wenn Banish in sein Büro zurückkehrte, würde er wieder die Hälfte seiner Unterlagen vom Boden aufsammeln müssen.

Perkins stieß mit einem Seufzer Rauch aus einem Mundwinkel aus. »Die Newlands sind okay«, sagte er. »Ich habe sie gründlich in die Mangel genommen, exakt dieselbe Geschichte. Wurden in einem Zimmer im hinteren Teil des Hauses festgehalten, das auf die Veranda auf der Rückseite führt, haben zweimal täglich Brot, Obst und Wasserrationen erhalten, hatten aber keine Ahnung, was im Haus passierte. Ables hat sie ganz bewußt isoliert. Sie sagten, sie hätten Musik gehört und die Stimme aus dem Lautsprecher, aber nicht gewußt, wie er darauf reagierte. Ab und zu haben sie das Weinen des Säuglings gehört, aber Mrs. Mellis brachte ihnen das Essen, und sie hat nie etwas gesagt.«

»Und was ist nun passiert?« fragte Banish.

»Sie haben gesagt, es wäre wie aus heiterem Himmel gekommen. Ables sei mit Charles Mellis aufgetaucht und habe den dreien mitgeteilt, sie sollten ihre Sachen zusammenpacken und gehen.«

»Warum nicht auch Mellis' Frau?«

»Weiß man nicht. Die Newlands sagen, sie wüßten nicht viel über Mellis, nur daß er mit Ables eng befreundet war. Seit der Schießerei jedoch waren sie im hinteren Teil der Blockhütte, während alle anderen sich vorne aufhielten.«

Banish nickte. »Was sagt Mellis?«

Perkins nahm einen weiteren tiefen Zug und stieß den Rauch aus. »Er hat seine Beteiligung an der Schießerei sofort zugegeben. Ich habe ihn über seine verfassungsmäßigen Rechte aufgeklärt, aber er hat weiter geredet. Sagte, Ables glitten da oben die Dinge aus der Hand. Sagte, er denke nicht mehr klar, führe Selbstgespräche, wandere rastlos in der Blockhütte auf und ab, blah blah blah. Aber dann ist etwas Merwüdiges passiert. Mellis hat offensichtlich mitgekriegt, daß ich nicht Watson bin, und von da an war er zu wie eine Auster. Er sagt, er habe etwas Wichtiges zu sagen, aber nur dem verantwortlichen Mann hier.«

Banish schüttelte den Kopf.

»Er hat nur soviel gesagt«, fuhr Perkins fort, »daß Menschen zu Schaden kommen werden. Mehr wollte er mir nicht sagen. Fragen Sie mich, ob ich ihm glaube? Ich weiß es nicht. So wie ich das sehe, meint er es durchaus ernst, zumindest was seine Ablehnung betrifft, mit irgend jemand anderem zu sprechen. Allerdings habe ich bei ihm schon den Eindruck, daß er reden will.«

Banish sagte einfach nur: »Kommt nicht in Frage.« Der Unterhändler kommt niemals unmittelbar mit den Geiseln in Berührung.

»Wir brauchen einen Durchbruch«, sagte Perkins. »Die Männer, alle, werden langsam unruhig. Vielleicht sollten Sie sich wenigstens die Videoaufzeichnung ansehen.«

»Wie wirkt er auf Sie?« fragte Banish ausweichend.

Perkins lockerte seinen Hemdkragen. »Ehrlich gesagt, ich glaube, Fagin hat ihm da oben ein bißchen Angst eingejagt. Wenn man ihn erst mal beruhigt hat, ist er übertrieben hilfsbereit. Wie jemand, der sich eine Menge von der Seele zu reden hat. Wie ein Bursche, der von der Straße reinkommt und sagt, er wolle Ihnen zeigen, wo die Leichen vergraben sind.«

Banish runzelte die Stirn und schüttelte wieder den Kopf, als sie aus der Ferne das dumpfe Knattern von Schüssen hörten. Beide Männer blickten schnell zum Berggipfel hinauf, der von ihrem momentanen Standort aus nicht zu sehen war. Dann weitere vereinzelte Schüsse.

Perkins schnippte seine Zigarette weg und steckte hastig

den kleinen Stöpsel wieder ins Ohr. Banish schaltete sein Funkgerät ein. »Fagin«, sagte Banish.

Fagins Stimme war laut, ein offensichtlich vorausgegangener Adrenalinstoß war ihr deutlich anzuhören. »Die schießen die Scheinwerfer aus«, sagte er.

Banish hörte eine Salve aus dem Funkgerät und das Geräusch zersplitternden Glases, dann wieder darüber Fagins Stimme. »Verdammt riskante Situation. Die schießen aus Löchern in den Wänden der Blockhütte.«

Banish nickte zufrieden. »Gut«, sagte er. »Sehen wir das als erste Kontaktaufnahme an. Das Feuer nicht erwidern. Und sorgen Sie dafür, daß alle in Deckung bleiben.«

Eine Pause. »Den letzten Teil hab ich nicht mitbekommen.«

»Sie haben schon verstanden. Feuer nicht erwidern, und Ihre Männer sollen in Deckung bleiben. Da drin sind immer noch Kinder. Ziehen Sie sich zurück, wenn es aufhört, dann sorgen Sie dafür, daß die Scheinwerfer so schnell wie möglich repariert werden.«

Aus dem Funkgerät mehr Schüsse, das Splittern von Glas und Geräusche von Querschlägern. »*Wichser*«, fauchte Fagin mit gedämpfter Stimme.

Banish schaltete aus. Perkins beobachtete ihn aufmerksam, und jetzt wirkte er in seinem zerknautschten Anzug auch wieder zuversichtlicher. »Es funktioniert«, meinte er nickend.

Banish ging nicht darauf ein. »Gehen Sie zum Ü-Wagen«, sagte er. »Er soll das Telefon wieder klingeln lassen.«

Perkins nickte. »Glauben Sie, Ables dreht langsam durch?«

Wieder mehrere Schüsse in der Ferne. Banish schaute zum Berg auf. »Nein«, sagte er. »Das glaube ich nicht.«

Operationsbasis

Brian hielt mit dem Jeep vor den Zelten und sprang heraus. Am Ausdruck auf den Gesichtern von Mr. und Mrs. Mellis erkannte er, daß sie selbst noch im Dämmerlicht von den gewaltigen Ausmaßen der Operationsbasis – die Zelte, die Fahrzeuge, die Ausrüstung – fassungslos waren. Wodurch er wieder alles mit neuen Augen sah und ihn neuer Schwung erfüllte. Das FBI in Huddleston. Und er war unmittelbar an allem beteiligt, hatte mit FBI-Agenten zu tun, kannte sie und war selbst namentlich bekannt.

Er half Mrs. Mellis aus dem Jeep und führte beide zu dem Zelt ganz rechts dicht vor dem Maschendrahtzaun und der langen Fahrzeugreihe. Auf halbem Weg gingen sie langsamer, schauten auf und blinzelten, als der Strahl eines Suchscheinwerfers über die Lichtung glitt und ein riesiger Hubschrauber dröhnend über sie hinwegflog.

Mr. Mellis wischte sich die Handflächen an den Hosenbeinen ab. Sie hatten lange warten müssen. Brian erklärte, daß ihr Sohn immer noch verhaftet sei, aber darum gebeten habe, sie zu sehen, und die Bundesbehörden hatten ihre Zustimmung gegeben. Das Ehepaar nickte eifrig, war viel zu dankbar, um zu diskutieren. An diesem Punkt würden sie nehmen, was sie kriegen konnten.

Drei Männer tauchten aus dem Zelt auf, zwei Marshals mit Charles Mellis in der Mitte. Er war ein großer, grobschlächtiger Kerl mit einem buschigen Bart und übergroßen Stiefeln an den Füßen. An Handgelenken und Knöcheln war er gefesselt. Brian forderte die Eltern auf stehenzubleiben und trat dann selbst zur Seite. Auf halbem Weg blieben die Marshals dann ebenfalls stehen und nahmen ihm beide Fesseln ab, was Brian hochanständig fand. Charles Mellis rannte die letzten paar Schritte in die Arme seiner Mutter. Er überragte sie um einiges. Sie hatte ihm die Arme um die Hüften gelegt, aber die Hände berührten sich nicht hinter seinem Rücken. Sie weinte und sagte wieder und wieder seinen Namen, »Charlie, Charlie«, und sein Vater, selbst ein recht großer Bursche, lächelte und klopfte dem Sohn auf den Rücken und, so sah es wenigstens aus, wischte sich sogar über die Augen.

Dann trat seine Mutter ein Stück zurück, um besser zu ihrem Sohn aufschauen zu können, wahrscheinlich um sich zu vergewissern, daß mit ihm alles in Ordnung war. Er schüttelte seinem Vater die Hand und umarmte wieder seine Mutter, drückte ihren Kopf gegen ein Schnalle seiner Hosenträger. Einfach so dazustehen und dies mitzuerleben, erfüllte Brian mit einer tiefen Befriedigung, die er sich zugegebenermaßen durch nichts verdient hatte.

Brian zog sich weiter zurück, um der Familie ein noch ungestörteres Zusammensein zu ermöglichen, als er zwei Männer bemerkte, die im Schatten eines großen Lastwagens etwas abseits standen und die Szene beobachteten. Sofort erkannte Brian in dem größeren mit den verschränkten Armen Agent Banish und war überrascht, daß der jetzt zuschaute, sogar noch überraschter als in dem Augenblick, als der Befehl an die Straßensperre gegeben worden war, Mr. und Mrs. Mellis durchzulassen. Brian bewegte sich diskret in den Schatten der hohen Lampen auf sie zu, erkannte, daß der zweite ausdruckslose Mann Agent Perkins war.

Wahrscheinlich war Brian zu überwältigt von diesem Augenblick, aber er hatte das Gefühl, sich bei Agent Banish dafür bedanken zu müssen, daß dieser das Richtige getan hatte. Er sagte zu ihm: »Das war wirklich gut, was Sie da gemacht haben.«

Agent Banish zeigte keinerlei Reaktion. Er erwiderte nichts, ließ sich nicht einmal anmerken, daß er es überhaupt gehört hatte. Statt dessen sagte er etwas zu Agent

Perkins, das Brian nicht einschloß. Beinahe bedauernd sagte er: »Ich werde mit ihm sprechen.« Dann drehte er sich um und ging.

Der Caravan

Banish ließ die beiden Marshals draußen warten, dann betrat er hinter Perkins seinen früheren Caravan. Charles Mellis saß ohne Fesseln hinter dem kleinen Holztisch und trommelte mit seinen dicken Fingern auf der lädierten Oberfläche. Er war groß und wirkte putzmunter, sein verfilzter, schwarzroter Bart, der von den Koteletten herabhing und den Mund verdeckte, wucherte wie eine Maske aus seinem blassen, sommersprossigen Milchgesicht.
Seine Augen waren schwarz und mißtrauisch, verglichen wahrscheinlich Banish mit dem Watson seiner Vorstellung. Er war ein großer, kräftiger und schlampiger Junge. Er hatte faltige, feuchte Lippen und Fingerknöchel so groß wie Walnüsse.
Banish warf einen kurzen Blick auf das Bett, das ihm nicht vergönnt gewesen war. Mellis' Füße würden wie Zungen über das Ende hängen.
Banish stellte sich vor ihn. »Special Agent Bob Watson«, sagte er.
Mellis schien erleichtert. Er ordnete die Stimme zu. Er nickte.
Perkins schaltete sich ein. »Mr. Mellis, über Ihre Rechte habe ich Sie ja schon aufgeklärt.«
»Er ist verrückt«, platzte Mellis heraus. »Der ist völlig übergeschnappt. Und gewalttätig.«
»Wir wissen, daß er gewalttätig ist«, sagte Banish. »Meinen Sie gewalttätig seiner Familie gegenüber?«
»So weit kommt's noch«, nickte Mellis. »Ganz bestimmt kommt's noch so weit. Und irgendwas hat sich in ihm ver-

ändert, in seiner Persönlichkeit, und das macht mir Angst.«
»Aber allen anderen geht es bis jetzt gut? Den Kindern?«
»Bis jetzt.« Er nickte.
»Gesundheitszustand okay? Genug Lebensmittel und Wasser?«
»Vorläufig, ja. Glenn ist ein Überlebenskünstler. Aber er schimpft und tobt wie der Teufel.«
Mellis wich Banishs Blick nicht aus und blinzelte langsam. Er bewegte die Arme auf dem Tisch, wenn er nach den richtigen Worten suchte, gelegentlich ließ er auch sein bärtiges Kinn sinken, um zu unterstreichen, was er sagte. Er wirkte aufrichtig und übertrieben offen, wie einsame Menschen es sind, wenn sie im Zeugenstand stehen.
Banish sagte: »Ich werde Ihnen jetzt einige direkte Fragen stellen, Mr. Mellis. Wie viele Waffen befinden sich etwa in Mr. Ables' Haus?«
Mellis blies die Wangen auf, als bekäme er die Worte nicht raus, wischte dann mit einer ausholenden Geste über den Tisch. »Wie viele brauchen Sie denn?« sagte er schließlich und atmete aus.
Banish nickte, um ihn zu ermutigen. »Warum benutzt Mr. Ables nicht das Telefon, das wir ihm gebracht haben?«
»Er vertraut Ihnen nicht. Er sagt, irgendwo da draußen wartet ein Scharfschütze nur darauf, ihm eins in den Rücken zu verpassen. Sagt, wenn ich rausgehe, um es zu holen, krieg ich eins in den Rücken verpaßt. Und er sagt, er weiß, daß die Sprechmuschel mit Gift oder Gas oder irgendwas präpariert ist.«
»Hört er unseren Funkverkehr ab?«
Mellis atmete wieder erleichtert aus, als wäre er dankbar, daß ihm diese Frage gestellt wurde. Es war leichter, jemanden mit einem Nicken als mit einem vollständigen Satz zu verraten. »Ja«, sagte er, schwankte dabei beinahe.

»Er hat alles mögliche da, er kennt alle Frequenzen der Regierung.«
Banishs Augen, geübt, keine Reaktion zu zeigen, blieben auf Mellis' Gesicht gerichtet. »Was ist mit Ihrer Frau, Mr. Mellis?«
»Shelly konnte die Kinder doch nicht allein lassen. Margie geht es im Moment nicht so besonders, ihr Krebs ist wieder ausgebrochen, und ich wußte, daß Shelly niemals mitgehen würde. Margie ist genauso stur. Sagt, sie hat die Nase voll von Krankenhäusern.«
Banish schüttelte den Kopf. »Warum erzählen Sie uns das alles, Mr. Mellis? Was versprechen Sie sich davon?«
Mellis richtete sich besorgt auf. »Für mich persönlich – gar nichts. Ich hab da oben keinen erschossen. Nur wenn zuerst auf mich geschossen wurde.«
»Was ist denn passiert, daß er sie gehen ließ?«
Mellis schüttelte den Kopf. »Am Ende hab ich ihn einfach gefragt – verstehen Sie, was ich meine? –, und er war einverstanden. Glenn hat gesagt, er läßt die Newlands gehen, weil er sie nicht gebrauchen kann, und ich hab gesehen, daß es mit ihm kräftig bergab geht, also hab ich ihn gefragt, ob ich nicht auch gehen kann. Also, ein Verräter bin ich bestimmt nicht. Das bin ich nicht, ich doch nicht.« Er schüttelte energisch den Kopf. »Und ich hab auch nicht mit Glenn gebrochen. Ich fall ihm nicht in den Rücken. Aber jetzt hat er auch noch seine Kinder bewaffnet, und ich glaube nicht, daß er besonders klar denkt.« Er sah Banish und Perkins abwechselnd an. »Also hab ich mir gedacht, vielleicht kann ich hier unten ein Wort für ihn einlegen. Das hab ich ihm natürlich nicht gesagt. Auf so was würde er sich nie einlassen, und wahrscheinlich hätte er mich eher erschossen. Aber als ich die kleinen Gesichter von den Kindern gesehen hab … die gehören alle zu meiner Familie, und ich will das Richtige für sie tun. Weil ich nämlich ge-

sehen hab, was kommen wird, und das ist nicht besonders schön und auch nicht sicher für die Kinder. Weil Glenn nicht nachgibt. Das ist mir jetzt klar, der gibt nichts und niemand nach, für ihn heißt es Ehre oder Tod, aber trotzdem will er eigentlich niemand weh tun. Wirklich, das will er nicht, ich kenn den Mann schon seit Jahren. Aber Sie drängen ihn mit dem Rücken gegen die Wand. Sie knallen ihm seine Vaterschaft und seine Männlichkeit ins Gesicht und zwingen ihn, was zu tun, was er gar nicht tun will. Kein Mensch kann Glenn Ables Grenzen aufzwingen, ohne daß er sie überschreitet und ihnen direkt an die Gurgel springt. Deshalb bin ich jetzt hier, und ich bitte Sie – für die Kinder da oben und für Margie und für meine Frau, ein paar Menschenleben, die vielleicht nicht besonders viel bedeuten, mir aber schon, das tun sie, sehr viel sogar – könnten Sie die Anklage gegen ihn nicht einfach fallen lassen? Er will da oben doch nur in Ruhe gelassen werden. Er will doch nur sein Land zurückhaben und seine Familie. Wenn Sie also einfach die Anklage zurücknehmen, bevor es zu spät ist, und jeder geht einfach wieder seiner Wege –«
Seine Augen wurden feucht. Er sah aus, als wolle er aufstehen, tat es aber nicht, war vorsichtig oder vielleicht auch nur höflich. Speichel glitzerte hier und da auf den Barthaaren um seinen Mund.
Banish sagte: »Haben Sie mich deshalb kommen lassen, um mir das zu sagen?«
Mellis nickte. »Ja.«
Banish drehte sich zum Gehen um. Perkins drehte sich mit ihm um, und sie waren gerade an der Tür, als Mellis sagte: »Warten Sie.« Er sagte es, ohne sich von seinem Stuhl zu erheben, ohne jede Eindringlichkeit. Er sagte es beinahe traurig. »In Ordnung«, sagte er.
Sie drehten sich um. Mellis betrachtete Perkins lange, dann wandte er den Blick ab. Banish sah Perkins an. Er

nickte ihm zu. Perkins runzelte die Stirn und starrte einen Augenblick auf den Boden des Caravans, lächelte bitter und verließ dann den Wagen.
Banish ging zu Mellis zurück. »Dieser Nigger da oben auf dem Berg«, sagte Mellis vertraulich. »Dieser große, schwarze Nigger. Der hat mir sein Gewehr in den Bauch gerammt, als ich rausgekommen bin. Hatte die Hände friedlich und gehorsam über dem Kopf und überhaupt.«
Banish sagte: »Und?«
»Halten Sie mir den Kerl vom Hals. Ich meine das ernst.«
»Drohen Sie mir, Mr. Mellis?«
»Nein, Sir. Ich sag nur, wie's ist. Ich dachte, vielleicht interessiert's Sie ja. Aber das will ich ja gar nicht sagen. Sie müssen aber verstehen, warum ich sage, was ich sage. Es ist nämlich alles schon viel zu weit gegangen, und ich sehe, welchen Preis ein Mann dafür zahlen muß.« Er schaute von seinem Stuhl zu Banish auf. »Ich versuche hier, was zu verhindern, und will allen helfen. Aber ich möchte, daß Sie das berücksichtigen, wenn Sie was entscheiden, damit alles etwas einfacher für Glenn ist, wenn die Sache hier erst mal aus und vorbei ist.«
Banish sagte: »Sagen Sie einfach, was Sie mir zu sagen haben.«
»Ich bin ein Mann, der zu seinem Wort steht, und ich möchte Sie auch bei Ihrem Wort nehmen, und ich sage das in gutem Glauben. Was aus mir wird, ist mir egal. Ich frage Sie – könnten Sie sich nicht einfach vorstellen, daß das jetzt aus Glenns Mund kommt, und nicht aus meinem, und das dann später berücksichtigen?«
Banish erwiderte geduldig: »Zuerst müssen Sie mir sagen, um was es geht, Mr. Mellis.«
»Eine Claymore-Mine. Eine Bombe. Er hat den Berg vermint.«
Banish spürte, wie ihm die Farbe aus dem Gesicht wich. Training oder kein Training, sein Kopf begann zu dröhnen.

»Wo?« fragte er so gelassen wie möglich.
»In der Nähe der Blockhütte. Es ist nur eine.«
»Wo?«
»Ich sage Ihnen das jetzt in gutem Glauben –«
Eindringlich wiederholte Banish: »Wo?«
Mellis deutete mit dem Kopf über die Schulter. »Oben neben der Blockhütte. Genau kann ich Ihnen das nicht sagen, aber ich könnte Sie raufbringen –«
Banish streckte die Hand aus und packte den Jungen am Kragen des Flanellhemdes. »Wo genau?« fragte er.
Mellis sah verängstigt aus. »Kann ich Ihnen so nicht sagen. Da oben ist alles Wald. Neben einem Stumpf und einem umgestürzten Baum. Sie ist gut versteckt.«
»Zündet auf Fernsteuerung?«
»Nein – ein einfacher Stolperdraht.«
»Zwischen der Blockhütte und den Scheinwerfern?«
»Klar.« Mellis nickte blinzelnd.
Banish ließ Mellis los und trat einige Schritte zurück. Eine Claymore-Mine. Er dachte an all die Männer dort oben.

Operationsbasis

Fagin stand unter einer hohen Bogenlampe und beobachtete seine Marshals, die Banish in einen KA halfen, einen Kampfanzug: schwarzer Overall, kugelsichere Weste und kugelsicherer Helm. Sie gaben ihm eine 9 mm Pistole und ließen ihn den Empfang quittieren.
Fagin sagte: »Das ist doch gottverdammte Affenscheiße.«
Er sah zu den FBI-Agenten und Marshals hinüber, die, einschließlich des stets anwesenden Perkins, in seiner Nähe standen, und dann wanderte sein Blick zur Seite, wo der verfluchte Charles Mellis in eine ähnliche schwarze Montur gesteckt wurde.

Fagin sagte: »Das ist doch total bescheuert, wenn Sie ihm einfach so in den Wald folgen.«
»Der Berg ist sicher«, sagte Banish und zog die Handschuhe an. »Mellis ist unbewaffnet. Ich behalte ihn im Auge, und Ihre Männer beobachten uns aus den Bäumen.«
»Scheiße noch mal«, sagte Fagin. »Ich komme mit.«
Banish schüttelte den Kopf. »Er mag Sie nicht.«
»*Mag* mich nicht? Er *mag* mich nicht? Glauben Sie vielleicht, ich bin hier, weil ich irgendwelche Scheißtypen *kennenlernen* will?«
»Sie bleiben hier. Und ich will, daß Ihre Männer da oben weitere zwanzig Meter zurückgezogen werden.«
»Scheiße auch. Scheiße, Scheiße. Ich trage die Verantwortung für die Sicherheit hier, und ich lasse es nicht zu.«
Banish nahm seine Waffe und zog das Magazin heraus, zählte die Kugeln. »Es ist ganz einfach«, sagte er. »Ich bin für jeden einzelnen Mann auf diesem Berg verantwortlich. Mellis ist der einzige, der weiß, wo die Mine versteckt ist, und er hat sich bereit erklärt, mich und nur mich dorthin zu führen. Wir gehen auf den Berg rauf und betreten das Niemandsland, deaktivieren den Auslösemechanismus, dann ziehen wir uns zurück, und Sie und Ihre Männer können sie dann entschärfen.«
Fagin sagte: »Der verarscht Sie doch. Er will nur Zeit schinden oder was weiß ich. Der ist doch bis zu seinem versifften Bart voller Scheiße.«
»Wenn das so ist«, sagte Banish, »dann hat er dabei nichts zu gewinnen, er verschwendet nur meine Zeit. Wenn nicht, dann haben wir da oben einen Baumstamm, an dem eine Splittergranate befestigt ist. Sie ist mit einem Stolperdraht verbunden, den ein Waschbär auslösen könnte, und sie ist talwärts gerichtet. Das ist ein Witwenmacher, Fagin. In dem Wald wimmelt es von FBI-Beamten und Marshals. Einige davon sind Ihre Männer, aber alle sind ganz sicher

meine. Wie die Dinge nun mal liegen, vertraut er mir. Durchaus möglich, daß die Dinge anders sein könnten, wenn Sie einen Moment nachgedacht hätten, bevor Sie ihn da oben mißhandelt haben.«

»Scheiß auf den Kerl. Beschissener Abschaum.«

Sie gaben Banish eine Taschenlampe und dann eine Stroboskoplampe. »Was ist das?«

»Ein Infrarotstroboskop«, sagte Fagin. »So sind Sie mit den Nachtsichtgeräten sofort zu finden, falls Sie schnelle Hilfe brauchen. Da oben ist immer noch kein Licht.«

Banish sagte: »Gut. Dann haben wir auch bessere Deckung. Und Finger weg vom Funk. Er hört mit.«

»Scheiße auch«, sagte Fagin, entschlossener als je zuvor. »Ich komme mit.«

Banish gab keine Antwort, lud das fünfzehnschüssige Magazin wieder, drückte es in die Waffe zurück und steckte diese in sein Holster.

Fagin packte ihn an der Schulter. »Hören Sie zu«, sagte er. »Ich hab hier verdammt noch mal meine Arbeit zu erledigen. Die Marshals sind für die Sicherheit zuständig, ich bin der Chef der Marshals, und damit basta. Also, kommen Sie mir nicht mit Witwenmachern. Ich habe bereits einen Mann verloren, und es ist mir scheißegal, wer Sie sind, ich will auf keinen Fall noch einen verlieren. Sie gehen nicht solo da rauf, und ich bin gottverdammt der beste Mann, der mit Ihnen gehen kann.«

Hinter Fagin meldete sich eine Stimme. »Ich gehe mit.«

Fagin drehte sich um, um zu sehen, wer das war. Er sah den Indianer-Sheriff mit einer großen Browning Kaliber 12 in der Hand auf sie zukommen.

Sofort sagte Banish: »Keine Chance.«

Fagin beäugte die Schrotflinte und griff danach. Der Indianer hielt sie ihm hin. Fagin nahm sie und drehte sie um. Die halbautomatische Browning war eine Sportwaffe, aber

der Indianer hatte den Nußbaumschaft abmontiert und sämtliche Metallteile mattiert. Er hatte das Ding für seine Bedürfnisse frisiert.
»Teurer Ballermann«, meinte Fagin, nahm den Lauf der Länge nach in Augenschein und prüfte das Gewicht. »Nette Waffe. Sie sind jedenfalls vorbereitet.«
»Ich kenne diesen Berg«, sagte der Indianer. »Als Junge habe ich überall hier oben gejagt.«
»Abgelehnt«, sagte Banish, der inzwischen eingekleidet und ausgerüstet war. »Das hier ist keine Fotosafari. Ich dulde auf dem Berg weder Politiker noch Helden.«
Der Indianer sagte: »Politiker?«
»Ja, Sie haben richtig gehört. Sie betreiben mit einem kurzen Marsch auf einen Berg bestimmt nicht Ihre Wiederwahl.«
Das war ein Ding. Wie der letzte Dreckskerl piesackte Fagin Banish Tag und Nacht, und der Kerl tat so, als würde er nur nach der Uhrzeit gefragt. Dann taucht dieser Indianer auf und sagt nur ein Wort, und schon springt ihm Banish an die Gurgel.
Der Indianer war verwirrt. »Auf zwei Beamte aus meinem Zuständigkeitsbereich wurde geschossen –«
»Zuständigkeitsbereich.« Banish schüttelte den Kopf. »Jetzt reden Sie schon genau wie der Polizeichef. Jetzt machen Sie sich urplötzlich Gedanken über Zuständigkeiten.«
»Sehr richtig«, erwiderte der Indianer nickend, entspannt zwar, aber auch entschieden. »Weil ich glaube, daß ich jetzt vielleicht hier oben auch was für mein Gehalt tun kann.« Er schaute sich um. »Ihr habt mich die letzten Tage durchgefüttert. Es war kein besonders gutes Essen, aber man mußte keinen Hunger leiden. Und ich habe alle möglichen Einrichtungen hier oben benutzt, hab ganz schön Kosten gemacht. Ich bin der Sheriff in diesem County und

von niemand der Schoßhund. Jetzt klettern Sie auf meinen Baum. Jetzt brauchen Sie mich.«
Banish sagte: »Irgendwer muß dem Mann das Gewehr abnehmen und ihm etwas Kaltes zu trinken besorgen.«
Fagin hatte genug. »Könnt ihr zwei jetzt mal das Maul halten, ihr Arschlöcher. Eine Claymore-Mine. 800 Stahlkugeln, die in einem tödlichen Umkreis von 150 Metern alles vernichten, euch in Stücke reißen, bevor ihr auch nur dazu kommt, in die Hose zu scheißen. Falls eins von euch zankenden Weibern nicht weiß, wohin zum Teufel er geht, dann könnt ihr beide dorthin kommen, und zwar verdammt schnell.«
Bevor Banish noch etwas sagen konnte, gab Fagin den Marshals ein Zeichen, den Indianer auch auszurüsten. Diese Runde ging an Fagin. Diesmal hatte er absolut recht, und Banish wußte das verdammt genau.
Fagin sprach mit einem der anderen Marshals, dann gab er seinen Männern über Funk verschlüsselte Befehle, und als er fertig war, war der Indianer ausgestattet und bereit. Zu dritt marschierten sie auf die Bäume zu, getarnt und dunkel geschminkt, Banish mit der Taschenlampe in der Hand, und Mellis in der Mitte, bedeutend größer und breiter als die beiden anderen. Sie verschwanden zwischen den dunklen Bäumen am Fuß des Berges. Es war ein wenigstens fünfzehnminütiger Fußmarsch bis zur Todeszone.
Fagin schüttelte den Kopf. Dieser gottverdammte Banish. Erst will er nichts mit dem Kampfeinsatz zu tun haben, und dann besteht er auf einmal darauf, alles allein zu machen. Verrücktes Arschloch.
Er sah Perkins, der heranschlenderte. So war dieser Perkins, ein verstohlener Hund, schlich herum, steckte überall seine Nase rein und war immer mittendrin, wenn was passierte. Ein gerissener Typ. Ein Chamäleon in Anzug und Krawatte, und so einer kam Fagin gerade recht. Er wußte, daß er ihn als Resonanzboden benutzen konnte.

»Verrücktes Arschloch«, sagte Fagin laut, als Perkins in Hörweite war.
Perkins sah ihn an, als sei er nicht sicher, wovon Fagin sprach. »Wie bitte?«
»Verdammt unberechenbar«, sagte Fagin. »Das gefällt mir nicht.«
Perkins nickte. »Tja«, sagte er, es war ein Urteil. »Vielleicht läuft's am Ende ja doch so, wie er es haben will.«
Fagin sah ihn aufmerksamer an. Perkins lächelte.
»Waren Sie in Vietnam?« fragte Fagin.
Perkins schüttelte den Kopf.
Fagin deutete mit einem Kopfnicken auf den Berg. »Manchmal wenn die Hubschrauber starten, wenn sie die Nase senken und über den Bäumen wegtauchen, muß ich daran denken.« Ein Thema, über das er sich stundenlang auslassen konnte. »Banish hat gedient«, fuhr er fort. »War Spezialist für psychologische Kriegsführung. Propaganda und Überredung.«
Perkins nickte langsam. »So was wie Tokyo Rose im zweiten Weltkrieg«, meinte er.
Beschissener Zivilist. »Ein bißchen raffinierter war's schon«, sagte Fagin. »Täuschung. Gedankenspiele. Fingernägel, die über eine Tafel kratzen.«
Perkins sah Fagin an. »Sie haben gute Informationsquellen«, sagte er, schob eine Hand in die Hosentasche und wippte zweimal auf den Absätzen. »Nach allem, was ich gehört habe, war Banish vor seinem Zusammenbruch ein ausgemachtes Arschloch.«
Wenn man hörte, wie ein Mormone zu fluchen versuchte, war es das gleiche, wie wenn man einem Betrunkenen zuhörte, der zu singen versuchte.
»Wenigstens ist er damals«, sagte Fagin, »ein respektiertes Arschloch gewesen.«
Fast nickten dann beide, während Fagin über die dunklen

Bäume schaute und Perkins seinem Blick folgte. Fagin spürte, daß die Unterhaltung an diesem Punkt beendet war und jeder seiner Wege ging. Er war froh darüber.
»Wissen Sie was?« sagte er noch.
Perkins schüttelte den Kopf. »Was?«
Fagin spuckte auf einen Büschel Unkraut und verfehlte ihn. »Ich warte nur darauf, daß er Scheiße baut.«

Niemandsland

Banish knipste die Taschenlampe aus. Sie gingen durch den Wald bergan. Mellis befand sich ein paar Meter vor Banish, Blood war irgendwo hinter ihnen. Der kräftige Junge kletterte schnell, aber Banish ließ den Abstand nicht zu groß werden und behielt ihn immer im Blick. Die größeren Abstände zwischen den Baumstämmen bedeuteten, daß sie sich dem Gipfel näherten. Sie befanden sich in der Todeszone. Die Späher der Marshals hockten irgendwo hoch in den Bäumen hinter ihnen. Musik plärrte von links ins Niemandsland.
Mellis marschierte mit weiten, schwerfälligen Schritten über den unebenen, ansteigenden Boden, sprach häufig über die Schulter mit Banish. »Jetzt wird's leichter für ihn, stimmt's? Das hier macht dann alles einfacher.«
Banish sagte: »Wann haben Sie ihm geholfen, die Mine zu legen?«
»Vor ein paar Monaten. Glenn hat immer gewußt, was passiert. Er wußte, daß er beobachtet wurde. Er hat immer gesagt, das Jüngste Gericht kommt an seine Tür. Die ersten Schüsse der letzten Schlacht werden dort abgefeuert, hat er gesagt.«
Banish roch die Hunde. »Wo hat er die Mine her?«
»Ich glaube, die hat er in einem Armeedepot geklaut. Aber

genau weiß ich das nicht. Sieht aus wie ein kleiner Koffer ohne Griff, und ist gewölbt.«
»Ich weiß, wie eine Claymore-Mine aussieht«, sagte Banish. »Wie weit noch?«
»Ich glaube, wir sind fast da.«
Der Geruch der Hunde war stechend und durchdringend, und Banish versuchte, nur durch den Mund zu atmen. »Wie nah sind wir jetzt an der Blockhütte?«
»Fünfzig Meter vielleicht«, antwortete Mellis.
»Fünfundzwanzig«, sagte Blood hinter ihnen.
Mellis schaute sich inzwischen häufiger um, ging schneller, wirkte beunruhigt. Trübes Mondlicht fiel ungehinderter durch den dünner werdenden Baumbestand. »Sind gleich da«, meinte er nickend. »Es wird dann besser für Glenn laufen, stimmt's? Weniger Verletzte, weniger Tote?«
»Sie tun das Richtige«, versicherte Banish.
Mellis wirkte ungeduldig. »Muß hier irgendwo sein.«
»Wo ist der Stolperdraht?«
»Bin nicht ganz sicher«, sagte Mellis. »Seien Sie vorsichtig.«
Banish blieb ein Stück zurück, ließ Mellis mehr Bewegungsfreiheit, während er ihm, hinab und wieder hinauf, durch eine steile Rinne folgte. Vor ihnen lag ein großer, umgestürzter Baum, und auf der anderen Seite befanden sich mehrere schartige Baumstümpfe. Mellis ging schnell darauf zu, Banish folgte vorsichtiger und schaute sich um. Mellis sagte: »Es ist genau hier.«
Mellis erreichte den umgestürzten Baum und kletterte darüber, verschwand für einen Moment dahinter, richtete sich dann sofort wieder auf. Er drehte sich zu ihnen um und hielt etwas Schwarzes und Schimmerndes in den zitternden Händen. Banish hatte kaum Zeit zu reagieren. Mellis hob die Waffe und richtete sie über den umgestürzten Stumpf auf Banishs Kopf. Banish versuchte, die Hände

hochzureißen. Dann ein Knall und ein strahlend weißer Lichtblitz, und die Mündung explodierte in sein Gesicht.

Umgestürzter Baum

Banish ging zu Boden. Als hätte ihm jemand ein Seil um den Hals gelegt und heftig von hinten daran gerissen. Der Schuß schallte dröhnend in Bloods Ohren. Er starrte auf Banish hinab. Banish lag bewegungslos auf der Erde. Vor Mellis Mund hingen dicke Schwaden kondensierten Atems, und er kicherte nervös bei diesem Anblick.
Dann schaute er zu Blood auf. Blood hob die Schrotflinte, tastete nach dem Abzug. Zu spät. Mit einem Satz brachte er sich hinter den Bäumen in Deckung, als Mellis auf ihn schoß, wild losballerte und dabei wie ein Irrer brüllte.

Operationsbasis

Fagin hob blitzschnell den Kopf, als er die Schießerei hörte. Seine Miene erstarrte. »Beschissener falscher Hund!« sagte er und rannte zu den Hubschraubern hinüber.

Heckenschützennest

Deputy U.S. Marshal Robert Taber suchte den verschwommen grünen Wald unter sich mit seinem Nachtsichtgerät ab. Die Funkstille war gebrochen worden, und jetzt brüllten ihm zwölf verschiedene Stimmen gleichzeitig ins Ohr. Er hatte die Schüsse auch gehört. Er suchte den Wald nach Personen ab. Mit der rechten Hand griff er nach der Remington, zog sie an sich heran und tastete nach dem Bügel über dem Abzug. Er atmete flach und scharf.

Bewegung in den Bäumen vor ihm. In dunklen Grüntönen bewegten sich zwei geisterhafte Gestalten über das Gelände, rannten in etwa fünfzehn Meter Abstand zum Berggipfel hinauf. Taber sah Hitzeexplosionen, die Schüssen aus zwei verschiedenen Waffen entsprachen. Er nahm zuerst die eine Gestalt ins Visier, dann die andere.
Er hörte über Funk seinen Namen und schaltete sich schnell ein. »Ich kann nicht erkennen, wer –«, brüllte er, dann rauschten verirrte Geschosse in die belaubten Äste über seinem Kopf. Er zog den Kopf ein und preßte sich gegen den Baumstamm.

Berggipfel

Mellis rannte mit irrem Lachen den Berg hinauf und schoß hinter sich. Blood lud die Schrotflinte nach, schlängelte sich feuernd von Baum zu Baum. Mellis war etwa fünfzehn Meter vor ihm, vergrößerte den Abstand aber schnell, rannte ungehindert durch den Wald, während Blood unter Beschuß nur ruckweise vorankam und die Bäume als Deckung nutzen mußte.
Es folgte eine kurze Feuerpause. Blood überlegte mit rasendem Puls, daß Mellis jetzt nachlud, und versuchte dies auszunutzen, machte ihm mit kurzen, mächtigen Feuerstößen Druck und stürmte vor. Als die Baumabstände noch weiter wurden, das Mondlicht ungehindert einfiel, erkannte Blood die Blockhütte, die ruhig in einiger Entfernung auf dem Berg lag. Dann kam Mellis wieder in Sicht, feuerte talwärts, fetzte Äste weg und schoß auf Bäume, und Blood sprang wie ein Blitz hinter einen dicken Stamm, um vor dem Kugelhagel in Deckung zu gehen.

Umgestürzter Baum

Er rollte sich auf den Bauch. Er spürte seine Knie, zog sie an und tastete um sich herum. Sein Kopf war von einem summenden Dröhnen erfüllt, so entfernt, daß er meinte, es müsse das Telefon des Nachbarn sein. Aus irgendeinem Grund wurde er davon geweckt. Er griff nach dem Kopfkissen neben dem seinen und suchte nach der Schulter seiner Frau.

Dann erinnerte sich Banish wieder an den Wald. Er erinnerte sich, daß auf ihn geschossen worden war. Er schlug um sich und fand die harte, abgestorbene Rinde des umgestürzten Baums neben sich.

Mit unsicheren, zitternden Händen erforschte Banish sein Gesicht. Er fand keine Verletzung. Sein Herz wurde kalt.

Er schlug um sich. Dunkle Nacht. Hinter dem ständigen Summen in seinem Schädel hörte er das Krachen von Schüssen. Der widerliche Gestank der Hunde. Der Wald erwachte zum Leben. Er war hier verwundbar.

Banish hob eine Hand vors Gesicht. Nichts. Es war pechschwarz im Wald. Er kniete sich gegen den umgestürzten Baum und versuchte aufzustehen, konnte aber nicht genau sagen, wo oben und wo unten war, und rutschte wieder zurück. Unsanft schlug er gegen den Baum.

Wo war Mellis? Dieser Hurensohn. Er würde Mellis kriegen. Er würde Jagd auf den Bastard machen und ihn umbringen.

Die Taschenlampe. Banish zog sie vom Gürtel und drückte auf den Schalter. Nichts. Er schüttelte sie, spürte das Aneinanderstoßen der Batterien und versuchte es wieder. Sie waren leer.

Die Blockhütte

Sie befanden sich in einem Wettlauf zur Blockhütte. Blood hörte Mellis' ersticktes Lachen wie Kriegsgeheul zwischen dem stotternden, nach hinten gerichteten Knattern der Waffe. Blood schoß zurück, aber wie immer kamen ihm die Bäume in die Quere, die er entlaubte – so ziemlich der einzige Schaden, den er anrichtete.

Dies war jetzt sein letzter Versuch. Er wußte, er hatte nur noch eine einzige Chance, Mellis zu erwischen, bevor sie die Blockhütte erreichten. Als Blood weit nach rechts lief, hastig versuchte, freies Feld für einen Schuß von der Seite zu bekommen, konnte er die Blockhütte deutlicher sehen. Er konnte jetzt sehen, daß die ihm nächstgelegene Wand sich irgendwie zu bewegen begann. Schwarze Rechtecke tauchten darin wie Schlitze auf, die geöffnet wurden. Blood lief langsamer und blieb schließlich stehen. Er sah, wie sich Gewehrläufe herausschoben. Er drehte sich um und sprang blitzschnell hinter einen umgestürzten Baum.

Die Feuerkraft war einfach ohrenbetäubend. Ein Höllenlärm überzog den Berg, Echos zerrissen die Nacht, Äste zitterten, das Feuer aus der Blockhütte zerfetzte die umgebenden Bäume zu Mulch und Anmachholz. Kugeln gruben sich in den abgestorbenen Stamm, hinter dem Blood lag, und schleuderten Splitter in die Luft, während er sein Gesicht mit den Armen schützte. Er preßte sich auf den Boden. Er schlängelte sich auf dem Bauch zu einer geschützten Stelle hinter einer Baumgruppe und hob vorsichtig den Kopf.

Er drückte eine Hand aufs Ohr und blinzelte. Von allen Seiten der Blockhütte gewaltiger Lärm und Feuersalven. Das Gehölz um ihn herum zersplitterte und schwankte. Jetzt war völlig klar, daß die ganze Sache gründlich vorbe-

reitet war. Ables begnügte sich nicht mehr einfach nur mit Prinzipien. Er wollte Leben.
Ein fürchterliches, brüllendes Geräusch erschütterte den Boden, und Blood wappnete sich für das, was immer als nächstes kommen mochte. Ein Suchscheinwerfer durchbohrte das dunkle Gelände, und dann stieg schnell ein Hubschrauber über den Bäumen hinter der Blockhütte auf, wendete und neigte die Nase zum Gefecht. Er erwiderte das Feuer, leuchtete phosphoreszierend grün und zerfetzte den Boden und die Außenwände der Hütte, und Blood blieb noch lange genug, wo er gerade war, um zu sehen, wie Fagin sich aus der offenen Tür des Helikopters lehnte, sich an der Gleitkufe abstützte, brüllte und wie ein Besessener schoß. Dann duckte Blood sich weg und stürzte den verwüsteten Abhang hinunter.

Umgestürzter Baum

Inzwischen hatte Banish seine Waffe gezogen. Er lauschte konzentriert. Nichts außer dem gedämpften Geknatter der Schüsse hinter dem stärkeren Dröhnen. Es klang wie ein Feuergefecht. Es klang nah. Wo war Nicole? Er durfte nicht zulassen, daß ihr etwas zustieß.
Er stolperte herum. Er sah Dinge im Dunkeln, Spuren von Dingen, wie Gespenster, die herabschwebten und sich vor ihm in der Schwärze niederließen, und er erfüllte sie mit Bedeutung. Er sah das Lächeln von Lucy Ames in dem sterilen Freizeitraum des Refugiums. Er spürte, wie sich ihre Kugel tief in ihn grub und ihn auf den gekachelten Boden schleuderte. Er sah sein Haus auf Long Island, das im Inneren zerstört war. Er sah den breiten, hellen Börsensaal im World Financial Center, hörte das Klingeln von Hunderten von Telefonen, sah das Blut auf dem Boden. Er sah

Mutter und Tochter vor einer Wand stehen, die Kehlen durchschnitten, die Münder weit aufgerissen. Ihre geschwollenen Zungen. Ihre feuchten, starrenden Augen.
»Banish!«
Jemand brüllte. Ganz in der Nähe. Banish lokalisierte die Stimme und wirbelte herum und schoß. Die Waffe in seiner Hand hatte einen ungeheuren Rückschlag. Wieder zielte er, so gut er konnte, und hörte dann auf, drehte den Kopf, lauschte, ob noch etwas kam.

Umgestürzter Baum

Rinde flog von dem Baum neben Blood, und er erstarrte. Banish war nicht tot. Er kniete irgendwie auf dem Waldboden, fuchtelte mit einer Kanone herum, gestikulierte wild und murmelte laut vor sich hin. Die Taschenlampe lag hinter ihm auf der Erde und beleuchtete in einem breiten Kegel abgesplitterte Baumrinde. Er blickte hierhin und dorthin, nahm Blood jedoch nicht wahr.
Blood schaute sich schnell um. Das Feuergefecht, von dem sie nichts sahen, dauerte an, hin und wieder fegte eine verirrte Kugel vorbei, fetzte Blätter herunter oder bohrte sich in Baumstämme. Blood beugte sich vorsichtig vor. Er fand ein Stück Holz und warf es nach hinten über Banishs Kopf. Banish drehte sich sofort zu dem Geräusch um und schoß zweimal. Beim zweiten Schuß war Blood auch schon über ihm, warf sich von der Seite gegen Banish und schleuderte ihn flach zu Boden. Er trat die Waffe fort und schaffte es, Banish einen Arm auf den Rücken zu drehen. Sie wälzten sich auf der Erde. Banish wehrte sich immer noch.
»Banish!« brüllte Blood. »Banish!«
Banish versuchte, an Bloods Browning heranzukommen. Er besaß eine ungeheure Kraft. Blood gelang es, den Schaft

der Schrotflinte gegen Banishs Nacken zu pressen und seine Ellbogen anschließend mit den Knien auf die Erde zu drücken. Blood rief wieder und wieder »Banish«, versuchte zu ihm durchzudringen, hielt seinen Kopf auf den Boden gedrückt.

Das schien zu funktionieren. Banish gab schließlich den Widerstand auf, entspannte sich dann völlig. Blood ließ seinen Nacken los und ermöglichte ihm, sich unter ihm umzudrehen. Vorne rechts war Banishs Helm unübersehbar von einem Streifschuß eingebeult, und eine Hälfte seines Gesichts war mit schwarzen Schmauchspuren überzogen. Er war dem Tod nähergekommen als irgend jemand, dem Blood je begegnet war. Banish blinzelte mehrere Male, öffnete und schloß den Mund und versuchte zu sprechen.

»Blood?« fragte er.

Blood sagte: »Sie sind in Ordnung.«

»Ich kann nichts sehen.«

»Sie leben, Sie sind in Ordnung.«

»Ich kann nichts sehen.«

»Das liegt nur am Mündungsblitz. Kommen Sie.«

Er half ihm auf die Beine und legte sich Banishs Arm über die Schultern. Kugeln jagten immer noch durch die Bäume. Sie setzten sich in Bewegung.

Bell UH-1 – Transporthubschrauber

Fagin beugte sich ganz aus dem Hubschrauber, als dieser in einem weiten Bogen über die Baumwipfel zog, um einen weiteren Überflug zu beginnen. Sie hielten die Scheißkerle jetzt auf Trab. Massives Feuer da unten. Bäume in der Nähe bogen sich von der Blockhütte fort, als fegte ein kräftiger Sturm über sie hinweg. Was Fagin nur noch mehr brüllen ließ. Er pumpte Leuchtspurmunition in den Berggipfel. Die in grellen, grünen Streifen glühenden Phosphorspitzen der Geschosse zogen durch die dunkle Nacht zu ihrem Ziel und fraßen sich in das Holz der Blockhütte. Fagin wußte genau, was er in diesem Moment empfand, nachdem jener großartige Geist wieder voll in ihm erwacht war: der Ruhm und die Erhabenheit der ersten Jahre in Vietnam.

Motherfuckers!

Die Halteleine zog sich straff um seine Taille zusammen, als der Vogel tief herabstieß, um einen weiteren Angriff zu fliegen. Der Suchscheinwerfer schwenkte herum und fand Mellis, es war unverkennbar der bärtige, verfluchte Scheiß-Mellis, der an der Seite der Hütte entlanglief und blindlings in den Himmel schoß. Er rannte auf die erhöhte Veranda hinter dem Haus zu. Fagin rollte nach rechts und packte die M-60, ließ die Seite der Blockhütte aufleuchten. Leuchtspurgeschosse fraßen sich in den Boden um Mellis' hämmernde Stiefel, doch dann schlingerte der Hubschrauber, und sein vernichtendes Feuer verfehlte das Ziel. Mellis erreichte die Rückseite der Blockhütte und verschwand unter der Überkragung der Veranda. Fagin fauchte diesen Bauerntrampel von einem Piloten wütend an und fluchte. Der UH-1 kam wieder herum und stieß tief herab, und Fagin, der inzwischen schrie, jagte alles in die beschissene Veranda, was er hatte.

Scheune

Blood erklärte ihm, daß sie in Deckung gingen. Ein Gebäude etwas unterhalb der Blockhütte, eine Scheune. Nach ein paar weiteren Schritten bemerkte Banish einen muffigen Geruch, und dann war die Schießerei nicht mehr

so laut. Sein Kopf kämpfte gegen das dröhnende Summen an.
Er zog das Stroboskop vom Gürtel, drückte es Blood in die Hände und erklärte ihm, was er damit machen sollte. Blood gab ihm seine Taschenlampe, und Banish hörte, wie er sich entfernte und hinausging. Beim Einschalten gab das Stroboskop ein leises Surren von sich.
Banish bemerkte einen Schatten. Er bewegte die Taschenlampe vor sich hin und her, und mehrere Male sah er aus den Augenwinkeln heraus Andeutungen von Licht. Er nahm ein Muster in der Schwärze wahr. Er sah den Strahl indirekt und durch ihn die rohen Holzwände der Scheune, Schutt und Gerümpel, das auf dem festgestampften Boden verstreut war. Sein Augenlicht kehrte allmählich zurück. Er war verzweifelt.

Bell UH-1 – Transporthubschrauber

Captain Greg Ohmer von der Montana National Guard stieg aus der Deckung der Bäume auf und zog den UH-1 hart nach links, um in einer Schleife zurückzufliegen. Es knallte einige Male, als der Vogel ein paar funkensprühende Treffer längsseits einstecken mußte, und Greg umklammerte den Steuerknüppel fester, wiederholte ständig mit unnatürlich hoher Stimme »Heilige Maria Mutter Gottes« und kämpfte verzweifelt, den schwankenden Hubschrauber ruhig im Tiefflug zu halten.
Fünfzig Wochen im Jahr war Greg Ohmer Inhaber und Manager einer Burger King-Filiale im Zentrum von Billings. Er hatte eine Frau und eine neunjährige Tochter und wohnte in einem kleinen Haus einige Meilen westlich der Stadt. Als er in diesem Jahr die zweiwöchige Reservistenzeit antrat, war seine größte Sorge gewesen, daß er das Re-

staurant in der Obhut seines zwanzigjährigen Stellvertreters lassen mußte.
Greg Ohmer hatte über drei Jahre nicht mehr im Cockpit eines Hubschraubers gesessen, und beim letzten Mal auch nur, um seinen Flugschein zu erneuern. Patrouillenflüge waren eine Sache, besonders tagsüber, wenn man über einen Höhenzug flog und über die blaugrünen Berge auf die schneebedeckten Gipfel von British Columbia hinüberschaute; Greg hatte nie aufgehört, das Fliegen zu lieben. Aber diese niedrigen, taktischen Luftangriffe unter starkem feindlichem Beschuß waren eine völlig andere Geschichte. Hier oben spielte er den verrückten Kamikazeflieger, flog mit Hilfe eines Nachtnavigationssystems und rekapitulierte seine Ausbildung en passant, behielt die böigen Ab- und Aufwinde im Auge, versuchte, Rotoren und Heckflosse über den Baumwipfeln zu halten, und holte im Grunde das Letzte aus dem schwerfälligen UH-1 heraus, ohne das Triebwerk abzuwürgen oder gleich ganz abzuschmieren.
Er zog die Maschine herum, damit Marshal Fagin auf der heißen Seite des Vogels blieb, spannte dann die Schultern an, senkte die Nase der Maschine, umklammerte krampfhaft den Steuerknüppel und zog die Sache einfach durch, wobei er leise vor sich hin brummelte. Fagin feuerte diesmal ungefähr fünfzig unbeantwortete Schüsse ab, während er aus der Seitentür heraushing und brüllte. Greg beendete diesen Angriffsflug und erkannte, daß das feindliche Feuer Gott sei Dank nachließ. Er zog den Gashebel zu stark zurück und riß den Vogel nach oben und aus der heißen Zone heraus. Er war nun über dem dunklen Dach der Bäume und entdeckte talwärts das schwache Pulsieren einer Stroboskoplampe.
Er machte Marshal Fagin über Funk darauf aufmerksam. Fagins Antwort füllte seinen Kopf und den grauen Pilo-

tenhelm aus, den er trug. »Bring den Vogel wieder runter, zum Teufel!« bellte er. Dieser Fagin war ein völlig durchgeknallter Mistkerl. Greg Ohmer gab langsam wieder Gas, und der UH-1 schoß in einem weiten Bogen bergab.

Scheune

Blood hielt seine Browning schußbereit und stand unmittelbar neben dem offenen Tor Wache. Nachdem er jetzt wieder zu Atem gekommen war, legte sich eine unheilverkündende Vorahnung über ihn und die ganze Scheune. Es war ein Debakel. Nach einer Sache wie dieser würde emsig nach einem Sündenbock gesucht. Blood fand selbst, daß er keine besonders gute Figur gemacht hatte. Er besaß eine Schrotflinte, Mellis eine Handfeuerwaffe. Er wünschte sich verzweifelt, mehr getan zu haben, und fragte sich, ob er einen Teil der Schuld abbekommen würde. Er drehte sich um und schaute hinter sich.

Banish stand in der Mitte der Scheune. Er hatte die Hände in die Hüften gestemmt und den Kopf gesenkt; er zitterte und blinzelte, versuchte schlicht und einfach, wieder zu sehen. Hin und wieder hob er eine Hand und tastete seinen Kopf ab. Er hatte den Helm abgezogen und berührte vorsichtig die Stelle, an der Mellis' Geschoß ihn gestreift hatte. Er war durch den Schlag desorientiert, was manches erklärte.

Blood hörte den Hubschrauber näherkommen. Er drehte sich um und sah nach oben, als die Maschine über ihnen in der Luft stehenblieb, die Baumkronen zurückpeitschte und die baufällige Scheune erschütterte. Er sah einen Mann aus der offenen Tür klettern und schaute zu, wie er sich abseilte. Es war Fagin, der ein Gewehr über der Schulter trug. Jetzt tauchten auch zwischen den Bäumen Mar-

shals auf. Vom Hubschrauber wurde ein Suchscheinwerfer herübergedreht, der den Eingang mit blendend weißem Licht füllte, und Blood wich ins Innere zurück.
Er sah, wie Banish unbeholfen die Scheune erkundete, wobei ihm seine Hände zu sehen halfen. Alles lag unter einer dicken Staubschicht und wirkte unbenutzt, überall altes Gerümpel: ein verrosteter Sitzrasenmäher, altersschwache Sägeböcke, abgerissene Dachpappe, aus der Nägel herausschauten, links in der Ecke Holzstapel, von Ungeziefer zerfressen, sowie ein ausrangierter, seitlich aufgeplatzter Benzintank aus Plastik. Es sah aus wie auf dem Schrottplatz der Gemeinde. Banish stand im hinteren Teil der Scheune vor einigen alten Rollen Persenning, versuchte immer noch zu sehen.
Mit einem vom Luftsog des Hubschraubers aufgewirbelten Schwall abgestorbener Blätter und alter Borkenstücke kam Fagin herein, das Gewehr im Anschlag; sein Rücken war vom grellen Scheinwerfer in Licht getaucht und sein Gesicht im Dunkeln. »Was zum Teufel ist passiert?« bellte er. Er entdeckte Blood und trat näher heran, so daß Blood sein im Schatten liegendes Gesicht gegen das Licht erkennen konnte, die weit aufgerissenen und hungrigen Augen. Es war derselbe Ausdruck, wie ihn manche Tiere bekommen, wenn sie Blut geleckt haben. »Ich will wissen, was hier verdammt los war«, sagte er.
Blood sagte: »Es war eine Falle.«
»Da haben Sie gottverdammt recht! Und ob das eine Falle war.« Fagin schaute auf und blickte zu Banish hinüber. »Was zum Henker ist mit dem los?«
Blood drehte sich um. Inzwischen zerrte Banish an der Plane und versuchte sie aufzurollen.
Fagin rief: »Banish. Banish!«
Banish antwortete nicht.
»Der hat ja ein Rad ab!« sagte Fagin und stolzierte herum.

»Könnte mir gottverdammt vielleicht mal jemand sagen, was hier los ist?«
Blood beobachtete weiterhin Banish und merkte dann, daß er nicht bloß da herumfummelte. In die Persenning war irgend etwas eingewickelt, und Banish versuchte, daran zu kommen. Blood setzte sich gerade in dessen Richtung in Bewegung, als Fagin ihn am Arm packte und zurückhielt. Blood bereitete sich schon darauf vor, zusammengeschissen zu werden.
Mit einer Kopfbewegung deutete Fagin auf Bloods Bein. »Es hat Sie erwischt«, sagte er.
Blood schaute nach unten. Seine schwarze Uniform war auf dem linken Oberschenkel aufgerissen und darunter ein dunkler, feuchter Fleck. Bis er darauf aufmerksam gemacht worden war, hatte er absolut nichts gespürt. Nun aber begann es heftig zu brennen.
Blood drückte eine Hand auf den Schnitt, und dunkelrotes Blut quoll heraus. Die Verletzung war nicht sehr tief.
Er setzte sich nun wieder in Banishs Richtung in Bewegung und schonte dabei das Bein. Inzwischen wimmelte es in der Scheune von Marshals. Vom Hubschrauber fiel weißes Licht herein, Staub wurde aufgewirbelt. Fagin ging hinter ihm her, und beide beobachteten, wie Banish an weißen Laken zerrte, die straff in die Plane eingewickelt waren. Seine Bewegungen wurden ungeduldig und schließlich fieberhaft, während er mit bloßen Händen an den Bettlaken zerrte, bis sie zerrissen und sich endlich lösten.
Es gab eine grauenhafte Geruchsexplosion. Blood brauchte nicht mehr als eine Sekunde, um das Gesicht der Leiche wiederzuerkennen. Sie lag schon einige Tage dort, die Lippen waren faltig und schwarz, die Haut eingefallen und grau. Kontaktwunde durch das T-Shirt über dem Herzen; die Augen starrten glasig zu den Dachsparren.

Fagin wich zurück, hielt sich die Nase zu und stieß ein scharfes »*Jesus fucking Christ*« aus.
Banish ließ sich einfach zurücksacken. Dort lag das Ables-Mädchen, tot und stinkend, und Banishs Gesicht erstarrte. Dann ballte er die Faust, als wolle er jeden Moment losbrüllen. Statt dessen schlug er mit der Faust einmal hart auf den Boden.

Samstag, 7. August

Kommandozelt

Das Zelt war in Aufruhr. Telefone klingelten, Männer brüllten. Fagin hing fluchend an seinem Funkgerät, und Perkins schüttelte den Kopf, während er einen Telefonhörer ans Ohr drückte. Faxgeräte spuckten Blätter aus. Männer breiteten Karten auf Schreibtischen aus und kritzelten auf das detaillierte Diagramm an der Glaswand. Es roch schal nach trockenem Schweiß, und über ihnen kreisten dröhnend die Hubschrauber. Blood saß ruhig mitten drin, ohne Hose, hatte das verwundete Bein auf einen Stuhl hochgelegt, die klaffende Wunde wurde von Sanitätern ausgewaschen und genäht.

Sie verknoteten den schwarzen Faden und schnitten ihn kurz ab. Ein Sanitäter blieb noch, um ihn zu verbinden, während die beiden anderen ihre Erste-Hilfe-Kästen nahmen und sich durch die Menge zum Büro schoben, in dem sich Banish befand. Blood bemerkte, wie Fagin auf der anderen Seite des Zeltes sein Funkgerät ausschaltete.

»Der Pisser ist ungeschoren davongekommen«, sagte Fagin und schaute sich um, als hätte er am liebsten irgend etwas zerschlagen.

Perkins drehte sich von dem Schreibtisch, auf dem er saß, um und hielt den Telefonhörer zur Seite. »Woher hatte er die Kanone?«

Fagin marschierte zwischen den Schreibtischen auf und ab, bohrte eine schwarz behandschuhte Faust in die andere Handfläche. »Das war eine abgekartete Sache«, sagte

er. Dieser Aspekt des Zwischenfalls schien ihn am meisten zu ärgern.
Perkins sagte: »Aber wie konnten sie in der Blockhütte wissen, daß –«
»Abgekartet«, wiederholte Fagin und ging noch schneller auf und ab, »die ganze beschissene Sache. Schnell und chirurgisch. Er schickt Mellis mit seinen Verwandten los. Schießt die Scheinwerfer kaputt. Dann, in der Verwirrung der Ausfallzeit und bevor meine Männer ihre Nachtsichtgeräte aufsetzen können, schleicht er sich raus und versteckt die Kanone. Mellis ködert Banish mit seiner erfundenen Minengeschichte – falls es auf diesem Berg eine Claymore-Mine gibt, dann wird sie ferngesteuert gezündet, und Ables läßt sie mit seinem restlichen Feuerwerk hochgehen –, dann führt er ihn zu der Stelle, wo die Kanone deponiert wurde, und erwischt ihn kalt. Alles haargenau geplant.«
Ein lautes Krachen aus Banishs Büro, als würde irgend etwas heftig umgestoßen, und eine erhobene, wütende Stimme – Banish, der giftig fluchte. Die beiden Sanitäter kamen herausgeschossen. Nur einer hatte noch seinen Erste-Hilfe-Kasten dabei, hielt ihn unbeholfen zusammen wie einen Koffer, dessen Verschluß aufgegangen war. Hinter ihnen tobte Banish weiter, und flogen Papiere raschelnd durch den Raum. Die Sanitäter spürten die sprachlosen Blicke der Männer, die sich ihnen zuwandten, versuchten niemanden direkt anzusehen und verschwanden so unauffällig wie möglich im Hintergrund.
Dann tauchte Banish im Eingang seines abgeteilten Büros auf. Er wirkte seltsam ruhig und steif, hielt die geöffneten und leeren Hände an den Seiten und stand mit leicht gespreizten Beinen da. Den schwarzen Overall hatte er ausgezogen, die Kleidung darunter war zerknittert und das Haar nach dem Abnehmen des Helms durcheinander. Das

schwarze Sprühmuster von Mellis' Schuß sprenkelte seine rechte Gesichtshälfte wie Ruß.

»Perkins«, sagte er ausdruckslos, »lassen Sie die Leiche des Mädchens zur Autopsie nach Helena fliegen, anschließend setzen Sie sich mit den örtlichen Krankenhäusern in Verbindung. Die sollen das dienstfreie Personal zurückbeordern und Vorbereitungen für den Katastrophenfall treffen. Es wird Ärger geben. Anschließend rufen Sie AD Richardsen zu Hause an. Erstatten Sie einen umfassenden Lagebericht und sagen Sie ihm, daß wir umgehend noch mal soviel Männer brauchen, auch beim Hostage Rescue Team. Dann setzen Sie ihn davon in Kenntnis, daß ich dringend empfehle, mich sofort vom Dienst zu entbinden.«

Er sah Fagin an und sagte: »Solange ich hier aber das Kommando habe, schießt niemand ohne meine ausdrückliche Genehmigung auf die Blockhütte. Es interessiert mich nicht, wie die jeweilige Lage ist. Dort oben befinden sich Geiseln.«

Fagin lächelte, allerdings nicht sonderlich glücklich.

Banish sagte: »Coyle.«

Sie stand neben dem Schreibtisch am Zelteingang. »Ja, Sir«, sagte sie.

»Kommen Sie rein«, befahl Banish und verschwand hinter dem Segeltuch.

Coyle durchquerte das Zelt. Perkins warf Fagin einen kurzen Blick zu, der immer noch kopfschüttelnd zum Büro hinüberschaute. »Dieser verfluchte Bursche«, sagte er, zog dann plötzlich seine Waffe und kontrollierte das Magazin. »Die drehen alle restlos durch, wenn das hier rauskommt.«

Blood hob sein Bein vom Stuhl und stand auf. Er zog die Hose über die nackten Beine und Boxershorts hoch, ließ sich Zeit beim Zuschnallen des schweren, schwarzen Lederpistolengürtels und verlagerte vorsichtig das Gewicht. Das Bein war in Ordnung. Er setzte den Cowboyhut auf und ging mit einem leichten Humpeln zu dem Schreibtisch hinüber, an dem seine Browning lehnte. Er nahm die Waffe am Lauf, wußte, daß Fagin ihn nun aufmerksam beobachtete, und damit auch Perkins, der immer noch auf dem Schreibtisch hockte und den Telefonhörer vom Ohr weg hielt. »Wer sind jetzt die Geiseln?« fragte Blood, als er das Zelt verließ, und gab den beiden für eine Weile etwas zu kauen. Er ging über die Lichtung zu dem Regierungsjeep, der ihn auf der kurvenreichen unbefestigten Straße wieder hinunter zum Fuß von Paradise Mountain bringen würde.

Büro

[BELAGERUNG, S. 44]
SA Banishs Büro befand sich in Unordnung. Der Boden war mit Papieren übersät, die offensichtlich von seinem Schreibtisch geworfen worden waren, und Verbände, Scheren und andere medizinische Utensilien lagen überall im Raum verstreut.
SA Banish selbst machte jedoch im Anschluß an seinen Ausbruch einen vernünftigen und gemäßigten, ja sogar hellwachen Eindruck. Abgesehen von dem Sprühmuster des in seine rechte Wange und Stirn eingebrannten Schießpulvers schienen sich sein Aussehen wie sein Verhalten tatsächlich gebessert zu haben. Seine Fragen waren, soweit sie erinnert werden, knapp und präzise.

SA BANISH: Überwachen wir den Funkverkehr auf dem Berggipfel?

SA COYLE: Jawohl, Sir, das tun wir.
SA BANISH: Dieser Teil der Operation wird intensiviert. Ich will, daß CB-Funkgeräte hergeschafft werden und absolut jeder Kanal abgehört wird, bis wir Chiffriergeräte erhalten. Sobald dies der Fall ist, will ich, daß jede Frequenz mit Ausnahme des Notfallkanals 9 gestört wird. Stellen Sie dazu soweit erforderlich Personal ab.
SA COYLE: Jawohl, Sir.
SA BANISH: Wo genau auf der Operationsbasis hat sich Mellis aufgehalten?
SA COYLE: Nur in einer der Arrestzellen, Sir, für kurze Zeit, bevor er seine Eltern traf. Das heißt natürlich, abgesehen von Ihrem Caravan.
SA BANISH: Lassen Sie Police Officer Kearney von der Straßensperre an der Brücke holen. Ich will ihn sofort sprechen.
SA COYLE: Jawohl, Sir.

SA Coyle kehrte daraufhin an ihren Schreibtisch zurück. SA Banish verließ keine zwei Minuten später das Kommandozelt.

Caravan

Geräuschlos betrat Banish den Caravan. Er drückte vorsichtig die dünne Tür hinter sich zu, sperrte das nächtliche Treiben aus und blieb bewegungslos stehen, schaute in den toten Raum hinein. Das Summen in seinem Kopf dauerte an, schwächer jetzt, entfernter, aber anhaltend. Er nahm es hin, wie auch das stärker gewordene Pochen des Pulses in den Schläfen. Er nährte sich von diesem monotonen Rhythmus, dessen Regelmäßigkeit seine körperlichen Tätigkeiten auf ein Minimum zu reduzieren schien, gleichzeitig aber den Verstand freimachte für spekulativere Gedanken. Banish begann methodisch den Raum zu durchstöbern.

Zuerst zum Tisch. Lautlos ließ er sich auf ein Knie herab, untersuchte die fleckenlose Unterseite und jedes Tischbein. Der rostfarbene Teppichboden darunter war schmutzig. Dort konnte er Mellis riechen. Er empfand keinen Zorn mehr auf ihn. Mellis war nur eine Schachfigur, und Banishs Zorn war versiegt und erloschen. Banish war jetzt nur noch entschlossen. Er hatte nicht mal Wut auf sich selbst, nicht einmal Mitleid, weil er sich so leicht hatte überlisten lassen. Sein einziger, lähmender Fehler war seine übergroße Besorgnis um die Sicherheit seiner Männer gewesen. Er war viel zu vorsichtig und zurückhaltend gewesen.

Er machte mit dem flachen Kopfteil des Bettes weiter, überprüfte sorgfältig die fleckenlose, zur Wand gerichtete Seite und dann die vertäfelte Außenwand selbst. Er zog eine Kugelschreiberlampe aus der Brusttasche seines Hemdes und drückte mit dem Daumen auf den Kopf, und ein schmaler, gelber Lichtstrahl flammte lautlos auf. Banish klemmte die Lampe zwischen die Zähne und legte sich auf den Rücken, um die staubige Unterseite des Bettes zu untersuchen.

Eigentlich hätte er tot sein müssen. Mit runtergelassener Hose erwischt worden zu sein – dafür verdiente er die endgültige Erniedrigung. Mellis hätte nicht danebenschießen dürfen. Aber er hatte danebengeschossen – doch war Banish dafür weder sonderlich dankbar noch – von neuem – wütend. Er fühlte sich in die Pflicht genommen. Er fühlte sich belebt. Als er lautlos wieder unter dem Bett hervorglitt und sich dem Nachttisch zuwandte, eine kleine, leere Schublade herauszog und sie mit der Schläue eines Einbrechers untersuchte, empfand er eine ruhige, professionelle Verzückung. Sein Schwert hatte er Richardsen lediglich der Form halber angeboten, es war eine rein bürokratische Ritterlichkeit gewesen, da er sehr wohl wußte, daß erheblich mehr nötig war als ein verpfuschter Aufklärungseinsatz ohne tödlichen Ausgang, um ihn abzuberufen. Banish war die Funktionsweise der Maschinerie vertraut. Welche Bedenken auch immer sie ihm gegenüber hegen mochten – Washington würde inzwischen bereits daran arbeiten, die Verantwortung für den Zwischenfall jemand anderem anzulasten. Ables war erheblich gefährlicher, als ursprünglich angenommen worden war. Er war ein Vietnamveteran, der fest entschlossen war, so viele Bundesbeamte wie möglich zu töten, um den Tod seiner Tochter zu rächen. Fehlerhafte Information durch den US Marshals Service hatte das FBI veranlaßt, einen Unterhändler zu entsenden, um eine normalerweise rein taktische Aufgabe zu erledigen. Jetzt würden die Truppen hinter ihm einmarschieren. Jetzt würde der Berg gehalten werden und bluten. Jetzt würde der Hammer fallen.

Außerdem rechnete er mit Getuschel unter den Mannschaften. Das Vertrauen seiner Männer hatte sicherlich gelitten, und Banishs nächster Befehl könnte durchaus in Frage gestellt werden. Ein kühner Schachzug war erforderlich, um ihren Glauben wiederherzustellen, sowohl in ihn als auch in die ganze Operation. Er saß hier jetzt fest und hatte keine Aussicht, wieder frei zu kommen. Ables hatte einen Schritt aus der Blockhütte gemacht und einen Mordversuch unternommen. Er hatte die Schlacht zu Banish getragen, hatte einen Attentäter ausgeschickt, um seine Einladung zum Kampf zu überbringen. Er war gescheitert.

Der Nachttisch erbrachte nichts. Banish stand auf und zog den gelben Schirm zur näheren Inspektion von der Nachttischlampe. Es liegt in der Natur der Sache, daß der Unterhändler bei einer Geiselnahmeverhandlung zwangsläufig zwei oder drei Schritte hinter dem Geiselnehmer beginnt. Erfolg stellt sich daher durch den Erwerb von Kenntnissen ein, Kenntnisse über den Verdächtigen und vollständige Kenntnis der aktuellen Situation. Bei jeder erfolgreichen Verhandlung kommt es zu einem Punkt, an dem der Unterhändler, ob nun durch raffiniertes Sammeln von Informationen oder durch rechtzeitiges und nachdrückliches Handeln, anstelle des Kriminellen die Lage beherrscht. Weil der Unterhändler dem Straftäter vorenthält, was dieser fordert – nämlich seine Freiheit –, vollzieht sich ein Wechsel der Abhängigkeiten, wodurch der Unterhändler Macht gewinnt. Der Rest ist nur noch eine Frage der Geduld und daß man dem Täter die Möglichkeit gibt, sich zu stellen. Banish wußte, daß er diesen Punkt noch nicht ganz erreicht hatte. Aber seine wiedererwachte Schläue wies ihm den Weg.

Er fühlte sich wie neugeboren. Er war auf den Gipfel des Berges gestiegen und sah nun die Situation wie ein Buch aufgeschlagen vor sich, wußte, mit welchem Gegner er es zu tun hatte, und erkannte die zu lösende Aufgabe. Er sprang von Idee zu Idee, als folge er im Kopf der Karte eines Minenfeldes. Er konnte vorausschauen und abwehren. Er konnte die Oberhand gewinnen, entscheidend eingreifen.

Er ließ von der Lampe ab, drehte sich in den Raum um und sah sich in dem dunklen Caravan sich selbst gegenüber, und plötzlich war die Antwort klar. Der Spiegel, den er vor einiger Zeit von der Wand genommen hatte. Für Mellis' kurzen Aufenthalt war er wieder aufgehängt worden. Banish ging lautlos hinüber, im Kopf immer noch dieses Summen, er ließ die Finger an dem glatten Plastikrahmen hinuntergleiten, hob den Spiegel dann behutsam vier, fünf Zentimeter von der Wand ab.

Das selbstgebastelte Gerät war nicht größer als sein Daumennagel und nicht dicker als drei oder vier Münzen. Es war schwarz, hatte die Form eines Käfers und war mit einem kleinen Stück ganz normalen Klebebands an der Rückseite des Spiegels befestigt, die dünne, nackte Antenne stieg senkrecht zum oberen Rand des Rahmens auf. Banish ließ den Spiegel langsam wieder an die vertäfelte Wand zurückgleiten und stellte sich genau davor. Die Tatsache, daß er recht behalten hatte, elektrisierte ihn – jetzt fügte sich alles zusammen. Ables Vergangenheit als Spezialist für militärische Elektronik. Es war die einzige Möglichkeit, wie die in der Blockhütte hatten wissen können, wann sie kamen.

Banish betastete vorsichtig die Schwarzpulververbrennungen, die seine rechte Gesichtshälfte verfärbten. Er fuhr mit den Fingern durch sein dichtes, wirres Haar, strich es zurück und starrte dann eindringlich in den Spiegel. Er erkannte diesen Jagdausdruck, seine wahre, beherrschende Ausstrahlung. Nach einem Schlaf von zwei langen Jahren. Er war wieder der Alte: voller Selbstvertrauen und Intelligenz und kalter Effizienz, aber frei von Selbstzweifeln und Vorsicht und dem Krebsgeschwür der Angst.

Büro

Urplötzlich befand sich Brian im Kommandozelt des FBI. Es war ein Uhr morgens, aber hier herrschte immer noch geschäftiges Treiben, was ganz sicher mit der Schießerei zu tun hatte, zu der es weiter oben auf dem Berg gekommen war. Die Stimmung der Menge unten an der Straßensperre hatte sich angesichts der vielen Schüsse und der über ihren Köpfen kreisenden Hubschrauber aufgeheizt. Als Sheriff Blood zur Brücke kam, sagte er nur, daß Mellis irgendwie entkommen war.

Agent Banish hatte ausdrücklich nach ihm verlangt. Brian fiel beim besten Willen nichts ein, was er falsch gemacht haben könnte, also ging er ahnungslos hinein. Das Innere des Kommandozelts war genau der unter Hochspannung stehende Ort, den er erwartet hatte. Er ging an FBI-Agenten hinter Schreibtischen und an einer leuchtenden, wandgroßen Diagrammkarte vorbei, die man mit eigenen Augen gesehen haben mußte, um zu glauben, daß es so etwas wirklich gab, und er kam an Agent Perkins vorbei, der auf der Kante eines Schreibtischs hockte, auf die Zeltdecke starrte und in ein Telefon sprach. Agent Perkins nannte seine Frau »Liebchen«. Er sagte ihr, daß er noch ein paar weitere Tage hier sein würde.
Brian erreichte den dunklen, hinteren Teil des Zeltes, wo unter der Segeltuchplane eines abgeteilten Raumes Licht herausfiel. Er reckte die Schultern. Auf der Segeltuchtür befand sich nichts – weder ein Name noch eine Klingel, auf die man drücken konnte, oder eine massive Stelle, wo man anklopfen konnte, also hob Brian einfach die Plane ein Stück an und steckte den Kopf hinein.
Agent Banish saß zurückgelehnt auf einem Stuhl hinter einem Schreibtisch am anderen Ende des kleinen Büros. Er sprach in ein Freisprechtelefon, eins von diesen »Finger weg«-Dingern. Er sah Brian, nickte und winkte ihn herein. Es sah aus, als hätte hier ein Kampf stattgefunden. Brian trat vor und schob mit der Schuhspitze vorsichtig einige wichtig aussehende Dokumente beiseite, um eine freie Fläche zum Stehen zu bekommen. Agent Banishs obere, rechte Gesichtshälfte war schwarz versengt, als hätte er sich verbrannt. Dennoch schien er durchaus guter Dinge zu sein, während er mit dem Mann am anderen Ende der Leitung sprach.
Agent Banish sagte: »Nein, Sal. Seitdem nichts mehr von der Blockhütte.«

»Verdammte Schande, Jack«, sagte Sal, dessen Stimme leicht mechanisch aus dem Lautsprecher klang. »Was würdest du sagen? Würdest du sagen, wir haben es hier mit einem kleinen Rambo zu tun?«

»Ich würde sagen, wir müssen auf alles vorbereitet sein, Sal. Ist das Hostage Rescue Team schon in der Luft?«

»Sie werden um null-neunhundert Uhr eurer Zeit einsatzbereit bei euch sein. Sorg dafür, daß sie so schnell und so dicht wie möglich um die Blockhütte Stellung beziehen. Halt diese schießwütigen Marshals fern. Es ist jetzt eine große Sache, Jack – aber das weißt du ja. Sorg du nur dafür, daß er ans Telefon geht. Bring ihn zum Reden. Wir alle hier drücken dir die Daumen.«

Agent Banish nickte und sagte: »Das weiß ich.«

Er beugte sich vor, drückte auf einen Knopf und unterbrach die Verbindung. »Kearney«, sagte er, stand auf und kam hinter dem Schreibtisch vor. »Kommen Sie rein.«

Brian nickte höflich, konnte aber nicht weiter gehen, ohne sich vorher einen Weg zu bahnen. Agent Banish kam statt dessen zu ihm, wobei er ungeniert auf die Papiere trat.

»Was ist mit Ihrem Gesicht passiert?« erkundigte sich Brian.

Agent Banish deutet auf seine Wange. »Müßte in ein paar Tagen von selbst wieder verschwinden. Wie ist die Lage unten an der Brücke?«

»Gereizt, Sir. Gespannt. Sie wollen wissen, was da oben passiert ist.«

Banish nickte. »Da ist was schiefgelaufen«, sagte er. »Jetzt ist aber nicht der geeignete Zeitpunkt, darauf näher einzugehen.« Was immer geschehen war, schien nicht sehr wichtig zu sein. Agent Banish kam direkt zur Sache. »Ich habe Sie kommen lassen, weil Sie etwas für mich erledigen müssen.«

Brian nickte. »Jawohl, Sir«, sagte er hoffnungsvoll.

»Etwas, das Sie für mich persönlich erledigen müssen.«
Brian drückte die Brust heraus. »Was immer Sie sagen, Sir.«
Agent Banish musterte sein Gesicht, nickte dann einmal mit zufriedener Gewißheit. »Gut«, sagte er. Er griff in seine Hosentasche und zog einen Zwanzig-Dollar-Schein heraus. »Eine Flasche Whiskey. Egal, welche Sorte Sie auftreiben können. Royal Canadian, würde ich mal tippen.«
Er drückte Brian den Schein in die Hand. Brian stand da, starrte auf den Zwanziger und sah dann wieder Agent Banish an. Brian entging nicht, daß er jetzt irgendwie anders war. Seine Selbstbeherrschung, seine Miene, die Art und Weise wie er redete. Die stechenden blauen Augen, mit denen er Brian fixierte.
»Es ist mitten in der Nacht, Sir«, sagte Brian.
Agent Banish nickte kühl. »Ich dachte, Sie kennen sich hier in der Gegend aus.«
Deshalb hatte er Brian also gerufen. Wegen einer Besorgung. Brian sah in die Augen des Agenten, beobachtete wie er versuchte, sich förmlich und unbefangen zu verhalten. Diese Marshals hatten recht gehabt. Agent Banishs Gesicht hielt die Pose aufrecht, aber in seinen Augen lag eine unverkennbare, hinterhältige Verzweiflung. Brian begann leicht zu schwitzen.
»Agent Banish, ich glaube nicht –«
»Nehmen Sie eines der Regierungsfahrzeuge«, sagte er, ohne auf Brian einzugehen. »Damit kommen Sie problemloser durch die Menge.«
Brian saß in der Falle. Er überlegte, was er jetzt sagen könnte, aber Agent Banish hatte ihm einfach den Willen geraubt.
»Wenn Sie zurückkommen«, fuhr der FBI-Mann fort, »benötigen wir vielleicht hier oben im Kommandozelt einen weiteren Mann. Jemand, der seine Zuverlässigkeit bewiesen hat.«

Brian spürte einen eisigen Lufthauch. Es war wie das Frösteln bei einem Kollaps. Diese Marshals hatten hundertprozentig recht gehabt, und das machte Brian fertig, als er nun vor Agent Banish stand. Er wußte genau, was erzählt wurde. Agent Banish wedelte mit allem, was er wollte, direkt vor seiner Nase. Entweder hatte der Agent es irgendwie erraten oder aber er konnte in Brian wie in einem offenen Buch lesen. Brian konnte Agent Banish nicht einmal in die Augen sehen, aber Banish schien dies egal zu sein. Als Brian schluckte und spürte, wie er dabei zusammenzuckte, wußte er, daß Agent Banish sehen konnte, welch bitterer Ehrgeiz ihm in sein bedrücktes Gesicht geschrieben stand. Das war das Geheimnis der sonderbaren Macht des FBI-Agenten. Verhandeln und manipulieren. Er hatte Brian wie ein Nichts behandelt. Das bewirkte, daß Brian diese Sache unbedingt für ihn erledigen und akzeptiert werden wollte. Nichts daran war fair oder gerecht, aber es war Brians große Chance, und er unterschrieb auf der gepünktelten Linie, indem er zustimmend in Banishs Büro nickte. Agent Banish wollte eine Flasche Whiskey. Brian stellte sich auf eine lange, kalte Fahrt ein.

Arrestzelt

Wie beauftragt, trat Blood mit Deke ein, er hatte ihn von der vordersten Front heraufgebracht. Das Bein fühlte sich inzwischen wieder ziemlich gut an, und Blood humpelte nur noch leicht. Banish wartete bereits auf sie dort. Er saß an dem rechteckigen Tisch, den gebeugten rechten Ellbogen auf der Tischplatte, Wange und Kinn ruhten in der Hand. Er hatte ihnen das Profil zugewandt, starrte zurückgelehnt teilnahmslos durch das Zelt auf die leere Innenseite der linken Segeltuchwand.

Hinter dem Tisch befand sich eine einzelne, aus vertikalen Eisenstangen bestehende Zelle in einem Abstand von anderthalb oder zwei Metern von den drei Seitenwänden des kleinen Zelts entfernt. Die Zelle war etwa zwei Meter hoch, und die Stangen waren, wie Blood bemerkte, eingegraben oder sonstwie in den festgestampften Boden getrieben worden, genau wie die Beine des schweren Holztischs, an dem Banish saß, und die Stützen einer dünnen Metallstange für Handschellen, die hinter dem Tisch über dessen gesamte Länge verlief. Zwei Schirmlampen unter der Decke spendeten Licht, zwei weitere, nicht eingeschaltete Deckenstrahler waren auf die leere Zelle gerichtet.

Deke redete gleich los und gestikulierte hämisch in Richtung des Bergs. »War ganz schön was los da oben«, sagte er zu Banish. »Hubschrauber und so weiter. Eine Menge Geballere.«

Banish drehte sich um, um Deke anzusehen, und zeigte sein geschwärztes Gesicht. »Nichts, worüber Sie sich Gedanken machen müßten«, sagte er.

Deke pfiff durch die Zähne und trat überrascht und mit einer unverhohlenen Portion Schadenfreude zurück. »Sieht aus, als hätten Sie das meiste abgekriegt. Müßten Sie aber mit Terpentin wieder runterbekommen.«

Banish sagte: »Vielen Dank für Ihre Anteilnahme.«

Deke nickte schnell und verschlagen. »Glenn ist gerissen, stimmt's? Er ist ein Stinktier, ich hab's Ihnen gesagt. Ich hab Sie gewarnt, Sie sollen ihm nicht auf die Zehen treten. Ich hab gesagt, er hat keine Angst. Was ist da oben auf dem Paradise passiert? Es war die reinste Hölle, stimmt's? Unten kursieren die wildesten Geschichten, die Leute fangen an zu tuscheln. Die platzen fast, weil Sie was hören wollen.« Er sah zuerst Banish und dann Blood an.

»Ich stelle hier die Fragen«, sagte Banish.

Deke grinste wieder fröhlich. »Sie wollen wissen, was da unten geredet wird.« Er nickte. »Irgendwas ist passiert, etwas, worüber Sie sich jetzt Sorgen machen, und Sie wollen wissen, was die Leute so denken.«

Banish schüttelte langsam den Kopf. Blood bemerkte jetzt, daß sich Banishs Haltung verändert, sein Auftreten verfinstert hatte. Dazu gehörte auch, wie er nun den alten Deke mißmutig ansah.

»Ich will etwas über Ables Tochter wissen«, sagte Banish. »Über die älteste, Rebecca. Ich will wissen, ob sie entwickelt ist.«

Seine Worte jagten eine kalte Nadel in Bloods Seite. Blood konnte sich nicht vorstellen, wie die Worte in Dekes Ohren klingen würden, außer daß dem alten Narr zur Abwechslung mal die Spucke wegblieb.

»Sagen Sie das noch mal?« zischte Deke.

»Entwickelt«, sagte Banish. »Sie ist vierzehn Jahre alt. Pubertät, Brüste. Geschlechtsreife. Ich muß von Ihnen wissen, ob sie entwickelt ist oder nicht.«

Blood beobachtete, wie Dekes Gesicht sich angewidert rötete. Das Kinn des alten Mannes begann zu beben, bevor er auch nur ein Wort herausbekommen konnte, dann breitete sich das wütende Zittern über Hals, Schultern und Brust aus. »Ich weiß gottverdammt nicht, was ihr Burschen denkt », begann er, dann hinderte sein Zorn ihn daran, den Satz zu beenden. Sein Gesicht verriet, daß er sich das Schlimmste vorstellte. »Denkt ihr etwa darüber die ganze verdammte Zeit hier oben nach?« fragte er.

Banish erhob sich von seinem Stuhl. Er ging langsam zu Deke, streckte eine Hand aus, packte den schlaffen Hemdkragen des alten Mannes und drehte ihn unter dem lockeren Hautlappen seines fleischigen Halses hoch, zwang Deke, nach hinten gegen die straff gespannte Zeltwand zurückzuweichen. Der alte Mann griff mit beiden Händen nach Banishs Faust. Er umkrallte sie mit schmutzigen Nägeln, schaute verzweifelt zu Banish auf, aber alles war vergeblich. Banish zeigte keine Wut, keine Eile. Nur Überlegtheit. Dekes Augen waren weit aufgerissen, als Banish sich dicht zu ihm heranbeugte.

»Glaubst du vielleicht, ich wäre zum Spaß hier?« sagte er. Die Segeltuchwand wallte unter Dekes vergeblichem, zappelndem Widerstand. »Ein Wort von mir«, sagte Banish und hielt ihm einen Zeigefinger dicht unter die Nase, »ein Wort, und deine kleine Hütte da oben, alles, was du in deiner miesen kleinen Welt besitzt, ist Asche. Trümmer. Und du kannst absolut nichts dagegen tun. Und jetzt beantwortest du gottverdammt noch mal meine Frage, und zwar gottverdammt schnell.«

Deke zitterte und war erstarrt wie ein kleines Tier, das jeden Augenblick gefressen wird. Banishs kühle Beherrschung machte diese Konfrontation so bedrohlich. Blood beschloß, daß er genug gesehen hatte. Er trat, ohne sich zu entschuldigen, einen Schritt zurück, drehte sich um und verließ das Zelt.

Zwei draußen wartende Marshals nahmen Haltung an, als Blood herauskam, dann sahen sie, daß nur er es war. Er begrüßte sie mit einem kurzen Blick und Kopfnicken und schaute dann in die andere Richtung. Blood war nicht so zimperlich, daß er nicht ein bißchen Einschüchterung im Namen des Gesetzes verkraften konnte, aber diese spezielle Begegnung stellte philosophisch gesehen etwas anderes dar. Blood wußte, mit den Einheimischen konnte man sich nicht auseinandersetzen, wenn man sie in die Konfrontation trieb. Eine direkte Herausforderung war für sie das gleiche, wie den Glauben eines frommen Mannes anzuzweifeln oder seine Frau eine Hure zu nennen. Das hier waren keine rational denkenden Menschen; es waren stolze Menschen, und ihr lächerlicher Stolz

machte sie blind. Einen Boxkampf gegen einen Blinden konnte man nur verlieren, wenn man ihn von vorne angriff.
Banish verließ das Zelt und hielt Deke wie eine Vogelscheuche vor sich. »Schafft ihn weg«, befahl er den Marshals. Dann wandte er sich mit starrer Miene an Blood.
»So was nennt man psychologische Kriegsführung«, sagte er. »Das soll den Gegner stören und diskreditieren.«
Blood schaute ihm in die Augen. »Was ist Ihnen da oben passiert?« fragte er.
Banish schüttelte den Kopf, hielt aber Bloods Blick stand. »Sie wissen, daß Mellis runtergeschickt wurde, um uns zu töten.«
»Er wurde runtergeschickt, um *Sie* zu töten.«
»Vertrauen Sie mir einfach«, sagte Banish, der jetzt nahe genug stand, daß Blood die winzigen Krater sehen konnte, die das Schwarzpulver in die Gesichtshaut gebrannt hatte. Banishs Miene war klar, gebieterisch und hart wie Panzerstahl, und mit ein paar einfachen Worten zog er Blood ins Vertrauen. »Ables glaubt, Mellis hätte Watson getötet«, sagte er.

Caravan

Banish rüttelte am Knauf der offenen Tür, trat betont geräuschvoll ein und deutete hinter sich auf Blood, um ihm den Einsatz zu geben.
Blood sagte: »Glauben Sie, er hätte wirklich versucht, uns umzubringen?«
Banish nickte, ließ hinter ihnen die Tür mit einem Klicken ins Schloß fallen und knipste das Licht an. Er hob eine Hand, damit Blood stehenblieb, wo er war, dann zeigte er quer durch den Caravan auf eine Stelle neben dem Bett.

»Ich sehe nicht, wie er damit hätte ungeschoren davonkommen können«, sagte Banish.
Banish nickte Blood auffordernd zu. Blood sah ihn an, zuckte mit den Achseln und spielte weiter mit.
»Stimmt«, sagte er.
Sie gingen weiter hinein, Banish voran. Er zog einen Stuhl unter dem Tisch heraus, schlug Holz gegen Holz. Er setzte sich nicht, sondern ging statt dessen weiter, und Blood folgte ihm. Banish drehte ihm den Kopf zu. »Tja«, sagte er, »Straffreiheit ist ein geringer Preis dafür, Ables zu bekommen.«
Er ging um das Bett, ganz leise jetzt, schlug einen Bogen bis zur Rückwand. Blood war direkt hinter ihm.
»Stimmt«, sagte Blood wieder, wobei er diesmal die Stimme leicht gehoben hatte. »Aber können Sie ihm vertrauen, Agent Watson? Was ist mit seiner Frau?«
Banish blieb stehen und deutete mit dem Kinn auf den Wandspiegel.
Banish sagte: »Ich vermute, Mellis ist in die Tochter verknallt.«
Vor dem Spiegel blieben sie stehen. Dies war nicht genau das, was Blood vorgeschwebt hatte. Er hatte nichts gegen eine kleine Rache – immerhin hatte Mellis sie beide umbringen wollen –, aber Banishs persönliche Rache hinterließ ein ekelhaftes Gefühl im Bauch. Trotzdem spielte Blood weiter mit.
»Deshalb will er die anderen also aus dem Weg haben«, sagte er.
Er schaute Banishs Spiegelbild an, dessen Gesicht keinerlei Veränderung zeigte. Wie jede klare, reflektierende Oberfläche verzerrte der Spiegel jedoch ein ganz klein wenig Banishs Züge, wie eine Knitterfalte in einem ansonsten makellosen Stoff, so daß sein rußgeschwärztes Gesicht einen Ausdruck versteckter Drohung anzunehmen schien. Er nickte zufrieden.

»Ich vermute, so was passiert, wenn man zwölf Monate in einer Blockhütte zusammengepfercht ist«, sagte er.

Wieder draußen, blieb Blood ein Stück vom Caravan entfernt stehen und vergrub die Hände tief in den Jackentaschen, während Banish die Tür schloß und verriegelte. Banish strahlte weder Triumph aus noch Hinterhältigkeit oder Hast. Er war beherrscht und zugleich außer sich. Blood beobachtete, wie er ohne Jacke durch die kalte Nacht zu ihm herüberkam, nicht einmal die Arme verschränkt hatte, während der Atem in weißen Schwaden vor seinem Gesicht hing. Gleich würde jeder seiner Wege gehen.
»Was hatte das zu bedeuten?« fragte Blood ruhig.
Banish sagte: »Wir haben ihnen gerade die Lampen ausgeschossen.«

Büro

Er wanderte auf und ab. Er strich sich mit der flachen Hand über den trockenen Mund. Er hatte den Versuch aufgegeben zu arbeiten und statt dessen begonnen, hin und her zu gehen und sich nervös aufs Bein zu klopfen. Immer wieder lief er zum Eingang. Er hatte dem Rumpfpersonal der Nachtschicht verschiedene Aufträge gegeben, die sie vom Zelt fernhalten sollten. Jetzt waren alle fort, und sein Fenster stand erwartungsvoll weit offen, aber von Kearney war weit und breit nichts zu sehen. Banish zog die linke Hand durch das dichte Haar und spürte, wie das Summen in seinem Kopf wieder einsetzte. Sein gewaltiger, unstillbarer Durst.
Die alte Virtuosität. Jetzt bewegte sich endlich etwas, und er hatte alles fest im Griff. Der Alkohol an sich bedeutete

ihm nichts. War nur eine kleine Belohnung. Ein Spritzer Öl, um die wenigen noch quietschenden Stellen zu schmieren. Am nächsten Morgen würde er mit neuer Konzentration und Frische an die Arbeit zurückkehren können. Er nickte beim Hin- und Herlaufen, klopfte automatisch mit der rechten Hand gegen sein Bein.

Wieder warf er einen Blick in den äußeren, immer noch leeren Teil des Zelts. Zeit, Zeit. Es war schon so lange her. Die kühle Glätte einer Glasflasche. Das Schnippen und Knistern der Steuerbanderole. Das leise Knacken beim Drehen des Plastikverschlusses, das Entweichen des Flaschengeists, der befreite Duft. Das Gluckern beim Einschenken. Er kam aus der Wüste. Endlich spürte er, wie er die Apathie hinter sich ließ, die Skull Valley bedeutet hatte. Seine Zunge war ein trockener Eimer in dem steinernen Brunnen seines tiefen und gewaltigen Durstes.

Schritte im vorderen Zeltteil. Leise Schritte. Banish setzte sich schnell zum Eingang in Bewegung, zog sich dann aber zurück, um beiläufig vor seinem Schreibtisch zu warten. Die Zeltplane wurde zurückgeschlagen.

Der getreue Kearney. Banish ging zu ihm, kämpfte gegen den Eifer, kämpfte gegen die Freude, strahlte aber todsicher übers ganze Gesicht, war bereit, Kearney schließlich von der Last seines schlichten braunen Päckchens zu befreien und das beruhigende Schwappen der Flüssigkeit darin zu spüren. Herrlicher Treibstoff.

Doch Kearney hatte einen merkwürdig bedauernden Gesichtsausdruck, und als er die Hände ausstreckte, waren sie leer. Banish blinzelte. Er schaute zu Kearney auf, um zu sehen, ob er seinen Irrtum bemerkt hatte, aber Kearney stand mit diesem Armesünderausdruck auf dem Gesicht da, und Banish sah, daß es kein Irrtum war.

»Tut mir leid, Sir«, sagte Kearney verlegen, aber auch entschieden. »Ich konnte es nicht tun. Es ist nicht richtig. Vielleicht brauchen Sie Hilfe.«

Banish ging auf ihn los. Er nahm ihn in einen brutalen Würgegriff, preßte den Unterarm auf Kearneys Hals und drückte ihn mit dem Rücken gegen eine Zeltstange. Bevor Kearney auch nur nach Luft schnappen konnte, war er schon überrumpelt, und sein Mund stand weit auf.

»Gottverdammter Pfadfinder«, fauchte Banish. Kearney hob die Hände zu Banishs zitterndem Arm, wehrte sich aber nur mit Blicken. »Ich gebe dir einen klaren Befehl, und du führst ihn buchstabengetreu aus –« Kearneys Gesicht wurde rosa und dann rot vor Anstrengung, die Lippen liefen blau an, der Mund zuckte. Mit großen Rehaugen erstickte er.

»Verschwinde von meinem Berg!« schimpfte Banish, ließ ihn schließlich los und wich zurück. Kearney sackte seitlich weg, stolperte von Banish weg, taumelte, hielt eine Hand an den Hals. Der junge Polizist schnappte nach Luft, das Gesicht war schmerzerfüllt, verzerrt und gerötet.

»VERSCHWINDE VON MEINEM BERG!«

Kearney schlug die Zeltbahn des Eingangs zur Seite und stolperte aus dem Büro. Banish drehte sich schnell um. Er ging zu seinem Schreibtisch. Er legte eine Hand auf die Kante und umklammerte sie, schaute sich fieberhaft um, während es in seinem Kopf tobte und summte.

Er verfluchte den Paradise Ridge. Er verfluchte Montana. Er erinnerte sich lebhaft an seinen bevorzugten Spirituosenladen in Manhattan, wo die dunklen Literflaschen in Regalen hinter der Theke wie eine exotische Medizin – ordentliche Reihen, die mehr als zehn Flaschen tief waren – aufbewahrt wurden. Er könnte jetzt sofort mit dem Wagen den Berg hinunterfahren, dachte er, sich selbst auf die Suche machen. Aber wie sollte er das erklären? Sie würden jeden Augenblick in das Kommandozelt zurückkehren.

Das Kommandozelt. Ein erlösendes Frösteln richtete ihn auf. Das Bier. Das manipulierte Pabst Blue Ribbon – es war ihm egal –, große, eiskalte blau-goldene Dosen. Sofern Coyle sie noch nicht weggeschmissen hatte –
Ungestüm stieß er die Plane zur Seite und betrat den Hauptraum, ging zu dem kleinen, brummenden Kühlschrank, riß die Tür auf und suchte zwischen den klirrenden Flaschen klaren Wassers und den vereinzelten Früchten. Sie waren fort. Die Bierdosen waren fort. Einen Augenblick lang stand er wie erstarrt da und verfluchte Coyle, dann knallte er die Tür zu, rüttelte am Kühlschrank, packte und schüttelte das Gerät. Warf seinen Inhalt um, und dann sackte er geschlagen darüber zusammen, umklammerte ihn schließlich, um das Gleichgewicht zu bewahren. Er fluchte in seine Hemdsärmel. Sein riesiger, gottverdammter gewaltiger Durst. Er schloß die Augen und empfand nichts außer Leere, erinnerte sich in der vergifteten Dunkelheit seines Verstands an die Insekten, die ihn während der ersten, verschwommenen Wochen im Refugium gequält hatten, an die Ameisen der Hysterie – die sich in seine Haut verbissen hatten, unter dem Fleisch seiner Arme rasten, sich an dem weichen Matsch seines Hirns gütlich taten.

Büro

Es war ein frischer Morgen danach. Perkins überquerte mit flotten Schritten die Operationsbasis; er hatte sich fürs Fernsehen ein marineblaues Sakko und eine farbenfrohe Krawatte angezogen. Stündlich waren FBI-Agenten nahegelegener Außenstellen eingetroffen, so daß auf der Lichtung geschäftiges Treiben herrschte. Zahlreiche Gerüchte über das Fiasko der vergangenen Nacht machten die

Runde. Während man einerseits besorgt überlegte, wie wohl die Reaktion auf die bevorstehende Bekanntmachung ausfallen würde, war Perkins andererseits ausgesprochen zufrieden. An diesem Morgen würde er der wichtigste Mann des Bureaus sein, das Medium, durch das die offizielle FBI-Version über die Ereignisse der vergangenen Nacht dem ganzen Land und der Welt präsentiert wurde.

Er kam an der breiten Einmündung der neuen Bergstraße vorbei. Die Bauarbeiter hatten sich tief in den ansteigenden Wald gegraben, den Boden aufgerissen und zu einem geraden, bergauf führenden Weg planiert. Sie arbeiteten jetzt an einer Stelle, die Perkins nicht einsehen konnte, er konnte jedoch die großen, lärmenden Maschinen hören und sah die dunklen Auspuffgase aufsteigen. Er schaute zu, wie weit über ihm eine Baumkrone zitterte und dann stürzte. Die Straße war fast fertig. Sie näherten sich dem Berggipfel.

Perkins betrat das Kommandozelt, ging direkt in das hintere Büro und war auf Banish vorbereitet, in welcher Stimmung auch immer der sich befinden mochte. Das Büro war aufgeräumt, Papiere lagen ordentlich auf den Schreibtisch gestapelt, und die gewohnte Ordnung war wiederhergestellt. Banish war so in seine Arbeit vertieft, daß er Perkins' Hereinkommen nicht bemerkte. Er wirkte ungepflegt, sein Haar war zerzaust und durcheinander, der Schwarzpulverfleck auf seinem Gesicht begann bereits grau zu werden. Banish saß über seine Arbeit gebeugt, die Brille auf der Nase, schrieb nicht auf weiße Papierbögen, wie Perkins bemerkte, sondern in eine gelbe, ledergebundene Kladde. Perkins trat noch näher heran und wartete darauf, daß seine Anwesenheit zur Kenntnis genommen wurde. Nichts dergleichen passierte.

»Sind Sie die ganze Nacht hier gewesen?« erkundigte sich Perkins.

Banish schaute überrascht auf und sah ihn an, dann beendete er wortlos das, woran er gerade arbeitete. Als er fertig war, schob er die Kladde zur Seite und reichte Perkins einige maschinengetippte Seiten. Er hustete in eine locker geballte Faust, löste mit einem Räuspern etwas Schleim im Hals und griff nach einem Glas Wasser.

»Richtlinien für die Einsatzbesprechung und mögliche Fragen und Antworten«, sagte er und stellte das Glas wieder hin. »Mehr kommt von unserer Seite nicht.«

Perkins blätterte die Seiten durch und nickte. »Gut«, sagte er. »Ansonsten ist alles vorbereitet.«

Banish nickte geistesabwesend. »Wie spät ist es?«

Perkins schaute auf die Uhr. »Ich gehe in zwanzig Minuten.«

Perkins drehte sich um, verließ das Zelt und ging über die Lichtung zu den wartenden Jeeps, überflog im Gehen die Seiten. Gute Arbeit. Perkins hatte weder an der Vorbereitung noch an der Sachkenntnis etwas auszusetzen. Ihn beunruhigte vielmehr Banishs Vorgehensweise, die Art, wie er die unterschiedlichen Aufgaben im Zusammenhang mit der Blockhütte, der Operationsbasis und der Presse anging, alles per Fernsteuerung – das waren Teller, die er nicht unbegrenzt auf einem Stöckchen balancieren konnte. Jeder spektakuläre Mißerfolg in der Folge dieser neuen Eskalation – Millionen Dollar Steuergelder wurden ausgegeben, Tausende Stunden Arbeitszeit investiert – würde mit Sicherheit auch Perkins betreffen. Er konnte Banish nur bis zu einem bestimmten Punkt schützen, wenn Banish aber am Ende wie einer dieser bedauernswerten Bäume stürzen sollte, dann würde Perkins dafür sorgen, daß er sich selbst in einer guten Position befand, um *Baum fällt!* zu brüllen und schnell zur Seite zu springen.

Tontechnik

Gewaschen, rasiert und in einem frischen weißen Hemd betrat Banish den Ü-Wagen. Er bewegte sich bedächtig, was allerdings nicht an dem Summen in seinem Kopf lag, das zwar immer noch da war, ihn aber nicht mehr zu überwältigen drohte. Der Morgen fand ihn als reuigen Büßer. Es war, als sei er von einer starken Droge heruntergekommen.

Der Tontechniker musterte ihn, als er hereinkam, verlor aber kein Wort über Banishs verbranntes Gesicht.

»Während der Nacht irgendwas passiert?«

Der Tontechniker kaute ein nach Pfefferminze riechendes Kaugummi und schüttelte den Kopf. »Nichts.«

»Die Mikros? Nichts?«

Er schüttelte den Kopf. »Im Westen nichts Neues.«

Banish setzte sich vor den anderen Arbeitsplatz. Mit leerem Blick starrte er auf die Instrumente. Er dachte über Mellis nach. »Mein Caravan muß nach Wanzen abgesucht werden«, sagte er.

Der Tontechniker drehte sich um und sah ihn kauend von der Seite an. »Sie meinen«, sagte er, »echte Wanzen?«

Banish nahm das Mikro in die Hand, legte die entsprechenden Schalter selbst um, holte tief und kräftig Luft. »Hier spricht Special Agent Bob Watson …«

Er rasselte seine Rede herunter, änderte nur sehr wenig. Am besten immer gleich bleiben, seine stimmliche Person von der Wut über den Angriff der vergangenen Nacht getrennt halten. Er kam zum Ende, und wie vorauszusehen, gab es wieder keine Antwort. Er hing das Mikro ein und bemerkte einen kleinen Farbmonitor, der hinter dem Tontechniker lief. Er zeigte Szenen der Pressekonferenz: Perkins, der auf einem Podium sprach, mehrere Agenten, die die Brücke flankierten, die zornige, aufgebrachte Menge.

»Ich habe aus Seattle eine Satellitenschüssel kommen lassen«, sagte der Tontechniker. »CNN hat einen Live-Bericht von der Pressekonferenz gebracht.« Er schaute kurz auf den Schwarzweißmonitor, der die Brücke zeigte. »Aber es sieht so aus, als wäre er jetzt beim Frage-und-Antwort-Spiel angelangt.«

Der Bildausschnitt des Monitors war zu groß. »Können Sie die Kamera bewegen?« fragte Banish.

»Nein, aber sie hat ein Zoomobjektiv«, sagte der Tontechniker, drehte an einem Knopf unter dem Bildschirm und verengte den Ausschnitt auf die Brücke, Perkins' Rücken und Schultern am unteren Bildrand sowie auf das Pressekorps, die Sattelschlepper und Kameratürme am oberen Bildschirmrand. Demonstranten drängten sich im Raum dazwischen. Fäuste, Karikaturen und Plakate wurden hochgehoben: FBI – SCHMORT IN DER HÖLLE! FBI: SCHULDIG SCHULDIG SCHULDIG! KINDERMÖRDER. FBI-Agenten in Anzügen, einen Finger auf ihren Ohrstöpseln, schoben sich auffällig durch die drängelnde Menge, fielen sogar auf dem Schwarzweißmonitor auf. Darin bestand heute morgen ihre Aufgabe, sichtbar Präsenz zu zeigen. Während Banish die Szene beobachtete, sagte er geistesabwesend, aber mit distanzierter Überzeugung: »Sobald die Pressekonferenz vorbei ist, wird es dort unten Ärger geben.«

Der Tontechniker schaute auf den Monitor, als suche er nach einer Erklärung, drehte sich dann wieder zu dem Farbbild auf dem Satellitenempfänger. »Jetzt schneiden sie es«, sagte er mit einem Kopfnicken, »das machen sie immer so. Sie schneiden es in kleine Happen, die an die angeschlossenen Sender im ganzen Land geschickt werden, damit diese die Szenen anschließend in eigene Sonderberichte einbauen können.«

Er drehte die Lautstärke hoch. Zwischen einzelnen Übertragungssequenzen verdunkelte sich der Bildschirm, dann tauchte ein Regenbogen auf, und eine Digitalanzeige zählte von drei herunter. Und da stand Perkins hinter dem Podium mit dem Emblem des Justizministeriums/FBI, die Stimme gewichtig, die Miene ernst. »Allem Anschein nach ist Judith Ables den Folgen einer Schußverletzung erlegen. Allem Anschein nach wurde sie am vierten August bei dem anfänglichen Schußwechsel mit US Marshals getroffen. Sie war sofort tot.« Dann Schwärze.

»Sofort tot«, wiederholte der Tontechniker. Jeder, der je versehentlich von einem Angehörigen der Exekutive getötet wurde, starb immer sofort und schmerzlos.

Drei, zwei, eins: Eine Frau mittleren Alters mit lockigem, braunem Haar zeigte drohend auf die Kamera. »Die haben wegen einer einzigen Waffe ein zwölfjähriges Mädchen umgebracht! Das lassen wir uns nicht gefallen!«

Schwärze. Drei, zwei, eins: Ein junger Mann mit eng zusammenstehenden Augen in einem jägergrünen Parka schüttelte ein nicht sichtbares Plakat. »Das hier ist der Schauplatz des Massakers. Das hier ist das Blut unserer Kinder. Das ist die Concord Bridge, und sie haben den ersten Schuß abgegeben. Was Sie hier sehen, das ist der Beginn eines großen amerikanischen Bürgerkriegs.«

Schwärze. Drei, zwei, eins: Wieder Perkins. »Es muß klargestellt werden, daß Glenn Allen Ables und Charles Mellis schwerer Verbrechen beschuldigt werden und daß sie eine unmittelbare Bedrohung der Gesellschaft darstellen. Anstrengungen zu ihrer Ergreifung müssen und werden fortgesetzt werden.« Deutlich waren über seiner Stimme aus der anschwellenden Menge die herausfordernden Rufe »Mörder! Killer!« zu hören.

Schwärze. Drei, zwei, eins: Das Ehepaar Mellis, Mrs. Mellis versuchte verzweifelt, sich Gehör zu verschaffen. »Wir wissen nicht, was passiert ist. Das FBI will uns nichts sagen. Als wir Charles gesehen haben, ging es ihm gut, und er wollte so schnell wie möglich nach Hause. Ich weiß nicht, was sie da oben mit ihm machen …« Das Bild blieb, als Mrs. Mellis' Stimme brach und sie zu weinen begann. Mr. Mellis, in einer Anzugjacke, aber ohne Krawatte, versuchte sie zu trösten.

Schwärze. Drei, zwei, eins: Ein ernst wirkender Perkins ließ sich ausführlich zu einer Frage aus. »Wir haben bislang unbestätigte Berichte über möglichen Mißbrauch in dieser Familie erhalten, der bereits über einen Zeitraum von mehreren Monaten andauert.«

Ein Reporter brüllte: »Sexueller Mißbrauch?«

Perkins sagte: »Dazu kann ich derzeit keinen weiteren Kommentar abgeben«, und er zeigte auf einen anderen Reporter.

Schwärze. Der Tontechniker sagte: »Herr im Himmel. Ist das wahr?«

Banishs Gesicht war unbeweglich und angespannt vor Fassungslosigkeit.

Drei, zwei, eins: Deke Belcher stand vor der Kamera und hielt ein nachlässig beschriftetes Pappschild vor der Brust: EUER HAUS IST DAS NÄCHSTE.

Banish wendete sich ab. Perkins' törichte Improvisation hallte immer noch in seinem Kopf wider. »Was zum Teufel denkt der sich dabei?« sagte er laut.

Der Tontechniker sagte: »Das war nicht geplant?«

»Gottverdammt noch mal, nein.« Wie Sand durch seine Finger. In diesem einen Augenblick war es zu Fernsehsendern in jeder Stadt des ganzen Landes rausgegangen und wahrscheinlich auch nach Übersee.

Der Tontechniker schaute wieder auf den Schwarzweißmonitor. Banish sah, daß Perkins inzwischen das Podium verlassen hatte und FBI-Beamte zu einem Tumult vorn in der Menge liefen. Zwei Männer wurden herausgeholt, mit

dem Gesicht nach unten auf die Brücke gezwungen und in Gewahrsam genommen.
Banish stand auf, drehte sich um, trat aus der offenen Tür des Transporters und hörte, wie die Federung nachgab, quietschte. »He«, rief der Tontechniker ihm nach. »Wie ist das so«, fragte er, »wenn man Gott spielt?«
Das ließ Banish innehalten, ließ ihn drei Meter vor dem Transporter wie angewurzelt stehenbleiben. Er schaute zu der neuen Straße hinauf, die frisch in den Bergrücken geschnitten war, zu einem Hubschrauber, der über den Grat dröhnte. Blickte zu der von Männern und Maschinen wimmelnden Lichtung hinüber.
Er drehte sich zu dem Tontechniker um, der in der Tür des Transporters stand und zwanglos lächelte, wenig beeindruckt war. Banish schüttelte den Kopf. »Ich bin nur ein Bundesangestellter«, antwortete er ihm. Dann ging er fort.

Arrestzelt

Banish wartete draußen auf Perkins, als dieser näherkam. »Was zum Teufel war das?« sagte er.
Perkins verging vor Überraschung sein zufriedenes Lächeln. »Improvisation«, gab er zu. »Strategie.«
Banish war fuchsteufelswild. »Wenn ich diese Karte ausspielen wollte, dann hätte ich sie selbst ausgespielt. Sie hatten den gottverdammten Text doch direkt vor der Nase.«
Perkins hob abwehrend die flache Hand. »Sie stecken im Moment mitten drin, deshalb können Sie nicht objektiv urteilen«, sagte er. »Aber ich habe das größere Bild vor Augen.« Dann senkte er vertraulich die Stimme und trat noch einen Schritt näher. »Sie brauchen eine Hintertür«,

sagte er. »Wir brauchen eine Hintertür. Das Bureau braucht eine Hintertür, wenn diese Sache in die Hose geht. Wenn entschiedenere Maßnahmen ergriffen werden müssen. Auf diese Weise halten wir uns alle den Rücken frei.«
Banish nickte. »Verstehe«, sagte er. »Sie wollten mich nur schützen. Ihnen liegt nur mein Wohl am Herzen. Warum sonst würden Sie wie ein blutiger Anfänger voreilig irgendwelche Dinge erfinden? Warum sonst würden Sie mit einem wilden Bluff unsere Einsätze in die Höhe treiben?«
Banish schüttelte den Kopf und hob den Finger. »Ich will den Rücken nicht freigehalten bekommen, weder von Ihnen noch von sonst wem. Ich will keine Politiker auf diesem Berg. Sie verlieren den Glauben an die Operation, Perkins. Und Sie setzen sich über Befehle von Vorgesetzten hinweg. Wenn ich noch einmal höre, daß Sie vom Text abweichen, dann ist es mir egal – dann lasse ich die Pressekonferenzen eben von Fagin durchführen.«
Banish drehte sich um und betrat das Arrestzelt. Perkins folgte kurz darauf, hielt sich aber bedeckt im Hintergrund. Einer der beiden Festgenommenen vom Aufruhr an der Brücke saß allein an dem schweren Tisch vor der leeren Zelle, links und rechts hinter ihm standen zwei FBI-Beamte. Es war ein Weißer von etwa Mitte bis Ende Dreißig mit kahl rasiertem Schädel, der eigentümlich pockennarbig war, vermutlich die Folge einer Erkrankung während der Kindheit, Schorf, der gedankenlos von verborgenen Wunden auf einer damals behaarten Kopfhaut abgeknibbelt worden war. Er hatte grobschlächtige, schwarze Skinhead-Tätowierungen auf beiden unbehaarten Armen, trug ein ärmelloses schwarzes T-Shirt, um sie zur Schau zu stellen, Jeans und Stiefel. Handschellen hingen leer an der Eisenstange hinter ihm, und er rieb seine wundgescheuerten Handgelenke. Ein dünner Faden frischen, kirschroten Bluts zog sich von einer anderthalb Zentimeter langen,

klaffenden Wunde oberhalb der rechten Schläfe zu seiner aufgeschürften rechten Wange hinunter.

Banish zückte seinen Dienstausweis. »Banish«, sagte er. »FBI.«

Der Festgenommene rutschte hin und her, bewegte sich unruhig und warf den FBI-Beamten neben sich schräge Blicke zu. Seine Gesichtsknochen wirkten schartig. Ein drahtiges, kleines Wiesel. »Bißchen grob«, sagte er und betupfte sein Gesicht mit einem Papiertaschentuch, »finden Sie nicht auch?«

Banish erwiderte: »Sie haben unsere Botschaft erhalten.«

»Bin verhaftet worden, richtig?«

Einer der Agenten neben ihm sagte: »Er hat einem schwarzen Special Agent auf die Schnauze gehauen, Sir.«

Der Festgenommene sagte: »Jetzt hören Sie mal – diesmal brauche ich ein Flugticket und ein bißchen Startkapital. Ich will ein für allemal hier weg.«

Banish sagte: »Darauf kommen wir noch. Was haben die vor?«

Der Mann rutschte nervös hin und her und zuckte mit den Achseln. »Da unten wird viel geredet. Sie wissen schon – es tut sich wenig. So was wie eine Inszenierung, so nennen die das.«

»Gewaltlos?«

»Eine *In-szenierung*«, betonte der Mann, zuckte dann wieder mit den Achseln. »Vorläufig wenigstens. Mehr weiß ich nicht.«

»Wer?« sagte Banish. »Einheimische? Der WAR? Truth? Was?«

»Die Aryans«, sagte der Mann. Er war ungeduldig. »Woher soll ich wissen, wer sonst noch? Die helfen sich doch alle gegenseitig, Spinner wie Patrioten. Morgen soll angeblich Kremmer die Front besuchen.«

Franklin Kremmer war der achtundsechzigjährige Geistliche der WAR-Kirche. »Das ist alles?« sagte Banish. »Sonst ist nichts geplant?«

»Falls was geplant ist, erzählen sie's nicht jedem, der's nicht unbedingt wissen muß, bis er's wissen muß. Es gibt keine Rundbriefe oder so was. Aber Kremmer wird den Teufel tun, sich in der Nähe offener Gewalttätigkeiten aufzuhalten. Seine Scheiße stinkt nicht. Aber in den letzten zwei Tagen sind dauernd Trucks eingetroffen, ist Munition abgeladen worden.«

»Munition«, wiederholte Banish.

»Großkalibriges Zeugs, Patronen. Alles völlig legal«, sagte der Mann, »nur eben in größeren Mengen, kostspielig. Nachschub wie Taschenlampen, Batterien, Schlafsäcke, Verbandskästen.«

»Was bedeutet das?«

Der Mann zuckte mit den Achseln. »Das bedeutet, die geben einen Haufen Geld für diese Scheiße aus, woher zum Geier soll ich das wissen? Eine Menge Jungs von der Truth zischen damit ab.«

»Mitglieder von The Truth.«

»Die hängen die letzten paar Tage überall hier rum. Also bitte. Das ist doch was für Sie, stimmt's? Das müßte Ihnen doch wohl was wert sein.«

Banish bewahrte seinen dienstlichen Blick. »Was ist mit Ables?« fragte er. »Kennen Sie ihn?«

»Hab ihn schon mal gesehen. Er ist bekannt.«

»Weil er Waffen verkauft?«

»Ja, weil er Waffen verkauft. Will ein weltweit aktiver Waffenhändler der Aryans werden, das ist sein Ding.«

»Jeder hat seinen Traum«, sagte Banish. »Was halten die anderen von ihm?«

»Ein paar haben gelacht. Aber die meisten hatten Angst. Ein verdammt schräger Vogel. Falls einer gelacht hat, dann bestimmt nicht, solange Ables in der Nähe war.«

»Was denken Sie?«
Der Mann grinste spöttisch und sah kurz weg. »Ein Spinner. Wie viele von den Typen. Die glauben an UFOS und so einen Scheiß. Hat aber einen netten Truck gefahren. Bis ich ihm die Karre abgekauft hab, nachdem er eingelocht wurde. Hat gesagt, er braucht sie jetzt nicht mehr. Jetzt reichts's aber, Mann – mehr weiß ich nicht«, sagte er, setzte sich gerade hin und öffnete die Hände auf dem Tisch, als würde er etwas anbieten. »Und, wie sieht's aus?«
»Wie sieht was aus?« sagte Banish.
»Das Flugticket, Mann. Damit ich gottverdammt hier wegkomme.«
»Mit einem Flugzeug? Wo wollen Sie denn hin?«
»Irgendwo in den Süden. Dann in den Osten. Hier laufen für meinen Geschmack zuviel Knalltüten rum.«
Banish nickte, tat als denke er einen Moment darüber nach. »Nein«, sagte er dann und schüttelte den Kopf. »Wir brauchen Sie hier.« Zu einem der beiden FBI-Beamten sagte er: »Geben Sie ihm hundert Dollar.«
»He, Moment mal«, protestierte der Mann, hob die Arme, schaute sich um, blockierte alles. »Was zum Geier soll das?«
»Wir brauchen einen Informanten im Lager des WAR«, sagte Banish. »Sie sind unser Mann.«
»Informant?« Die Augen des Mannes leuchteten plötzlich auf. »He, Mann. He, jetzt aber mal ganz langsam. Damit wir uns hier richtig verstehen, ja. Ich bin kein Informant.«
Banish sah ihn an, schaute sich im Arrestzelt um. »Wie würden Sie das hier dann nennen?«
»Das hier?« sagte er. »Das hier ist gar nichts. Ein verrückter Typ und ein paar Spinner. Aber ich bin kein Spitzel, Mann. Ich hab meine Freunde noch nie verpfiffen. Diese Ärsche vom ATF haben mich wegen einer Drogensache rangekriegt und erpreßt – okay, prima, dann bin ich eben im Arsch, gut. Toll. Aber das war's dann auch schon.«

Banish nickte und sagte wieder: »Hundert Dollar.«
»Moment, Moment, Moment«, sagte der Mann und schluckte seine Aggressionen herunter. »Hören Sie zu. Hören Sie mir einfach zu, okay? Wissen Sie, was die mit mir machen, wenn die dahinterkommen, daß ich hier drin gewesen bin? Die schneiden mir, verdammt noch mal, die beschissene Zunge ab, Mann.«
Banish schüttelte den Kopf. »Sie wissen genausogut wie ich, daß Sie mit mehr Respekt behandelt werden als je zuvor, wenn Sie wieder von diesem Berg runterkommen. Sie haben einen FBI-Agenten angegriffen. Sie und Ihr ahnungsloser Freund in dem anderen Zelt werden als große Helden gefeiert, wenn wir euch wieder laufenlassen.«
»Scheiß doch drauf, Mann.« Er war wieder erregt und bissig. Vertrat seine Sache. »Die wissen Bescheid. Irgendwer quatscht, und die wissen sofort Bescheid. Ich weiß, daß sie's wissen. So sieht das hier für mich aus. Was ich auch mache, ich bin der Dumme. Aber ein Spitzel bin ich nicht, Mann. Ich spiel für keinen die Nutte. Man macht im Leben, was man tun muß, richtig? Man tut, was getan werden muß. Aber ich verkauf mich für niemand, Mann.«
Banish sagte wieder: »Hundert Dollar.«
Das Gesicht des Mannes wurde aschfahl, und wäre fast aufgesprungen, aber die FBI-Beamten stießen ihn zurück auf den Stuhl. »Leck mich doch!« schrie er, beinahe heulend. »Ich spiel für keinen die Nutte, du beschissener warmer Niggerfreund, du gottverdammte Bundesschwuchtel!«
Banish rührte sich nicht, musterte den Mann scharf, beobachtete, wie die dunklen Augen aus dem Gesicht starrten, seine schmale Brust sich mit tiefen Atemzügen hob und senkte. Banish sah den hinter ihm stehenden Beamten an. »Fünfundsiebzig Dollar«, sagte er.

»Oh, Mann«, jammerte der Informant kleinlaut. »Leck mich doch, Mann!«
Banish sagte: »Fünfzig.«
»Warte doch gottverdammt mal«, sagte der Mann, hielt jetzt abwehrend die Hände vor sich, hatte die Augen geschlossen. »Warte. Warte doch mal einen gottverdammten Moment, ja?« Er schlug die Augen wieder auf, schaute sich um. »Was zum Henker geht hier eigentlich ab, Mann? Was zum Henker soll das? Das ATF hat gesagt, ihr würdet mich anständig versorgen, so wie sie auch.«
»Wieviel war das?«
»Dreihundert Mäuse.«
»Nein«, sagte Banish kategorisch. »Was haben Sie dafür geliefert?«
»Ables, Mann«, sagte er, immer noch verbittert und unsicher, jetzt aber nach mehr Geld angelnd. »Die haben jemanden gesucht, den sie kaufen konnten. Verstehen Sie, die wollten mich kaufen, ihn kaufen, um an die Leute an der Spitze ranzukommen.«
»Aber Ables hat nicht mitgespielt.«
»Und sehen Sie nur, was ihm das eingebracht hat. Ich sag's Ihnen, Mann, die haben mich an den Eiern wie das letzte Arschloch –«
»Warum Ables?«
»Woher soll ich das wissen, Mann? Jemand, der draußen war, gleichzeitig aber auch drin. Die waren scharf auf ihn, schätze ich.«
»Was meinen Sie damit?«
»Die waren sauer auf ihn. Die wollten ihn – was weiß ich denn. Ich hab gesagt, ich könnte an seinen Truck rankommen, und sie haben mir eine Kanone gegeben, die ich ihm unterjubeln sollte.«
»Eine Beretta Maschinenpistole«, sagte Banish.
Der Mann nickte. »Und sie haben gesagt, das wär dann

mein letzter Job. Das ist zwei verdammte Jobs her, diese Scheiße hier mitgerechnet. Also haben die mich an den Eiern, richtig? Also stecke ich bis über beide Ohren drin, richtig? Also, leckt mich doch, ihr Arschlöcher! Ich spiele für euch nicht die Nutte, Mann!«

Nach einer Weile sprach Banish wieder. »Nein«, sagte er und nickte langsam. »Sie sind die Nutte des ATF.« Er sah den Beamten an. »Gebt ihm hundert Dollar, grillt den anderen noch eine Stunde, dann laßt beide wieder laufen.«

Banish wartete auf weitere Beschimpfungen. Der Informant atmete protestierend tief aus, dann schaute er zur Seite. Er sah mitgenommen aus, die Lippen bewegten sich beinahe lautlos, als er verbittert vor sich hin fluchte. Dann kreuzte er die tätowierten Arme auf dem Tisch. Er legte den Kopf darauf.

Banish fragte sich, warum er zugelassen hatte, daß es so häßlich wurde. Er sah den Mann an, der mit dem Kopf auf dem Tisch lag, dann drehte er sich um und trat an Perkins vorbei in das kalte Tageslicht der Lichtung.

Büro

Als er das Büro betrat, stand Coyle hinter dem Schreibtisch und wühlte in den Papieren. Sie spürte, daß jemand hereingekommen war, trat zu heftig zurück und sah dann, daß es Banish war. Schock stand ihr ins Gesicht geschrieben, dann Verlegenheit und schließlich ihr schlechtes Gewissen.

»Was machen Sie da?« fragte Banish näherkommend.

Sie zeigte auf den Schreibtisch. »Es war offen«, sagte sie und sich zusammenreißend, gab sie sich als Entschuldigung für ihre Neugier verwirrt. »Ein Gedicht«, sagte sie.

Es durchzuckte ihn. Er hatte sein Notizbuch aufgeschlagen auf dem Schreibtisch liegen lassen.

»Kein Gedicht«, erklärte er und trat einen Schritt vor. »Eine Fingerübung. Es schärft den Verstand.«
Er hörte seinen defensiven Tonfall und spürte, wie sie reagierte. »›Das Hornissennest‹«, sagte sie. »Es ist über diese Sache hier, stimmt's?« Ihr Gesicht, das von kurzgeschnittenen Haaren umrahmt war und faltig von den Tagen auf dem Berg, verlor für den flüchtigen Augenblick, als sie dies entdeckte, den Ausdruck der Erschöpfung. »Diese Worte«, sagte sie, »diese Bilder –«
Banish blieb standhaft. »Haben Sie was Bestimmtes gesucht?« fragte er.
Sie sprudelte über. »Sondereinsatzmitteilungen aus Seattle. Und kleinere Lieferungen von Ausrüstungsgegenständen.«
»Und? Haben Sie es gefunden?«
Sie hielt zwei Blatt Papier in der Hand. Sie schaute auf und musterte vom anderen Ende des Raums Banishs Gesicht, dann senkte sie den Blick. Sie machte sich auf den langen Weg aus seinem Büro. Ohne aufzusehen ging sie an ihm vorbei und durch den Segeltucheingang hinaus.
Sheriff Blood hätte sie fast über den Haufen gerannt, als er mit einem Stoß Zeitungen unter dem Arm hereinkam. Er drehte sich um und schaute ihr nach, tippte hinter ihr grüßend an den Hut. Banish erreichte seinen Schreibtisch, bevor Blood dort war, schlug das Notizbuch zu und brachte das eine oder andere in Ordnung. Er wäre lieber Blood an diesem Tag aus dem Weg gegangen. Er wollte sich keiner Diskussion über die vorangegangene Nacht aussetzen.
Blood lud die Zeitungen auf dem Schreibtisch ab. »Haben Sie die Pressekonferenz gesehen?« fragte er. Banish nickte knapp. »Es wird ziemlich unfreundlich da unten.«
»Nähere Einzelheiten wären mir lieber«, sagte Banish.
»Nun, wegen einer Nichtigkeit habt ihr ein zwölfjähriges

Mädchen getötet. So heißt es da unten. Mit ihr ist jeder hier oben gemeint. Ihr habt sie umgebracht, um euch an Ables zu rächen, und jetzt werdet ihr seine Familie einen nach dem anderen abknallen, nur um an ihn heranzukommen. Beziehungsweise bis die Demonstranten an euch herankommen.«

Banish hatte nichts anderes erwartet. »Nur leeres Gerede?«

Blood zuckte mit den Achseln. Er war überrascht. »Zwei Meldungen habe ich heute morgen über den Funk in meinem Wagen reinbekommen«, sagte er. »Der Besitzer des Sportartikelgeschäfts Huddleston Sporting Goods hat angerufen, um mir rein informationshalber mitzuteilen, daß er heute morgen innerhalb einer Stunde nach Ladenöffnung seinen gesamten Bestand an Batterien, Taschenlampen, Camping- und Jagdausrüstungen und solchen Dingen ausverkauft hat. Alles weg.«

»Hat das Zeug an Truth-Mitglieder verkauft«, sagte Banish.

Blood hob die Augenbrauen. »Auch an einige Einheimische. Er verkauft natürlich an jeden, der kaufen will, das ist sein Geschäft. Aber er hat es doch für wichtig genug gehalten, es mir mitzuteilen. Danach habe ich einen Anruf des Bankdirektors drüben im Huddleston Dime erhalten. Zwei Männer sind kurz nach Öffnung reingekommen und haben sich fünfzehntausend Dollar in Pennies und Nickels wechseln lassen.«

»Zwei Männer?«

»Zwei glatzköpfige Männer«, sagte Blood. »Fünfzehntausend Dollar in Scheinen. Aber das war noch nicht alles. Er hat gesagt, die Leute stünden Schlange an seinen Kassen, ganz normale Einwohner, und würden ihre gesamten Einlagen abheben. Sie lösen sogar Sparbriefe mit langen Laufzeiten auf und akzeptieren zwanzig Prozent Vorschußzin-

sen. Sie wollen das Geld sofort, und sie wollen es in bar.«
Banish sah ihn an. »Und was bedeutet das?«
»Ich hatte gehofft, das könnten Sie mir sagen. Mir kommen dabei natürlich sofort Survivalists in den Kopf. Mit denen haben wir hier schon einiges erlebt. Das kommt in Wellen. Weltuntergangsstimmung und so weiter. Aber wozu die Eile, das kann ich auch nicht sagen. Könnte sein, daß die Leute den Tod des Mädchens als so was wie ein Fanal ansehen.«
»Aber die Demonstranten da unten«, sagte Banish. »Die sind stabil.«
»Stabil, weil sie immer noch nicht organisiert sind, jeder was anderes zu meckern hat und alle unterschiedliche Ansichten haben. Aber falls der Mob sich zusammentun sollte«, sagte Blood und schüttelte den Kopf, »dann könnten diese Leute alles hier oben überrennen. Und wenn es dazu kommt, dann ist die Deckung durch die Bäume, meine ich, von Vorteil für sie. Wollen Sie sie nicht noch etwas weiter zurückdrängen?«
»Dafür ist es zu spät. Das würde sie nur noch mißtrauischer machen. Wo sie jetzt sind, haben wir sie unter Kontrolle.«
»Alles kann man nicht kontrollieren«, sagte Blood und nahm eine dünne, knallig bunte Zeitung im Magazinformat von dem Stapel auf dem Schreibtisch. »Selbst die Boulevardblätter haben es schon aufgegriffen. ›Geheimnisvoller Bergbewohner vereitelt Festnahme durch FBI‹«, las er vor. »Sie haben angefangen, ihn ›Grizzly Ables‹ zu nennen. Hier, man bringt sogar UFOs ins Spiel.«
Banish studierte seine Akten.
»Ich weiß nicht«, fuhr Blood fort und schlug die Zeitung auf. »Die Leute hier aus der Gegend nehmen so was ziemlich ernst. Wenn es in der Zeitung steht, dann akzeptieren sie es als Wahrheit. Man fragt sich allerdings schon, welche

Quellen diese Reporter haben.« Er begann wieder, Auszüge vorzulesen. »›Andererseits fragen inzwischen Beobachter dieser Konfrontation, durch die eine Familie auseinandergerissen wird, warum die Bundesbehörden die Verantwortung für diese verfahrene Situation – die inzwischen als einer der größten polizeilichen Einsätze außerhalb von Katastrophenfällen angesehen wird, der jemals auf amerikanischem Boden stattgefunden hat – in die Hände eines geheimnisvollen Bundesagenten gelegt haben, der selbst für kriminelle Gewalttätigkeit bekannt ist.‹«

Banish hielt inne und erstarrte. Eine eiskalte Hand legte sich um seine Brust. Er senkte den Blick und stierte auf einen Punkt ins Nichts, während Blood fortfuhr.

»›Der langjährige FBI-Agent John T. Banish erhielt im Februar 1991 ein Bußgeld in Höhe von 1200 Dollar wegen Trunkenheit und Randalierens während eines Fluges von Washington D.C. nach New York am Thanksgiving Day 1990. Aufgrund eines teilweisen Schuldeingeständnisses wurden schwerwiegendere Anklagepunkte wie Körperverletzung und terroristische Drohungen fallengelassen. ‚Er ist einfach durchgedreht', berichtete ein nicht näher genanntes Besatzungsmitglied dieses Fluges. ‚Er hat mir ein Auge blau geschlagen, als ich mich weigerte, ihm noch mehr Alkohol zu servieren. Er war sehr betrunken und wedelte mit seiner Dienstmarke herum.'

Banish war im übrigen der verantwortliche FBI-Beamte bei der Geiselnahme im World Financial Center, in deren Verlauf drei Menschen starben.

Aus Unterlagen des New Yorker Bezirksgerichts geht hervor, daß seine Frau und Tochter Banish im April 1991 per Gerichtsbeschluß jede Kontaktaufnahme zu ihnen untersagten. Seitdem haben sie alle neunzig Tage diese Anordnung erneuern lassen und leben bis zum heutigen Tag von

ihm getrennt. ‚Er ist krank', sagte eine der Familie nahestehende Person. ‚John ist sehr gefährlich.'«
Blood hörte auf zu lesen und schlug die Zeitung zu.
Banish blieb still. Kummer verzerrte sein Gesicht, und er richtete sich so gut es ging auf, um eine steife Hand in die Hosentasche gleiten zu lassen.
»Na gut«, sagte er.
Blood legte das Boulevardblatt zurück. Mitanzusehen, wie Banish sich langsam wand, war seine Rache für die vergangene Nacht.
Es war, als hätte Banish den eigenen Nachruf vorgelesen bekommen. In diesem Augenblick wurde ihm klar, daß man sich so an ihn erinnern würde. Dies war die Summe seines Lebens. Flammen des Bedauerns loderten in seinem Bauch, aber es waren keine unbekannten Flammen, es war etwas unaufhörlich Tobendes, das selbst durch Banishs gewaltigen Durst nie ganz gelöscht werden konnte.
»Na gut«, sagte er wieder.
Blood sagte: »Irgend etwas ist mit Ihnen letzte Nacht im Wald passiert.«
Banish nickte. »Klar«, sagte er.
Er war sicher, daß es zu keinem Gespräch kommen würde. Das brachte ihm nichts. Reden war sein Beruf, und er kannte besser als jeder andere die Grenzen. Mit Reden gelangte man immer nur bis an einen bestimmten Punkt, und dort war Banish bereits gewesen und war wieder zurückgekommen und war jetzt hier.
Er sah zu Boden. »Wir werden Angehörigen und Freunden einzeln erlauben heraufzukommen und Nachrichten an die Familie aufzuzeichnen«, sagte er. »Die Botschaften, die eindringlich zur Kapitulation und auf eine friedliche Lösung drängen, werden zur Blockhütte übermittelt. Die anderen nicht. Es gibt keine direkten Unterhaltungen.«

Er fand seinen Stuhl und schaffte es, sich hinter den Schreibtisch zu setzen und so zu tun, als wolle er arbeiten. Blood sagte: »Das ist nur recht und billig«, aber Banish reagierte nicht, schaute nicht einmal kurz bestätigend auf. Blood drehte sich daraufhin um und ging, ohne darum gebeten werden zu müssen.

Wieder allein, erlaubte sich Banish, erneut ins Leere zu starren, auf einen bestimmten Punkt irgendwo jenseits seines Bewußtseins. Das Telefon stand direkt neben ihm auf dem Schreibtisch. Er erinnerte sich an die wenigen Male während der letzten zwei Jahre, die absoluten Tiefpunkte, an denen er die Nummer in Cincinnati gewählt hatte, nur um eine vertraute weibliche Stimme »Hallo« sagen zu hören. Beim letzten Mal, im Anschluß an ein sich in die Länge ziehendes Schweigen auf beiden Seiten, hatte Molly ängstlich »John?« gesagt und dann aufgelegt. Er stellte sie sich in einem langen Nachthemd vor, wie sie von dem Telefon in der dunklen Küche zurücktrat, es ansah und sich fragte, ob es wieder klingeln würde. Kurze, stufig geschnittene Haare, heller als früher, wie auf den Hunderten verschiedener Fotos, die in seinem Auftrag geschossen worden waren. Ihre linke Hand neben dem Mund. Der Granat ihrer Mutter war der einzige Ring, den sie noch trug.

Er tastete nach dem breiten Ehering an seinem Finger. Er stellte sich Nicole in weißem Hochzeitskleid und Schleier vor. Er konnte nicht sehen, wie sie lächelte. Trotz der zahlreichen Photographien war das Gesicht seiner einzigen Tochter plötzlich unscharf. Er konnte es nicht heraufbeschwören. So sehr er es versuchte, es gelang ihm nicht, sein Bild von ihr dazu zu bewegen, die spitzenbedeckten Arme zu heben und den Schleier zu lüften.

Operationsbasis

Fagin ging von dem Laster der Heilsarmee weg, ein Tablett mit einer heißen Mahlzeit in der Hand. Er bekam an diesem Abend als einer der letzten das Essen. Ein Feuer knisterte laut auf dem freigeräumten Bereich vor den Caravans, und dort aßen die meisten Marshals und FBI-Beamten den faden Fraß. An einem einzelnen Campingtisch etwas abseits der anderen sah er einen Mann, der allein aß. Dorthin ging Fagin.

Banish schaute nicht auf, als Fagin sein Tablett abstellte. Eine Scheibe dickkrustiges Brot mit kleingeschnittenem Rinderfleisch in einer dünnen, klumpig braunen Sauce, ein Löffel Bohnen, die sich immer noch in einer Vertiefung des Tellers bewegten, ein Becher schwefelfarbiger Bouillon und ein kleines, viereckiges Stück Maisbrot.

Fagin sagte: »Scheiße auf einem Stück Pappe. Himmel!«

Banish richtete sich nun ein wenig auf, da er ihn nicht länger ignorieren konnte. Er saß tief über seinen Teller gebeugt, aß so mechanisch wie ein Junge in den letzten Tagen seiner Grundausbildung, als vom Feuer leises Lachen herüberwehte.

»Hätte nicht gedacht, daß Sie Ihr Okay zu einem Feuer geben«, meinte Fagin mit vollem Mund und gestikulierte mit der Gabel.

Banish schluckte, starrte immer noch auf sein Essen. »Gibt nichts, was dagegen spricht«, sagte er. »Gut für die Moral. Nach sechs Tagen ist Erschöpfung ein wichtiger Faktor.«

»Ja«, sagte Fagin. »Sechs beschissene Tage. Dies World Financial Center-Ding, wie lange hat das gedauert?«

»Das hat eine Nacht gedauert.«

Ein FBI-Beamter brachte Banish Unterlagen. Er ging sie kurz durch und setzte seine Initialen auf jede Seite. An-

schließend widmete er sich wieder seinem Teller und machte sich über die Bohnen her.
Fagin sagte: »Und? Sind Sie verheiratet?«
Banish hörte auf zu kauen. Er starrte auf den Tisch. »Sie lesen keine Zeitung?« fragte er.
Fagin grinste bestätigend. Er bearbeitete das Fleisch mit dem Messer. »Getrennt lebend oder geschieden?«
»Ich warte auf die Annullierung.«
»Aha, ein Katholik.« Fagin nickte. Das hatte er schon lange vermutet. »Komisch, weil Sie mir nicht wie der Typ vorkommen, der heiratet. Und doppelt komisch, weil, ich schätze, man kann das so sagen, meine eigene Ehe jetzt auch an einem gottverdammten Faden hängt.«
»Vielleicht liegt's an Ihrer Ausdrucksweise«, meinte Banish.
»Nein«, erwiderte Fagin, »das mag sie an mir.«
Ein Lächeln spielte über sein Gesicht, und da kapitulierte selbst Banish und bleckte gezwungen die Zähne. Fagin schüttelte amüsiert den Kopf, sah dann wieder sein Essen an und hatte endgültig die Nase voll davon, ließ Gabel und Messer auf den Blechteller fallen und schob das Zeug bis auf das Maisbrot fort. Gottverdammt ekelhaft.
»Kennengelernt haben wir uns bei einem Spiel der Dodgers«, sagte er. »Sie hat bei denen in der Verwaltung gearbeitet, macht sie immer noch.« Er schaute zum Berggipfel auf, der in den letzten Strahlen der untergehenden Sonne orangefarben glühte. »Heute ist übrigens unser siebter Hochzeitstag. Ja«, er nickte. »Ich denke, ich verbringe ihn auf einem Baum. Sitze oben in den Ästen und richte ein Präzisionsgewehr auf irgend so einen beschissenen Kerl, den ich nicht mal kenne und der sich in einer miesen, kleinen Hütte auf der Spitze eines beschissenen Berges mitten im gottverlassenen, beschissenen Montana verkrochen hat.«
Er schüttelte angewidert langsam den Kopf und wischte

eine schon saubere Hand an der Uniform ab. Er wollte ausspucken, konnte es aber nicht vom Tisch aus. Es war seine Kinderstube. »Jetzt will sie die Scheidung«, sagte er. »Sie ist ein paar Jahre jünger als ich. Sie ist weiß. Das bringt mir eine Menge Scheiße ein. Aber wer weiß? Ich bin nicht oft zu Hause. Sie wissen ja selbst, wie's so ist, der Job und alles. Vielleicht bumst sie ja mit einem Baseballspieler.«
Dann senkte er den Blick, meinte, zu weit gegangen zu sein. Er wollte nicht schwach wirken. »Vielleicht«, fügte er trocken hinzu. Er konzentrierte sich auf einen Finger der rechten Hand, seinen Schußfinger, trocken und rosa auf der Unterseite, rieb ihn, als wollte er irgend etwas abkriegen. »Ich brauche später ein Amt nach draußen.«
Banish sah zu ihm hinüber. »Okay«, sagte er.
Fagin nickte, schaute dann wieder auf und hob die Augen zum Himmel. »Was ist mit diesen beschissenen Sternen los?« sagte er, nur um das Thema zu wechseln. »Jesus. Genau wie in Las Vegas.«
Banish nickte. »Man gewöhnt sich dran.«
Das Feuer knisterte und knackte laut, und beide sahen nun aufmerksam dorthin. Die lodernden Flammen hatten einiges an Kraft verloren, es stieg jetzt mehr weißer Rauch auf als zuvor. Zu diesem Zeitpunkt drückten sich Fagins Männer offensichtlich noch dort herum, waren mit dem Essen fertig und quatschten einfach miteinander, sie trieben sich am Feuer herum, um die Zeit totzuschlagen und die unvermeidliche Rückkehr zum Dienst so lange wie möglich hinauszuzögern. Fagin ließ sie. Das Lagerfeuer war alles, was ihnen dieser Samstagabend zu bieten hatte, und er wollte, daß seine Männer wenigstens das bekamen.
Dann sah er den jungen Polizisten am Feuer vorbei und allein zu den Verpflegungswagen hinüber gehen. Er bemerkte, daß auch Banish den Polizisten sah, sich dann aber schnell wieder zum Tisch umdrehte. Er schien wü-

tend zu sein, vielleicht auch etwas überrascht. Dann schien er noch einmal darüber nachzudenken oder auch etwas völlig anderes zu überlegen. Nach und nach wurden seine Augen schwerer, während er auf den Tisch starrte. Vielleicht tat ihm sogar irgend etwas leid. Es war ein merkwürdiger Ausdruck bei einem Mann wie Banish.
»Dieser junge Grünschnabel«, sagte Fagin und deutete kurz mit dem Kinn auf ihn. »Wie heißt er noch gleich?«
Banish sah auf seinen Teller. »Ich glaube, Kearney«, erwiderte er.
Fagin nickte. »Dazu kann ich Ihnen eine Geschichte erzählen. Die Kurzversion lautet: Ein paar meiner Männer haben gestern abend beim Essen über euch FBI-ler gelästert und auch darüber, wie Sie selbst die Dinge hier anpacken. War nur Gerede, verstehen Sie?« Fagin beugte sich vor, deutete auf das Feuer und grinste breit. »Unser Kearney hier war der einzige, der für Sie eingetreten ist. Trotz all der hochrangigen Beamten hier auf dem Berg war er der einzige, der bereit war, sich mit der gesamten stahlfressenden, beinharten Einsatzgruppe des Marshals Service anzulegen. Ein Verkehrsbulle aus North Dummfick. Ich weiß nicht – entweder hat er Mumm oder er ist einfach nur strohdoof. Was meinen Sie?«
Banish antwortete nichts. Er starrte auf das Stück Maisbrot, das auf seinem Teller liegengeblieben war. Er schien es sich aufgehoben zu haben, aber jetzt sah er so aus, als wolle er es nicht mehr.
Fagin wollte schon fragen, ob er es haben könne, als eine FBI-Beamtin zu Banish gerannt kam. Sie hieß Coyle, die Bibliothekarin aus dem Kommandozelt.
»Sir«, platzte sie heraus. »Agent Banish. Wir haben ein Sendesignal von der Bergspitze und eine Stimme über CB-Funk reinbekommen. Ich glaube, es ist Ables, Sir. Er sagt, er will mit Ihnen sprechen.«

Kommandozelt

Banish ging hinein, Coyle vor, Fagin hinter ihm. Perkins befand sich bereits bei den anderen Beamten des Kommandozelts und einigen Technikern, die um das CB-Funkgerät auf dem Tisch mit der Telefonanlage herumstanden.
»Das Tonband einschalten«, befahl Banish einem von ihnen, einem anderen: »Sie schreiben alles mit.« Der Techniker machte sich an der Verkabelung des CB-Funkgeräts zu schaffen, während sich der Agent Block und Kugelschreiber schnappte. Banish sah zu Perkins hinüber und sagte: »Sind wir sicher, daß er es ist?« und Perkins wollte das gerade bestätigen, als ein statisches Rauschen aus dem CB-Funk kam, dann die Stimme.
»Watson. Ich weiß, daß Sie da draußen sind.«
Sie war rauchig und hatte einen geringfügigen, nicht übermäßig starken Akzent. Banish leckte sich über die trockenen Lippen, beobachtete, wie die Beamten um das CB-Funkgerät schwirrten. Es war ein allgemein zugänglicher Kanal und deshalb nicht sicher. Das ganze County konnte mithören, aber es war bereits zuviel Zeit verstrichen, und Banish mußte jetzt mit Ables reden. Ihm war klar, daß er hier eine Nummer für zwei unterschiedliche Publikumskreise abziehen mußte.
Im Zelt herrschte respektvolle Stille. Er bereitete sich mental vor, während er dem Techniker bei der Arbeit zuschaute. Banish überdachte einige Fragen, die unbedingt gestellt werden mußten und legte sich eine grobe, vorläufige Strategie zurecht. Ables erwischte ihn zwar überraschend, aber nicht unvorbereitet. Der Techniker schaltete den Recorder ein, und die Spulen begannen sich zu drehen. Er machte Platz. Banish setzte sich und nahm das Mikro in die Hand, drückte auf die Sprechtaste.
»Hier spricht Special Agent Watson«, sagte er. »Mr. Ables?«

Wieder die Stimme. »Watson.«
»Mr. Ables. Geht es allen bei Ihnen da oben gut? Sie sollen zuallererst wissen, daß uns vor allem anderen die Sicherheit Ihrer Familie am Herzen liegt.«
Keine Antwort. Nichts über CB außer dem Knistern der Funkstille.
»Was ist mit Mr. Mellis?« fragte Banish.
»Keine Angst. Er hat es gesund und wohlbehalten zurück geschafft. Wir sind alle hier.«
Hart wie Ziegelmauern. Banish legte los.
»Mr. Ables, hören Sie zu. Ich bin nicht verletzt worden und ebensowenig der County Sheriff, der mit mir zusammen war. Jetzt möchte ich gemeinsam mit Ihnen eine Lösung finden, um diese Sache so bald wie möglich zu beenden, bevor noch jemand, auf welcher Seite auch immer, übermäßig nervös wird und es Verluste gibt.«
Ables sagte: »Ist schon passiert.«
Banish sagte: »Wir sind uns immer noch nicht völlig im klaren, was dem Marshal zugestoßen ist.« Es war das Anbieten von Alternativen – Banish sondierte bei Ables. Ein isolierter Täter konnte oft durch einfache Suggestion dazu verleitet werden, das zu glauben, was er glauben wollte, selbst wenn das der offensichtlichen Wahrheit, der er sich gegenüber sah, widersprach.
Ables sagte: »Ich rede von meiner Judith.«
Banish schaute auf. Er sah, wie sich die Tonbandspulen langsam drehten, schaute dann kurz neben sich und entdeckte Fagin. Fagin sagte einfach: »Scheiße.«
Banish konzentrierte sich wieder auf den CB-Funk, drückte den Schalter nach unten. »Genau so etwas will ich zukünftig vermeiden, Mr. Ables. Genaugenommen habe ich mich jedoch auf zukünftige Anklagepunkte bezogen, die gegen Sie vorgebracht werden könnten.«
Zum ersten Mal hob sich Ables' tonlose Stimme. »Vor die-

sen jüdischen Gerichten bekomme ich niemals einen fairen Prozeß«, sagte er.

»Mr. Ables, ich habe weder Einfluß auf ihren augenblicklichen Fall, noch eine Meinung dazu. Ich bin lediglich hier, um dafür zu sorgen, daß Sie schnellstmöglich den zuständigen Behörden übergeben werden.«

»Was soll das?« sagte Ables, als hätte er nicht richtig gehört. »Ihr da draußen seid doch die Behörden. Ihr seid doch das FBI. Ihr habt Befehl, mich zu erschießen und zu töten. Das ist doch alles ein einziges großes Kartell der Freiheitsunterdrückung, das aus dem Osten hierherkommt. Ihr seid hier die Mörder.«

»Mr. Ables, ich möchte Ihnen sagen, daß wir die anfängliche Auseinandersetzung und das anschließende schwere Schicksal, das Ihnen und Ihrer Familie widerfahren ist, bedauern, aufrichtig bedauern –«

»Ich lege keinen Wert auf deine Worte, Watson. Hör mir jetzt zu, Telefon-Bulle. Red nicht über meine Tochter.«

»Mr. Ables –«

»Halt's Maul. Sprich nicht mit mir über Judith, Watson. Halt einfach dein Maul da draußen und hör zu. Ich verrate dir jetzt, wieso ich überhaupt mit dir rede. Ihr stinkenden Hurensöhne lügt. Ihr redet und redet doppelzüngiges Zeug, und alles sind nur Lügen. Glaubst du, ich würde jetzt auf dich hören? Ich hab ein Radio hier oben. Ich weiß, wie ich da genannt werde. Man nennt mich einen Kinderschänder. Ich kann jede Station einstellen, die's gibt. Ich hör's wieder und wieder.«

Banish schloß erneut die Augen. Er spürte, daß Perkins hinter ihm stand, aber es war nicht der Mühe wert, sich umzudrehen.

Ables redete weiter. »Ihr dreckigen Saukerle. So wollt ihr mich hier rauslocken. Ihr ebnet euch den Weg für den tödlichen Schuß. Ihr, ihr Kindermörder, ihr nennt mich krank –«

»Mr. Ables«, sagte Banish, »das FBI glaubt nicht, weiß nicht und hat auch keinen Anlaß zu der Vermutung, daß Sie irgendeine strafbare oder unmoralische Handlung gegenüber Ihrer Familie begangen haben.«

»Ich habe ein Radio«, sagte Ables.

»Mr. Ables – Sie müssen die Situation hier unten verstehen. Ich bin auch nur ein Mensch. Wenn Sie nicht mit mir reden, dann haben andere hier eine Aufgabe zu erledigen, müssen versuchen, Sie dazu zu bewegen, Ihre Familie zu verlassen und herauszukommen, und auf das Handeln dieser anderen habe ich keinerlei Einfluß mehr.«

»Dann holen Sie mir jemanden, der das kann. Geben Sie mir den Dreckskerl, der mich einen Kinderschänder genannt hat.«

»Nein, Mr. Ables – dadurch daß Sie jetzt mit mir reden, habe ich einen gewissen Spielraum hier. Wenn wir Fortschritte machen und durch einen Dialog gemeinsam einer Lösung näherkommen, Sie und ich, dann kann diese ganze Geschichte erheblich glatter und sicherer weitergehen. Genau deshalb macht es mir ja auch Mut, daß Sie sich schließlich mit mir in Verbindung gesetzt haben. Warum haben Sie das Telefon nicht ins Haus geholt, Mr. Ables?« Banish versuchte, die Kontrolle über das Gespräch zurückzugewinnen.

Ables sagte: »Wenn ich den Fuß aus diesem Haus setze, knallt ihr mich doch sofort ab. Das habt ihr schon bewiesen.«

»Mr. Ables – wenn Sie mir Ihr Wort geben, daß meinen Männern nichts passiert, bringen sie Ihnen das Telefon bis vor die Haustür –«

»Ich gebe dir gar nichts, Watson, und sobald irgendwer einen Schritt auf meine Veranda macht, ist das sein letzter Schritt. Ich hab schon viel zuviel geredet. Ich weiß genau, warum ihr mich am Telefon haben wollt. Damit kein anderer mithören kann. Das ist doch oberfaul. Und dir soll ich vertrauen …«

Banish hielt den Mund, versuchte sein Glück, die Unterhaltung hinauszuzögern. Die Fehler von New York City waren ihm schmerzlich bewußt. »Ich möchte allerdings, daß Sie mir vertrauen, Mr. Ables. Und ich hätte gern eine Chance, Ihnen das zu beweisen. Gibt es irgend etwas, das ich Ihnen im Augenblick besorgen kann, irgend etwas, das Sie brauchen? Lebensmittel und Wasser müssen inzwischen doch recht knapp bei Ihnen geworden sein. Ich denke ganz besonders an den Säugling – frische Windeln, Babynahrung?«

»Ihr habt irgendwas ins Essen gemischt und das Wasser vergiftet. Und ohne Gegenleistung gibst du mir sowieso nichts. Ich weiß doch Bescheid, was hier los ist. Ich hab jetzt nichts mehr zu sagen. Ich will nur, daß ihr alle einfach geht und mich und meine Familie in Ruhe laßt.«

Banish sagte: »Mr. Ables, wir können nicht gehen.«

Ables sagte: »Tja dann – ich auch nicht.«

Ein scharfes, metallisches Klicken, und dann nur noch Rauschen. Banish wägte kurz die Chancen ab, Ables wieder ans Funkgerät zu bekommen, dann verwarf er diesen Gedanken und legte das Mikro aus der Hand.

»Er ist schlau«, sagte er, lehnte sich zurück und nickte. »Darauf hat er schon sehr lange gewartet.«

Fagin sagte: »Der ist gottverdammt stinksauer, aber wie.«

»Er versucht, eine Schau abzuziehen. Er weiß, daß er da draußen ein Publikum hat, und er will seine Seite der Geschichte darstellen. Das ist gut. Das ist sehr gut. Zweimal hat er gesagt, daß er zuviel redet, trotzdem hat er weitergemacht. Und haben Sie gehört, wie er von einem Prozeß spricht? Er will da oben nicht sterben.« Banish deutete zuversichtlich auf das CB-Funkgerät. »Das war kein Todestrieb. Er denkt über seine Zukunft nach.«

»Aber kein Ultimatum«, sagte Fagin. »Keine Forderungen. Nichts Verhandelbares.«

»Er hat bei uns sondiert. Hat versucht, eine bessere Sicht auf die Dinge hier unten zu bekommen.«

Mit frischer Energie stand Banish auf. Er bemerkte Perkins, der wie üblich hinter jemandem stand und auf seine unnachahmliche Weise abtauchte. »Blöd«, sagte Banish. »Aber es hat ihn zum Reden gebracht. Er muß weiter überzeugt werden. Ich möchte die taktischen Maßnahmen intensivieren. Mehr Lärm, das Netz muß sich enger zusammenziehen. Scheinwerfer, die das Gelände abstreichen. Hubschrauber, die alle fünf Minuten über die Blockhütte dröhnen.« Er wandte sich an Coyle. »Setzen Sie jemanden rund um die Uhr an den CB-Funk hier, und halten Sie den Kanal frei. Wenn wieder etwas reinkommt, will ich umgehend verständigt werden.«

Er schaute sich im Zelt um. Das hier war ein Fortschritt, ein echter Fortschritt; die einleitenden Bauernopfer, das langsame Umeinanderherumtänzeln und Manövrieren begann sich schließlich auszuzahlen. Banish wanderte auf und ab. Er ermahnte sich, Geduld zu haben. Auch in dieser Nacht würde es wieder keinen Schlaf für ihn geben, zu viele Dinge, über die nachgedacht werden mußte, die neu überlegt, die vorbereitet sein wollten. Zu viele lose Enden, die es zu berücksichtigen galt. Er mußte raus aus diesen Zelten. Er mußte raus an die frische Luft und einen klaren Kopf bekommen.

Im Hinausgehen erwischte er Fagin. »Schicken Sie mir jemanden rüber, der mich ausrüstet«, sagte er. »Ich übernehme heute nacht eine Wache.«

Paradise Point

Banish kauerte auf den Knien in einer Rinne dreißig oder vierzig Meter unterhalb der Blockhütte. Alle Flutlichtscheinwerfer brannten, ein einzelner Suchscheinwerfer bestrich in der Ferne das Gewirr aus umgestürzten Bäumen und abgebrochenen Ästen, erhellte in ständig wechselnden, kreisförmigen Abschnitten die windschiefe Blockhütte, auf die ihrer aller Aufmerksamkeit gerichtet war. Der Abfall ihrer wenigen Tage dort – die Patronenhülsen, die angefressenen Hundekadaver, abgeschossene Äste, das Telefon – bedeckte das sich lichtende, leicht ansteigende Land dazwischen.

Er drehte sich um und lehnte sich mit dem Rücken zur Blockhütte gegen die Erdwand. Sein Funkgerät und ein 7 mm Remington-Gewehr lagen neben ihm auf dem Boden. Das Problem der verwesenden Hunde – was die Kojoten nicht bereits abgerissen und weggeschleppt hatten – ließ sich nicht lösen, nur durch etwas abschwächen, und Banish beschloß, er brauchte mehr davon. Er kramte ein kleines Glas Wick Vaporub heraus und schmierte einen reichlich bemessenen Gel-Schnurrbart über die tarnende Schminke auf seinem Gesicht.

Er war hinter und ein Stück links von dem Lautsprecher postiert. Die flehenden Stimmen, die er hörte, schienen von Geistern tief im Inneren des Waldes zu kommen.

Margie. Ich bin's, Mutter. Dein Vater ist hier bei mir, wir beten beide für dich. Margie – genug ist genug. Glenn, das gilt auch für dich. Kommt jetzt einfach runter. Es hat doch keinen Sinn mehr. Wir haben vier wunderbare Enkel, klein Amos mitgerechnet, den wir noch nie gesehen haben. Ihr könnt nirgendwohin, und dein Vater und ich können uns jetzt wirklich nicht vorstellen, worauf ihr da oben noch wartet. Das Leben der Kinder liegt in euren Händen. Kommt doch endlich zur Vernunft, ihr alle.

Um der Kinder willen. Ihr müßt dafür sorgen, daß sie in Sicherheit sind. Dann können wir uns um eine anständige Beerdigung für Judith kümmern.
Wieder Stille. Banish hörte einen Hubschrauber, der über den Bäumen nahte.
Marjorie. Charles. Ich bin's, euer Vater. Kommt nach Hause.
Der Hubschrauber dröhnte tief, zerriß die dünne Luft und ließ den Boden vibrieren. Abgestorbene Blätter wurden aufgewirbelt und fielen zu Dutzenden herunter, und die Baumkronen zitterten in seinem Luftsog.
Kearney tauchte am Rand der Böschung auf der anderen Seite der Rinne auf. Sein Gesicht war unter der Tarnschminke kaum zu erkennen, und er trug einen ausgeliehenen, zu großen Kampfanzug, kugelsichere Weste und Mütze. Banish schaute von seinem Platz zu ihm auf. Mit gespielter Härte sagte Kearney: »Sie wollten mich sprechen?« Aber es war für Banish offensichtlich, daß Kearney mehr als nur ein wenig nervös war.
»Sie kommen besser da runter«, sagte Banish.
Kearney schaute zur Blockhütte hinüber und bemerkte, daß er ein prächtiges Ziel abgab. Er sprang in die Rinne, und nachdem er einen Moment dort gestanden hatte, ging er in die Hocke und lehnte sich gegen die Erdwand Banish gegenüber. Er schaute sich um. Er schürzte ein wenig die Lippen, und seine Stirn furchte sich.
»Tote Hunde«, sagte Banish und warf ihm das Wick zu. Kearney sah das kleine Glas mißtrauisch an. Er schraubte den Deckel ab und schnupperte. Die Falten auf seiner Stirn verschwanden. »Unter die Nase«, sagte Banish. Kearney zog einen Handschuh aus und trug das Gel auf. Banish fragte: »Wie lange sind Sie schon verheiratet?«
Kearney schielte auf den goldenen Ehering an seinem nackten Finger, doch es gelang ihm, seine Reaktionen im großen und ganzen im Griff zu behalten.

»Fast ein Jahr jetzt«, gestand er.
»Keine Kinder?«
Kearney schüttelte den Kopf. »Eins unterwegs.«
»Sie haben den Ring versteckt, als ich Sie antreten ließ.«
»Jawohl, Sir.«
Banish nickte. »Vielleicht verstehen Sie jetzt, warum ich das getan habe. Das hier ist nicht der richtige Ort für einen Mann mit Frau und Kindern.«
»Jawohl, Sir.«
»Aber Sie wollten dabei sein«, sagte Banish. »Nichts hätte Sie davon abhalten können.«
»Ich vermute, das ist wohl so, Sir.«
Banish sah ihn an und nickte. »Was glauben Sie, warum ich Sie ausgesucht habe? Unter all den anderen.«
»Ich weiß es nicht, Sir.«
»Glauben Sie, es war etwas anderes als nur eine effiziente Art, die Zahl der Männer auf ein Minimum zu reduzieren?«
Kearney betrachtete ihn eine Weile. »Ich vermute, ich weiß es wirklich nicht, Sir.«
Banish versank in Grübeleien. Eine weitere körperlose Stimme aus dem Wald flehte die Bewohner der Blockhütte an. Banish schaute die dunkle Rinne hinauf und hinunter. »Genau hier war der Marshal postiert, als er erschossen wurde«, sagte er.
Kearney musterte ernst die Rinne und stellte das Glas Wick fort, seine weißen Augen waren voller Respekt.
Banish machte es sich an der harten Erdwand so bequem wie möglich. »Es gibt eine alte Tradition beim FBI«, sagte er. »Bei einer Observierung erzählt man sich Geschichten. Als ich angefangen habe, da waren es Hoover-Geschichten. Jeder kannte eine andere. J. Edgar Hoover war ein idiosynkratischer Mann, der nie geheiratet hatte, und sein Assistent, ein Nicht-Agent namens Clyde Tolson – nun,

die zwei waren ziemlich eng befreundet. Also gab es Gerede. Geschichten, wie man sie nur einem Kollegen erzählen kann, denn wenn man sie einem Außenstehenden erzählte, konnte es sehr gut sein, daß man seinen Namen eine Woche später bereits auf der Liste in der Schublade von irgendwem wiederfand.«

Banish verschränkte die Arme vor seiner Schutzweste. »Zu meiner Zeit war ich der erfolgreichste Unterhändler bei Geiselnahmen. Von 1979 bis 1990 habe ich die Position des Chief Negotiator bei der FBI-Außenstelle New York City bekleidet. In diesen elfeinhalb Jahren habe ich nie auch nur eine Geisel verloren, habe ich es jedes Mal geschafft, eine saubere Lösung herbeizuführen. Und wie? Verhandlung. Täuschung. Einschüchterung. Dinge, auf die ich heute nicht mehr besonders stolz bin. Meine erfolgreichste Taktik, die, für die ich in gewissen Kreisen wahrscheinlich vor allem bekannt bin, bestand darin, die Ehefrau, die Mutter, das Kind – wen auch immer –, irgendeinen nahen Verwandten des Geiselnehmers, zum Tatort zu bringen, ein paar persönliche Informationen aus ihnen herauszukitzeln und dann ans Telefon zu gehen und dem Täter gegenüber versteckte Andeutungen zu machen, was seiner Familie alles zustoßen könnte, wenn er sich nicht ergeben sollte. *Was auch immer nötig ist,* lautete mein Motto. Er nimmt eine Geisel, du nimmst eine Geisel. Mit allen erforderlichen Mitteln.

Ich war eine große Nummer und lieferte Ergebnisse, und das war alles, was interessierte. Niemand hat meine Methoden in Frage gestellt, ich am allerwenigsten. Nichts sonst zählte, solange die Aufgabe erledigt wurde. Damals habe ich ziemlich viel getrunken. Nie während der Arbeit, immer danach. Ein interessanter Aspekt einer Geiselnahme. Man kann anschließend nicht einfach so nach Hause gehen. Es folgt immer eine Ausfallzeit, in der man sich mit den anderen beteiligten Männer zusammensetzt und ein paar Gläschen kippt, um die Anspannung abzubauen, diesen Adrenalinspiegel, was immer es ist, um es sich ein für alle Male aus den Knochen zu spülen. Eine primitive Therapie, aber absolut notwendig, denn außer den Leuten, mit denen man es gemeinsam durchgezogen hat, gibt es keinen anderen Menschen, mit dem man seine Erfahrungen wirklich teilen kann. Deine Frau nicht. Deine Kinder nicht, dein Pfarrer nicht. Und in solchen Augenblicken habe ich wirklich Hof gehalten. Das waren aufregende Zeiten – berauschende Zeiten –, und ich vermute, am Ende habe ich nur noch dafür gelebt, Krise um Krise, Triumph um Triumph. Es war wie eine Droge, wieder und immer wieder. Damals war ich ganz oben im Spiel. Mit anderen Worten – ich war verdammt reif für einen tiefen Sturz.« Er nickte, überraschte sogar sich selbst mit seiner Offenheit. Alles erschien ihm jetzt so absolut klar. »Schon mal vom World Trade Center gehört?« fragte er.

Kearney nickte. »Habe Fotos gesehen. Da wo in New York diese Bombe hochgegangen ist.«

»Was ich Ihnen jetzt erzähle, ist fast drei Jahre vorher passiert. Das World Trade Center ist ein gewaltiger Komplex und besitzt zwei eigene Postleitzahlen. Jede Woche werden dort Millionen von Menschen durchgeschleust. Ein großer Gebäudekomplex mit Tunneln und Fußwegen. Es ist im World Financial Building passiert, das zwar auch zu dem Komplex gehört, aber neben den Zwillingstürmen liegt. An einem Dienstagabend Ende Juni. Es hatte stark geregnet, wie ich mich erinnere, und in Lower Manhattan direkt unten am Hudson stand die Vesey Street unter Wasser und schimmerte schwarz, als wir draußen vorfuhren. Ein kubanischer Staatsbürger hatte seine Frau und Tochter und siebenunddreißig andere Menschen im siebten Stock, dem Fixed Income Trading Floor eines der größten New

Yorker Brokerhäuser, als Geiseln genommen. Wir als Bundesbehörde wurden gerufen, weil man es anfangs für eine *Freies Kuba*-Aktion oder eine andere terroristische Straftat hielt. Erst später stellte sich heraus, daß es lediglich das unschöne Ende eines einfachen Ehekrachs war. Er gehörte zum Wartungspersonal des Gebäudes, ein untersetzter Bursche, der bereits seit über einem Jahr seine auf Kuba geborene Frau mißhandelt und kurz zuvor auch angefangen hatte, ihre zwölfjährige Tochter zu verprügeln. Deshalb und aus verschiedenen anderen Gründen war die Ehefrau über ihr Leben in Amerika sehr unglücklich und beschloß, mit dem Kind zurück zur Familie ihrer Mutter nach Kuba zu gehen. Auf dem Weg zum Flughafen faßte sie dann aus irgendeinem Grund den Entschluß, ihn kurz auf seiner Arbeitsstelle aufzusuchen und von ihren Absichten zu unterrichten. Die Tochter nahm sie mit. Zwei Polizeibeamte, die wegen einer Meldung über eine Ruhestörung in die Lobby des World Financial Building gekommen waren, wurden überwältigt. Der Kubaner nahm ihnen Waffen, chemische Keule und Wagenschlüssel ab, trat dann brüllend hinaus auf die Straße, holte die Schrotflinte aus dem Kofferraum des Streifenwagens, kehrte mit Frau und Tochter in das Gebäude zurück und fuhr in den siebten Stock, wo er die übrigen Geiseln nahm.
Von Anfang an war die Logistik unser größtes Problem. Die Geschäftsräume im siebten Stock waren praktisch ein einziges offenes, L-förmiges Footballfeld, zwei Stockwerke hoch, mit Reihen und Reihen von Schreibtischen, die durch weiße, rechteckige Säulen voneinander getrennt waren. Aus Sicherheitsgründen hielt der Fahrstuhl nach sechs Uhr abends nicht mehr dort, also kam man nur hinein, wenn man entweder eine Erlaubnis hatte – Kapitalmarkthändler holen Arbeit nach, wenn die Börsen geschlossen sind – oder aber ein Mann vom Wartungs-

personal mit den entsprechenden Schlüsseln war. Eine achte Etage gab es nicht. Es gab nur so etwas wie eine Galerie mit Schreibtischen und Büros über der Geschäftszone. Über eine Seitentreppe gelangte man dorthin. Diesen Zugang hatte er verbarrikadiert und behauptete, dort eine Bombe angebracht zu haben. Das war Unsinn, aber aus taktischen Gründen war es nicht möglich, gewaltsam einzudringen, da der obere Bereich praktisch von jedem Punkt der Geschäftszone darunter einsehbar war.
Eine Etage tiefer, im fünften Stock, befand sich dann das Equity Trading Floor, welches wiederum zwei Stockwerke hoch war und daher nicht in Frage kam, wenn es darum ging, sich Zugang durch die Decke zu verschaffen. Die Etage über dem Fixed Income Trading, also die neunte, das Public Finance Trading Floor, war nur ein Stockwerk hoch, aber für einen Einsatz viel zu weit vom siebten Stock entfernt. Selbst wenn wir den Boden durchbrochen hätten, hätte sich das Hostage Rescue Team ungeschützt und deutlich sichtbar durch einen zwölf Meter hohen Raum abseilen müssen.
Was es allerdings im siebten Stock gab, das waren Telefone. Hunderte von Telefonen, auf jedem Schreibtisch im gesamten Großraumbüro gleich mehrere. Wir richteten unten im fünften Stock eine Leitstelle ein und evakuierten und versiegelten sämtliche Etagen über der siebten. Inzwischen war es bereits später Abend, so daß die Evakuierung auch ruhig und glatt durchgeführt werden konnte. Ich hatte ihn sofort am Telefon. Nach nur einem Klingeln. Er war so erregt, daß er nicht mehr Englisch sprechen konnte, also haben wir mit einem Dolmetscher gearbeitet. Ich machte schnell Fortschritte, konnte im Austausch gegen Mahlzeiten, die er von einem kleinen kubanischen Restaurant in einer Seitenstraße der Fulton Street haben wollte, die Freilassung mehrerer Geiseln erreichen. Vorher

mußten wir allerdings den Eigentümer des Lokals in Bedford-Stuyvesant ausfindig machen und ihn überreden, mitten in der Nacht in sein Restaurant zu kommen und aufzumachen. Er sagte, der Täter habe seit über zwei Jahren jeden Tag bei ihm zu Mittag gegessen. Die Kellnerinnen kannten ihn alle mit Namen.

Die ganze Nacht über setzten wir die Verhandlungen fort. Im Austausch gegen weitere Geiseln sagte ich zu allem ja, was er haben wollte, während gleichzeitig Scharfschützen des Hostage Rescue Teams und Spezialisten des Sondereinsatzkommandos Stellung bezogen, im Treppenschacht Waffen und Männer postierten und daran arbeiteten, die Fahrstühle wieder in Betrieb zu nehmen. Schließlich hatte ich es geschafft, daß er nur noch dreizehn Geiseln in seiner Gewalt hatte, sieben Männer und sechs Frauen, einschließlich seiner Frau und seiner Tochter.

Der Täter war eindeutig geistig verwirrt. In der einen Minute verlangte er mit seiner Mutter auf Kuba zu sprechen, und in der nächsten wollte er Castro persönlich an die Strippe haben. Er war labil. Irgendwie war sein Leben sinnlos geworden, er fühlte sich ohnmächtig, und er sagte mehrere Male, er besitze nichts mehr, für das zu leben sich noch lohne. Das war meine größte Sorge. Man muß einem Geiselnehmer eine gewisse Verantwortung aufbürden, seinen Handlungen einen Sinn geben. Andernfalls kann ihn nichts mehr daran hindern, die Geiseln hinzurichten, und man hat ihn verloren. Ich erinnere mich noch, daß ich ihn an einem Punkt überzeugt habe, seine Frau ans Telefon zu holen. Ich weiß heute nicht mehr genau, was sie dem Dolmetscher gesagt hat, sehr wohl erinnere ich mich aber, daß sie weinte. Ich erinnere mich, daß sie betete.«

Banish unterbrach sich einen Augenblick und sammelte seine Gedanken.

»Das Problem mit normalen Telefonanschlüssen bei einer

Geiselnahme besteht darin, daß jeder anrufen kann. Dies war besonders besorgniserregend, weil wir in jüngster Zeit mehrere Fälle erlebt hatten, bei denen Fernsehreporter in der heißesten Phase die Geiselnehmer anriefen und Interviews haben wollten. Nur aus diesem Grund wollte ich bis auf einen Apparat sämtliche Telefone auf dem Fixed Income Trading Floor abschalten lassen. Mit diesem Vorschlag stieß ich bei drei Parteien auf zähen Widerstand. Die Verwaltungsgruppe des World Financial Center war dem Brokerhaus gegenüber zahlreiche rechtskräftige Garantien eingegangen, darunter die Zusage, daß das WTC ihre Büros und Geschäftsräume gegen illegales Eindringen sichern und rund um die Uhr angemessene Telekommunikationsdienste gewährleisten würde. New York Telephone hatte einen ähnlichen Vertrag mit der Firma geschlossen und hatte davon abgesehen ohnehin Schwierigkeiten, zu dieser späten Stunde einen Techniker aufzutreiben, der die komplexe private Nebenstellenanlage des WTC stillegen konnte. Dann trafen Beauftragte des Brokerhauses am Tatort ein. Wenn das Fixed Income Trading Floor während der normalen Bürozeit telefonisch nicht erreichbar sei, wäre dies schon verheerend genug, sagten sie, aber an einem Mittwochmorgen den Equity Trading Floor, den wir gegenwärtig beanspruchten, komplett zu schließen, bedeute nicht nur einen sofortigen Verlust von Millionen Dollar an entgangenen Geschäften, sondern hätte auch ernste Auswirkungen auf die Eröffnungskurse der New York Stock Exchange und verschiedene andere Finanzmärkte weltweit.

Also habe ich auf sie gehört und abgewartet. Ich habe jemanden in die Lobby geschickt, der mit den dort kampierenden Medienvertretern reden sollte, der das Risiko für die Geiseln hochspielen und sie unter Androhung von Festnahme zu dem Einverständnis bewegen sollte, keinen Versuch zu machen, sich mit dem Kubaner in Verbindung zu setzen. Ich hätte einfach die Kabel durchschneiden und es von allen Beteiligten später vor Gericht ausfechten lassen sollen, aber das habe ich nicht gemacht. Ich habe es dabei bewenden lassen. Die Telefonverbindungen wurden nicht gesperrt, während unsere Leute fieberhaft versuchten, eine richterliche Verfügung zu bekommen, und ich habe mich geduldig zurückgelehnt und gewartet.

Da gab es diesen Star des Frühstücksradios in New York City. Sehr populär auf diesem speziellen Markt. Gegen sechs Uhr morgens geht er auf Sendung, verliest die Nachrichten, die während der Nacht von den Nachrichtenagenturen reingekommen sind, und kommt auf die intelligente Idee, doch mal zu versuchen, den Kubaner anzurufen. Er kommt durch und bringt den Kubaner live in seiner Sendung. Wir haben erst mitbekommen, was passierte, als die Sache schon halb vorbei war. Der DJ stellte dem Kubaner Fragen und quetschte ihn über seine Familie und seine Probleme aus. Im Grunde hat er versucht, den Mann zur Aufgabe zu bewegen – nur leider verwendete er populäre Psychologie. Es gibt nichts Gefährlicheres. Am Ende war der Kubaner wieder ganz aus dem Häuschen, und sein Englisch wurde immer schlechter, nachdem ich die ganze Nacht daran gearbeitet hatte, ihn zu stabilisieren. Dann hörten wir auf einmal, wie oben die Telefone zu klingeln begannen. Eins nach dem anderen, und als mir endlich klar wurde, was da passierte, war es bereits zu spät. Die Hörer des DJs waren dahintergekommen, daß auch sie die Nummer der Firmenzentrale plus vier zufällige Ziffern wählen konnten und dann eine Chance hatten, selbst mit dem Geiselnehmer zu reden. Ich schickte dann Männer mit Feuerwehräxten runter in die Telefonzentrale, aber es war zu spät. Überall um den Kerl

herum klingelten bereits Hunderte von Telefonen, und jeder zweite Anrufer sagte ihm: *Leg sie alle um*.
Dann hören wir die ersten Schüsse. Der Kubaner dreht durch, ballert wild um sich, auf den Boden, in die Luft. Dann meldet er sich wieder über unser Telefon. Er schreit irgendwas von Hinrichtungen. Er sagt, er wird alle Geiseln nacheinander umbringen. Meine Leute wollen zuschlagen, und ich gehe zu diesem Zeitpunkt in den Fahrstuhl. Ich weiß immer noch nicht warum. Der Unterhändler beteiligt sich niemals an Festnahmen, aber die Lage begann mir zu entgleiten – *mir*, verstehen Sie –, also schnappte ich mir im allgemeinen Chaos ein Handy und ging in einen der Fahrstühle. Wir standen zusammengepfercht darin, ich selbst, ein Techniker und sechs Männer des Sondereinsatzkommandos, wir befanden uns nur eine Etage unter ihm. Die Steuerung des Fahrstuhls war neu geschaltet worden, wir konnten ihn benutzen. Ich rief den neunten Stock an, und nach der Ortung unseres Sonargeräts befand er sich keine drei Meter von den Fahrstuhltüren und ungefähr zwölf Meter von den Geiseln entfernt. Dann weitere Schüsse. Mir blieb keine Wahl. Ich drückte auf den Knopf für den siebten Stock. Ich gab Befehl, den Raum mit Tränengas vollzupumpen, und habe meine Männer reingeschickt.«
Banish blickte starr geradeaus. Er beobachtete, wie die Fahrstuhltür aufglitt, erlebte durch den rauchfarbenen Plastikschutz der Gasmaske den Ablauf der Ereignisse noch einmal. Das wilde Chaos und den Lärm, Körper, die weggestoßen wurden, Schüsse, Schreie.
Er hörte den einzelnen Schuß. Er sah die auf dem Boden liegenden Beine tanzen, während Blut den Teppich verdunkelte. »Der Kubaner hat sich das Leben genommen. Ein einzelner Schuß in die Schläfe genau in dem Augenblick, als wir reinstürmten.«

Männer in dunklen Anzügen schrien, jammerten, lagen auf dem Boden. »Die Angestellten des Brokerhauses standen unter Schock, aber jeder von ihnen kam letztlich heil davon.«

Banish erinnerte sich, wie er zur Seitenwand des verräucherten Raums rannte. Er sah, wie alles passierte. Er erblickte sie. »Aber die Frau und die Tochter«, sagte er. »Er hatte sie gezwungen, sich vor eine Wand zu stellen, abseits von den übrigen Geiseln, hatte ihnen einen dünnen Draht um den Hals gebunden, damit sie sich nicht rührten. Ich hatte den Gaseinsatz befohlen. Beide verloren das Bewußtsein, als wir reingingen. Sie wurden von ihrem eigenen Körpergewicht nach unten gezogen.«

Er sah, wie sie am Hals von der Wand nach vorne wegsackten, die Kehle wurde von Ohr zu Ohr aufgeschnitten. Baumelnde Hände, sporadisch zuckend, rot vor Blut. Seine Männer versuchten fieberhaft, sie von der Wand abzuschneiden. Mutter und Tochter starben vor seinen Augen.

Eine dunkelhäutige Frau in einem Sommerkleid mit einem blauen Auge und blauen Flecken an den Armen. Ein zwölfjähriges Mädchen.

Dröhnendes Donnern legte sich über sein Bewußtsein, und dann fegte ein Hubschrauber über sie weg, seine Scheinwerfer strichen vorbei, und Banish registrierte wieder, wo er war, sah die Erde und die Rinne vor sich, und einen erstarrten Augenblick lang glühte alles weiß auf. Dann war der Hubschrauber vorbei, und die aufgewirbelten Blätter schwebten wie Symbole der Reue in den Dreck um sie herum. Banish räusperte sich.

»Danach sind wir wieder einen trinken gegangen. Es war natürlich anders, vollkommen anders. Und als es vorbei war, konnte ich nicht nach Hause gehen. Nach Hause bin ich erst drei Tage später gegangen. Und von diesem Tag an habe ich nie mehr aufgehört zu trinken. Zuerst bin ich fast unmerklich und dann ziemlich spektakulär aus den Fugen geraten.«

Eine ganze Weile sagte Banish nichts mehr.

»Und die befreiten Geiseln. Mehr als die Hälfte von ihnen kündigte innerhalb von sechs Monaten. Das ist völlig normal nach einer solchen Krise; Menschen werden aus ihrem Alltagstrott gerissen, isoliert, ununterbrochen terrorisiert. Eine einzige Nacht kann buchstäblich ein ganzes Leben verändern. Aber eine junge Frau, die erste, die die Firma verließ, lehnte es ab, mit dem ihr zugewiesenen Psychiater zusammenzuarbeiten. Schließlich verschwand sie spurlos. Ein Verhaltensmuster, das man das Stockholm Syndrom nennt. Sie erreichte einen Punkt, an dem sie ihren Peiniger als ihren Retter ansah und nicht die Polizei, mit der sie keinen Kontakt hatte, weil ihr Peiniger die Macht über ihr Leben und ihren Tod besessen hatte und sie verschont worden war. Irgendwie hat sie meinen Namen herausgefunden und hat mich dann in einem Sanatorium aufgespürt, in dem ich mich aufhielt. Sie hatte eine Waffe, und sie versuchte, mich zu töten. Nur fair, würde ich sagen, aber sie hat die Sache verpfuscht. Aber genau das passiert, wenn man mit den Leben anderer Menschen spielt.«

Dann sah er Kearney über die kalte, vom Bergwald umgebene Erdrinne hinweg an. »Verstehen Sie, was ich Ihnen zu sagen versuche?« fragte Banish.

Kearney zögerte, nickte dann.

»Ich bin kein Held. Manche Dinge, die ich tun muß, gefallen mir nicht. Ich besitze zuviel Macht, habe zuviel Verantwortung. Zuviel Unterstützung. Darum diese Demonstranten: Ich hätte sie bis zur Pazifikküste zurückdrängen können, wenn ich es gewollt hätte. Aber ich brauche sie hier. Sie halten mich davon ab, Dinge zu tun, die ich andernfalls vielleicht täte. Aus welchen Motiven auch immer

sie hier sein mögen, genau das sind sie: Augen, die mich beobachten. Denn man kann mir nicht trauen. Weil ich ein Spieler bin. Mehr bin ich im Grunde nicht. Und ein verdammt guter noch dazu. Das ist mein Fluch.«
Kearney blinzelte ihn an. Er wollte etwas sagen, bremste sich aber, sagte es dann trotzdem. »Aber es war nicht Ihre Schuld.«
Banish lächelte matt über diesen Gedanken. Vertraute, therapeutische Worte. Sie müssen ihm runtergegangen sein wie Öl. Sie aber jetzt wieder zu hören, ernüchterte ihn.
»Wir haben heute abend mit Ables gesprochen«, sagte Banish. »Sie werden von mir ins Kommandozelt versetzt, und zwar ab acht Uhr morgen früh.«
Kearneys Augen wurden lebhaft. Er nickte. »Jawohl, Sir.«
Banish merkte, daß er sich vorgebeugt hatte. Er lehnte sich wieder gegen die harte Erdwand zurück. Ein flüchtiger Moment des betretenen Schweigens folgte auf beiden Seiten, dann ein erstickter Knall. Unsicher drehte Banish den Kopf, um besser hören zu können. Als nicht unmittelbar erneut etwas passierte, ging er in die Hocke und drehte sich ganz um, damit er durch die Bäume auf die Blockhütte sehen konnte. Der Suchscheinwerfer stand still. Dann ein Knall in der Nacht wie von einem Schuß und stoßweise aufflammendes Licht. Ein Schuß von irgendwo hoch in den Bäumen über ihnen. Banish griff nach dem Funkgerät auf dem Boden neben sich. »Fagin«, sagte er.

Heckenschützennest

Fagin suchte das Gelände mit seinem Nachtsichtgerät ab. Es war, als würde man in so ein beschissenes Aquarium stieren. Er antwortete der Stimme in seinem Ohr.

»Ich war's nicht«, sagte er. »Ist es das beschissene Hostage Rescue Team?«
Banish bellte: »Lagebericht!«
»Warnschuß. Irgendwas bewegt sich da draußen, keine Ahnung, was zum Geier es ist.«
Wieder Banishs Stimme. »Fagin, nur Warnschüsse. Alle anderen halten sich zurück. Ich schicke jemanden zu den Scheinwerfern.«
Fagin schaltete ab. Es war das Scheiß-Hostage Rescue Team. Er schob seinen Finger wieder über den Abzug und blieb in Alarmbereitschaft. Er konnte nichts deutlich erkennen, weil der gottverdammte Suchscheinwerfer in seinem Nachtsichtgerät loderte – es war ein grelles Licht, obwohl nun manches einfacher war, weil sich der Scheinwerfer wenigstens nicht mehr bewegte. Dann flammte ein zweiter, niedriger Scheinwerfer auf und strich über den Wald. Vom stechenden Geruch des Wick-Gels hatte er bohrende Kopfschmerzen. Er hörte die dröhnenden Rotoren des zurückkehrenden Hubschraubers. Das laute Gejammer von Ables' Familienangehörigen und Freunden aus den Lautsprechern unter ihm. Eine weitere kalte Böe fegte durch die Bäume. Er runzelte die Stirn. Herzlichen Glückwunsch zum Scheiß-Hochzeitstag.
Irgendwas bewegte sich wieder in der grünen Suppe. Er blinzelte mehrere Male, suchte das Gelände ab.
Eine Gestalt dort draußen, ein Erwachsener. Er stand hinter einer offenen Tür an der rechten Seite der Blockhütte, wo das Gelände abzufallen begann. Hielt irgend etwas in den Händen, vielleicht eine Waffe, aber das war unmöglich zweifelsfrei festzustellen. Fagin hörte den Hubschrauber schnell näherkommen, die Baumkronen begannen sich zu biegen. Er verfluchte das grelle Licht des Suchscheinwerfers. Die Tür stand immer noch weit offen. Er gab wieder einen Schuß ab, eine weitere großmütige Warnung,

diesmal nach unten und weit rechts neben die Gestalt. Wer immer es war, Fagin wollte, daß er wieder im Haus verschwand, und zwar pronto.
Banishs Stimme wieder in seinem Ohr. »Fagin.«
Der Hubschrauber dröhnte und schrappte genau über ihn hinweg, setzte zu einer niedrigen Kehre an. Fagin sah, daß die Gestalt aufblickte. Er sah, wie sie den Gegenstand in den Händen hob, als der Hubschrauber über die Bäume zog.
Er sah Mündungsfeuer, das aus Richtung der dunklen Gestalt kam.
Fagin sagte: »Was zum Teufel –«
Der Hubschrauber drehte ab. Fagin klopfte auf sein Funkgerät. »Das Arschloch beschießt den Hubschrauber«, sagte er.
Wieder Banishs Stimme. »Wer?«
Fagin feuerte zwei weitere Schüsse ab und beobachtete, wie zwei Flecken des grünen Bodens neben den Beinen der Gestalt schwarz wurden.
Die Gestalt duckte sich, drehte sich zu Fagin herum und erwiderte das Feuer. Der Hubschrauber war weg, und Fagin konnte die Schüsse zu den Mündungsblitzen hören, als die Gestalt sich zur offenen Tür zurückzog. »Dummer Arsch«, sagte er. Er zielte und verfolgte die laufende Gestalt mit Leuchtspurgeschossen.
Kugeln bombardierten das Laub über Fagins Kopf. Er duckte sich und zielte wieder. »Arschloch«, knurrte er erstaunt, drückte auf den Abzug, ballerte.
Banish sagte: »Fagin.«
Fagin beharkte den Boden rund um die Gestalt, jagte sie zurück zur Tür. Sie gab eine letzte Salve ab und machte dann einen Satz in die Hütte. Fagin feuerte den letzten Schuß ab und verpaßte der grün leuchtenden Tür ein schwarzes, splittriges Loch.

Die Tür schloß sich nicht gleich.
»Fagin.«
Er nahm das Remington von der Wange und schaltete den Funk ein. »Was zum Teufel!« sagte er.
Banish sagte: »Lagebericht.«
Fagin war fast atemlos vor Wut, aber Banish wollte, daß man sich im Funkverkehr beherrschte, einen präzisen Lagebericht gab. »Nicht provoziertes, feindliches Gewehrfeuer«, sagte Fagin. »Eine Person. Ich hab sie ins Haus zurück getrieben und eine Ladung in die Scheißtür gejagt. Das ist alles.«
Banish sagte: »An alle: Wir schalten die Scheinwerfer wieder an.«
Fagin zog das Nachtsichtgerät herunter und knallte den Helm gegen die Holzplanke seines Hochsitzes. »Scheiße!« sagte er. Er dachte darüber nach, warum es so lange gedauert hatte, diese Scheißtür zu schließen.
Als die Flutlichtscheinwerfer mit einem Klacken aufflammten und die Blockhütte weiß aufschimmerte, gab es nichts mehr zu sehen.

Sonntag, 8. August

Kommandozelt

Banish kam aus dem leichten Morgenregen herein und putzte sich die Schuhe auf zwei schlammbeschmierten Handtüchern auf dem Boden hinter dem Eingang ab. Kearney saß schon an der Telefonanlage, trug einen Kopfhörer und bediente die Außenleitungen. Er schaute nicht auf. Banish wandte sich an Coyle, die ihn erwartete.
»Die Straße müßte heute irgendwann fertig sein«, berichtete sie. »Bislang nichts über CB. Wollen Sie versuchen, zu ihm Funkkontakt aufzunehmen?«
»Nein«, sagte Banish. »Wir müssen ihn an dieses Telefon kriegen.«
»Entschuldigen Sie.« Kearneys Stimme. Er hatte sich zu ihnen herumgedreht, den Kopfhörer abgezogen. »Eine Frau hat gerade am Telefon gesagt: ›Bereithalten für Alpha Vier‹ …?«
Banish sah ihn einen Moment an, dann befahl er Coyle, alle aus dem Zelt zu schicken.
Nach der Durchsage stand Coyle wie alle anderen auf. Kaffeetassen und Stifte wurden aus der Hand gelegt, Arbeit blieb unerledigt auf Schreibtischen liegen, jeder marschierte an Banish vorbei hinaus. Kearney schaute sich um, folgte ohne zu fragen dem Beispiel der anderen, legte den Kopfhörer auf die Konsole und verließ das Zelt.
Banish ging zu Coyles Schreibtisch. Er drückte den Knopf an ihrem Telefon und nahm den Hörer ab, wartete gedul-

dig die Stille ab. Alpha Vier war der Code für den Direktor des FBI.

»Jack«, sagte der Direktor; seine volltönende Senatorenstimme kam ohne Klicken in die Leitung. »Was gibt's Positives zu berichten?«

»Vergangene Nacht ist es uns endlich gelungen, mit der Person in Verbindung zu treten.«

»Ich weiß«, sagte der Direktor. »Ich habe die Niederschrift in der heutigen Morgenausgabe der POST gelesen. Es läuft nicht gerade wie im Lehrbuch, Jack, kann man nicht sagen.«

»Nein, Sir«, sagte Banish.

Er stellte sich vor, wie der Direktor am anderen Ende der Leitung nickte. »Es ist manchmal schon eine komische Welt, Jack. Woran sich die Öffentlichkeit so festbeißt. Worauf die Medien so anspringen. Aber man weiß, daß ein Fall großes Interesse erweckt hat, wenn man bei einem Arbeitsfrühstück vom Präsidenten gefragt wird, wie's denn so läuft in Montana.« Es folgte eine kurze Pause, allerdings keine dramatische; der Direktor war ein bedächtiger Mann. »Ich weiß, daß sich die Lage dort draußen zuspitzt, Jack. Die Verwaltung hat mich informiert, daß Sie inzwischen über eine Million Dollar pro Tag ausgeben. Diese Sache wird sehr aufmerksam verfolgt.«

Banish sagte: »Jawohl, Sir.«

»Ich hatte heute morgen bereits den Gouverneur von Montana am Telefon. Er wird den Notstand ausrufen. Darüber hinaus war er bereit, die Nationalgarde zu alarmieren, aber das habe ich unterbunden. Ich konnte ihn überzeugen, was für ein schwerwiegender Fehler das sein würde. Nur um Ihnen in etwa eine Vorstellung davon zu geben, was hier bei uns los ist, Jack. Die Leute fangen langsam an, in dieser Sache den Kopf zu verlieren. Ich würde sagen, es liegt hauptsächlich am Tod dieses Mädchens.«

Banish nickte. »Jawohl, Sir.« Dann war ihm klar, was jetzt kam.

»Jack, Sam Raleigh ist gerade nach Beendigung der Port Authority-Krise in L.A. wieder frei geworden. Sie wissen vielleicht, daß er bei dem ersten Verhandlungsteam in Waco gewesen ist, bei dem Team, dem es gelungen ist, die Kinder rauszubekommen, bevor die Sondereinsatzkommandos übernahmen. Ich weiß, daß er in New York Ihre Nummer Zwei war, bevor das SOAR eingerichtet wurde, und Carlson sagt, er redet immer noch in den höchsten Tönen von Ihnen.«

Banish nickte. »Jawohl, Sir.«

Der Direktor sagte: »Ich muß hier eine Entscheidung fällen, Jack. Ich habe mich gefragt, ob Sie es mir womöglich leichter machen könnten.«

Vier Tage nachdem alles angefangen hatte, war es schließlich soweit. Der Pfeil zeigte in Richtung Heimat. Ein paar ruhige Worte zu dem Direktor, so glatt wie ein ungezwungenes Händeschütteln, und er würde wieder in den Hintergrund zurücktreten, vielleicht noch an diesem Nachmittag den Berg verlassen, ohne Angst vor Strafe und ohne Blamage. Der Direktor machte es ihm sehr leicht. Er konnte nach Skull Valley zurückkehren, die Kur fortsetzen, die er sich selbst verordnet hatte, und die letzten paar Jahre bis zur Pensionierung und einer ungekürzten staatlichen Rente ausharren.

Aber die Situation nun. Erst seit er gestern mit Ables gesprochen hatte, mußte er, und das beinahe gegen seinen Willen, immer öfter an die Kinder in der Blockhütte denken. Nicht so sehr als Geiseln, sondern als Kinder. Drei Mädchen und ein kleiner Junge, ein Säugling. Er wollte, daß sie in Sicherheit waren. Ging damit vielleicht schon zu weit. Er wollte, daß es ihnen gut ging. Für ihn war es ein völlig neues Gefühl, in einer Geisel mehr zu sehen als nur ein Objekt, um das verhandelt und das zurückgewonnen werden mußte, obwohl dieses Gefühl der Betroffenheit völlig normal war und er es bei anderen schon oft beobachtet hatte. Wie ein Fieber konnte es selbst die diszipliniertesten Männer in der heißen Phase einer Verhandlung überkommen und wurde nur dann zu einem Hindernis, wenn es sich aus Frustration oder Wut in Verzweiflungstaten äußerte und gegen Kollegen richtete. Jeder Fall rechtfertigte sofortige Amtsenthebung. Davon abgesehen erschien Banish dieses Syndrom, seine Betroffenheit, jetzt absolut vernünftig. Man kann einen Mann nicht eine Woche lang Plutonium mit sich herumschleppen lassen und von ihm erwarten, daß er es einem anderen übergibt und verschwindet und wartet, was daraus wird. Banish schaute sich in dem geräumten Kommandozelt um. Er spürte deutlich den Einfluß der kleinen Gemeinschaft, die er hier geschaffen hatte. Ihr Zweck war zu seinem Zweck geworden. Zu gehen war keine brauchbare Option mehr. Er mußte nicht nur auf dem Berg bleiben; er mußte Erfolg haben.

»Sir«, sagte er, »ich glaube, ich könnte mich selbst nicht mehr respektieren, wenn –«

»Jack, ich stehe voll hinter Ihnen. Ich habe schon immer hinter Ihnen gestanden. Ich denke, das wissen Sie. Aber meine Interessen sind zwangsläufig umfassender. Ich habe Vertrauen in Ihre Fähigkeiten, Jack, das habe ich wirklich, aber diese Operation ist viel zu wichtig für uns geworden, um das Risiko eingehen zu können, daß die Sache verpfuscht wird. Ich brauche Sicherheit. Außerdem sagt Carlson, soweit er wisse, hätten Sie sich von Anfang an gegen diesen Auftrag gewehrt.«

Banish erinnerte sich an den Tag vor fast drei Jahren, als ihm mitgeteilt worden war, er müsse seine Frau und Tochter verlassen und dürfe nie wieder zu ihnen zurückkeh-

ren. Dieser Auftrag war seine zweite Chance auf Rettung, sowohl persönlich als auch beruflich, und vielleicht auch seine letzte.
»Sir«, sagte Banish und richtete sich kerzengerade auf, obwohl niemand in der Nähe war, der ihn sehen konnte, »ich möchte weitermachen.«

Operationsbasis

Der feine Regen war stärker geworden, und auch der Wind frischte auf, und Fagin, den zerknautschten Plastikponcho gegen den breiten Rücken gepreßt, stand da und wartete. Neben ihm standen zwei seiner Männer in Nylonregenjacken, während ein paar Meter weiter sechs Angehörige des Hostage Rescue Teams in ihren traditionellen, schwarzen Ninja-Uniformen kauerten. Wie üblich kam Banish zu spät zur Besprechung.
Fagin drehte sich um. Zwei FBI-Beamte des HRT starrten ihn kühl an. Fagin schüttelte leicht den Kopf, verschwendete allerdings nicht zuviel Mühe darauf. Dumme beschissene Gedankenspielchen. Drittklassige Ressentiments von Beamten unterschiedlicher Behörden.
Das HRT war die paramilitärische Elitetruppe des FBI, dazu ausgebildet, Terroristen, Geiselnehmer und gewalttätige Kriminelle in lebensbedrohlichen Krisensituationen zu ergreifen. Die Gruppe bestand aus fünfzig FBI-Agenten, die sich freiwillig gemeldet hatten, und war in drei Einheiten aufgeteilt, von denen eine immer in Alarmbereitschaft stand, um innerhalb weniger Stunden überall im Land bei Notfällen eingreifen zu können. Sie waren Angriffsspezialisten und erstklassige Scharfschützen, zu deren Trainingsplan auch gehörte, was Fagin immer als Bayer-Drill bezeichnete, die Fähigkeit, aus 200 Metern Ent-

fernung eine Aspirintablette zu treffen. Was Prestige, Ausrüstung und ihr jährliches Budget von fünf Millionen Dollar betraf, ließ das HRT die US Marshals Special Operations Group arm aussehen, und Fagin war Manns genug, diesen professionellen Neid einzugestehen, wenn auch nur sich selbst.

Ressentiments empfand er als ein erheblich angenehmeres Gefühl. HRT-Agenten hatten ihre Ausbildung im wesentlichen auf dem Schießstand absolviert, hatten keine Kriegserfahrung wie er selbst. Daß sie ihre Fähigkeiten trainierten, indem sie auf dem Hogan's Alley Übungsgelände in Quantico, einer an den Universal Studios orientierten, zwei Hektar großen nachgebauten Stadt voller plötzlich aufspringender Pappkameraden, rezeptfreie Schmerzmittel abknallten, war für Fagin nicht viel mehr als ein kleines Kunststückchen, mit dem man Gäste unterhielt. Fagin hatte erlebt, wie sie von ihren Kommandeuren mißbraucht wurden, wie sie vor laufenden Kameras bei prestigeträchtigen, aber eigentlich unbedeutenden Krisensituationen antraben mußten und in den Medien ohne Ende hochgejubelt wurden. Ein Spiel mit Haushaltsplänen, das der Kongreß abzog. Es ließ hohe Beamte singen und tanzen wie Frauen bei der Truppenbetreuung.

Schließlich tauchte Banish auf, den Kopf wegen des Regens geduckt. Seine Schuhe versanken im Matsch. Er musterte die beiden getrennt voneinander stehenden Gruppen von BOLOS. Fagin machte keinerlei Anstalten hinüberzugehen. Er rechnete hier mit einer hübschen, sauberen Schönfärberei.

»Wer hat den ersten Schuß abgegeben?« fragte Banish über das Rauschen des Regens hinweg.

Einer der HRT-Agenten namens Renke meldete sich zu Wort. Pausbäckiges Gesicht, aber durchtrainierter Körper, große Hände. »Wir haben einen Verdächtigen bewaffnet

mit einem Gewehr und in Kauerstellung aus dem Seiteneingang des Hauses kommen sehen.«
Banish fragte: »Ein Erwachsener?«
»Jawohl. Ich hatte den Verdächtigen im Zielfernrohr.«
Banish unterbrach an dieser Stelle. »Fagin?«
»Ich habe jemanden herauskommen sehen, konnte das Objekt jedoch erst als Waffe identifizieren, als sie anfingen, auf den Hubschrauber der Nationalgarde zu schießen. Er kam genau aus Richtung sechs Uhr auf mich zu. Das grelle Licht des Suchscheinwerfers hat mein Nachtsichtgerät unbrauchbar gemacht.«
Renke schaltete sich ein und sagte: »SA Banish, der Marshals Service besitzt weder Befehlsgewalt noch Entscheidungsbefugnis über das HRT.«
Banishs Antwort kam schnell und scharf. »Das ist allein meine Entscheidung, SA Renke. Als ihr dienstvorgesetzter SOAR-Agent auf diesem Berg hat das HRT mir Rede und Antwort zu stehen, und zwar laut und deutlich. Deputy Fagin ist seit Beginn der Operation dabei, und wenn ich aus Zweckmäßigkeitserwägungen und/oder einfach aus Lust und Laune bestimme, daß ihr Männer ihm unterstellt werdet, dann wird das auch so gemacht.« Banish sprang Renke förmlich ins Gesicht. »Oder sehen Sie die Notwendigkeit, dazu eine zweite Meinung aus Quantico einzuholen?«
Renke sah stur geradeaus. »Nein, Sir.«
»Kluge Entscheidung«, sagte Banish und trat zurück. »Lassen Sie mich für Ihre Männer noch einmal die Einsatzregeln auf diesem Berg in Erinnerung rufen. Nicht schießen, bevor Sie nicht beschossen werden. Und selbst dann gilt: nur mit äußerster und größter Umsicht. Lassen Sie sich nicht in ein Feuergefecht verwickeln. Jeder einzelne Mann wird hier für seine Taten zur Verantwortung gezogen. Wären Sie während der letzten Tage hier gewe-

sen, dann hätten Sie vielleicht gewußt, daß wir erst gestern abend einen ersten Kontakt mit dem Täter hatten. Das allein schon macht Ihren Warnschuß bestenfalls unklug. In dem Haus befinden sich kleine Kinder, und sie sind bewaffnet und möglicherweise gefährlich, und genau das macht diese Operation zu so einer großen Herausforderung. Und ich weiß doch, daß ihr Männer eine Herausforderung liebt. Das ist alles.«

Die HRT-Agenten sahen sich an und gingen weg. Banish zeigte damit einiges diplomatisches Geschick. Er kehrte durch den Regen zu Fagin zurück.

»Hören Sie«, sagte Fagin. »Ich habe mir Gedanken darüber gemacht. Letzte Nacht. Diese Tür an der Seite des Hauses wurde nicht gleich geschlossen.«

Banish schüttelte sofort den Kopf. »Sagen Sie mir so was nicht«, sagte er. »Ich will's gar nicht hören. Ich habe eben erst mit dem Direktor telefoniert, und das Thema Feuergefecht ist dabei nicht angeschnitten worden.«

»Tja, ich sag's Ihnen ja nur. Jetzt wissen Sie es.«

»Was sagen Sie denn?« fragte Banish. »Haben Sie jemanden erwischt?«

»Ich habe ordentlich Zunder bekommen. Ich habe zurückgeballert und einmal die Tür getroffen. Das ist alles.«

Banish schaute fort, sah dann Fagin wieder an. »Sie haben die Nachtsichtgeräte erwähnt«, sagte er. »Judith Ables wurde bei dem ersten Feuergefecht getötet. Wie haben die ihre Leiche bis zur Scheune hinüber bekommen, ohne daß einer Ihrer Männer etwas gesehen hat?«

»Wir haben angenommen, daß sie es in der Stunde nach Einstellung des Feuers gemacht haben und bevor wir in Stellung gegangen sind.«

»Richtig.« Banish nickte. »Aber hier geht es um ihre zwölfjährige Tochter. Es ist ein Kind. Sie haben jetzt seit zwei Jahren in derselben Fünfzimmerhütte gelebt. Glauben Sie,

die könnten sich in weniger als einer Stunde von ihrer Leiche trennen?«
Fagin dachte darüber nach und zuckte mit den Achseln. »Ich sage Ihnen nur soviel: Seit der ersten Schießerei haben wir diese Blockhütte rund um die Uhr überwacht. Es ist unmöglich, daß sie die Leiche zum Schuppen geschafft haben, ohne daß ich oder meine Männer es mitbekommen hätten.«
Banish nickte wieder. Er rieb an der Verbrennung im Gesicht und schaute zu dem regenverhangenen Berg auf.

Scheune

Ein Wolkenbruch beim Aufstieg, es wurde noch dunkler im Wald, und der starke Regen trommelte auf die Blätter. Die Marshals Taber und Porter hielten draußen Wache, als Fagin und Banish die baufällige Scheune betraten und ihre Mäntel abschüttelten. Es roch immer noch nach Tod. Der Regen klopfte auf das verfallene Dach, dicke Tropfen fielen auf den Boden. Fagin ließ die Augen durch die Scheune wandern und ging schnurstracks in die hintere linke Ecke. Banish blieb zurück, etwa in der Mitte, und schaute sich um.
Alte Obstkisten waren in der Ecke aufgestapelt, der einzige Bereich der Scheune, in dem ein größerer Teil des Bodens verdeckt war. Fagin zog mit einer behandschuhten Hand an der obersten Kiste und spürte Widerstand. Bei näherer Untersuchung sah er, daß die Bodenlatte fest an die oberste Latte der Kiste darunter genagelt war, und so weiter. Er beugte sich vor und reckte sich, um an die unterste Kiste heranzukommen. Sie ließ sich problemlos herausziehen, ohne daß sich der Rest bewegte. Fagin drehte die Kiste um. Sie hatte keinen Boden. Er untersuchte die

Erde an dieser Stelle und sah, daß sie lockerer und feiner war als an anderen Stellen. Er griff unter die Kisten und schob die oberste Schicht zur Seite, grub dann tiefer. Auch die darunter liegende Erde war locker. Er trat neben die Kisten und grub weiter und stieß in etwa fünfundzwanzig Zentimeter Tiefe auf etwas Hartes. Seine Finger fanden einen Riegel. Er zog daran. Ein Schwall verbrauchter, stickiger Luft schlug ihm entgegen und die ganze Erde flog hoch und heraus.

Fagin richtete sich wütend auf. »Ein Scheißtunnel«, sagte er viel zu laut, und Banish kam zu ihm. Fagin senkte die Stimme. »Raffinierte Wichser«, sagte er.

Banish sagte wütend: »Herr im Himmel.«

»Wichser«, zischte Fagin. »Arschlöcher. Wir gehen jetzt mit Nachtsichtgeräten da rein, überrumpeln sie –«

»Nein«, sagte Banish. »Selbst wenn der Gang nicht vermint ist, würden sie uns schon auf halbem Weg hören und erwarten.« Er schaute sich um. »Postieren Sie zwei Männer hier, schnappen Sie sich, was immer da rausgekrochen kommt. Warum ist hier nicht alles von vornherein unter die Lupe genommen worden?«

»Da hab ich Mist gebaut«, räumte Fagin ein. »Hab's übersehen. *Scheiße*.«

Banish schaute sich nickend in der Scheune um. »Er hat darauf gewartet«, sagte er und entfernte sich. Das hatte er schon mehrere Male gesagt.

Fagin untersuchte den Bereich um das Tunnelloch. Die Öffnung war gut sechzig Zentimeter im Quadrat groß, der Tunnel darunter erheblich geräumiger, und die Erdwände braun und dunkel. Er dachte laut, sprach nur halb zu Banish. »Sie müssen das Mädchen noch in etwas anderes als dieses Laken gewickelt haben, als sie es durch den Tunnel zogen. Dann haben sie das Mädchen gesäubert. Und das Zeug wieder mitgenommen.« Er stampfte auf den harten

Boden. »Die Erde hier ist verdammt hart. Muß der einzige Tunnel sein. Die müssen ungefähr zwei Jahre gebraucht haben, um diesen einen beschissenen Gang zu graben.«
Er ließ das Holzbrett mit der Erdschicht darauf zurückfallen. Dann hob er die Stimme und sprach Banish an, der irgendwo hinter ihm war. »Für alle Fälle lasse ich von meinen Leuten auch noch die anderen Gebäude untersuchen. Besonders tief kann das nicht sein. Beschissene Tunnelratten«, sagte er, trat zurück und schüttelte den Kopf. »Das hat er in Nam gelernt, häh? Was meinen Sie? Charlie konnte gottverdammt gut graben! Alles durchlöchert, so war das bei denen, wie diese beschissenen Ameisennester, in die man reinschauen kann – Lagerräume, Küchen, Schlafquartiere. Mußte allerdings tief genug sein. Ich erinnere mich noch gut an diese Cowboys in einer der Einheiten, in der ich war, die haben ein Dorf gestürmt, dann haben sie alle überlebenden Einwohner weggebracht und schweres Gerät kommen lassen. Sie sind mit diesen riesigen Lastern rumgefahren, ganz langsam, immer wieder um die Reishütten herum. So haben die gefeiert. Durch das Gewicht der Laster stürzten die nicht so tief angelegten Familientunnel, die örtlichen Verbindungstunnel ein. Man konnte die in der Falle sitzenden VC durch die Erde schreien hören. Scheißgräber, schon fix und fertig, beengende Todesfallen.«
Er schüttelte den Kopf, als er sich an das Kriegsgeheul der Farmerjungs erinnerte, die immer im Kreis fuhren, und drehte sich verärgert um, als Banish nicht reagierte. Banish stand im hinteren Teil der Scheune, in der Nähe jener Stelle, an der das Ables-Mädchen gefunden worden war. Er schaute zu Boden. Fagin schob einen verrosteten Rasenmäher beiseite und ging zu ihm hinüber.
Er sah, daß Banish den Zipfel einer spröden schwarzen Plane in der rechten Hand hielt. Die Plane war mit schwe-

rer, dunkler Erde verkrustet. Ein ziemlich großer Körper lag darunter.

Fagin blieb hinter Banish stehen und sah, ihm über die Schulter blickend, nach unten. »Oh, Scheiße«, sagte er.

Banish ließ die Plane fallen und ging fort. Er verließ die Scheune und trat hinaus in den Regen.

Fagin hob die Plane wieder hoch. Charles Mellis' Augen waren noch offen. Sein Gesicht war weiß, die Lippen faltig und grau und zurückgezogen. In seiner Stirn war ein sauberes, rundes Loch und auf seiner Wange und einem Großteil des Bartes klebten dunkle Spritzer eingetrockneten, braunen Bluts. Austrittswunde. Fagin versuchte, Mellis' Kopf umzudrehen, aber die Totenstarre hatte bereits eingesetzt. Sein Hals war so steif wie ein Brett. Fagin tastete den toten Arm ab und bemerkte, daß er sich noch bewegen ließ. Er kniete sich hin und begutachtete die verkrustete, blutige Masse hinter Mellis' rechtem Ohr, das angesengte rote Haar und den losen Lappen der abgerissenen Kopfhaut.

Taber und der andere Marshal traten hinter ihn, und Fagin stand auf. »Finger weg vom Funk«, sagte er. »Der hier ist seit zwölf Stunden tot. Ich gehe jetzt wieder runter und mache Meldung.« Dann deutete er in die andere Ecke. »Da hinten ist ein Rattenloch. Haltet es gut im Auge und seid gottverdammt wachsam. Beide.«

Fagin ging in den peitschenden Regen hinaus, die Bäume schwankten hin und her, sein Poncho flatterte im Wind. Banish stand ein Stück unterhalb der Scheune.

»Schmauchspuren aus kurzer Entfernung«, sagte Fagin, als er sich ihm von hinten näherte. »Ich war's jedenfalls nicht. Wer auch immer es getan hat, stand genauso hinter ihm, wie ich jetzt hinter Ihnen stehe.« Fagin machte mit den Fingern eine Pistole und richtete sie oberhalb von Banishs Ohr auf dessen Hinterkopf. Banish rührte sich nicht.

»Warum hat er denn seinen eigenen Mann umgelegt?« fragte Fagin.
Banish schwieg. Fagin stellte sich vor ihn, um sein Gesicht sehen zu können. Banish starrte in die Bäume tief unten im Tal.

Brücke

Blood befand sich auf dem Rückweg durch den Regen zu seinem Bronco, als er Banish etwas weiter oben auf der Bergstraße genau an der Stelle stehen sah, an der die Straße in Kurven steil anzusteigen begann. Blood beobachtete ihn einen Moment – Banish schien die Trauben von Regenschirmen der vielen hundert Demonstranten auf der anderen Seite der Brücke zu betrachten, sein Gesicht war von der aschgrauen Verbrennung schattiert –, steckte dann die Papiere, die er in der Hand hielt, unter die Jacke und ging Banish über die glitschige Straße entgegen.
»Sie haben die Show nur knapp verpaßt«, sagte Blood, als er näherkam. »Jemand vom WAR und ein paar andere sind zur Brücke gekommen und wollten zu Ihnen. Sie haben sich auf das Recht zur Festnahme jeden Bürgers berufen. Hier ist der Haftbefehl.« Er zog die Unterlagen heraus. »Ich habe sie in Ihrem Namen entgegengenommen. Allerdings geht es nicht nur um Sie, ebenfalls aufgeführt werden: der Direktor des FBI, der Chef des US Marshals Service, das Bureau of Alcohol, Tobacco and Firearms, der Präsident der Vereinigten Staaten, der Direktor der CIA, der Gouverneur von Montana und schließlich, ich bin stolz, das sagen zu können, meine Wenigkeit.«
Banishs Blick wanderte von der Menge auf der anderen Seite der Brücke zu den maschinengeschriebenen Papieren, die in Bloods Hand naß wurden.

Blood fuhr fort. »Ziemlich hochkarätige Gesellschaft für mich. Aber das alles war nur die große Show von Dummköpfen für die Kameras. Anschließend haben sie sich gegenseitig mit Handschlag gratuliert.«
Banish sah ihn an. »Mellis ist tot.«
Bloods unbeschwerte Stimmung sank sofort. Seine Seele, das, was er für das Wesen seiner Person hielt, schien plötzlich zu verschwinden, und er schluckte schwer. An diesem Punkt wurde der Regen noch heftiger und suchte sich peitschend einen Weg durch die Kleider bis auf die Haut, ließ Blood frösteln. Er hielt Banishs Blick stand, weil er nirgendwo anders hinsehen konnte. Er hörte nur das Trommeln des Regens auf seinem Hut. Der Regen ging in Strömen zwischen ihnen nieder, während sie sich anstarrten. Atemwolken wirbelten durch die Luft. Mellis war tot. Blood mußte nicht erst fragen, wie.
Er begann zu zittern. Er fröstelte und fühlte sich schwach. Er hatte einen Geschmack von Banishs Welt bekommen, und jetzt war ihm schlecht.
»Was unternehmen wir?« fragte er.
Banish schüttelte den Kopf. »*Sie* müssen gar nichts unternehmen.«
Blood schaute fort. Der Regen klatschte stärker auf seinen Hut und die Bäume und die Straße, und Blood fühlte sich immer niedergedrückter. Blood sah Banish wieder an. »Warum haben Ihre Frau und Ihre Tochter Sie verlassen?« fragte er.
»Was?«
»Ich muß wissen, mit was für einem Mann ich es zu tun habe. Ich weiß nur das über Sie, was ich in der Zeitung gelesen habe. Warum haben Ihre Frau und Ihre Tochter Sie verlassen?«
Ein distanzierter Ausdruck trat in Banishs Augen. Er zog sich zurück, als würde er sich entweder eine Antwort zu-

rechtlegen oder aber versuchen, Worte für das Unsagbare zu finden.

»Sie hatten Angst vor mir«, sagte er.

Alle möglichen Fragen hätten darauf folgen können, doch dazu hatte Blood weder Kraft noch Bedürfnis. Abgesehen davon wäre keine Frage feinfühlig genug gewesen, um näher auf dieses Eingeständnis einzugehen, sondern hätte nur etwas zerstört, das ohnehin schon recht zerbrechlich war. Das hatte Blood hier gespürt. Ein paar Tropfen aus dem Kelch von Banishs Charakter. Die Wucht absoluter Macht und die Verwüstungen, die sie anrichtete.

Jetzt waren vereinzelte Rufe zu hören, und Schreie stiegen wie Leuchtraketen aus dem sich an der Brücke entwickelnden, wilden Aufruhr. Dann kamen die Rufe urplötzlich kraftvoll wie aus einer Kehle. Banish blickte voll finsterer Besorgnis über die riesige Menge.

»Ables«, sagte er.

Blood drehte sich um. Die Regenschirme begannen sich zu zerstreuen. Ein Marshal kam ihnen von der bedrohlichen Brücke entgegengerannt. Hinter Blood sagte Banish: »Der Marshal soll sich einen Jeep nehmen und mich unterwegs auflesen.«

Bei den letzten Worten stapfte er bereits davon. Blood verstaute die albernen »Dokumente« wieder unter seiner Jacke, ging dem Marshal entgegen, gab die Anweisungen weiter und setzte seinen Weg zu seinem ursprünglichen, trockenen Ziel fort, dem Bronco. Er stieg ein und zog die Tür zu, nahm den plastiküberzogenen Hut ab und schüttelte ihn vor dem Beifahrersitz aus. Der Regen hämmerte auf Dach und Kühlerhaube. Er saß da und schaute zu, wie die Regenschirme geschlossen wurden und Gestalten in Autos verschwanden, wie sich nasse Parkas und Jagdjacken und Regenmäntel zurückzogen.

Er zog den Reißverschluß seiner Jacke auf und schaltete

den CB-Funk ein. Er stellte den Rauschunterdrücker ein. Er startete den Motor, um die Heizung in Gang zu setzen, damit die Scheiben nicht beschlugen und es warm blieb. Dann erinnerte er sich wieder voller Entsetzen daran, daß Mellis tot war.

Die Erkenntnis dieser Tatsache kam in Wellen wie ein eiskaltes Schaudern. Daß er selbst an Mellis' Tod beteiligt war. Daß Mellis versucht hatte, ihn zu töten. Die Feds waren das Töten und den Tod wahrscheinlich gewohnt, da sie von Zeit zu Zeit damit leben mußten. Aber Blood war noch nie zuvor an so etwas unmittelbar beteiligt gewesen. Er hatte sich noch nie so schlecht oder so befleckt gefühlt. Er saß da und fragte sich, was aus ihm werden würde.

Das Knacken des Funkgeräts unterbrach den Wirbel immer aufgewühlterer Gedanken. »Watson«, sagte es zischend. Blood erkannte die Stimme aus dem Bergwald wieder. Das schien viele Jahre zurückzuliegen.

Kommandozelt

Banish setzte sich vor das Kontrollpult, und Coyle bat um Ruhe im Zelt. Banish griff nach dem Mikro und legte den Schalter um. »Hier spricht Special Agent Bob Watson«, sagte er.

»Watson«, sagte Ables. »Du verdammter Dreckskerl.«

»Mr. Ables?«

»Ihr verfluchten Bastarde habt meine Frau angeschossen.«

Banish starrte das Funkgerät an. Als er wieder aufschaute, bemerkte er, daß Fagin neben ihm stand und mit ernstem Gesicht lautlos fluchte. Banish umklammerte das Mikro fester. »Mr. Ables«, sagte er, »jemand hat Ihr Haus verlassen, und daraufhin wurden Warnschüsse abgefeuert. Es lag nie in unserer Absicht –«

»Deine Mörder haben ihr Ziel verfehlt.«
»Wie schwer ist sie verwundet, Mr. Ables? Können Sie mir einen Anhaltspunkt geben, wo genau Sie getroffen wurde?«
»Du klingst auf einmal so besorgt, Watson.«
Banish leckte sich über den Mund und holte zur Beruhigung tief Luft. »Mr. Ables«, sagte er, »warum kommen Sie jetzt nicht einfach raus. Wir können diese Sache sofort beenden, bevor noch jemand zu Schaden kommt. Ihre Frau wird umgehend ärztlich versorgt.«
Dann folgte eine kurze, aber eindeutige Pause. »Nein«, antwortete Ables.
Hinter Banish sagte Perkins: »Er hat gezögert.« Banishs linke Hand schoß vor, um ihn zum Schweigen zu bringen.
»Mr. Ables, ich kann Ihnen innerhalb von dreißig Sekunden einen Krankenwagen vor die Haustür schicken. Wir haben Notärzteteams hier und Hubschrauber mit der entsprechenden Ausrüstung, um Ihre Frau in ein Krankenhaus Ihrer Wahl auszufliegen.«
»Nein.«
»Warum lassen Sie sie dann nicht einfach frei, Mr. Ables. Lassen Sie Ihre Frau gehen.«
»Zu den Männern, die sie umbringen wollen? Den Männern, die unsere Tochter abgeschlachtet haben? Hören Sie mir jetzt genau zu, Watson. Ich will Verbandsmaterial. Ich habe keines mehr. Verbandsmull und Desinfektionsmittel und ein Antiseptikum und Pflaster. Und Morphium, irgendwas gegen Schmerzen. Und frisches Wasser. Oder willst du, daß noch mehr Blut an deinen Händen klebt?«
Banish nahm den Daumen vom Mikro. Er drehte sich zu Fagin um, der sich bereits zum Zeltausgang in Bewegung gesetzt hatte. Man mußte ihm nicht erst sagen, was er tun sollte. Die Demonstranten unten bekamen das hier Wort für Wort mit.

Banish sammelte sich, versuchte sich zu konzentrieren. Es war immer noch eine Verhandlung wie jede andere. Er fragte sich selbst, wo seine Prioritäten lagen.
»Mr. Ables«, sagte er, »zunächst einmal möchte ich Ihnen und Ihrer Familie zu Ihrem eigenen Schutz, bis und falls Sie bereit sind, endgültig herauszukommen, den Rat geben, die Blockhütte unter keinen Umständen mehr zu verlassen. Außerdem bin ich bereit, Ihrer Frau die medizinische Versorgung zu verschaffen, die sie benötigt, und zwar sofort.«
»Keine Ärzte«, sagte Ables. »Nur die Arzneimittel.«
»Was immer Sie wollen. Aber es kann keine Einbahnstraße sein. Mr. Ables, ich weiß, Sie wissen, daß ich Ihnen nicht ohne Gegenleistung etwas geben kann.«
Eine weitere kurze Pause. »Dreckskerle«, sagte er.
»Vielleicht können wir durch einen fairen und gerechten Tausch allmählich einen Kurs einschlagen, der uns zu neuem, gegenseitigem Vertrauen führt, Mr. Ables. Warum lassen Sie nicht einfach eine Ihrer Töchter gehen?«
»Nein.«
»Die jüngste, Esther. Hier draußen können wir uns angemessen um sie kümmern. Wir haben eine Kinderkrankenschwester hier. Und Lebensmittel und Spielzeug.«
»Nein.«
»Dann eben Ihren kleinen Jungen. Amos. Seine Großeltern sind hier.«
Ables sagte: »Sie werden diese Familie niemals auseinanderreißen.«
Banish unterbrach dann die Verbindung, legte selbst eine Pause ein. Er ließ sich absichtlich Zeit. Perkins schluckte und räusperte sich geräuschvoll hinter seinem Rücken, kleine ungeduldige und skeptische Geräusche. Banish schaltete das Mikro wieder ein.
»Dann das Telefon, Mr. Ables«, sagte er. »Im Interesse der

öffentlichen Sicherheit würde ich unsere Unterhaltungen gern etwas vertraulicher behandeln. Wenn Sie mir Ihr Wort geben, daß Sie es benutzen, um sich mit mir in Verbindung zu setzen, statt diesen öffentlichen CB-Kanal –«
»Ich hab's dir schon mal gesagt, Watson. Niemand betritt meine Veranda.«
»Ihr Wort, Mr. Ables.«
»Niemand betritt meine Veranda!«
Banish nickte zufrieden. »Mr. Ables«, sagte er. »Ich glaube, das läßt sich irgendwie einrichten.«

Niemandsland

Fagin nahm einen Jeep und fuhr selbst den Berg hinauf. Die unbefestigte Straße war inzwischen fertig und geräumt, wurde aber kurz vor dem Gipfel von Kranken- und Feuerwehrwagen blockiert, weil ein Panzer von einem Tieflader abgeladen wurde. Das einzige Fahrzeug, das Fagin nicht identifizieren konnte, war ein kleiner, weißer, ungekennzeichneter Transporter. An seiner geöffneten Hecktür war eine Metallrampe angelegt. Auf dem nassen Boden in unmittelbarer Nähe befanden sich Fußabdrücke und andere Spuren.
Er parkte und stieg aus. Der Regen hatte kurz nach Mittag aufgehört und eine drückende Feuchtigkeit zurückgelassen, durch die das beschissene Ungeziefer wieder herausgelockt wurde. Fagin ging, nach Mücken schlagend, durch den dünner werdenden Wald die kurze Strecke zum Niemandsland.
Weder Musik noch aufgezeichnete Mitteilungen waren zu hören. Nur die gedämpften Stimmen von FBI-Beamten, die sich zwischen den Bäumen versteckten. Sie hatten sich entlang der Grenze zum Niemandsland verteilt, kauerten

hinter hohen, zusammenklappbaren kugelsicheren Schilden, die wie Paravents aufgestellt waren. Banish schaute vorsichtig über einen der Schilde, blickte durch die zerfetzten Bäume zu der knapp dreißig Meter entfernten Blockhütte.

Ein etwa ein Meter hoher Roboter, ein Chassis mit sechs Traktorrädern, auf dem ein erhabener Metalldorn und ein langer, mechanischer Gelenkarm montiert waren, arbeitete sich durch die Bäume zum Telefon vor. Auf der Erde neben Banish stand ein Fernsteuerungspult, das von einem blaß wirkenden Beamten mit dunklem Bürstenschnitt bedient wurde. Ein Monitor zeigte das Blickfeld der eingebauten Roboterkamera.

»Was zum Henker ist das?« sagte Fagin, obwohl er es sehr wohl wußte. Er war ein praktisch veranlagter Mann mit einer angeborenen Abneigung gegen Technik.

Banish gab ihm keine Antwort. Er wollte wissen, was unten los war.

»Wir hatten bereits mehrere Handfeuerwaffen und Gewehre konfisziert, als wir auf eine dicke Sache stießen. Ein Lager mit Plastiksprengstoff und Eierkartons voll Handgranaten, Andenken aus dem Dschungel.«

Banish drehte sich um. »Veteranen?«

»Eine Gegenoffensive. Sie wollten unseren Funk ausschalten. Die Typen kriegen mit, wie ein Bruder schon wieder übel vom Staat verarscht wird. Dieses Mal hatten wir noch verdammtes Glück, wir sind quasi über sie gestolpert. Insgesamt sechzehn Festnahmen. Aber das wirft automatisch ein großes Problem auf.«

»Postieren Sie Wachen in der Nähe der Generatoren«, sagte Banish. »Falls es zu einem Angriff kommt, geht es dort los.«

Fagin nickte. »Schon erledigt.«

Es war zu eng hinter dem Schild, daher trat Fagin ins Freie

und beobachtete alles mit verschränkten Armen. Überall lagen Äste auf der Erde, der Wald war wie umgepflügt, durch Schrammen in den Baumrinden schimmerte es elfenbeinfarben und grünlich-weiß. Es war eine eindeutige Demonstration der Artillerie gewesen.
Der Roboter hatte inzwischen den Griff des Telefonetuis in seiner mechanischen Klaue und arbeitete sich weiter zur Blockhütte vor. Zwei Behälter waren auf das Chassis geschnallt worden. »Bekommt er alles, was er haben will?« fragte Fagin.
»Bis auf die Schmerzmittel. Könnte tödlich sein, falls sie unsachgemäß verabreicht werden. Blut oder Plasma hat er nicht verlangt, also ist es vielleicht nicht sehr ernst.«
»Wasser?«
»Es ist sauber«, sagte Banish.
»Können Sie ihm nicht einen präparierten Saft unterschieben?«
»Zu gefährlich. Könnte tödlich wirken, wenn es von einem Kind getrunken wird.«
Der Roboter schob sich seitlich an die abschüssige Veranda vor dem Haus, der Dorn glitt hydraulisch hoch, der Arm fuhr aus. Banish sagte zu dem blassen Beamten an der Fernsteuerung: »Etwas näher ran.«
Fagin sah zu, wie der Roboter vor und zurück rollte und sich in die richtige Position brachte. »Will nur hoffen, daß er Ihren Roboter nicht auch noch kidnappt.«
Banish sagte zu dem blassen Beamten: »Nicht zu nah ran.«
Fagin grinste. Bürokraten und ihre Spielzeuge. Er ging und verfolgte auf dem Schwarzweißmonitor, wie der Roboter seine Geschenke auf einem Holzstoß unter einem mit Brettern vernagelten Fenster ablegte und sich dann langsam zurückzog. Sie beobachteten das Manöver und warteten. Fagin wurde zunehmend ungeduldiger. Banish schickte jemand los, um sein Megaphon zu holen. Dann

bewegten sich plötzlich die Bretter, gingen ein paar Zentimeter in die Höhe. Ein nackter Männerarm tauchte auf. Er schnappte sich zuerst den Verbandskasten, dann den Wasserbehälter und schließlich das Telefon. Danach schlossen sich die Bretter wieder.
Der blasse Beamte stieß einen tiefen, erleichterten Seufzer aus. Fagin hatte die Erfahrung gemacht, daß diese Roboterlotsen, ob nun bei Bombenräumtrupps oder Einsatzkommandos, alle leicht durchgeknallt waren. Sie führten bei der Arbeit Selbstgespräche, hatten komische Kosenamen wie Buddy oder Hal für ihre Maschinen. Beschissene Bauchredner ohne Bühne waren das. Dieser hier murmelte vor sich hin, während er die Schiebehebel vor und zurück zog, den Roboter behutsam zu sich zurückholte.
Banish linste wieder über den Schild und wartete wahrscheinlich darauf, daß irgend etwas schiefging. Nach all dem Hin und Her war das hier ein Klacks gewesen. Endlich war eine sichere Kommunikationsverbindung hergestellt, aber zu einem gottverdammt hohen Preis.
Fagin ging vom Bildschirm fort und beobachtete, wie Buddy der Roboter durch den niedergemetzelten Wald nach Hause rollte. »Ich hoffe nur, daß eine Wanze in diesem beschissenen Telefon versteckt ist«, sagte er.
Banish verjagte eine Stechmücke. »Keine Sorge.«

Tontechnik

Banish zog die Schiebetür auf. Der Tontechniker saß vor seinem Kontrollpult, die Skalen und Recorder an den Wänden des Transporters waren alle eingeschaltet und liefen. »Irgendwas Neues?« fragte Banish.
Der Tontechniker legte einen Schalter um, und ein hohl klingendes Geräusch drang aus den Lautsprechern des

Transporters. Undeutliche, entfernte Laute, von Wänden reflektierte Echos, Geräusche sich bewegender Menschen.
»Hauptsächlich Schritte«, sagte er. »Unterschiedlicher Personen. Gerede über Verbände. Allerdings nicht deutlich genug. Er muß das Telefon im vorderen Teil gelassen haben und in einen der nach hinten liegenden Räume gegangen sein, möglicherweise in die Küche.«
»Wir sind drin«, sagte Banish. Nur das zählte.
»Soll ich ihn anklingeln?«
Das Telefon würde zweimal kurz wie eine Fahrradschelle schnarren, durfte keineswegs lang oder tutend klingen und möglichst nicht an ein Geräusch erinnern, das eine Bombe machen könnte. Normalerweise wurden diese speziellen Telefone durch eine Tür oder ein Fenster geworfen, denn Geiselnehmer waren notorisch paranoid und überwachsam.
»Nein«, sagte Banish und ließ sich langsam auf dem zweiten Stuhl nieder. Er spürte seine Erschöpfung. »Wir warten und hören zu. Er soll uns anrufen.«

Montag, 9. August

Tontechnik

Im gedämpften Licht der Monitore des Transporters saß Banish zurückgelehnt auf dem Drehkippstuhl, er war müde, schlief jedoch nicht. Er konnte das tiefe, regelmäßige Atmen des Tontechnikers hören, der vor mehr als zwei Stunden den Kopf auf das Kontrollpult gelegt hatte, um sich einen Moment lang auszuruhen. Banish stellte fest, daß er immer noch nicht den Namen des Mannes kannte. Er ließ ihn schlafen und wünschte, er könnte es auch. Die Arme über dem geborgten Parka verschränkt, saß Banish in der summenden Dunkelheit und stellte jetzt fest, daß es im Inneren des Transporters merklich kühl wurde. Die nächtliche Kälte kroch langsam in das Fahrzeug. Banish beobachtete, wie sein Atem kondensierte und sich auflöste.

Er war die ganze Nacht über wach geblieben. Von Zeit zu Zeit schalteten sich die durch Geräusche aktivierbaren Tonbänder ein und begannen mit ihren langsamen Drehungen, aber aus der Blockhütte kam nichts, was sich irgendwie wichtig anhörte. Vereinzelte Laute, Geraschel, gelegentlich eine entfernte, unverständliche Stimme. Banish beobachtete die Monitore. Ohne Tageslicht wirkten die Schwarzweißbilder verschwommen, wie Fotonegative. Nun mit Tagesanbruch füllten die verschiedenen Perspektiven der Blockhütte, die leere Straße, die Operationsbasis, die Brücke allmählich wieder klar und deutlich die Bildschirme, gerade so, als justiere jemand die Schärfe.

»Watson.«

Der Tontechniker riß den Kopf hoch und schreckte aus dem Schlaf. Seine Kopfhörer polterten über das Kontrollpult. Er setzte sich auf und schaute sich um. »Tut mir leid«, sagte er und griff nach dem Kopfhörer.
Banish schüttelte den Kopf, um ihm zu zeigen, daß es schon in Ordnung war. Er nahm seinen eigenen Kopfhörer und setzte ihn auf, rückte das Polster über einem Ohr und den Klemmbügel über dem anderen zurecht. Die Tonbandspulen drehten sich wieder.
»Watson.«
Geduld. Beherrschung. Die ganze Nacht hatte er darauf gewartet. Banish räusperte sich und klemmte das Mikrophon unters Kinn. Er drückte auf den entsprechenden Knopf, schaltete die Lautsprecher im Transporter aus und ging in die Leitung.
»Mr. Ables«, sagte er. »Wie geht es Ihrer Frau?«
Ables' Stimme klang angespannt. »Ihr geht's jetzt wieder gut.«
»Ein Krankenwagen und zwei Sanitäter stehen bereit, nur fünfundzwanzig Meter von der Tür Ihrer Blockhütte entfernt. Wenn Sie aus dem Fenster schauen, können Sie sie sehen.«
»Ihr geht es gut«, sagte er.
»Können Sie mir sagen, wo sie verletzt wurde?«
»Am Arm.«
Banish nickte beruhigt. Wenn es nur ihr Arm war, dann konnte Ables mit seiner militärischen Erfahrung sie, falls nötig, tagelang versorgen. Banish sagte: »Könnte ich vielleicht mit ihr reden …«
»Aber sie hat doch durch Krebs die Stimme verloren«, sagte Ables. »Ich wette, ihr glaubt, jede Menge über uns zu wissen. Ich wette, ihr habt Akten und Zeugen und Aussagen und alles. Du selbst bist wahrscheinlich auch so was wie ein Psychiater.«

»Das bin ich nicht«, sagte Banish. »Mr. Ables, haben Sie noch einmal darüber nachgedacht, herauszukommen?«
»Niemals.«
»Was ist mit Ihren Kindern, Mr. Ables? Die sind doch viel zu jung für all das, was sie durchmachen müssen. Denken Sie doch nur daran, welche Folgen dieses Martyrium für sie haben muß.«
»Ich habe dich gewarnt, Watson. Red nicht mit mir über meine Familie. Tu nicht so, als würdest du mich kennen. Wenn du meinen Kindern was Gutes tun willst, dann verschwindet alle wieder. Denn wir können hier länger durchhalten als ihr. Meine Kinder sind Überlebenskünstler, sie sind so aufgewachsen. Meine Kinder sind zäh. Zäher als jeder Mann, den du hinter einem Baum versteckt hast.«
»Da mögen Sie durchaus recht haben, Mr. Ables«, sagte Banish. »Und glauben Sie mir, kein Mensch macht Ihnen Vorschriften, wie Sie Ihre Kinder großziehen sollen oder nicht. Aber sie sind trotzdem noch Kinder, Mr. Ables. Minderjährige, ausnahmslos. Das hier ist aber eine Situation für Erwachsene.«
»Du kapierst das einfach nicht, Watson. Stimmt's? Meine Kinder *wollen* hier sein. Wir sind eine Familie. Es gibt keinen anderen Ort, wo sie lieber wären.«
Banish sagte: »Das verstehe ich, Mr. Ables. Ich verstehe, was für eine eingeschworene kleine Gemeinschaft Ihre Familie ist. Ich bin sicher, eine Menge Leute beneiden Sie um diese enge Beziehung. Genau darum geht es mir doch. Mr. Ables – Sie müssen ganz klar sehen, daß Sie niemals mehr hier weg kommen. Sie sind umstellt. Der ganze Berg ist buchstäblich vom Rest der Welt abgeschnitten. Wir können hier draußen sitzen und bis in alle Ewigkeit auf Sie warten, Sie können da drinnen sitzen und auf uns warten, aber unter dem Strich steht doch: Sie sitzen in der Falle. Sie

können nicht entkommen. De facto befinden Sie sich bereits in polizeilichem Gewahrsam. Sie werden eines schweren Verbrechens beschuldigt. Und Ihre Frau ist zur Mittäterin geworden, weil sie während dieser ganzen Sache an Ihrer Seite geblieben ist.«

»Sie wollen mir drohen, Watson.«

»Nein, Mr. Ables.« Banish schüttelte den Kopf. »Das will ich nicht. Ich bin nur ehrlich zu Ihnen. Ich gebe Ihnen soviel Informationen wie möglich, damit Sie eine Entscheidung in Kenntnis aller Fakten treffen können. Wenn diese Männer Ihr Haus stürmen und Sie gewaltsam herausholen müssen, dann werden Sie und Ihre Frau verhaftet, und es wird gegen Sie beide Anklage erhoben. Falls Sie später von einem Gericht schuldig gesprochen werden, dann werden Ihre Kinder als Minderjährige höchstwahrscheinlich unter Amtsvormundschaft gestellt.«

Ables sagte: »Sie würden zu ihren Großeltern gehen.«

»Die Großeltern könnten eine Vormundschaftsanhörung beantragen«, sagte Banish und nickte. »Ebenso die Newlands und Mellis'. Aber Experten würden hinzugezogen werden, Kinderpsychologen. Wahrscheinlich würden die aussagen, daß den Kindern bereits erheblicher Schaden zugefügt worden ist, schon allein was die psychischen Folgen dieser Krisensituation betrifft. Ich könnte mir vorstellen, daß sie eine Behandlung in einer geschlossenen Einrichtung empfehlen.«

»Verdammte Drecks-«, Ables schluckte seine Wut hinunter.

»Natürlich besteht auch die Möglichkeit, daß Ihre angeheirateten Verwandten die Vormundschaft bekommen könnten, Mr. Ables. Aber wahrscheinlich wird das Gericht bestimmen, daß die Kinder am besten betreut werden können, wenn sie vorläufig von Verwandten ferngehalten werden.«

Ables ereiferte sich. »Verdammte Dreckskerle«, fauchte er.

»Genau so ist unsere Regierung. Die hängen unschuldigen Leuten was an und reißen Familien auseinander. Du wirst mich niemals verhaften, Watson –«

»Wenn diese Männer hier gezwungen werden, Ihr Haus zu stürmen, Mr. Ables, dann werden Ihnen die Kinder wahrscheinlich weggenommen. Ich will Sie nur darüber aufklären. Sie werden auf verschiedene Pflegefamilien aufgeteilt – meistens anständige Leute, die eigene Familien haben –, und dann, je nachdem, wie lang Ihre und die Haftstrafe Ihrer Frau ausfällt und wie die gerichtliche Anhörung der Großeltern oder anderer Angehöriger verläuft, wird das jüngste Ihrer Kinder wahrscheinlich zur Adoption freigegeben.«

Ables gab ein wütendes, ersticktes Geräusch von sich. »Das ist es also«, sagte er. »Die Organe der Bundesregierung legen jetzt wirklich los. Schnappt Ables um jeden Preis. Hängt ihm was an. Bringt seine Tochter um. Erschießt seine Frau. Zerschlagt seine Familie. Aber laßt die Nigger und Drogendealer frei auf den Straßen rumlaufen. Laßt die Schwuchteln sich gegenseitig in schmalen Gassen bumsen. Sag mir, Watson, daß es keine Verschwörung gibt. Sag mir das.«

»Ich weiß nicht, wovon Sie reden, Mr. Ables.«

»Sag mir, daß ich von der Regierung in Washington D.C. nicht zur Ausrottung selektiert worden bin. Sag mir, daß es keine Liste gibt, auf der mein Name ganz oben steht.« Seine Stimme wurde schriller. »Und warum werde ich jetzt so gejagt, Watson? Weil ich die Wahrheit sage. Weil ich weiß, wie's in unserem Land wirklich aussieht.«

»Ich weiß nicht, wovon Sie sprechen, Mr. Ables«, sagte Banish. »Ich versuche nur, Ihnen die Fakten zu verdeutlichen –«

»Dann sind die also das Fleisch, und ich bin die Made. Stimmt's? Das ist es doch. Ich stehe hier, gottverdammt noch mal, praktisch an der Wand.«

Dann folgte eine längere Unterbrechung. Banish rührte sich nicht. Ein scharfes »Gottverdammt!« zerriß die Stille, gefolgt von schwerem Atmen.
»Watson«, sagte Ables.
»Ich bin noch hier«, sagte Banish.
»Dann sag mir jetzt folgendes«, brüllte er. *»Verdammte Dreckskerle«* – eine gezischte Bemerkung beiseite. »Sag mir, was aus meiner Familie wird ... *falls* ich mich ergebe.«
Banish schaute von dem Kontrollpult auf. Das Gesicht des Tontechnikers neben ihm verzog sich zu einem breiten Siegeslächeln.

Kommandozelt

Gegen neun Uhr am Morgen dieses Tages, welcher Tag auch immer es war, fand die Besprechung vor dem Diagramm auf der Glaswand im Kommandozelt statt. Brian bediente die Telefonleitungen und erledigte gleichzeitig noch zwanzig andere verschiedene Dinge, untergeordnete Aufgaben wie Unterlagen herumtragen und so weiter, weil er der Benjamin war, das war dort nicht anders als auf dem Polizeirevier. Aber er verfolgte die Besprechung so aufmerksam wie nur möglich. Die Tatsache, daß sie vorne im Zelt stattfand und nicht in Agent Banishs Büro, bewies, daß sich alles ziemlich gut zu entwickeln schien. Brian konnte es auch an der Geschäftigkeit der FBI-Agenten spüren, die auf die Stimmung eines Ortes reagierten wie Fische auf Strömungen eines Flusses. In ihren Stimmen lag nun Überzeugung, ihr Verhalten war entschlossener und ihr Schritt energischer.
Er hatte nicht gewußt, was da auf ihn zukam. Er arbeitete genausoviel wie jeder andere im Kommandozelt, wenn auch auf einem niedrigeren Niveau, und schlief auch nicht

mehr als sie. Alle waren völlig kaputt und gingen in einem so hohen Tempo vor, daß Brian sofort sah, man machte entweder von Anfang an genauso mit oder wurde niedergetrampelt. Glücklicherweise war er auf die Füße gefallen und lief mit. Das hier war die Innenbahn. Wenn er zum Beispiel im Rahmen seiner neuen Aufgabe über die Lichtung rannte und jemanden bemerkte, der in der Nähe der Küche oder bei den Caravans herumsaß, dann fragte er sich, woher der nur den Mut dazu nahm. Warum sich nicht jeder so schnell bewegte wie er und wirbelte und wirbelte. Brian war im wesentlichen für die nach draußen gehenden Telefonleitungen verantwortlich, also versuchte er immer wieder einen ruhigen Augenblick zu finden, um Leslie heimlich anzurufen, aber er kam einfach nicht dazu. Es gab keinen ruhigen Augenblick. Es hörte nie auf.

Zuerst spielte Agent Banish für Marshal Fagin, Agent Perkins, Agent Coyle, die Beamten des Hostage Rescue Teams und wer sonst noch anwesend war das Tonband ab. Das meiste bekam Brian nicht mit.

»Wiederholen Sie den Befehl«, sagte Agent Banish anschließend. »Um die Kinder muß ein weiter Bogen gemacht werden. Auf keinen Fall schießen. Wenn sich eine Tür öffnet, könnten ja die Kinder herauskommen. Lassen Sie passieren, was immer auch passiert.«

Diese Worte schienen hauptsächlich an die Beamten des Hostage Rescue Teams gerichtet zu sein. Brian hatte nach ihrer Ankunft bei der Neuverteilung der Schlafplätze geholfen.

»Perkins«, sagte Agent Banish. »Stellen Sie einen Trupp für die Festnahme zusammen, und halten Sie die Leute in Bereitschaft, um Ables in Gewahrsam zu nehmen. Ich werde eine Presseerklärung ausarbeiten, daß wir die Verhandlungen aufgenommen haben und mit einem baldigen Durchbruch rechnen.«

Natürlich war Marshal Fagin – Gerüchten zufolge würde sein Einsatz auf dem Berg massiv eingeschränkt werden, nachdem nun das Hostage Rescue Team eingetroffen war – anderer Meinung.

»Alles Affenscheiße«, sagte er. »Der wird sich nie im Leben ergeben.«

Agent Banish sah Marshal Fagin an; die grau gewordene Verbrennung verdunkelte eine Hälfte seines Gesichts. »Ich werde ihn knacken«, sagte er zuversichtlich.

Marshal Fagin sagte: »Ich kenne diesen Arsch. Er ist ein hinterhältiger Kämpfer, ein Dreckskerl, der einem das Messer in den Rücken jagt. Sehen Sie sich nur an, was er schon alles versucht hat. Kampflos geht der nicht unter. Dieser Arsch verliert nicht gern.«

An der Art, wie Agent Banish ihn jetzt anschaute und ganz offensichtlich abwägte, was er gerade gesagt hatte, erkannte Brian, daß hier genau wie im Polizeirevier der Tratsch meistens zutraf. Auch wenn er nicht alles mitbekam, war für Brian klar, daß Marshal Fagin auf jeden Fall an vorderster Front bleiben würde. Er war einer der wenigen, auf die Agent Banish zu hören schien. Im Gegensatz zu Agent Perkins, der ein Händchen dafür hatte, immer nur das Offensichtliche zu bemerken. Die Beamten im Kommandozelt respektierten ihn ungefähr so wie Schüler einen Vertretungslehrer.

Agent Banish sagte: »Es paßt nicht zu seinem Profil – okay. Aber wir haben ihn. Wir sind dreihundert Imker, die sich um eine einzige Biene kümmern. Er kann unmöglich fliehen, selbst wenn er das anders sehen sollte. Soll er doch zappeln. Soll er doch einen Plan schmieden, wie er hier wieder rauskommt. Ich bin jetzt in seinem Haus und in seinem Kopf.«

Operationsbasis

Banish hatte den bitteren Kaffee satt, aber der morgendliche Vorrat an Obstsaft war bereits aufgebraucht. Er nahm den Kaffee schwarz, und als er sich umdrehte, sah er Fagin auf sich zukommen.

»Ich sage das jetzt nur einmal«, sagte Fagin und trat nah an ihn heran, als sie allein waren. »Wir wissen, wo das Telefon ist. Wir wissen, wann Ables an der Strippe hängt. Es ist mir scheißegal, wer den Einsatzbefehl bekommt, ich oder das HRT. Kopfschuß durchs Fenster. Sauber. Blendgranaten hinterher und dann blitzschnell rein. Die ganze Sache ist in zwanzig Sekunden erledigt, rein und wieder raus.«

Banish schüttelte den Kopf. Er hatte bereits ähnliche Szenarien in Erwägung gezogen. »Wenn Sie mir für die Ehefrau, Mrs. Mellis und die Kinder Sicherheit garantieren können – *garantieren können* –, dann würde ich mich überzeugen lassen, Ables zu überrumpeln. Aber das können Sie nicht, also werde ich nicht so vorgehen. Außerdem ist das jetzt nicht mehr erforderlich. Er wird rauskommen. Die Frage ist nur noch, wann.«

Fagins ruhige Augen wurden durch sein angespanntes, dunkelbraunes Gesicht noch betont. »Es ist Ihre Entscheidung«, sagte er düster.

Dann bekam Fagin wieder diesen distanzierten Ausdruck, als er über seinen Ohrstöpsel eine Nachricht empfing. Seine Augen wurden wieder normal, er schaute sich um, und sein Gesicht verriet, daß es sich um nichts Wichtiges handelte. »Hier kommt Tonto«, sagte er.

Sheriff Blood kam auf seine lakonische Art herangeschlendert, ohne Banish oder Fagin anzusehen, steuerte aber dennoch direkt auf sie zu.

»Unten im Tal läuft so was wie ein Happening«, sagte Blood zu Banish, als er bei ihnen war. »Ich dachte, ich

sollte Sie darauf aufmerksam machen, falls Sie es nicht schon wissen.«
»Was?« sagte Banish.
»So was wie ein großes Ereignis hier in der Gegend. Alle State Trooper sind zu einem Sondereinsatz abberufen worden.«
Banish sah ihn an. »Welcher Einsatz könnte Vorrang vor dem hier haben?«
»Tja«, meinte Blood, und Banish konnte sehen, daß dem Indianer seltsamerweise etwas peinlich war. »Heute abend drüben in Little Elk«, sagte er. Dann nickte er und rückte mit der Sprache heraus. »Dort wird ein Wunder erwartet, sagt man.«
Banish spürte, wie Fagin sich umdrehte und ihm zuvorkam. »Was für ein Wunder?«
Blood nickte. »Was Religiöses.«
Fagin sagte: »Meine Güte.«
Blood sagte: »Heute gegen Mitternacht wird sich drüben in einer Kirche in Little Elk Jesus Christus oder Jahwe, falls Ihnen das lieber ist, offenbaren. Mehr als zwanzigtausend Menschen werden erwartet. Wenn sich so was herumspricht, kommen die Leute von überallher. Die Trooper werden gebraucht, damit sich auf den Highways überhaupt noch was bewegt.«
Banish betrachtete nachdenklich den Indianer. »Zwanzigtausend Menschen«, sagte er.
Blood nickte. »Und mehr.«
Einen Augenblick lang war Banish still. Fagin sah die beiden an. »Auf dem Planeten«, sagte Fagin, »von dem ich komme, gibt's diese Sache namens Fernsehen. Die meisten Leute beschäftigen sich abends damit. Das sorgt dafür, daß sie normalerweise ziemlich ruhig bleiben.«
Banish sagte zu Blood: »Sie wollen mir also sagen, daß all diese Leute da unten verschwunden sind, daß sich die ganze Demonstration in Luft aufgelöst hat? Einfach so?«

»Es sind nur noch ungefähr dreißig übrig«, bestätigte Blood nickend. »Stellvertreter, mehr oder weniger, für die Hunderte, die sie repräsentieren. Es ist jetzt ziemlich ruhig da unten, fast schon friedlich.«
Fagin sah die beiden an. »He«, sagte er, »das ist doch total bescheuert«, und ging.
Blood wandte sich jetzt Banish direkt zu: »Woher wissen Sie über diese ungeklärten Todesfälle?«
Banish sah ihn an.
»Am ersten Tag«, sagte Blood. »Sie vermuteten da, daß die meisten Indianer waren.«
Banish beobachtete die Augen des Sheriffs. »Indianer sind hier oben die einzige Minderheit.«
»Worauf läßt das schließen?«
»Daß Sie glauben, es bestehe ein Zusammenhang zwischen den Todesfällen.«
Blood sah Banish an, seine Augen funkelten. »Bei vier von sechs Fällen handelte es sich um Unfälle mit Fahrerflucht«, sagte er.
»Die Police Chief Moody als betrunkene Indianer abtut. Und deshalb haben Sie so schnell das FBI gerufen. Sie glauben, Sie brauchen hier vielleicht Hilfe.«
Banish sah, wie sich in Blood alles anspannte.
»Die Zeitungen haben recht«, sagte Blood. »Sie sind ein gefährlicher Mann.«
Irgend etwas war. Es stand dem Indianer ins Gesicht geschrieben. Banish merkte, daß er den Kaffeebecher noch in der Hand hielt, und warf ihn in eine Mülltonne. »Während ich mich umziehe, habe ich ein paar Minuten Zeit«, sagte er. »Warum klären Sie mich nicht über die Einzelheiten auf.«
Blood nickte und begleitete ihn über die Lichtung.

Caravan

Blood blieb neben dem Bett stehen. Banish schloß die Tür des Caravans und ging zu seinem Koffer, der auf dem Tisch lag. Blood schaute zu der Stelle hinüber, wo der Spiegel gehangen hatte, und sah nur eine rechteckige Fläche, die dunkler war als der Rest der Wand.

Beim Spaziergang hatte Blood auf Zeit gespielt. Es fiel ihm schwer, einen richtigen Anfang zu finden. Das hier war wichtig.

»Die ersten beiden Todesfälle sind passiert, bevor ich das Amt übernommen habe«, begann er. »Ein achtundsechzigjähriger Indianer wurde auf einer Countystraße gefunden, nachdem er unten in Crater an einem Powwow teilgenommen hatte. Später wurde im Shoot River eine Leiche angetrieben. Ein sechzehnjähriger Junge, der seit ein paar Monaten vermißt wurde. Er war schon ziemlich verwest, es war nicht mehr viel übrig von ihm.«

Banish hatte ihm den Rücken zugekehrt und wühlte in seinen Sachen. »Was ist das für ein Fluß?«

»Breit und reißend. Kann je nach Jahreszeit ziemlich tückisch sein. Fließt direkt durch Huddleston. Über die Jahre sind schon mehrere Leute ertrunken.«

Banish zog eine Hose heraus, bei der bereits ein Gürtel durch die Schlaufen gezogen war. »Erzählen Sie mir einfach von den Todesfällen, über die Sie die meisten Informationen haben.«

»Gut«, sagte Blood und nickte. Er mußte das hier klar und deutlich vortragen. »Das sind dann die letzten beiden. Das war, nachdem ich hellhörig geworden bin, und andere Leute ebenfalls. Zu diesem Zeitpunkt wurde eine Menge geredet – unter den Indianern hier in der Gegend. Spekulationen über einen Serienkiller, dessen Opfer ausschließlich Indianer waren.«

»Dummes Zeug«, sagte Banish und nahm ein Hemd heraus.
Blood nickte. »Das *ist* nur Quatsch, ja. Ich habe ihnen gesagt, daß ein Mörder nicht so vorgeht, aber sie haben einfach nur Angst. Der vorletzte war ein zweiundzwanzigjähriger Mann, der Familienname ist Kowes, ein Shoshoni. Wurde acht Tage vermißt, ist dann in seichtem Wasser treibend gefunden worden – ebenfalls im Shoot River. Wurde zuletzt auf einer Party in der Nähe des Huddleston Center gesehen. Ist dort spät aufgebrochen und war auf dem Heimweg, als er sich beim Überqueren der Gleise draußen in der Nähe von Potters Kartoffelfarm auf einer Eisenbahnschwelle einen Reifen platt fuhr. Das war's auch schon so ziemlich, was wir mit Sicherheit wissen. Von diesem Punkt an gibt es nur noch Vermutungen. Offiziell geht man davon aus, daß er aus Angst, wegen Trunkenheit am Steuer erwischt zu werden, seinen Wagen am Rand der Gleise stehenließ und eine Meile zum Fluß gelaufen ist. Der Junge war in guter körperlicher Verfassung, ein Sportler, und vielleicht hat er gedacht, er könnte durch den Shoot schwimmen und anschließend auf der anderen Seite weiter nach Hause gehen. Das wäre eine ziemliche Abkürzung gewesen.«
»Blutalkohol?«
»Eins Komma sieben. Der Junge hatte kräftig getankt.«
»Aber Leute, die ihn kannten, sagen, er sei viel zu klug gewesen, um zu versuchen, durch den Fluß zu schwimmen«, meinte Banish. »Betrunken oder nicht.«
Blood nickte. »Seine Eltern glauben, man hat ihn ins Wasser getrieben.«
Banish zog die Brieftasche aus der Gesäßtasche und warf sie aufs Bett, wo sie aufklappte, dann ging er mit den frischen Kleidungsstücken in der Hand ins Bad. »Ich höre zu«, sagte er, als er um die Ecke verschwand.

Blood räusperte sich, war es nicht gewöhnt, soviel an einem Stück zu reden. Er wollte auf keinen Fall etwas auslassen.
»Über den letzten Toten ist mehr bekannt. Ein siebzehnjähriger Junge namens Darkin. Wurde das letzte Mal in einer der Kneipen in Huddleston gesehen. Der Laden nennt sich Bunker, ein kleiner Bau aus Hohlblocksteinen, der etwas abseits von der Straße liegt. Früher zierten ein paar Hakenkreuze die Rückseite des Hauses, sind aber übermalt worden.«
»Die Kneipe, in der Ables geschnappt wurde«, sagte Banish aus dem Bad. Die Tür hatte er offen gelassen. »Was zum Teufel hatte ein Indianer in so einem Schuppen zu suchen?«
Bloods Blick fiel auf die braune Lederbrieftasche auf dem Bett. Sie war abgetragen, die blaßgoldenen Nähte hier und da locker. Aus einer der hinteren Taschen sah er die Oberkante eines Fotos herausragen. Blood machte einen Schritt auf das Bett zu, behielt dabei die Tür im Auge.
»Das ist nicht bekannt«, sagte er. »Vielleicht wollte er sich mit anderen treffen, in der Gruppe fühlt man sich stärker. Vielleicht hatte er auch eine Verabredung mit einem Mädchen. Wie auch immer, er ist nach Mitternacht allein mit einem Taxi dort angekommen und keine Stunde geblieben. Zwei Türsteher behaupten, sie hätten ihn gegen eins, halb zwei allein gehen sehen. Das ist da draußen eine landwirtschaftlich genutzte Straße, geteert, aber unbeleuchtet. So was wie eine Hauptstraße im Süden der Stadt. Ein Autofahrer hat die Leiche mehr als eine halbe Meile vom Bunker entfernt gefunden. Das war kurz nach zwei.«
Banishs Stimme sagte: »Wie haben die Türsteher ausgesehen?«
»Rasierte Schädel, Hosenträger, schwarze Stiefel.«
Banish sagte: »Das sind also die Leute, die angeben, wann der Indianer gegangen ist. Sie sind die letzten, die ihn lebend gesehen haben.«

»Wir haben keine davon unabhängige Bestätigung. Wir versuchen immer noch, einige der Kneipengäste ausfindig zu machen.«

Banish sagte: »Fahren Sie fort.«

Blood warf erneut einen Blick zur Badezimmertür. »Erstens«, sagte er und griff nach der Brieftasche auf dem Bett, »warum sollte der Junge um diese Uhrzeit vier Meilen zu Fuß nach Hause gehen wollen?« Blood zog das Foto fast ganz heraus. »Es war Mitte Februar und Minus elf Grad. Dem Taxifahrer, der ihn dort abgesetzt hat, hat er gesagt, er würde später wieder anrufen und sich nach Hause fahren lassen. Aber das hat er nie getan.« Dann betrachtete Blood eine Weile das Familienfoto. Es zeigte einen durchtrainierteren Banish mit schmalerem Gesicht, er war zehn Jahre jünger und trug einen dunklen Anzug und eine breite Krawatte. Er stützte sich mit einer Hand auf dem Stuhl ab, auf dem seine Frau saß, sie hatte glatte, lange braune Haare, Rock und Strümpfe wirkten konservativ – und an ihrer Schulter lehnte über das ganze Gesicht lächelnd ihre Tochter, ein dunkelhaariges Mädchen von höchstens zehn oder zwölf Jahren. »Neun Dollar in seiner Gesäßtasche«, sagte Blood, schob das Foto schnell zurück und legte die Brieftasche aufgeschlagen wieder aufs Bett, »mehr als genug für ein Taxi. Als offizielle Todesursache hat der Coroner ein stumpfes Kopftrauma unbekannter Ursache ermittelt, aber ich habe ihn gebeten, doch noch etwas genauer zu untersuchen, da mir die Angabe ein wenig zu spekulativ erschien, und er stellte daraufhin eine Schädelfraktur und weitere Verletzungen fest, die zu einem Verkehrsunfall passen.«

Banish antwortete nicht sofort, und Blood machte einen weiteren Schritt vom Bett zurück. »Auf welcher Straßenseite wurde er gefunden?«

Blood erwiderte: »Genau in der Mitte einer zweispurigen,

asphaltierten Landstraße. Lag da mit ausgestreckten Armen und Beinen.«
»Blutalkohol?«
»0,125 Promille.«
Eine weitere Pause. »Wie hat die Leiche ausgesehen?«
»Brian Kearney war an diesem Morgen als erster am Tatort. Er sagte, er habe sofort das Gefühl gehabt, habe als erstes gedacht, daß der Tod an einem anderen Ort eingetreten sein muß. Daß die Leiche aussah, als ob sie bewegt worden sei. Nun, Sie kennen ja Brian. Er ist noch feucht hinter den Ohren, und manchmal redet er, bevor er richtig nachgedacht hat. Also habe ich das selbst überprüft.« Blood hakte jeden Punkt an den Fingern der rechten Hand ab. »Keine Autoteile auf der Straße. Keine Bremsspuren, keine Glasscherben. Sämtliche Zufahrten und Nebenstraßen dort draußen sind nicht asphaltiert, und auf beiden Fahrbahnen jede Menge Reifenspuren, aber keine Dreckspur, die auf einer Strecke von dreißig Metern den Mittelstreifen überquert hat. Und dann dies. Als er gefunden wurde, trug der Junge unter seiner Jacke zwei T-Shirts, beide waren von der Taille bis unter die Achseln hochgezogen, und sein Rücken war völlig zerkratzt. Als wäre er dorthin geschleift worden. Manche meinen, so was könnte auch durch ein Auto passiert sein, aber auf dem Asphalt wäre sein Rücken dann in Fetzen gerissen worden. Am nächsten Tag ist Brian dann heimlich zu mir rübergekommen. Er erzählte mir, daß Moody ihm die Sache ausgeredet hat. Das mit den T-Shirts ist nie im offiziellen Bericht aufgetaucht.«
Blood hörte, wie ein Wasserhahn lief und wieder zugedreht wurde. »Der erste, dieser Kowes«, sagte Banish. »Er wurde acht Tage vermißt. Was ist mit seinem Wagen?«
»Der ist am nächsten Tag an den Bahnschienen gefunden und als stehengelassenes Fahrzeug abgeschleppt worden.«

»Wurden die Eltern nicht verständigt?«
»Der Wagen war auf den Namen des Jungen zugelassen. Ich bin eine Woche, nachdem die Leiche angespült wurde, mit seinem Vater zum Abschlepphof gefahren, und dort haben wir den Wagen dann hinter einigen anderen Autos gefunden. Die Brieftasche lag leer vorne auf dem Wagenboden, der Inhalt war über Fahrersitz, Armaturenbrett und vor den Vordersitzen verstreut. Ebenso Kleidungsstücke. Und Einkaufsquittungen und Einzahlungsbelege.«
»Und die Eltern bestehen darauf, daß er ein sehr ordentlicher Junge war.«
Blood nickte, wanderte jetzt auf und ab. »Und daß genau da Beweise verschwunden sind, denn später kommt heraus, daß es eine junge Dame gibt, die behauptete, mit Kowes in der Nacht seines Todes in dem Wagen zusammen gewesen zu sein. Ihr Geschichte lautete, daß der Junge glaubte, verfolgt zu werden, und daß er sich deshalb ein wenig verirrt habe, ängstlich durch die Gegend gefahren sei und am Ende einen Platten hatte. Sie sagte, er hätte am Straßenrand angehalten und ihr gesagt, sie solle aussteigen und sich verstecken – sie ist keine Indianerin. Von dort, wo sie war, ein gutes Stück in einem Kartoffelfeld, hörte sie wenig später Stimmen und wie die Türen eines anderen Wagens zugeschlagen wurden.«
Banish nickte. »Aha.«
»Das Problem ist nur, sie hat ihre Geschichte später entscheidend abgeändert, und das mehr als einmal. Und jetzt ist sie ganz weggezogen, und ich habe nicht den blassesten Schimmer, wo sie heute steckt.«
»Dann hatte Moodys Dienststelle also den Wagen und die Vermißtenmeldung, hat aber beides nicht miteinander in Verbindung gebracht?«
»Genau. Er hat gesagt, sie hätten das nicht getan, weil die Leiche im Fluß gefunden worden sei, der zum County

gehört, also in meinen Zuständigkeitsbereich fällt, und der Wagen wurde draußen bei den Eisenbahnschienen gefunden, die zu seinem Zuständigkeitsbereich gehören. Aber für meinen Geschmack ist das verdammt fadenscheinig«, sagte Blood und hörte die Schärfe in seiner Stimme. »Verdammt fadenscheinig.«

Dann kam Banish wieder aus dem Bad, das Hemd nicht zugeknöpft und die Hose an der Taille offen. Blood bemerkte eine tiefe Narbe von der Größe eines Silberdollars direkt unterhalb von Banishs Magen, eine rosafarbene Kerbe auf der weißen Haut und drum herum kleinere rosafarbene Flecken – er schaute sofort wieder zu Banishs Gesicht hoch, um nicht länger hinzustarren.

Banish warf seine schmutzigen Kleider aufs Bett. »Es ist nicht Moody«, sagte er. »Ich bin sicher, Sie haben bereits nach Gemeinsamkeiten zwischen den Opfern gesucht, mal abgesehen von Geschlecht und Rasse, und falls es keine gibt, dann sollten Sie's am besten vergessen. Falls jemand überhaupt etwas davon hat, dann wird hier nur etwas vertuscht. Nach einer Polizeiverschwörung klingt es jedenfalls nicht. Wahrscheinlich hat Moody einfach nur ein Auge zugedrückt oder schlimmer noch, es ist ihm völlig gleichgültig. Für ihn sind es nur ein paar betrunkene Indianer. Zwei Ertrunkene und mehrere Opfer von Verkehrsunfällen. Das werden andere auch so sagen. Wenn Sie das FBI einschalten wollen, müssen Sie schon mehr als das vorzuweisen haben. Gab es bei der Fahrerflucht keine Farbspuren an der Leiche?«

»Meinen Sie so was wie Autolack?«

Banish stopfte das Hemd in die Hose und zog den Reißverschluß hoch. »Bei einem Aufprall gerät Farbe auf Haut und Kleidung.«

Blood nickte. »Nein, nichts. Verstehen Sie jetzt?«

»Was hatte Darkin außer den beiden T-Shirts noch an?«

»Jeans und eine Lederjacke.«

»Das ist gut. Leder nimmt Farbe besser an als sonst was. Wenn sich auf dieser Jacke keine Farbspuren befinden, eröffnen Sie sofort eine Ermittlung wegen Mordes. Bringen Sie einen weiteren, ähnlich gelagerten Todesfall von einem Indianer damit in Verbindung, und schon haben Sie ausreichend Material für einen Civil Rights Case, womit es automatisch eine Bundesangelegenheit wird. Und ich würde ferner überlegen, einen Coroner von außerhalb zu beauftragen, einen, der mit seinem Messerchen nicht ganz so flink ist.«

Er nickte abschließend, überdachte anscheinend seine eigene Antwort. Er nahm die Brieftasche vom Bett und schob sie in die Gesäßtasche. Einige Augenblicke stand er bewegungslos da. Schließlich schüttelte er den Kopf. »Wie konnten Sie es nur so weit kommen lassen?« fragte er.

Blood sah ihn an. »Was meinen Sie damit?«

»Wie hoch ist hier oben der indianische Bevölkerungsanteil?«

Blood dachte darüber nach, erkannte, worauf Banish hinaus wollte. »Vielleicht zwei Prozent«, antwortete er. »Wollen Sie damit sagen, ich mache meine Arbeit nicht richtig?«

»Sie hatten Fragen«, sagte Banish. »Sie haben mit Leuten geredet, Sie haben Theorien entwickelt. Und dann haben Sie nichts unternommen. Warum bei dieser Sache auf Hilfe der Bundesbehörden warten? Wie können Sie hier überhaupt all diese Separatisten und Neonazis dulden?«

Blood reagierte heftig. »So was nennt man Redefreiheit«, sagte er. »Hier oben wohnen auch eine Menge gute, anständige Menschen.«

»Sicher«, sagte Banish. »Aber der Unterschied zwischen guten, anständigen Leuten und solchen, die wegsehen und schweigen, ist klein. Redefreiheit funktioniert in beiden Richtungen.«

Blood nickte langsam. »Dann sollte ich sie mir also einfach vorknöpfen. So wie Sie sich Mellis vorgeknöpft haben.«
Es überraschte und beschämte Blood, wie gehässig er war, aber Banish steckte es weg, stand einen Moment still da. »Ich sage nur, daß heimliches Vorgehen keinem Menschen auch nur irgendwie nutzt. Gehen Sie raus und stellen Sie diese Leute zur Rede. Die brüsten sich vor Ihnen mit ihrer Gesetz- und Respektlosigkeit. Sie müssen denen entgegentreten, ganz besonders Sie. Andernfalls sind Sie nur der Sheriff dieses County und auch nicht besser als der ganze Rest. Sie müssen diese Leute lächerlich machen. Sie demütigen. Alles andere funktioniert nicht.«
Bloods Gesicht glühte. Der Raum schien sich ein wenig zu drehen, und er schaute sich um; all die Dinge, die er darauf erwidern konnte, schossen ihm durch den Kopf: daß er keinen Rückhalt in der Öffentlichkeit hatte, daß er ein Ein-Mann-Betrieb war. Doch daß ihm dies alles so bewußt war, trieb ihm wieder beschämt die Röte ins Gesicht, und ihm wurde klar, daß seine Entschuldigungen genau so belanglos waren, wie sie klangen. Und deshalb hatte Banish ihn einen Politiker genannt. Seit seinem ruhmreichen Wahlsieg hatte Blood aus irgendeinem Grund den Hut vor diesen Schlägern gezogen, statt entschieden gegen sie vorzugehen. Er hatte seinen Stolz eingemottet, statt ihn herauszukehren. Blood war beschämt, jetzt aber eher wütend als peinlich betroffen. Wütend auf Moody und alle anderen, die ihn verspotteten. Da waren diese Scheißkerle, die hinter seinem Rücken über ihn lachten. Ihm wurde klar, daß es ihm nicht um Banishs Hilfe ging, daß er überhaupt nicht deshalb gekommen war – er war gekommen, weil er sich etwas ausreden lassen wollte, weil er hören wollte, daß er sich irrte, obwohl er doch genau wußte, daß er recht hatte. In gewissen Kreisen war Sheriff Leonard M. Blood nichts als eine Witzfigur. Er war ge-

wählt worden, um Frieden zu bewahren. Da draußen gab es auch gute, anständige Menschen, nicht nur den Abschaum, mit dem er meistens zu tun hatte, sondern gute, gerechte Menschen, die ihm ihr Vertrauen geschenkt hatten, als sie ihre Stimme für Wandel und Frieden und Recht und Ordnung abgaben.

Das weckte Erinnerungen an eine andere Sache, die er so bereitwillig verdrängt hatte, ein weiterer schmerzhafter Verdacht, vor dem er bislang zurückgeschreckt war. Er nahm den Brief heraus, den er mit sich herumgetragen hatte, und reichte ihn Banish. Er wartete, bis Banish das Blatt auseinandergefaltet und erkannt hatte, was es war.

»Ables' Brief an den WAR«, sagte Blood. »Gestern abend hat ein Mann, der behauptet, Ables' Anwalt zu sein, Kopien davon verteilt. Das hat die Menge ganz schön aufgestachelt. Er sagte, das Bureau of Alcohol, Tobacco and Firearms habe Ables gedroht, Anklage gegen ihn zu erheben, falls er sich weigerte, als Informant für sie zu arbeiten, und der Mann sagte auch, er könne das vor Gericht beweisen. Sie haben das nicht weiter beachtet, als ich es Ihnen das erste Mal gegeben habe. Werfen Sie jetzt mal einen Blick drauf?«

Banish sah den Brief an. Er faltete ihn in der Mitte zusammen, ließ die Finger langsam an der Kante entlang gleiten.

»Was ist, wenn ich Ihnen sage, es spielt keine Rolle?« fragte er.

Blood sagte: »Werfen Sie jetzt mal einen Blick drauf?«

Banish hielt das Blatt Papier in der Hand. Er sagte nichts.

»Was würden Sie tun«, sagte Blood, »wenn sich herausstellt, daß dieser ganze Schlamassel hier nichts als ein einziger, großer, gottverdammter Irrtum ist?«

Eine ganze Weile schwieg Banish und war scheinbar tief in Gedanken versunken. Dann faltete er den Brief noch einmal zusammen und schob ihn in die Brusttasche seines

Hemdes. Er nickte Blood zu. »Sie sind auch gefährlich«, sagte er.

Gefährlich unfähig, dachte Blood. Ein Fußabtreter, auf dem die Leute rumtrampeln konnten, ein Monument, das manchmal sogar redete. Früher hatte er gedacht, daß Stärke und Stille ausreichten. Chief Moody brach praktisch in sein Büro ein. Polizisten parkten auf dem für ihn reservierten Platz. Deke Belcher beleidigte ihn in seinem eigenen Wagen. Und er hatte keinmal reagiert. Der Gedanke, wie sich alle über ihn kaputtlachten, machte Blood fuchsteufelswild. Warum hatte er nicht gehandelt? Warum hielt er sich so zurück? Und was war der Preis?

Er stellte sich jeden einzelnen der Indianerjungs vor – jung, betrunken und völlig verängstigt – umzingelt und überfallen von diesem Mob.

Banish ging zur Tür. »Von jetzt an möchte ich Sie oben in der Operationsbasis haben«, sagte er.

»Warum?« fragte Blood. Er war sauer und frustriert und versuchte es zu verbergen.

»Wir nehmen jetzt die Verhandlungen mit Ables auf. Sie kennen die Wesensart der Einheimischen, kennen sich hier aus. Ich will Sie dabeihaben. Könnte sein, daß Sie etwas mitbekommen, das ich andernfalls übersehen würde.«

»Und?« sagte Blood.

Banish dachte einen Moment nach. »Es gibt da ein Sprichwort«, sagte er. »Behalte die gefährlichsten Männer immer in deiner Nähe.«

Blood sah das genauso. Im Moment befand er sich in dem benommenen Zustand, der auf eine gründliche Abreibung folgt, der Schmerz, der sich schwer über einen legt und sich tief in Muskeln und Seele eingräbt. Er ging hinter Banish hinaus und marschierte allein über die Lichtung davon.

Kommandozelt

[BELAGERUNG, S. 66]
SA Banish kehrte ins Kommandozelt zurück und erteilte SA Coyle Anweisung, sich mit der Außenstelle des BATF in Spokane, Washington, in Verbindung zu setzen, um die Rückkehr der Agenten Riga und Crimson zur weiteren Befragung anzuordnen.

Tontechnik

Banish schritt in dem engen Raum auf und ab, hielt den Kopf gesenkt, um nicht gegen die Decke des Transporters zu stoßen. Seine Hände waren keinen Augenblick still, er verschränkte sie vor der Brust und nahm sie wieder auseinander, rang sie und wischte sie dann an der Hose ab. Blood stand an eine Wand gelehnt in der Ecke neben der geschlossenen Tür. Der Tontechniker saß vor seinen Geräten.
Die Tonbandspulen klickten und begannen eine weitere Drehung. »Er kommt«, sagte der Tontechniker, setzte die Kopfhörer auf und legte einen Schalter um. Das Geräusch von Schritten auf einem Holzfußboden erfüllte das Innere des Transporters. Die Schritte näherten sich dem Mikro und verharrten, dann waren da gedämpfte Geräusche, ein Mann, der sich räusperte, und schließlich ein Klicken.
»Watson.«
Seine Stimme füllte den Transporter. Der Tontechniker regulierte die Lautstärke, während Banish sich setzte. Er benutzte nur das Handmikro, so daß Ables' Stimme weiter über die Deckenlautsprecher erklang, damit Blood ihn hören konnte.
»Ja, Mr. Ables.«

»Hast du Familie, Watson?«
Schon die erste Frage brachte ihn aus dem Konzept. Es wäre ihm leicht gefallen zu lügen, doch da Banish das Ziel verfolgte, Verständnis für den Täter aufzubringen und ein Verhältnis zu ihm aufzubauen, erschien ihm in dieser speziellen Situation als beste Antwort tatsächlich ein »Ja«.
»Ich möchte über meine Familie reden«, sagte Ables. »Falls mir irgendwas zustößt.«
»Was meinen Sie damit?«
»Das war gut«, sagte Ables. »Das war überzeugend.«
Banish blinzelte, starrte ausdruckslos das Pult vor sich an. »Mr. Ables, ich glaube, ich komme nicht ganz mit. Denken Sie vielleicht daran, herauszukommen?«
Banish würde nicht »sich stellen« sagen. Er würde nicht »aufgeben« sagen. Er mußte das Ables entscheiden lassen. Er wartete eine kurze Pause ab.
»Dann weißt du es vielleicht wirklich nicht«, sagte Ables. »Ich dachte, ihr wärt alle eingeweiht, aber Fehlinformation ist grenzenlos. Oder vielleicht stehst du auch nicht weit genug oben, um es zu wissen.«
»Was zu wissen, Mr. Ables?«
»Die Pläne, die sie mit mir haben, und wie das hier alles ausgehen soll.«
Banish hakte nach. »Wer, Mr. Ables?«
»Daß ich erschossen werde, kaltblütig ermordet, sobald ich mein Haus verlasse. Das weiß ich.«
»Das ist schlicht und einfach nicht wahr, Mr. Ables. Niemand hier wird feindselig gegen Sie vorgehen, es sei denn, Sie versuchen wieder etwas Unkluges.«
Banish wartete eine weitere, diesmal längere Pause ab.
»Meine Frau«, sagte Ables. »Falls ich rauskomme, würde sie frei ausgehen?«
Banish schwieg, als müsse er sorgfältig darüber nachdenken. »Das ließe sich sicher arrangieren«, sagte er.

»Nicht so schnell, Watson«, erwiderte Ables. »Nicht so einfach. Ich habe andere Verpflichtungen. Ich weiß, daß sie mein Haus wollen. Sie wollen mich, und sie wollen mein Land. Ich habe diese Haus mit eigenen Händen gebaut, ich und meine Frau und meine Töchter. Verstehst du das, Watson?«

»Das verstehe ich, Mr. Ables.«

»Das solltest du auch besser, gottverdammt noch mal. Und ich habe das Land auf diesem Berg bezahlt, und ich habe es im Schweiße meines Angesichts bestellt.«

»Mr. Ables – wir kommen hier in einen Bereich, auf den ich keinen Einfluß habe. Streng juristisch gesehen haben Sie den Anspruch auf Ihr Haus an das Gericht verwirkt, als Sie sich weigerten, zu Ihrem Prozeß zu erscheinen.«

»Es wurde mir verweigert. Wieder so eine schleimige Sabotage. Ich habe den Brief zwei Monate zu spät erhalten.« Und wieder war Ables ihm um Längen voraus. »Welchen Brief?« fragte Banish.

»Den Brief von diesem Gericht. Mit dem Datum für mein Erscheinen. Zugestellt von der Bundespost, Watson. Für euch Leute da draußen ist das alles nur ein Spiel, stimmt's? Ihr sitzt da und tut gerade so, als wüßtet ihr nicht, daß ihr alle an dieser Sache beteiligt seid. Du weißt doch genau, daß ihr mir was angehängt habt, aber du willst es nicht offen zugeben. Du kommst mir mit zwei- und dreideutigem Blabla und versuchst, Zweifel in mir zu säen.«

»Mr. Ables, ich versuche hier nichts anderes als irgendeine Übereinkunft zwischen uns herzustellen, durch die Sie in Kooperation mit den zuständigen Behörden herauskommen, bevor es dazu zu spät ist.«

»Wer ist Banish?« fragte Ables.

Banish zuckte zusammen. Es durchfuhr ihn eiskalt. »Was?«

»Banish. Ich höre den Namen immer im Radio, öfters als deinen.«

Banish sagte: »Auf diesem Berg gibt es keinen Banish«, und wußte sofort, daß er einen schweren Fehler begangen hatte.
»In den Radionachrichten haben sie gesagt, er hätte hier das Kommando.«
»Er ist im Augenblick nicht hier. Mr. Ables, wir haben gerade über Ihr Haus gesprochen.«
»Ich will mit diesem Banish reden.«
»Ich habe Ihnen doch gerade gesagt, daß er nicht hier ist.«
»Wo ist er dann? Ich bin jetzt am Telefon. Wer zum Teufel hat da draußen das Sagen?«
»Mr. Ables, ich halte es für das Beste, wenn wir diese Sache unter uns beiden klären könnten, statt alles zu komplizieren, indem wir einen Dritten einschalten.«
»Dann gehört er zur taktischen Truppe«, sagte Ables. »Du bist der Mund, er ist der Junge am Abzug. Stimmt's? Hockt jetzt gerade irgendwo da draußen in den Bäumen. Wartet auf mich. Dann ist er also derjenige welcher. Er will mich in seinem Fadenkreuz sehen. Er ist so scharf darauf, mich unter der Erde zu sehen, daß er's förmlich schmecken kann.«
»Mr. Ables, niemand da draußen, niemand, will Ihnen oder Ihrer Familie ein Haar krümmen. Ich persönlich versichere Ihnen das. So, und wenn Sie jetzt vernünftig sind, können wir fortfahren, ganz nüchtern und realistisch darüber zu sprechen, wie wir Ihre unmittelbaren Bedürfnisse erfüllen –«
»Hat Banish Familie?«
Banish schaute kurz zur Seite. Er runzelte leicht die Stirn und sah dann wieder nach vorn. »Das weiß ich nicht«, sagte er.
»Dann eben du. Wenn du wüßtest, Watson, daß dir in der allernächsten Zukunft was zustößt, wenn du das wüßtest, würdest du dann nicht auch vorher für deine Familie alles

regeln wollen? Ist das nicht deine Pflicht? Du willst dann doch, daß sie in ihrem Haus wohnen können, einem Haus, das sie mitgebaut haben, und daß sie zusammenbleiben dürfen und nicht von irgendwelchen Scheißkerlen von der Regierung belästigt werden, wenn du erst mal unter der Erde bist?«

Banish schloß die Augen. »Mr. Ables«, sagte er, »das klingt vernünftig.«

Eine dritte Pause. Banish wartete geduldig. Das Schweigen hielt an.

Banish öffnete die Augen. »Mr. Ables«, sagte er. »Mr. Ables.«

Ein Klicken. Banish sah zu dem Tontechniker hinüber. Der Tontechniker schüttelte den Kopf. Schritte in der Blockhütte, Schritte, die sich entfernten.

Banish schaltete das Mikrophon aus. Eine ganze Weile saß er da, starrte die Regler, Schalter und Instrumente an. In seinem Kopf drehte sich alles. Dann stand er auf. »Schön«, sagte er gedankenverloren, ohne sich umzudrehen, und hatte das Gefühl, daß er noch etwas sagen mußte, bevor er ging. »Ich bin gleich wieder zurück«, sagte er.

Büro

Er ging in seinem Büro auf und ab. Der Lärm im Kommandozelt draußen konnte das Dröhnen in seinem Kopf nicht übertönen. Jedesmal wenn er an seinem Schreibtisch vorbeikam, sah er das Telefon darauf an. Er war aufgewühlt. Erschöpfung, innere Unruhe. Das Gefühl, sich fieberhaft in Zeitlupe zu bewegen. Sein Gesicht juckte an den Stellen, wo sich noch Spuren des Schwarzpulvers befanden, aber wenn er Wange und Kinn mit seinen trockenen Händen rieb, wurde es nur noch schlimmer.

Er dachte an Molly und Nicole. Er sah das Telefon an, wann immer er daran vorbeikam, und überlegte mögliche Vorgehensweisen. Er spielte verschiedene Szenarien durch. Zunächst einfach: Herzliche Glückwünsche. Er könnte sagen, er habe durch einen Freund eines Freundes von Nicoles Verlobung erfahren. Riefe einfach nur an, um ihr alles Gute zu wünschen. Damit würden sie sich nichts vergeben. Nichts würde sehr schnell passieren, falls überhaupt. Ein paar höfliche Telefongespräche über einen Zeitraum von mehreren Monaten. Ein Verlobungsgeschenk von ihm. Eine Einladung zur Hochzeit. Ein Tanz. Eine Umarmung.

Schnell trat er vom Schreibtisch zurück, wies sich selbst scharf zurecht. Romantische Phantasien. Sie würden ihn niemals wieder aufnehmen. Er konnte sich an genug erinnern, um das genau zu wissen. Er schüttelte den Kopf. Er hatte sie so terrorisiert, daß sie sich schließlich fürchteten, im eigenen Haus zu leben, in den eigenen Betten zu schlafen. Er hatte Angst in ihnen geweckt. Er hatte gewollt, daß sie Angst vor ihm hatten, Angst vor allem und jedem hatten, das war seine Manie gewesen. Er hatte sie nie körperlich mißhandelt. Dessen war er sich beinahe sicher. Es war das Lebensumfeld, das er nach seinem Versagen im World Financial Center geschaffen hatte, nachdem er hatte mitansehen müssen, wie diese Frau und ihre Tochter starben. Sein Schuldgefühl äußerte sich in betrunkenen, wahnsinnigen Tiraden, die zwischen offenen Drohungen und manischen Schüben übertriebener Fürsorge hin und her schwankten. Er hatte alles getan, daß sie nicht zur Ruhe kamen. Auf welche Gefahr auch immer vorbereitet waren. Daß sie sahen, was er gesehen hatte, und lernten, was er gelernt hatte, damit sie nichts, weder Tod noch willkürlicher Terrorakt noch Schmerz, jemals verletzen konnte. Daß er Augenzeuge des Endes dieser Familie geworden war und die Verantwortung dafür trug, hatte etwas in ihm ausgelöst, das unmöglich unter Kontrolle zu bringen war. Er erinnerte sich an das letzte Wochenende, als er das Haus demoliert hatte: jedes Gerät, alles unbewegliche Inventar, jeden Wandbehang, jede Tür und jedes Zimmer. Nichts war sicher, und nichts war von Dauer, hatte er verordnet. Das war ihm im World Financial Center nachdrücklich demonstriert worden, und das bewies er jetzt ihnen. Er zeigte ihnen, daß jeder und jedes – wirklich *alles* – zerstört werden konnte.

Und er hatte es getan. Und so war es. Am folgenden Tag verließen sie ihn, gingen zu ihrer Mutter und kehrten nie mehr zurück. In der ihm zugestellten richterlichen Anordnung, keinen Kontakt mehr zu ihnen aufzunehmen, waren die verschiedenen Warnungen aufgeführt, die er Nicole gegenüber in seinen Verzweiflungsanfällen geäußert hatte. Daß sie im Schlaf erwürgt werden könnte. Daß sie von jedem als Geisel genommen werden könnte. Daß sie vergewaltigt und ermordet werden könnte. Daß ihre Mutter ermordet werden könnte. Daß Menschen plötzlich und ohne jeden Grund sterben. Daß das Leben absolut keine Bedeutung oder Sinn hatte. Daß die Bösen nicht bestraft und die Guten nicht belohnt wurden.

Die Warnungen sollten sie aus ihrem Alltagstran reißen, sollten sie wachsam machen. In Wirklichkeit waren sie das Gefasel eines kranken Säufers und wurden natürlich als Drohungen interpretiert. Er hatte ihr Zuhause verwüstet. Er hatte dort etwas geschändet, das heilig war. Dafür gab es keine Vergebung. Er bat nicht einmal um Vergebung. Die Zerstörung des Hauses, ein ganzes Jahr der Höllenqualen – das ließ sich nicht überkleistern. Und doch wollte er sie zurück haben. Er war ein veränderter Mann. Er hatte in Skull Valley zwei Jahre Buße getan und war jetzt ein besserer Mensch – und doch genügte das immer noch

nicht, und er wußte es. Im Grunde seines Herzens wußte er, daß es einfach zu spät war.
Er ging zu seinem Schreibtisch und setzte sich, wollte etwas, das er nicht haben konnte. Wollte das, was er einmal hätte beschützen und bewahren sollen. Wieder fiel sein Blick auf das Telefon. Es verhöhnte ihn. Er dachte daran, die Zentrale draußen anzurufen und sich ein Amt geben zu lassen, damit er sich weiter mit mitleiderregenden Träumen der Aussöhnung bestrafen konnte. Dann schob Coyle das Segeltuch auseinander und kam herein. Sie brachte die detaillierte Ausgabenliste des Vortages. Er mußte sie prüfen, kontrollieren und jede einzelne Summe mit seinen Initialen versehen, dann die Gesamtkosten des Tages abzeichnen. Coyle blieb stehen und schaute ihm dabei zu.

Tontechnik

Der Mann mit dem Kopfhörer gab ein Zeichen, und Banish setzte sich auf den Stuhl vor der Kontrolltafel. Blood blieb, wo er war, beobachtete wieder alles aus der Ecke. Inzwischen war es Abendbrotzeit. Weder er noch Banish hatten zu Mittag gegessen, aber in dem Transporter herrschte eine Anspannung, die die Befriedigung alltäglicher menschlicher Bedürfnisse ausschloß, sobald Ables' Stimme zu hören war.
»Watson.«
Wenn diese Stimme erklang, kamen sie in Bewegung. Kleine Lämpchen leuchteten auf, und die Spulen von Tonbandgeräten begannen sich zu drehen. Ables' Stimme war wie ein Sicherungsschalter, der umgelegt wurde und den Transporter schlagartig zum Leben erweckte. Durch die Lautsprecher hörte es sich an, als sei er bei ihnen.

Banish schaltete sein Mikrophon an. »Ich bin hier, Mr. Ables«, sprach er hinein. Die Augen hielt er geradeaus und leicht nach unten gerichtet.
Ables sagte: »Ist er jetzt da?«
»Wer, Mr. Ables?«
»Banish.«
Banish richtete sich ein wenig auf, beruhigte sich aber wieder. Wann immer das Gespräch diese Richtung nahm, fühlte er sich eindeutig unwohl. »Nein«, sagte er, »er ist nicht da.«
»Obwohl ich mit ihm sprechen wollte?«
»Ich habe es Ihnen doch schon einmal erklärt, Mr. Ables. Das steht nicht mal zur Debatte. Ich bin hier für Sie da. Nur wir beide reden miteinander.«
»Was hat er über mich gesagt?«
Banish rieb sich das Gesicht. »Er hat überhaupt nichts gesagt, Mr. Ables. Ich habe nicht mit ihm gesprochen. Was meinen Sie?«
»Ich will wissen, wie es passiert.«
»Mr. Ables – ich versichere Ihnen, sofern Sie nicht wieder eine Dummheit versuchen sollten –«
»Was ist mit deiner Familie, Watson?«
»Wir reden hier nicht über meine Familie, Mr. Ables.«
»Ich will es aber wissen.«
Banish sagte: »Sind Sie zu einer Entscheidung gelangt, was Ihr Herauskommen betrifft?«
»Ich kann raten«, sagte Ables. »Ich sehe drei Jungs. Altersmäßig nicht weit auseinander. Richtig beliebte Jungs, starke Jungs, der Inbegriff typisch amerikanischer Jungs. Auf der Schule kommen sie blendend mit ihren jüdischen Lehrern aus.«
Banish sagte: »Mr. Ables –«
»Ich sehe eine Frau, die von allen im Viertel gemocht wird, eine Frau, die all ihren jüdischen Freundinnen Küßchen

gibt. Ich sehe, wie sie in einer roten Schürze hinter einem weißen Palisadenzaun steht und winkt.«
Banish sagte: »Mr. Ables, wollen Sie mich beleidigen?«
»Ich finde nicht, daß das eine Beleidigung war, Watson. Ich habe eine ganze Weile auch in Amerika gelebt, vergiß das nicht. Ich habe gesehen, was sich da draußen in den Vorstädten abspielt. Ich sage nur, ich mache jede Wette, daß du die perfekte, typisch amerikanische Familie hast. Das vermute ich. Du und eine Frau und drei kräftige, blonde Jungs, ihr alle fahrt Schlitzaugenautos und rackert euch ab, um dem bärtigen Mann Geld in die Tasche zu stopfen.«
»Mr. Ables, wir kommen so weit vom Thema ab –«
»Ich glaube, du verheimlichst mir was, Watson.«
Banish gab ein wenig nach. »Ich habe nichts zu verheimlichen, Mr. Ables.«
»Doch, das hast du, Watson. Das merke ich doch.«
Banish starrte geradeaus, sprach erst nach einer Weile wieder. »Ich habe keine Söhne, Mr. Ables«, sagte er. »Ich habe eine Tochter, die verlobt ist und bald heiratet.«
»Wie alt, Watson?«
»Meine Tochter ist einundzwanzig.«
»Ziemlich jung, um heutzutage zu heiraten.«
»Mir fällt dabei ein Stein vom Herzen«, sagte Banish. »Endlich scheint sie auf dem richtigen Weg zu sein.«
Blood hatte die Augenbrauen gehoben. Er konnte keine Strategie in diesem Gespräch erkennen.
Ables setzte ihn weiter unter Druck. »Sie sagen, sie hätte Schwierigkeiten gehabt.«
Banish nickte, als erinnere er sich jetzt wieder daran. »Als Teenager«, sagte er. »Sie ist in schlechte Gesellschaft geraten. Wir hatten ein paar schwierige Jahre. Mit vierzehn ist sie von zu Hause weggelaufen, nur einen Tag, und mit fünfzehn drei Tage. Es war eine sehr schwere Zeit. Ihre

Mutter hatte alle Hände voll zu tun, und ich war häufig fort. Ich bedaure, daß ich nicht da bin.«
Blood dachte sogar daran, ihm auf die Schulter zu tippen. Banish schien sich in seinen Bekenntnissen verloren zu haben. Blood bemerkte, daß der Agent mit dem Kopfhörer sich ebenfalls zu Banish umdrehte.
Ables' Stimme sagte: »Die Schulen sind heute nur noch Ghettos. Und davor habe ich meine Kinder bewahrt.«
»Waffen und Gewalt«, bestätigte Banish.
»Genau.«
Banish nickte. »Das Problem ist nur, wo Sie das finden, Mr. Ables«, sagte er, die Ironie der ganzen Sache war ihm nicht entgangen. Er schien Luft zu schnappen. »Genügt Ihnen das?«
»Mir braucht man nicht Genüge zu tun, Watson. Du gehst zu deiner Familie zurück, wenn du mit mir fertig bist. Ich nicht.«
»Mr. Ables, ich überwache persönlich jeden einzelnen Aspekt Ihrer Festnahme. Ich garantiere Ihnen, daß kein einziger Schuß fällt, daß Sie in keinster Weise verletzt werden.«
Ables sagte: »Ich vertraue dir, Watson. Das tue ich. Wirklich. Garantieren kannst du mir gar nichts. Garantier mir, daß morgen die Sonne wieder aufgeht.«
»Wem vertrauen Sie, Mr. Ables? Ich kann es einrichten, daß bei Ihrer Festnahme Augenzeugen anwesend sind. Wem vertrauen Sie?«
Ables, der anscheinend darüber nachdachte, sagte schließlich: »Niemandem.«
»Die Eltern Ihrer Frau«, schlug Banish vor.
»Nein.«
»Dann eben Fernsehkameras. Die Medien. Ich kann dafür sorgen, daß die Festnahme zu Ihrem Schutz gefilmt wird. Was halten Sie davon?«

»Was ist mit meinem Haus, Watson?«

Banish nickte. Es sah aus, als machten sie Fortschritte. »Ich kann nur vorschlagen«, sagte er, »daß Sie Ihren Besitz Ihrer Frau überschreiben. Mehr kann ich Ihnen wirklich nicht vorschlagen. Eigentum hat vor dem Gesetz sehr großes Gewicht.«

»Wessen Gesetz, Watson? Dein Gesetz oder meins? Mein Gesetz sagt, freie und unschuldige Männer werden von ihrer Regierung in Ruhe gelassen.«

»Wir machen langsam Fortschritte, Mr. Ables. Klären wir also erstmal die Bedingungen, unter denen Sie herauskommen –«

»Hältst du mich für einen schlechten Menschen, Watson? Ich will deine Meinung hören. Hältst du mich für schuldig?«

Banish atmete kurz aus. »Mr. Ables«, sagte er, »ich habe dazu keine Meinung.«

»Ich bin genauso schuldig wie du, Watson. Ich habe nur versucht, hier oben ungestört mein eigenes Leben zu leben. Ich habe mich um meinen Kram gekümmert, wie andere Leute sich um ihren Kram kümmern, und wenn keiner hier raufgekommen wäre und sich in mein Leben eingemischt hätte, dann hätte ich auch niemanden belästigt oder mich in sein Leben eingemischt. Aber ich kann nichts daran machen. Du bist hier raufgekommen, Watson, und hast mich gekratzt, aber ich blute nicht.«

»Mr. Ables –«

»Das habt ihr schon rausgefunden. Ich kratze zurück. Wenn das hier ein fairer Kampf wäre, würde ich gewinnen. Vielleicht weißt du das ja sogar. Aber nichts ist fair, Watson. Leiste Widerstand, und sie zerschmettern dich. Trotze ihnen und versuch unter deinesgleichen zu bleiben, und sie kommen und statuieren ein Exempel an dir. Genau das läuft doch hier, Watson. Vielleicht siehst du das jetzt auch. An mir wird ein Exempel statuiert.«

Dem Gepolter aus dem Lautsprecher nach zu schließen, hatte Ables wieder mal genug von ihnen. Banish lehnte sich zurück. Der Tontechniker nahm den Kopfhörer ab und sagte: »Er ist weg.«
Banish schloß die Augen und war einen Moment still. »Er zieht das hier in die Länge«, sagte er.
Blood sagte: »Ich würde sagen, er hört sich gerne reden.«
Banish öffnete die Augen und beugte sich vor. Er sprach zu niemandem speziell, überdachte noch einmal laut den Stand der Dinge. »Immer noch ziemlich stimmig«, sagte er. »Sucht eine persönliche Beziehung zum Unterhändler. Das kommt recht häufig vor. Gegen Ende wollen sie alle das Gefühl der Sicherheit. Also arbeitet man damit, findet heraus, was genau sie in Bezug auf ähnliche Probleme hören wollen, man zeigt Verständnis und nutzt ihre Schwächen aus, zeigt ihnen, daß sie nicht allein sind, vermittelt Ihnen sogar den Eindruck, man stünde, wenn irgend möglich, auf ihrer Seite.« Er drehte sich um und schaute Blood an. »Was denken Sie?«
Blood wollte schon sagen, daß er Banish keine Sekunde lang glaubte, daß es vielmehr so aussah, als sei er zu weit gegangen und versuche jetzt, sich zu rechtfertigen. »Worüber?« fragte er.
»Ables.«
Blood nickte. »Ich würde sagen, er baut sich zu einem ziemlich guten Märtyrer auf.«
Der Tontechniker mit dem Kopfhörer und dem Südstaatenakzent unterstützte Banish. »Ich finde es gut, wie Sie ihm gelegentlich erlauben, sein Ego spielen zu lassen. Ich glaube, das funktioniert.«
Blood sagte: »Werden Sie ihn nach Mellis fragen?«
Banish schüttelte den Kopf. »Das möchte ich nun gerade nicht in die Unterhaltung einbringen«, sagte er. »Ich glaube, er auch nicht.«

Dann stand er auf. Eine schwere Last schien auf seinen Schultern zu liegen. Dem Tontechniker sagte er: »Rufen Sie drüben im Kommandozelt an, die sollen mir einen Ausdruck machen. Ich möchte die Niederschriften noch einmal durchgehen.«
Der Tontechniker nickte. »Wir sind oben ganz still geworden«, erinnerte er ihn.
Banish blieb stehen. »Was haben Sie da?«
»Kommt ganz drauf an. Was hätten Sie denn gern?«
Banish dachte nach. »Etwas Neues. Er braucht mehr Druck.«
Der Agent rasselte seine Auswahl herunter. »Ich habe tibetanische Mönchschöre, militärische Marschmusik, eine tickende Uhr, junge Karnickel, die geschlachtet werden, Weihnachtslieder von Andy Williams –«
»Die Uhr«, sagte Banish und machte sich auf den Weg. »Schön laut.«

Kommandozelt

Fagin las die Niederschrift, als Banish hereinkam. Über den Stand der Verhandlungen mußte er sich immer selbst auf dem laufenden halten, weil ihm, gottverdammt, kein Mensch auch nur ein einziges beschissenes Wort sagte. Er schaute auf, als Banish eintrat. »Soll ich Sie mal in den Arm nehmen?« sagte er.
Banish nahm ihm die Ausdrucke aus der Hand. Dann erkannte er Ables' Stimme über CB. Banish drehte sich um und ging bedächtig auf das Funkgerät zu.
Coyle sagte zu ihm: »Es hat gerade angefangen.«
»Bibelstunden«, meckerte Fagin.
»Was ist das?« fragte Banish und schaute sich um, nachdem er eine Weile zugehört hatte. »Woraus liest er vor?«
Er war überzeugt, eine schnelle Antwort zu bekommen.

Die Hälfte aller FBI-Agenten hatte Bibeln auf den Schreibtischen liegen. »Der Psalter«, sagte jemand an der Telefonvermittlung. Dann sah Fagin, daß es Kearney war, der einheimische Polizist, der Banish so verteidigt hatte.
»Ein Gelehrter«, spottete Fagin und fragte sich, was zum Teufel der Junge an der Telefonvermittlung des FBI zu suchen hatte.
Der junge Polizist erwiderte: »Eigentlich nicht. Er hat es selbst gesagt, als er anfing vorzulesen.« Dann schaute Kearney an Fagin vorbei. »Agent Banish?«
Banish hob eine Hand, um Kearney zum Schweigen zu bringen. Er stand da und hörte Ables über CB-Funk zu oder dachte nach. So oder so, er stand einfach da.
Fagin sagte: »Stellt das ab.«
Banish wartete noch etwas länger. »Nein«, sagte er. »Laßt ihn. Wenn wir ihm mittendrin das Wort abdrehen, nehmen die Zuhörer unten und sonstwo doch das Schlimmste an.« Er schaute zu Coyle hinüber. »Wenn er fertig ist, stören Sie seine Frequenz. Sobald er anfängt, über etwas anderes zu schwafeln als das, was er da vorliest, stören Sie seine Frequenz. Aber sobald er fertig ist, machen Sie ein für allemal Schluß damit.«
»Agent Banish«, sagte Kearney.
Fagin sprach zuerst. Er hatte Hunger und wollte sagen, weshalb er gekommen war. »Ich gehe jetzt essen«, sagte er zu Banish. »Kommen Sie mit?«
Banish sagte: »Moment.« Er fühlte sich bedrängt. Ables über Funk zu hören, beunruhigte ihn ganz offensichtlich. Er schaute zu Kearney hinüber. »Was ist?«
»Anruf für Sie, Sir.«
Banish antwortete: »Stellen Sie das Gespräch zu Coyle durch.«
»Der Anruf kommt von draußen«, sagte Kearney. »Eine Frau.«

Fagin beobachtete, daß Banish den Blick auf Kearney geheftet hatte, und zwar so starr, als sähe er etwas völlig anderes.
»Stellen Sie in mein Büro durch«, befahl Banish.
»Ich geh jetzt was essen«, sagte Fagin, doch Banish war bereits auf dem Weg nach hinten.

Büro

Banish ging direkt zum Telefon. Er sah auf das blinkende Lämpchen. Er wischte sich die Hände am Hemd ab und nahm den Hörer ab.
»Hallo«, sagte er.
»John? John Banish?«
»Ja«, sagte er.
»Ich bin's, Dr. Juliet Reed.«
Banish sah suchend umher.
»Aus dem Refugium«, sagte sie.
Banish drehte sich um und lehnte sich gegen den Schreibtisch. »Dr. Reed«, sagte er. Er legte eine Hand auf die heiße Stirn und ließ sie dort. Nach einem Moment schloß er die Augen.
»Hallo, John. Ich war nicht sicher, ob ich zu Ihnen durchkomme.«
»Ja.«
»Wie geht's Ihnen?«
Banish öffnete die Augen. Die Enttäuschung zehrte an ihm. »Bestens«, sagte er.
»Ich habe Ihren Namen in der Zeitung gelesen. Sie können sich meine Überraschung sicher vorstellen. Ich habe mich daraufhin mit ein paar Leuten im Refugium in Verbindung gesetzt, eigentlich nur aus einer Laune heraus. Sie haben mich zurückgerufen und mir diese Nummer gege-

ben. Sie fanden, es wäre eine gute Idee, wenn ich anriefe.«

»Verstehe«, sagte Banish. Ein tückischer Sog von Passivität wurde in ihm ausgelöst, als er ihre Stimme wieder hörte. Es war, als seien seitdem nicht Jahre vergangen und er lebe immer noch in dieser kleinen Gemeinschaft keimfreier Böden und gebrochener Männer.

»Ich habe nichts mehr mit dem Refugium zu tun«, sagte sie. »Ich habe jetzt eine Privatpraxis in Boston. Es passiert nur sehr selten, daß ich mit einem ehemaligen Patienten in Kontakt komme. Machen Sie noch Ihre Therapie, John?«

»Ja.«

»Immer noch Lyrik?«

»Ja.«

»Sie waren ausgezeichnet. Haben Sie schon mal darüber nachgedacht, etwas zu veröffentlichen?«

»Im Augenblick arbeite ich an einer Übersetzung. Nur für mich selbst, um Konzentration zu trainieren.«

»Eine Übersetzung von was?« sagte sie. »Wenn ich fragen darf.«

»Ein Notizbuch mit deutschen Gedichten, das ein Wärter in Buchenwald geführt hat und das nach der Befreiung sichergestellt wurde. Ich habe es über den Freund eines Freundes beim guten alten Office of Strategic Services, dem Vorläufer der CIA, bekommen.«

»Tja«, sagte sie, als hole sie tief Luft. »Das klingt wirklich absolut faszinierend. Ich kann mir das nicht vorstellen – war er überhaupt menschlich oder ein Menschenfresser wie der ganze Rest?«

»Ich vermute, darauf gibt es keine einfache Antwort.«

»Faszinierend«, sagte sie. »Welche Fortschritte macht der Fall?«

»Wir befinden uns jetzt in der Verhandlungsphase.« Aus Gewohnheit versuchte er optimistisch zu klingen. »Der entscheidende Durchbruch müßte bald kommen.«

»Eine schlimme Situation. Und das tote junge Mädchen – tragisch. Ich habe es hier in den Zeitungen verfolgt. Bemerkenswert, und schrecklich.«
Banish rieb sich das Gesicht. »Dr. Reed, Sie verstehen das sicher, aber ich stehe unter Zeitdruck –«
»Sind Sie stark, John? Fühlen Sie sich stark?«
Ihre Worte verletzten ihn. »Stark genug«, sagte er.
»Haben Sie sich von Ihrer Verletzung vollständig erholt?«
Er berührte seinen Unterleib über der Narbe. Eine Geste der Erinnerung. »Es war nett von Ihnen, mich im Krankenhaus zu besuchen«, sagte er. »Das habe ich nicht vergessen.«
»Eine furchtbare Sache. Ich habe selbst Lucy Ames in einem anderen Flügel der Anstalt behandelt. Nachdem Sie die Anzeige fallengelassen haben. Sie war vor ihrer Entlassung wieder recht stark. Recht gefestigt und rational.«
Dann unterbrach sie sich nachdenklich für einen Moment.
»Ich bin nicht sicher, was mich bewegt hat, Sie anzurufen, John. Was mich genau dazu getrieben hat. Besorgnis vielleicht, auch wenn es überhaupt nicht professionell ist, sich für einen ehemaligen Patienten zu interessieren. Besonders, nehme ich an, für einen Patienten aus dem Refugium, wenn man bedenkt, wie heikel diese ganze Einrichtung ist. Aber ich war immer der Ansicht, daß Ihre Therapie dort noch nicht beendet war, John. Daß wir nicht genug Zeit hatten. Das hat mir immer Sorgen gemacht.«
Banish sagte: »Dr. Reed, ich muß jetzt wirklich Schluß machen.«
»Aber ich merke es an Ihrer Stimme, John, daß Sie jetzt wieder stark sind. Das müssen Sie ja auch sein, wenn Sie diesen Fall übertragen bekommen haben. Ihr bemerkenswerter Fortschritt macht mir großen Mut. Sie haben mehr überwunden, als sich jemals jemand vorstellen kann, John. Es ist ein Triumph, und ich hoffe sehr, daß Sie das auch

wissen. Erreicht zu haben, was Sie erreicht haben. Darauf können Sie sehr stolz sein.«
Sie sagte noch ein paar weitere Dinge dieser Art, dann verabschiedeten sie sich und legten auf. Banish blieb noch eine ganze Weile dort sitzen und starrte das Telefon an.

Tontechnik

Jetzt war auch Perkins dort. Sie waren zu viert: Perkins, Banish, der Tontechniker und Blood. Der Transporter roch schwach nach ihrem Abendessen, Hühnchen mit Soße; ein voller Teller, an dem nur herumgestochert worden war, stand neben Banish auf dem Kontrollpult.
Es wurde spät, und diese Tatsache war allgemein bekannt und lastete schwer auf allen Beteiligten. Banish lehnte sich zurück. Er grübelte. »Lassen Sie mich es noch mal hören«, sagte er.
Der Tontechniker bearbeitete die Knöpfe, und die entfernte, abgehörte Unterhaltung wurde erneut abgespielt.
Ables' Stimme sagte: »Esther. Komm sofort zurück.«
Die noch weiter entfernte Stimme eines kleinen Mädchens: »Mommy im Hinterzimmer.«
Wieder Ables' Stimme, schärfer diesmal. »Becca, hol sie zurück.«
Dann Schritte und nichts mehr. Banish saß da und dachte nach.
Blood fragte: »Welche ist noch mal Esther?«
Perkins gab ihm die Antwort. »Die Fünfjährige.«
Der Tontechniker war verblüfft. »›Im Hinterzimmer‹«, wiederholte er. »Muß wohl ihr Posten sein.«
»Watson.«
Die Stimme überraschte sie, am meisten jedoch Perkins, der es nicht gewohnt war, dadurch unvermittelt auf Trab

gebracht zu werden. Er baute sich hinter Banish auf, als würden sie Ables persönlich gegenübertreten. Banish schob sich nach vorn zu seinem Mikrophon. »Schießen Sie los, Mr. Ables«, sagte er.

Ables sagte: »Erstens: Das Haus wird auf den Namen meiner Frau überschrieben. Sie wird nicht verhaftet, ebensowenig Shelley oder meine Kinder.«

Banish richtete sich auf. Perkins zog ein kleines Notizbuch und einen Kugelschreiber heraus und begann mitzukritzeln. »Das läßt sich arrangieren«, sagte Banish bedächtig. »Fahren Sie fort.«

»Zweitens: Ich verlasse mein Land als freier Mann. Ich komme aus meinem Haus heraus und gehe zum Fuß des Berges hinunter. Fernsehkameras stehen bereit, um meine Festnahme zu filmen.«

Banish sagte: »Das geht in Ordnung, Mr. Ables. Das einzige Problem, das ich sehe, ist der Ort der –«

»Das sind Forderungen, Watson«, sagte Ables. »Drittens: Mir werden auf keinen Fall Handschellen angelegt.«

Banish saß da und hörte zu. Das war mit Sicherheit ein Problem. Neben ihm kritzelte Perkins munter weiter.

»Viertens: Zum Zeitpunkt meiner Festnahme verlese ich im Fernsehen eine Erklärung. Fünftens: Die Bundesregierung gibt öffentlich ihre Schuld zu, daß sie konspirativ am vorsätzlichen Tod von Judith Ann Ables beteiligt war.«

Das Schweigen sagte ihnen, daß Ables fertig war. Banish runzelte die Stirn. »Es gibt kein Geschäft«, sagte er kurz und bündig.

Ables sagte: »Ich habe dir kein Geschäft angeboten, Watson. Das sind meine Forderungen.«

Banish nahm Perkins die Liste ab und überflog sie schnell noch einmal. »Erstens«, sagte er. »Falls Sie irgendwelche Stellungnahmen abgeben möchten, politische oder andere, dann können diese zu einem angemessenen Zeitpunkt nach Ihrer Festnahme durch Ihren Anwalt veröffentlicht werden. Zweitens: Wenn Sie an der Brücke verhaftet würden, könnte das zu Krawallen führen und möglicherweise die Sicherheit meiner Männer gefährden; das kommt auf gar keinen Fall in Frage. Drittens: Weder ich noch irgend jemand sonst hier ist befugt, im Namen der Bundesregierung der Vereinigten Staaten von Amerika zu sprechen.«

Ein lautes Klicken und Scheppern, als an Ables' Ende der Leitung der Hörer aufgeknallt wurde. Ein Moment Stille, dann hörte man: »Verdammte Dreckskerle!«, dann schwere, sich entfernende Schritte.

Banish schaltete das Mikrophon aus und drehte sich auf dem Stuhl um. Er sah abgespannt und müde aus, aber zu Bloods Überraschung nicht enttäuscht. Tatsächlich sah er sogar zufrieden aus.

Perkins sagte: »Das Ritual?«

Banish nickte. »Er fängt an, in die Knie zu gehen.«

Blood unterbrach. »Was ist ›Das Ritual‹?«

Perkins drehte sich zu ihm um wie ein Mann, der eine Dollarnote auf dem Boden findet. »Das Kapitulationsritual«, sagte er. »Der Täter bereitet sich darauf vor, zu gehen. Leert seine Taschen, verschenkt Dinge. Kommt zum Ende.« Er warf Banish, der auf den Boden des Transporters starrte, einen kurzen Blick zu und sah dann wieder Blood an. »Ein konfuser Prozeß, den sie durchmachen, bevor sie aufgeben.«

»Wie wenn man vor einer langen Reise sein Testament macht«, sagte Banish, erhob sich plötzlich und ging. »Wir haben ihn.«

Dienstag, 10. August

Zelt der Marshals

Die leitenden Beamten versammelten sich im Marshalszelt zu einer morgendlichen Strategiebesprechung beim Frühstück. Perkins hatte die Konferenz organisiert und ging davon aus, nach Ende der Aktion bei der Auflösung der Operationsbasis wieder eine größere Rolle zu spielen. Er saß, das Weiße eines gesalzenen, weichgekochten Eis löffelnd, zwischen ASAC Hardy und einem krawattenlosen Vertreter des Amerikanischen Roten Kreuzes. Außerdem saßen da noch die SAs Banish und Coyle, zwei Beamte des HRT, Fagin und ein weiterer Deputy Marshal, zwei US Attorneys aus Helena, die Perkins persönlich kannte, ein Stenograph und der örtliche Sheriff. Am Tisch herrschte allgemeiner Optimismus. Man rechnete mit dem baldigen Ende einer zähen, langwierigen Belagerung und spürte schon die Zufriedenheit über eine gut erledigte Aufgabe, mit Ausnahme natürlich von Fagin, für den keine Lösung außer einem Blitzkrieg vollkommen zufriedenstellend gewesen wäre, und Banish, der gedankenverloren und beunruhigt wirkte. Perkins nahm an, es lag daran, daß Ables während der Nacht geschwiegen hatte.

Das Kapitulationsprotokoll war reine Routine und allen vertraut. Sie hatten sich zusammengefunden, um die Einzelheiten abzusprechen, damit die Sache selbst dann glatt über die Bühne ging, und um zu gewährleisten, daß die Festnahme streng nach den Vorschriften durchgeführt wurde. Alle waren sich einig, daß sie jetzt so weit gekommen waren, daß sie nicht mehr riskieren konnten, aufgrund eines Verfahrensfehlers womöglich ein Eigentor zu schießen.

Im Anschluß an Ables' Festnahme würde das HRT die Aufgabe des sicheren Abtransportes übernehmen. Es hatte sich bereits den Einsatz eines UH-60 Black Hawk Militärhubschraubers gesichert, der von einem Angehörigen des 160th Special Operations Aviation Regiment »Night Stalkers« befehligt werden sollte und sich momentan von seinem regulären Stützpunkt in Fort Campbell, Kentucky, auf dem Weg nach Montana befand. Ables würde unter HRT-Bewachung zum US District Court in Helena überführt und dort bis zur Anklageerhebung inhaftiert werden.

Ein speziell ausgerüsteter Sanitätshubschrauber würde Mrs. Ables in ein Krankenhaus in Great Falls fliegen, wo sie behandelt und später gemeinsam mit Mrs. Mellis vernommen würde. Die Ables-Kinder würden nach einer nahrhaften Mahlzeit, routinemäßigen ärztlichen und psychologischen Untersuchungen und anschließenden Einzelvernehmungen den Großeltern mütterlicherseits übergeben. An diesem Punkt meldete Banish sich zum ersten Mal zu Wort, erinnerte noch einmal alle Anwesenden daran, daß ihr Hauptanliegen die sichere Rettung der Kinder sei.

Die Alarmbereitschaft würde aufrechterhalten werden, bis Ables definitiv in der Luft war. Anschließend würden Marshals und FBI-Agenten sofort auf den Berg vorrücken, um die Blockhütte zu sichern und die Umgebung abzusperren. Ein Spurensicherungsteam des FBI würde kommen und eine genaue Analyse des Zustandes der Blockhütte und des Geländes durchführen, außerdem eine ballistische Untersuchung vor Ort vornehmen und Farbphotos zur möglichen späteren Beweismittelvorlage beim Prozeß machen. Waffen würden einzeln aufgelistet und gekennzeichnet, dann zur Besichtigung durch die Presse zu einem im Freien aufgestellten Tisch gebracht werden. Perkins würde vor der Blockhütte eine kurze Presseerklärung abgeben, ausführlich über die harten Bedingungen in der Hütte berichten und mit einem Bericht über die verschiedenen beteiligten Behörden schließen. Alle weiteren Anfragen würden an das Justizministerium verwiesen werden.

Doch dann erhob Fagin, der neben dem jüngeren, sich Notizen machenden Marshal saß, Einwände. »Wir brauchen einen Alternativplan«, sagte er. »Wir brauchen ein Netz für den Fall, daß sich die Dinge da oben anders entwickeln als erwartet.«

Perkins sagte: »Unsere derzeitige umfassende Operation ist mehr als ausreichend. Wir haben die Lage voll im Griff.«

»Falls der Austausch in die Hose geht«, argumentierte Fagin, »wird es *beaucoup* Verwirrung geben, und Ables könnte Ereignisse provozieren, die wir nicht mehr kontrollieren können. Was macht er da oben im Augenblick? Er ist jetzt seit fast zwölf Stunden still. Meinen Sie vielleicht, die spielen Karten?«

Von der anderen Seite des Tisches erwiderte Perkins: »Dieser Berg gehört uns. In dem Augenblick, da er zu verstehen gibt, daß er herauskommt, gehen wir in volle Alarmbereitschaft und ziehen uns massiv um die Blockhütte zusammen.«

Die Diskussion ging noch einige Male hin und her, wurde dann in aller Ruhe dadurch beendet, daß die Mehrheit ihr Vertrauen in den aktuellen Plan erklärte und Banish keine Einwände erhob, falls er überhaupt zuhörte. Der einzige andere Punkt, zu dem er sich im Verlauf der Besprechung noch äußerte, bezog sich auf den Einsatz der Marshals Service Special Operations Group, die nach der Festnahme zum Schutz der Straßensperre an der Brücke eingesetzt werden sollte. »Zu keinem Zeitpunkt dürfen Schüsse auf Zivilisten abgegeben werden«, befahl er. »Tränengas und Schlagstockeinsatz falls erforderlich, aber auf gar keinen Fall Schußwaffengebrauch. Sorgen Sie dafür, daß dies jedem absolut klar ist.«

Niemand erwartete irgendwelche Probleme von dieser Seite. Die Marshals Service SOG besaß große Erfahrung bei Ausschreitungen und Demonstrationen.

Dann lenkte Perkins die Aufmerksamkeit der Männer und Coyles auf das vor ihnen liegende Papier, das in groben Zügen seinen Zeitplan für den Abbau der Operationsbasis darstellte. Er kalkulierte vierundzwanzig Stunden von Ables' Verlegung bis zum völligen Abzug aller Bundesbehörden, und zwar: Abtransport aller Fahrzeuge und Generatoren; Inventur und Verladung des wiederverwendbaren Materials wie Zelte und sämtliche nicht verbrauchten Vorräte; Pläne für die Demontage der zu verschrottenden Küchen und Latrinen; Transport von Bundespersonal zum Flughafen unter besonderer Berücksichtigung von Banish und Perkins selbst, die zur abschließenden Berichterstattung über den Verlauf der Geiselkrise direkt nach Washington D.C. fliegen würden.

Man ging davon aus, daß sich die Demonstranten zerstreuten, sobald Ables zum Verlassen der Blockhütte bewegt worden war. Aufgrund einer Vereinbarung würde das Rote Kreuz die Rückkehr der Bewohner des Berges zu ihren Häusern nach Abzug der Bundesbehörden beaufsichtigen. Entschädigungen wurden gemäß einschlägiger Bestimmungen des Justizministeriums weder für erforderlich gehalten, noch würden sie den Bewohnern von der Bundesregierung angeboten werden, und dies galt sowohl für die Dauer der Evakuierung als auch für mögliche Eigentumsschäden.

Gegen Ende von Perkins' Darstellung, an der er den größten Teil der vorangegangenen Nacht gearbeitet hatte, stand Banish auf und verließ ohne weitere Erklärung das Zelt. Alle schauten ihm nach. Der County Sheriff entschuldigte sich kurz darauf und folgte ihm.

Büro

Banish betrat schnell sein Büro. Er hatte genug davon. Er sah alles viel zu hoffnungslos. Sie waren seine Frau und Tochter, und er würde sie jetzt einfach anrufen wie jeder andere auch. Er ging hinter seinen Schreibtisch, setzte sich und nahm den Hörer ab. Er drückte einen Knopf, um sich von der Vermittlung eine Amtsleitung geben zu lassen.

Blood kam herein. Banish nahm den Hörer vom Ohr und sagte barsch: »Was ist?«

Blood trat vor den Schreibtisch. »Die Demonstranten sind zurück«, sagte er.

Banish nickte knapp. »Gab's kein Wunder?«

Blood schüttelte den Kopf. »Das Problem ist nur, daß wir von dort eine beträchtliche Zahl von Leuten geerbt haben. Ich könnte mir vorstellen, daß sie aus Enttäuschung hergekommen sind. Sie haben sich jetzt in beiden Richtungen an der County-Straße verteilt, gut über Tausend. Die wollen was zu sehen kriegen, vermute ich. Wollen was.«

Banish hörte eine Stimme, die aus dem Hörer leise mit ihm sprach. Kearney. Ungeduldig legte er wieder auf, klopfte mit dem Fuß auf den Boden unter dem Schreibtisch.

Blood fuhr fort: »In das Eisenwarengeschäft, von dem ich Ihnen bereits erzählt habe, ist letzte Nacht eingebrochen worden. Es wurde geplündert. Schußwaffen, Messer, Armbrüste, alles in allem über sechzig Waffen. Die Munition wurde ebenfalls komplett ausgeräumt.«

Banish rieb sich energisch das Gesicht. »Verdächtige?«
»Quer über die ausgeräumten Waffenständer wurden zwei Worte gesprüht: ›Heiliger Krieg‹.«
»›Heiliger Krieg‹«, wiederholte Banish nickend.
»Gestern am späten Nachmittag gab es außerdem einen ausgewachsenen Ansturm auf die Huddleston Dime Bank. Die Haupteingangstür mußte abgeschlossen werden. Um ein Haar wäre es zu Krawallen gekommen.«
»Meine Güte«, sagte Banish.
»Mit Vernunft hat das alles jetzt nichts mehr zu tun. Die Leute reden sogar schon von Überfällen und Invasionen. Zumindest einige – ich bin überzeugt, daß andere einfach nur diese hysterische Stimmung spüren und ihr Geld in Sicherheit bringen wollen.«
Banish sagte: »Wir müssen Sie einfach dort unten festhalten.«
»Die Stimmung ist explosiv«, sagte Blood. »Soweit ich weiß, ist es inzwischen auch ein Rassenkrieg, obwohl mir nicht ganz klar ist wieso. Sie haben Glenn Ables zu einer Art Angelpunkt gemacht, um den alles kreist, woran sie glauben. Sie bereiten sich auf eine Revolution vor.«
»Fein«, meinte Banish nickend und wollte weiterkommen.
»Eins noch«, sagte Blood. Er zog die Lokalzeitung heraus und wollte sie schon aufschlagen, dann klemmte er sie sich wieder unter den Arm und erzählte es Banish statt dessen einfach. »Die Zeitung von heute«, sagte er. »Irgendwoher haben sie eine Kopie des gerichtlichen Schreibens an Ables bekommen. Was das Datum des Gerichtstermins betrifft, hatte er recht. Es war ein Tippfehler. Der Fehler eines Büroangestellten.«
Dann sah Banish ihn einen Augenblick an. »Glauben Sie, er ist unschuldig?« fragte er scharf, nun um Beherrschung kämpfend. »Nach allem, was hier gelaufen ist? Er ist ein illegaler Waffenhändler. Jemand, der Sprengstoff an neona-

zistische weiße Organisationen verkauft. Ein Rassist. Ein Mörder von Bundesagenten, ein Killer von Polizeibeamten.«

Blood schüttelte den Kopf. »Ich halte ihn für schuldig«, sagte er, »und zwar in vielen Punkten. Nur vielleicht nicht in diesem einen.«

Banish hob die Hand zum Kopf und ballte sie zu einer zitternden Faust. »Meine Güte!« sagte er. Er wollte aufstehen. »Dann sollten wir jetzt also alle einfach wieder gehen.«

»Das habe ich nicht gesagt.«

»Und warum kommen Sie dann damit zu mir? Sind Sie auf einmal zum Apostel geworden?«

Blood nickte. »Ja.«

»Der Schuldigen?«

»Des Richtigen. Des Rechts. Ich denke, wir beide haben gestern darüber gesprochen. Sie haben mir genaugenommen ziemlich die Augen geöffnet.«

Banish nickte und sagte: »Schön. Wirklich schön. Genausogut könnten Sie einem Mann ohne Kopf einen Hut bringen. Denn mir bleibt in dieser Sache jetzt keine Wahl mehr. Ich bin auf diesen Berg versetzt worden, um hier eine Aufgabe zu erfüllen. Und das werde ich auch tun. Ich werde erledigen, was ich hier erreichen sollte, gottverdammt – und anschließend können es alle von mir aus vor Gericht ausfechten. Das ist mir egal. Wenn am Ende nichts dabei herauskommt – auch gut. Das möchte ich dann aber in den Zeitungen lesen.«

Blood nickte. »In Ordnung«, sagte er.

»Welches Wort möchten Sie benutzen?« fuhr Banish fort. »›Irregeleitet‹? ›Unglückselig‹? ›Es ist eine verdammt bedauerliche Situation.‹ Also. Jetzt sind alle quitt. Jeder ist beschissen worden, Sie, ich, Ables – jeder. In Ordnung? Wollten Sie das von mir hören?«

»Ich verstehe die Situation.«

»Das darf mich nicht interessieren. Das ist hier nicht meine Aufgabe.«
Blood nickte. »Ich stimme Ihnen zu«, sagte er.
Banish erkannte, daß er viel zuviel protestierte. Er kürzte es mit einem ausladenden Achselzucken ab, und Blood nickte wieder. »Na schön«, sagte Banish. Blood nickte und ging.
Banish saß einen Augenblick still da und sammelte sich. »Meine Güte!« sagte er. Er nahm den Hörer ab und hatte Kearney in der Leitung. »Geben Sie mir ein Amt«, sagte er.
»Jawohl, Sir.«
Sofort hatte er ein Freizeichen. Banish kannte die Nummer auswendig. Er wählte bedächtig. Die Verbindung kam zustande, und er preßte den Hörer an das andere Ohr. Er rieb sich das juckende Gesicht. Er wartete sechs lange, unbeantwortete Klingelzeichen ab, bis offensichtlich war, daß niemand abheben würde. Dann kam Coyle durch den Segeltucheingang herein. »Ables ist dran«, sagte sie.

Tontechnik

»Watson.« Die Stimme klang erschöpft und merkwürdig.
Banish sagte: »Mr. Ables.«
»Mir gefällt dieser Panzer da draußen nicht.«
Banish warf Fagin einen Blick zu, der neben ihm stand. Der Panzer war hauptsächlich zur Einschüchterung dort. Fagin reagierte mit einem Achselzucken.
»Der Panzer«, sagte Banish ins Mikrophon.
»Er steht zu nah. Ich weiß, was das Ding mit meinem Haus machen könnte, wenn ich gehe.«
»Ich lasse ihn zurücksetzen.«
Jetzt sprach Ables bedächtiger. »Seit das alles angefangen hat, habe ich nicht besonders viel geschlafen«, sagte er.

Banish sagte: »Sie haben letzte Nacht nicht geschlafen?«
»Ich bin mit meinen Kindern aufgeblieben. Wir haben zusammen gebetet. Um ein Zeichen.«
Banish erinnerte sich an den Bericht des Tontechnikers, daß irgendwann vor Tagesanbruch eines oder mehrere der Mädchen geweint hätten.
Ables sagte: »Meine Kinder wollen nicht, daß ich rausgehe. Ihnen wäre lieber, wenn uns dieser Panzer alle ins Jenseits bombte, als zu erleben, wie ich gehe.«
»Ich lasse den Panzer zurücksetzen, Mr. Ables.«
»Ich lasse mich nur von einem weißen Mann verhaften.«
Banish nickte. »In Ordnung«, sagte er. Er durfte nicht zu willfährig erscheinen.
»Das Haus wird auf meine Frau überschrieben. Sie und Shelly und meine Kinder werden nicht verhaftet. Wenn ich rauskomme, sind Kameras da, beleuchtet, damit ich sie sehen kann. Auf meinem Grund und Boden werden mir keine Handschellen angelegt, und mir wird gestattet, meine Anhänger zu grüßen.«
Die leisen Laute der Mißbilligung von den Männern, die sich hinter ihn drängten, spiegelten die Enttäuschung und die Erschöpfung, die Banish selbst empfand.
»Mr. Ables«, sagte er, »das ist unannehmbar.«
Eine Weile Stille, dann kam Ables' Stimme wieder aus den Lautsprechern. »Watson« war alles, was er sagte. Er klang müde und entmutigt.
Banish sagte: »Sie haben in Ihrem Radio gehört, daß unten am Fuß des Berges Leute Wache gehalten haben. Erstens ist deren Zahl von der Presse erheblich übertrieben worden. Zweitens ist heute bereits der neunte Tag, und es sind schlicht und einfach nur noch sehr wenige übrig.« Bei einer Geiselverhandlung nannte man Lügen *Desinformation*. »Trotzdem kann ich Ihnen nicht erlauben, etwas zu tun, das einen Aufstand auslösen könnte.«

Ables sagte: »Ich weiß, daß da unten Leute sind, Watson. Ich weiß es. Anständige Leute, loyale Leute. Christenmenschen. Ich glaube an sie. Du belügst mich, wenn es deinen Zwecken dient. Die Leute sind da unten und harren aus, und sie erwarten etwas von mir.«
Banish reagierte schnell. »Was wollen Sie von mir, Mr. Ables? Wäre es Ihnen lieber, wenn ich mit allem einverstanden bin, was Sie sagen? Daß dort unten Hunderte von Menschen sind, daß Sie ein Grußwort an sie richten, Ihnen zuwinken und Reden halten, überhaupt tun und lassen dürfen, was Sie wollen, wenn Sie runterkommen – und daß ich Sie dann reinlege, wenn wir Sie erst einmal in unserer Gewalt haben? Ich verhandle hier mit Ihnen guten Glaubens. So unvernünftig Ihnen das alles jetzt auch erscheinen mag, ich reiße mir hier ein Bein für Sie aus.«
Es war ein kalkuliertes Risiko. Ables schwieg eine ganze Weile.
»Mr. Ables«, sagte Banish.
Er sah den Tontechniker an, der ihm versicherte, daß Ables noch in der Leitung war.
»Mr. Ables«, wiederholte Banish.
»Meine Kinder hassen dich, Watson.«
Banish erstarrte. »Mr. Ables«, sagte er.
»Sie werden auf dein Grab spucken.«
»Mr. Ables.«
»Dann also kein Grußwort – aber *auch keine Handschellen*.«
Banish schaute zu Fagin hinüber. Fagin antwortete mit einem kurzen Achselzucken. Banish drehte sich wieder zum Mikrophon und traf eine Entscheidung, wartete dann, und wartete noch etwas länger.
»In Ordnung, Mr. Ables«, sagte er. »Ich akzeptiere Ihre Bedingungen. Haben wir jetzt eine Abmachung?«
»Ich bin immer noch ein Mensch, ihr Blutsauger. Ein freier Mann. Ein unschuldiger Mann.«

»Mr. Ables, haben wir eine Abmachung?«
»Hunde«, sagte er. »Feiglinge.«
»Mr. Ables –«
»Glauben Sie an Jahwe, Mr. Watson?«
Banish, plötzlich alarmiert, machte seine Autorität wieder geltend. »Mr. Ables, ich habe Ihre Bedingungen akzeptiert und werde mich auch daran halten. Haben wir eine Abmachung?«
»Du könntest mich umbringen, Watson.« Ables' Stimme war jetzt leiser. »Ihr blutsaugerischen Barbaren – ihr könntet mir mein Land wegnehmen und böswillig darauf herumtrampeln. Aber meinen Glauben nehmt ihr mir niemals.«
Banish richtete sich auf seinem Stuhl auf. Fagin sagte: »Scheiße.«
»Mr. Ables, wir haben eine Abmachung. Kommen Sie jetzt herunter?« Banish beließ es dabei, wartete sehr lange auf eine Antwort. »Kommen Sie jetzt herunter, Mr. Ables?«
Ables sagte: »Ich glaube, Jahwe hat einen Plan für uns alle.« Dann ein leises Klicken, als die Verbindung unterbrochen wurde. Banish rief: »Mr. Ables – Mr. Ables –«
Fagin sagte: »Scheiße.«
Banish versuchte es wieder, wurde zunehmend besorgter. »Mr. Ables –«
»Was war das?« fragte Blood hinter ihm. »Irres Geschwafel?«
Perkins sagte: »Schlimmer als das. Die Sache mit dem Kapitulationsritual ist –«
Banish schaltete das Mikrophon aus und setzte sich abrupt zurück. »Es ist dasselbe wie das Selbstmordritual«, sagte er. Er wendete sich an den Tontechniker. »Rufen Sie ihn an. Holen Sie ihn mir wieder an die Strippe.«
»Scheiß drauf«, sagte Fagin. »Ich sage, der kann uns mal. Soll er doch zappeln.«

Banish drehte sich um. Tiefe Beunruhigung überkam ihn. »Wir brauchen ihn lebend.«
»Sie haben gut reden«, sagte Fagin. »Ich bin ein Schwarzer.«
»Er könnte sich einfach umdrehen und die ganze Familie umbringen.«
Der Tontechniker neben ihm sagte: »Keine Antwort ...«
»Klasse«, meinte Fagin nickend, »wirklich einfach große Klasse. Jetzt müssen wir uns nur noch Gedanken darüber machen, wie wir das Leben von diesem Arschloch retten, das wir eigentlich umlegen sollten.«
Da stand Banish auf. »Ich bin nicht hergeschickt worden, um irgendwen umzulegen.«
»Herr im Himmel!« Perkins stand hinter ihnen allen und wirkte völlig benommen. »Wir können nicht zulassen, daß dieser Bursche zu einem Märtyrer wird. Wenn wir ihnen auch noch Anlaß zur Legendenbildung liefern – Herr im Himmel –«
»Agent Banish?« Banish wirbelte herum, als er seinen Namen hörte. Kearney stand draußen vor der offenen Tür des Transporters. »Die ATF-Beamten sind jetzt da.«
Banish war wie vor den Kopf geschlagen. Er vermied es, jemanden direkt anzusehen, versuchte, seine Verzweiflung unter Kontrolle zu halten.
»Bringt das Hostage Rescue Team sofort rauf zur Blockhütte. Sie sollen sich bereithalten«, befahl er. »Und versuchen Sie es weiter mit dem Telefon.«

Büro

Banish kam herein. Riga und Crimson warteten auf ihn. »Warum haben Sie Ables reingelegt?« sagte Banish, auf Förmlichkeiten verzichtend. Dafür war jetzt keine Zeit.

»Was soll das«, fragte Riga. »Uns von einem Job abzuziehen und wieder herzuholen? Sie haben doch die Akte.«
»Vergessen Sie die Akte«, sagte Banish scharf. Er stand jetzt vor ihnen. »Warum ausgerechnet Ables?« sagte er. »Bei all den aktiven WAR-Mitgliedern im Camp, warum Ables?«
Riga sagte: »Was meinen Sie damit?«
»Ihr hattet einen Informanten mitten im WAR-Camp und habt ihn auf einen größenwahnsinnigen religiösen Waffennarr angesetzt, einen rassistischen WAR-Rebellen, der Meilen entfernt auf einem Berg lebt.«
»Was soll das heißen?« sagte Riga. »Was interessiert Sie das?«
»Warum habt ihr ihn nur wegen einer Maschinenpistole und nicht wegen Sprengstoff rangekriegt?«
»Wir haben Ihnen schon gesagt warum.«
»Warum gab es bei eurem Treffen mit Ables keine Augenzeugen?«
Riga machte den Mund auf, um zu antworten, bremste sich dann aber. Er überlegte. Crimson saß neben ihm und beobachtete schweigend Banish.
Banish sagte: »Warum war keiner von euch verdrahtet?«
Keiner der Agenten sagte etwas.
»Warum wurde bei Ables kein Geld gefunden, nachdem er euch die Beretta verkauft hatte? Was hat euch zu der Entscheidung gebracht, ihn ohne Rückendeckung festzunehmen?«
Nichts.
»Wie viele Kontakte hattet ihr vorher zu Ables?«
Riga warf Crimson einen Blick zu.
Banish sagte lauter: »Wart ihr schon einmal bei ihm in der Blockhütte?«
Nichts.

»Habt ihr ihm jemals mit Verhaftung gedroht, falls er nicht zur Zusammenarbeit bereit wäre?«
Nichts. Sie saßen einfach nur da.
Banish hatte sich in Rage geredet. »Wieso antwortet ihr mir gottverdammt nicht?« brüllte er.
Die Beamten sahen sich an. Riga lehnte sich langsam zurück, ernst und mit zusammengekniffenen Augen, während Crimson sich rührte, sein unverbindlicher Gesichtsausdruck nun jedoch einen Anflug von Besorgnis verriet. Das hier war ganz und gar nicht so, wie das Spiel gespielt wurde.
»Sie stellen die falschen Fragen«, sagte Crimson.

Kommandozelt

Agent Banish kehrte ins Zelt zurück, unmittelbar nachdem die ATF-Agenten weggeschickt worden waren. Er benutzte Brians Telefon und wählte eine Nummer. Brian hörte das unbeantwortete Klingeln im Kopfhörer. Agent Banish wartete unruhig. Er rieb sich die verbrannte Seite seines Gesichts. Als er auflegte, bemerkte Brian, daß er leise vor sich hin flüsterte. Dann notierte Banish Telefonnummer und Vorwahl, drehte Brian auf dem Stuhl zu sich herum und zeigte ihm den Zettel. »Vergessen Sie, was Sie im Moment tun«, befahl Agent Banish. »Ich gebe Ihnen einen neuen Auftrag. Wählen Sie diese Telefonnummer und zwar solange, bis Sie durchkommen. Wenn Sie jemanden erreicht haben, holen Sie mich sofort. Das ist die Privatnummer meiner Frau und meiner Tochter in Cincinnati, Ohio, und ich muß dringend mit ihnen sprechen. Haben Sie das verstanden?«
»Ja«, sagte Brian.
»Das ist von jetzt an Ihre einzige Aufgabe. Ist das klar?«

»Jawohl, Sir«, sagte Brian und nickte.
Agent Banish ging wieder hinaus. Brian stellte den Befehl nicht in Frage. Er sagte nicht einmal Agent Coyle etwas davon. Er fing einfach an zu wählen.

Tontechnik

Fagin ging hinter Banishs Stuhl auf und ab. Banish saß dort und hatte den Kopf in den Händen vergraben. Der indianische Sheriff stand etwas abseits und lehnte mit locker verschränkten Armen an der Wand.
Diese Totenwache machte Fagin wahnsinnig. »Wie spät ist es jetzt?« fragte er.
Perkins sagte hinter seinem Rücken: »Vier.«
Fagin sagte: »Arschloch.«
»Watson.«
Banish reagierte sofort, schaltete das Mikro ein. »Mr. Ables, kommen Sie jetzt runter?«
»Ich bin müde, Watson«, sagte Ables. Er klang schwach. »Ich bin noch nie so müde gewesen.«
»Warum kommen Sie dann nicht einfach raus. Kommen Sie runter und stellen Sie sich Ihren rechtlichen Problemen, Mr. Ables. Dann können Sie und Ihre Familie all das hier hinter sich bringen und normal weiterleben.«
»Watson«, sagte Ables. Er seufzte dann, oder unterdrückte ein Kichern. »Du sprichst mit gespaltener Zunge, Watson. Man beschuldigt mich des Mordes an einem Bundesbeamten. Ich würde es nicht mehr erleben, noch mal eines von euren Bundesgefängnissen von außen zu sehen.«
Selbst der Sheriff machte in diesem Augenblick einen Schritt von der Wand weg. Ein noch größeres, blinkendes rotes Warnlämpchen gab es nicht. Banish sagte eilig: »Mr. Ables – ich weiß, für Sie muß im Moment alles ziemlich

trostlos aussehen – aber hier draußen steht nichts von vornherein fest. Ich garantiere Ihnen, daß Sie einen fairen Prozeß bekommen –«

»Vor einem Bundesgericht. Die Leute bei der Regierung freuen sich schon drauf. Das ist legalisiertes Lynchen. Oder wollen deine Männer den Steuerzahlern einen Haufen Geld ersparen, Watson?«

»Mr. Ables, hören Sie mir zu.« Banish kroch förmlich in das Mikrophon. »Sie klingen nicht besonders gut.«

»Doppelzüngiger … Bastard«, sagte Ables. Er wirkte sprunghaft, sprach schleppend, holte tief Luft. »Wem wirst du dich ergeben, Watson? Wer vollstreckt deine Strafe?«

»Mr. Ables«, sagte Banish. »Mr. Ables. Kommen Sie jetzt runter?« Er sagte es wieder, nachdrücklicher. »Kommen Sie jetzt runter?«

Sie warteten, aber das war's. Ables legte auf und entfernte sich vom Telefon, und Banish lehnte sich auf seinem Stuhl zurück. Fagin ging zu ihm, er wußte, was getan werden mußte. »Er wird immer verzweifelter«, sagte Fagin. »Wir sollten jetzt sofort reingehen.«

»Nein«, sagte Banish, ohne ihn anzusehen. Dem Tontechniker sagte er: »Versuchen Sie, ihn wieder ans Telefon zu holen.«

»Hören Sie zu«, sagte Fagin. »Der Kerl dreht da oben doch gottverdammt durch und wird mit jeder weiteren Sekunde gefährlicher. Wir sind selbst nicht gerade besonders frisch, aber wir haben Tempo, das Überraschungsmoment, überlegene Taktik –«

Banish fuhr ihn an. »Die Kinder, gottverdammt«, sagte er und stand auf. »Was zum Teufel glauben Sie eigentlich, um was es hier« – er gestikulierte unbeholfen – »um was es hier eigentlich geht? Warum sind wir denn Ihrer Meinung nach überhaupt hier? Wir sind hier, um Menschen zu retten, um Himmels willen. Nicht um sie zu töten. Die Kinder, Fagin.«

Fagin schaute zur Decke und nickte. Er wußte verdammt genau, worin ihr Job hier bestand. Im Moment versuchte er nur, die Risiken zu verringern.

Hinter ihm begann der indianische Sheriff zu reden. »Was ist denn, wenn er uns ködert«, sagte er. »Was ist denn, wenn er versucht, uns reinzulegen. Wir versuchen hier draußen, ihn aufs Kreuz zu legen, aber woher wissen wir denn, ob er da drin nicht die gleiche Nummer mit uns abzieht?«

Banish schüttelte zu allem nur den Kopf. »Wir warten«, sagte er. »Warten. Warten. Warten.«

Gleichzeitig versuchte er sich selbst zu überzeugen. Das hier war der entscheidende Augenblick während der Verhandlungen, und etwas anderes konnten sie nicht tun, um nicht die Wände hochzugehen. Banish ging zur anderen Seite des überfüllten Transporters, stieß Perkins mit dem Ellbogen und zuckte ärgerlich zurück.

Ein Knacken in Fagins Ohr. Er legte einen Finger auf den Ohrstöpsel, klopfte dann auf sein Funkgerät. »Er kommt gleich«, sagte er.

Banish sah ihn an. Fagin grinste breit. »Sie werden begeistert sein«, sagte er.

Banish drehte sich um und studierte die Schwarzweißmonitore. Dann gingen der Sheriff und er. Die anderen blieben zurück und versuchten, sich nicht anzusehen. Fagin lächelte und schüttelte den Kopf, als er langsam auf und ab ging.

Brücke

Auf halbem Weg zwischen dem unteren Ende der Straße und der Eisenbrücke stieg Blood nach Banish aus dem Regierungsjeep. Sie sahen sich einem Meer von Demonstranten gegenüber. Die Menge stand Schulter an Schulter auf der weiten Fläche hinter der Brücke und erstreckte sich, soweit Blood trotz der Bäume sehen konnte, in beide Richtungen auf der Zufahrtsstraße – alle standen still und bewegungslos da. Keine Reden, kein Kommen und Gehen. Schweigend standen sie im trüben Licht der untergehenden Sonne, beobachteten den Berg und warteten.

Die einzigen Gestalten, die nicht in den Reihen standen, waren ein Dutzend oder mehr Skinheads, die mit nacktem Oberkörper auf den zerklüfteten Felsen rechts von der Brücke hockten. Große, schwarze Hakenkreuztätowierungen waren deutlich auf ihrer weißen Haut zu erkennen, genauso die gelben, über Kreuz gebundenen Schnürsenkel ihrer schwarzen Stiefel. Sie rasierten sich die Köpfe im schlammigen Bach. Trotzig kauerten sie dort, zogen Einmalrasierer in sauberen Strichen über ihre Schädel, schöpften Wasser und spülten sich damit die glatten Köpfe ab.

Ein Marshal von der Straßensperre an der Brücke kam Banish und Blood entgegen und stellte sich vor, er hieß Orton. Er berichtete Banish, daß es vor kurzem einen Bombenalarm gegeben habe, woraufhin die Marshals zu den Leuten rübergegangen seien und sie durchsucht hätten, und seitdem war die Lage so.

Banish wies Orton und die etwa vierzig anderen Marshals an der Brücke an, ihre Ausrüstung für Demonstrationen bereit zu halten. Dann wiederholte er seinen Befehl, daß unter gar keinen Umständen auf Zivilisten geschossen werden dürfe.

Blood spürte, wie sich Köpfe zu ihnen umdrehten. Die versammelten Gläubigen erkannten Banish, und ihre Empörung über die Entdeckung wogte wie ein Flüstern durch die gewaltige Menge.
Banish schaute hinüber. »Hier können wir nicht gewinnen«, sagte er.
Blood dreht sich um und sah ihn an. »Was?«
»Hier können wir nicht gewinnen«, sagte Banish ruhig und ließ seinen Blick über den Mob wandern. »Es nimmt kein gutes Ende.«
»Wie meinen Sie das?«
Banish gab keine Antwort. Dann erhoben sich einige Stimmen aus der Masse, Störer, deren Stimmen schnell lauter wurden. Banish hörte zu, wie sie ihn verspotteten und verfluchten. Er blieb noch eine Weile dort, ließ ihre Verleumdungen scheinbar ungerührt über sich ergehen. Dann drehte er sich um und stieg in den Jeep, und ein letztes Mal fuhren sie den Berg hinauf.

Tontechnik

Banish trieb in dem schwarzen Reich hinter seinen geschlossenen Augen. Er wartete. Sein fiebriges Gehirn hatte sich schließlich abgekühlt, war in der Dunkelheit ruhig geworden. Seine Augen, entspannt und still, waren von Schwarz durchdrungen.
Er schlug sie auf. Er saß in der Seitentür des Transporters, hielt den Kopf gesenkt, hatte die Stirn leicht in die Hände gestützt und die Füße flach auf den mit Unkraut bewachsenen Boden gestellt. Er schaute auf. Kearney stand im Zwielicht vor ihm. Banish machte Anstalten aufzustehen.
»Keine Antwort«, sagte Kearney schnell, ihn zurückhaltend. »Immer noch keine Antwort. Ich wollte Ihnen nur

sagen, daß ich es immer noch versuche. Ich habe ununterbrochen gewählt.«
Banish setzte sich auf die Metallstufe zurück.
Kearney sagte: »Sie müssen irgendwo unterwegs sein.«
Banish nickte müde. Kearney sah ihn an.
»Ich werde gleich weitermachen«, sagte Kearney. »Ich dachte nur, ich sollte Sie beruhigen ...« Seine Worte verloren sich. »Ich gehe jetzt wieder«, sagte er.
»Ich muß einfach nur mit ihnen reden«, sagte Banish.
Kearney nickte schnell. »Das verstehe ich.«
»Es geht mir schon wieder besser«, sagte Banish. »Wirklich. Und ich muß sie erreichen, um ihnen das zu sagen.«
Kearney nickte. »Ich kenn mich mit Familien aus, Sir.«
Sie sahen sich an, dann senkte Kearney den Blick und drehte sich um, um zu gehen.
»Ich –«, sagte Banish statt »Warten Sie«, nicht flehend, aber mit dem gleichen Effekt. Kearney blieb stehen und drehte sich unsicher wieder um, kam dann ein paar Schritte zurück. Banish schüttelte den Kopf. »Hören Sie«, sagte er. »Ich habe nicht mehr so besonders viele Freunde. Aber ein paar Namen im Bureau kenne ich immer noch. Ein paar Leute dort könnte ich anrufen.«
Kearneys Gesichtsausdruck glättete sich in allmählicher Erkenntnis. Sein Mund öffnete sich, und er kam näher.
»Es hilft Ihnen vielleicht nicht einmal«, sagte Banish.
»Sir, ich –« Kearney schaute blinzelnd zu Boden. Er schüttelte leicht den Kopf. »Sir – das bedeutet mir unheimlich viel.«
Banish schüttelte den Kopf.
Kearney fuhr stockend fort. »Als das hier alles anfing«, sagte er, »war ich ganz aufgeregt darüber, dabei zu sein, ich war einfach – einfach bereit. Ich war bereit. Ich habe Sie beobachtet. Während dieser ganzen Sache, wann immer ich Gelegenheit dazu hatte, Sir – Agent Banish. Und ich

meine, ich habe jetzt ein Gefühl dafür bekommen. Was es bedeutet wenn man das tut, was Sie hier tun, und ist, was Sie sind. Und Sie haben mir eine Chance gegeben, im Kommandozelt –« Er unterbrach sich und schaute zu Banish hinab. »Aber wenn ich an Leslie denke – Leslie ist meine Frau. Und an das Baby, das wir erwarten –«

Banish sah ihn jetzt mit klareren Augen. Er beobachtete den Ausdruck auf Kearneys Gesicht. Er erkannte, daß er abgewiesen wurde.

Kearney fuhr fort. »Ich verstehe, was dieser Job einem abverlangen kann. Was ein solches Leben einem Mann antun kann. Und ich glaube, wir müssen zuerst gemeinsam einen Anfang machen, Leslie und ich. Ich darf das nicht vernachlässigen, Sir. Ich muß jetzt an sie denken. Deshalb glaube ich, daß ich nicht ganz der Richtige für so etwas bin, wenigstens im Moment noch nicht. Ich weiß es wirklich nicht, schätze ich.«

Banish nickte. Kearney kam noch näher.

»Aber, Sir«, sagte er. Kearney hob den Arm und streckte Banish die geöffnete Hand entgegen. Banish sah auf die Handfläche, gefurcht, aber ohne Narben, jung, und dann schaute er zu Kearney auf, der dort hinter dieser Hand stand, und sah den Ausdruck auf dem Gesicht des Jungen. Er packte Kearneys Hand und schüttelte sie fest.

»Vielen Dank, Sir«, sagte Kearney. »Vielen Dank.«

Dann ging er. Banish schaute ihm nicht nach. Ein weiteres Augenpaar, das er geöffnet und herausgerissen hatte. Banish lächelte die Erde bitter an. Wie viele Jahre trennten ihn von Kearney? Dreißig? Himmel. Er fragte sich, was wohl nötig war, um alles noch einmal zu machen. Noch einmal die Chance zu haben, nicht dieselben Fehler zu begehen. Wie viele Chancen hat man, fragte er sich, außer der einen, die man immer bekommt. Und wie viele hatte er bereits vertan? Und wie viele genau blieben ihm noch?

»Watson.«
Banish rutschte das Herz in die Hose, als die rauchige Stimme ihn von hinten rief. Er stand auf und kehrte an Fagin vorbei zu seinem Platz im Transporter zurück.
»Mr. Ables«, sagte Banish. »Kommen Sie jetzt herunter?«
»Wo findest du Gott, Watson?«
Banish verstummte. »Mr. Ables«, sagte er, »dafür haben wir jetzt keine Zeit. Kommen Sie herunter?«
»Wo findest du Gott, Watson?«
»Was?«
»Wo du zitterst. Dort findest du Ihn, Watson. Genau dort findet Er dich. Wo du eine Gänsehaut kriegst und sich deine Nackenhaare sträuben. Wo du durchhängst. Wo du aufheulst und in die Knie gezwungen wirst.«
»Mr. Ables«, sagte Banish und rieb sich das Gesicht. »Mr. Ables, sie hören sich überhaupt nicht gut an. Ich will ganz offen zu Ihnen sein.«
»Ich verrate dir ein kleines Geheimnis, Watson. Diese Kugel, die meine Frau durch die Tür getroffen hat. Die Kugel, die von deinen gedungenen Mördern abgefeuert wurde. Es gefällt mir nicht, daß du diese Genugtuung bekommst, aber ... sie hat auch mich getroffen.«
Eindringlichkeit in Banishs Stimme war stärker als die Vorsicht. »Mr. Ables«, sagte er, »Sie brauchen umgehend medizinische Versorgung. Wie schwer sind Sie verletzt?«
»Ist Banish jetzt da?
»Nein – Mr. Ables –«
»Schließlich hat er mich reingelegt, Watson. Das weiß ich jetzt. Er und euer ganzer korrupter Regierungsapparat.«
»Mr. Ables.« Banish war verzweifelt. Er hatte das Gefühl, auf dem Stuhl zu zerfließen. »In Ordnung«, sagte er schließlich. »In Ordnung, Mr. Ables. Vielleicht sind Sie ja wirklich unfair behandelt worden. Vielleicht ist das so. Sie sind aufs Kreuz gelegt worden, okay? Wir alle sind aufs

Kreuz gelegt worden. Kommen Sie jetzt friedlich runter und klären Sie die Sache.«
»Was haben die mit der Leiche meiner Tochter gemacht?«
Banish wurde wieder aus dem Konzept gebracht, fing sich erneut. »Sie wird Ihren Angehörigen überstellt, Mr. Ables.«
»Man wird mich nicht mal an ihrer Beerdigung teilnehmen lassen, Watson. Stimmt doch. Ich werde nicht mal zur Beerdigung meiner eigenen Tochter gehen können.«
Es war in seiner Stimme. Banish spürte die Anspannung in den Männern, die sich jetzt hinter ihm bewegten. Er umklammerte das Mikrophon. »Mr. Ables«, sagte er, »ich bestehe darauf, daß Sie sofort von dort oben runterkommen.«
»Ich habe mit meinen Kindern gebetet, Watson. Um Rat und Vergebung. Aber wer wird dir deine Beichte abnehmen? Dir, Watson, der du irdische Feldzüge geführt hast –«
»Mr. Ables«, brüllte Banish beinahe. »Kommen Sie jetzt runter?«
Das Geräusch von Ables' Atmen füllte den Transporter aus. Ein schweres, angestrengtes Atmen. Banish lauschte jedem Laut.
»Watson.«
»Ja, Mr. Ables?«
Ables stieß einen tiefen, hohlen Seufzer aus, und seine Stimme war mehr ein Keuchen als ein Flüstern. »Vielleicht endet diese Tragödie in einer größeren Herrlichkeit.«
Ein Klicken. Banish starrte das Mikrophon an. Hinter ihm im Transporter kam alles in Bewegung. Verzweifelt drückte er wieder auf den Sendeschalter. »Ables!« rief er, »Mr. Ables!«
Perkins, der sich hinter ihm bewegte, sagte: »Ich geh jetzt besser rauf.«
Fagin sagte in sein Funkgerät: »Alarmbereitschaft –«

Banish drückte den Schalter und rief. »*Ables!*«
»Sie haben ihn verloren«, sagte Fagin. »Wir müssen jetzt rein. Wir müssen zuschlagen.«
»Nein!« sagte Banish. Benommen stand er auf, drehte sich um und hob die Arme, um die Zeit und alles andere anzuhalten, das um ihn herum tobte. Er versuchte nachzudenken. Sein Kopf dröhnte. Zu allen, die jetzt um ihn herumliefen, sagte er: »LASST MICH NACHDENKEN – «

Brücke

Marshal Orton stand ruhig unmittelbar vor der Brücke. Von dem gewaltigen Menschenauflauf auf der anderen Seite, der bislang still und ruhig gewesen war, erhob sich jetzt ein Raunen. Anspannung knisterte zunehmend wie elektrische Ladungen in der Menge.
Er war nicht der erste, der zu den Bäumen hinüberschaute, zu dem dichten Wald, der auf beiden Seiten anstieg. Es war jetzt Nacht, und er konnte nicht weit hinein sehen. Mußte er auch nicht. Bewegungen. Wie Tiere zwischen den Bäumen, wo vorher keine Tiere gewesen waren. Die Erkenntnis dämmerte nur allmählich. Auf der anderen Seite des Flußbettes raunend die gewaltige Menge. Jetzt kamen auch andere Marshals von der Brücke – standen vor dem hoch aufragenden Wald und starrten hinein, als stünden die Bäume selbst im Begriff, brüllend herauszustürzen und sie zu überrennen. Zwischen den Bäumen waren Leute. Das war jetzt sicher. Sie huschten und bewegten sich an den Marshals vorbei nach oben.
Orton schaltete seinen Funk ein. »Deputy Fagin«, sagte er hastig. »Agent Banish –«
Menschen rannten zwischen den Bäumen nach oben.
»Agent Banish –«

Operationsbasis

Banish sprang wie ein Blitz aus dem Ü-Wagen. Endlich ein Ventil für seine Raserei. Er brüllte in das Motorola-Handy: »Ich hatte Funkstille befohlen!«
Eine Explosion auf der anderen Seite der Operationsbasis schleuderte ihn zu Boden. Er schaute auf und sah eine schwarz-orangefarbene Flamme aufsteigen, die schnell größer wurde, dann verpuffte wie ein geplatzter Ballon und sich in schwarzen Rauch auflöste. Der Lärm dröhnte in seinen Ohren, während unter ihm die Erde bebte. Er registrierte in etwa, aus welcher Richtung die Explosion kam, und erkannte, daß einer oder mehrere Generatoren in die Luft gejagt worden sein mußten.
Als er auf die Knie hochkam, zuckte in einem eigenartig schönen Bogen ein flammender Pfeil über die Operationsbasis, der am Waldsaum am unteren Ende der Lichtung landete. Banish hörte das Knattern kleinkalibriger Waffen zu seiner Linken, und zuerst dachte er, es seien seine eigenen Männer, dann aber hörte er das dumpfe Knallen der zerberstenden Scheinwerfer hoch oben in den Bäumen.
Als Banish wieder auf die Beine kam, stürzte Fagin aus dem Transporter. Er musterte die Lichtung und zog seine Waffe, während er gleichzeitig das Funkgerät bediente. »Taktische Unterstützung, Operationsbasis, entsichert und durchgeladen –«
Banish entdeckte, daß er sein eigenes Funkgerät in der Hand hielt. Er brüllte hinein: »Nur vereinzeltes Feuer –«
Ein weiterer flammender Pfeil jagte aus dem Wald und schnellte anmutig über die Operationsbasis, bohrte sich in das Dach von einem der Arrestzelte. Das Feuer breitete sich schnell aus.
Ein merkwürdiges Glühen erregte Banishs Aufmerksamkeit. Er drehte sich nach links und verfolgte erstaunt, wie

ein roter Laserpunkt an der schwarzen Flanke des Ü-Wagens zum rechten Vorderreifen hinabglitt. Dann ein Knall, isoliert von den anderen knatternden Geräuschen, und der große schwarze Reifen verlor pfeifend die Luft.
Eine weitere Explosion auf der anderen Seite des Weges. Banish wurde zwar durchgerüttelt, diesmal aber nicht von den Beinen gerissen, während der Berg unter ihm grollte. Von allen Seiten wurde auf die Operationsbasis eingeschlagen wie auf eine Trommel. Vereinzelte Feuerstöße löschten weitere Scheinwerfer aus. Fagin schien begierig zu sein, das Feuer zu erwidern.
»Keine tödlichen Schüsse!« rief Banish, als könnte man ihn inmitten der Knallerei noch hören. »Sie wollen uns in Kämpfe verwickeln!« brüllte er.
Fagin funkelte ihn wütend an. Dann eine kleinere Explosion, und Fagin drehte sich um. Ein zweiter Propantank war bei der Feldküche in die Luft geflogen.
Ein Buschfeuer fraß sich vom Waldsaum über die Lichtung, wo der erste Pfeil gelandet war. Banish erblickte wieder den roten Punkt, der jetzt über den rechten Hinterreifen des Transporters glitt. Der Reifen platzte, und Luft strömte aus, und der Ü-Wagen, nun fahruntüchtig, bekam Schlagseite.
Fagin fluchte in sein Funkgerät. Mannschaften strömten aus den Zelten und rannten über die unter Beschuß liegende Lichtung, um hinter den schwereren Geräten Deckung zu suchen. Banish sah wieder den Laserstrahl, der jetzt über den platten Reifen des Transporters auf den Boden huschte. Er glitt über die dunkle Erde genau auf ihn zu. Er kam und wich dem Unkraut vor seinen Füßen aus, überquerte seinen linken Schuh, wanderte dann an seinem Hosenbein hoch. Banish spürte gar nichts. Der Strahl glitt über die Stoffalten an seiner Taille zu der Stelle, wo die Jacke über dem Bauch mit dem Reißverschluß geschlossen

war. Als Banish auf die dunkle Lichtung hinaus schaute, sah er die helle Quelle des Strahls hinter dem sich schnell ausbreitenden Buschfeuer klein und ruhig im Schutz der talwärts gelegenen Bäume. Er senkte den Blick wieder auf seine Taille, als der Strahl über seinen Bauch weiter wanderte. Er spürte nichts. Der Strahl bewegte sich nach oben und verharrte leicht vibrierend in der Mitte seiner Brust.

Operationsbasis

Fagin schaute zu Banish hinüber. Banish starrte auf einen roten Laserpunkt exakt in der Mitte seiner Brust. Seine Augen wirkten verschwommen.

Fagin streckte den linken Arm aus und packte Banish mit dem nach hinten gedrehten Arm, umklammerte seine Brust und schleuderte ihn nach hinten zu Boden. Das Geschoß zerschnitt flüsternd die Luft und schlug einige Meter hinter ihnen in einen Baumstamm. Mit einer Hand hielt Fagin Banish am Boden und verfolgte schnell den Lichtstrahl zu dessen Ausgangspunkt zurück, hob den Schußarm und jagte Kugeln quer über die Lichtung, ballerte in den Boden vor dem betreffenden Baum und in den Stamm und die niedrigen Äste darüber. Der Laserstrahl verschwand schnell – das Geburtstagsgeschenk von irgend so einem Bauerntrampel beim Probelauf.

Fagin zerrte Banish hoch. »Was zum Geier ist los mit Ihnen?« brüllte er ihn über den infernalischen Lärm an.

Knatternde Schüsse von vorne rechts und weit links, die offene Lichtung ein Schießstand im Kreuzfeuer. Schüsse aufs Geratewohl von praktisch überallher, und die Schützen waren ständig in Bewegung. An ihrem augenblicklichen Standort, in der Nähe des Transporters und mit dem Berghang hinter ihnen, waren Fagin und Banish einiger-

maßen in Deckung. Fagin würde die Stellung halten müssen, bis seine Truppen eintrafen.
Weit links von sich bemerkte er, daß sich in den Bäumen eine kleine Flamme auf und ab bewegte, und dahinter kauerte am Rande der Lichtung hinter einem Baum die dunkle Gestalt eines Mannes. Er spannte einen brennenden Pfeil. Er hob einen geschwungenen Bogen und zielte über die Lichtung, und Fagin schaute an den Zelten und Fahrzeugen vorbei zu dem einen Hubschrauber, der dort noch stand. Er war gerade aufgetankt worden, die Rotoren begannen sich zu drehen, und er versuchte, schnell vom Boden hochzukommen. Direkt daneben war eine große Benzinpumpe.
Fagin drehte sich nach links. Er hob den Arm und zielte.
Banish sagte: »Erschießen Sie ihn nicht.«
Verrückt, gottverdammt noch mal. Es war Irrsinn, gottverdammt noch mal. Fagin hielt inne, schnitt eine Grimasse, stand da und schaute zu, wie der Bogenschütze zielte. Banish tat das gleiche. Der von der Flamme beleuchtete Scheißkerl zwischen den Bäumen hielt den Bogen auf die Lichtung gerichtet.
Der Pfeil war fort. Einen Augenblick verlor Fagin ihn hinter einem Zelt aus den Augen, dann sah er ihn über die Operationsbasis sausen, aufsteigen, die orangefarbene Flamme der Pfeilspitze zog sich in einem aufwärts strebenden Bogen nach hinten.
Plötzlich tauchte Blood auf. Er hob seine Browning und schoß zweimal, zwei Explosionen zerrissen die Luft.
Kaum zu glauben, aber ein Schuß traf. Ein Teil der Schrotladung erwischte den Pfeil, als er wieder abwärts zu sausen begann, und warf ihn aus seiner Flugbahn. Der Pfeil geriet ins Trudeln und verschwand hinter dem Hubschrauber zwischen den Bäumen.
Fagin drehte sich nach links und schoß die Rinde von dem

Baum, der den Guerilla-Bogenschützen abschirmte, das feige Arschloch, leerte seine Kanone, während die Gestalt verschreckt wegtauchte und sich blitzschnell in den Wald zurückzog.

Fagin drehte sich um und lud nach. Banish stand da wie gelähmt. Blood lud ebenfalls nach. »Das hier ist eine gottverdammt beschissene Gegend!« sagte Fagin.

Jeeps rollten nun von der Bergstraße auf die Lichtung. Fagins Männer stürmten aus dem Wald hervor, eroberten die Operationsbasis schnell zurück, Handfeuerwaffen und Gewehre im Anschlag. »Treibt sie zusammen«, brüllte Fagin in sein Funkgerät. »Ich will, daß jeder einzelne von diesen Wichsern gefunden und verhaftet wird – wegen Verstoß gegen das Waffengesetz und Angriff auf Bundesbeamte.« Dann sah er wieder Banish an und beschloß, er könne sich nun etwas Milde leisten. »Aber nicht schießen«, fügte er hinzu. »Die sind die Kugeln nicht wert. Ich wiederhole, laßt euch nicht in Kampfhandlungen verwickeln.«

Die Kavallerie überrannte das Fort. Fagin zog Banish mit sich hinter den lahmgelegten Transporter, fragte sich, ob Banish wohl bewußt war, daß er, Fagin, ihm das Leben gerettet hatte.

Dann begann das Chaos auf den Funkfrequenzen. Disziplinierte vorläufige Berichte steigerten sich schnell zu sich überlagerndem Gebrüll und schrillen Schreien. Banish sah, daß Fagin etwas wußte, und er drang auf ihn ein, doch Fagin wollte zuerst sämtliche Fakten hören, hielt den Kopf gesenkt und einen Finger fest auf das Ohr gedrückt. Banish schaltete sein eigenes Funkgerät ein, doch inzwischen gab es auf der Frequenz nur noch Gefühlsausbrüche, Männer unter Adrenalin, Stimmen über Stimmen über Stimmen.

Fagin sah Banish an, er wollte nicht derjenige sein, der es

ihm sagen mußte. »In der Blockhütte wurden Schüsse abgegeben«, sagte er.
Banish wurde kreidebleich. Es schien in sich zusammenzusacken. Er sagte »Nein«, ein kleines Wort.
Fagin sagte: »Ich gehe jetzt rauf.« Er lief an den kleinen Bränden vorbei zum Hubschrauber.

Tontechnik

Banish stürmte hinein. Nur der Tontechniker war geblieben und überwachte, die Hände auf dem Kopfhörer, das Chaos.
»Es sind Schüsse gefallen«, sagte er aufgeregt. »Bewegungen. Möglicherweise sind Leute geflohen.«
Banish wirbelte herum und sah auf die Monitore. Sie waren dunkel.
»Alles in Licht tauchen!« befahl er.
Der Tontechniker legte sämtliche Schalter um, und die Flutlichtscheinwerfer flammten auf, und für einen Augenblick schoß Helligkeit grell in die Monitore, die sich wie eine Iris zu weit zu öffnen schienen, dann wurden sie allmählich wieder scharf, und schneegestöberartiger Dunst ging in erbärmliche, schwarzweiße Klarheit über.
Drei verschiedene Perspektiven der Blockhütte. Schwarzer Rauch sickerte durch die Ritzen der vernagelten Fenster.
Banish starrte das Bild an, und ein paar verzweifelte Augenblicke begriff er nicht, was er da sah. Er war wie ein Mann, der seine schlimmsten Alpträume in einer Fernsehübertragung sieht. Dicker, schwarzer Rauch quoll aus dem steinernen Schornstein und den kleinen Einschußlöchern im Dach. Die Blockhütte stand in Flammen.
Banishs Stimme überschlug sich. »Sie brennt ab!« rief er

und umklammerte die Rückenlehne vom Stuhl des Tontechnikers. »Sie brennt ab! Los! Los!«
Der Tontechniker griff nach seinem Mikrophon und wiederholte stammelnd Banishs Befehle. Banish stand da und starrte auf die unbeirrbaren Monitore.
Blood sagte: »Ich gehe.«
Banish stand wie erstarrt da. Er konnte nicht gehen. Der Unterhändler ging nicht. Der Unterhändler blieb im Hintergrund. Zitternd stand er da und wartete, ob die Ables-Kinder herauskamen. Alles brach zusammen. So sehr er auch auf die Monitore starrte, weder Türen noch Fenster wurden geöffnet, und der Rauch quoll immer schwärzer und dicker heraus. Am Dach tauchten überall kleine Flammen auf.
Banish sagte wieder und wieder: »Nein, nein, nein.« Er mußte bleiben. Er war dort gefangen. Er würde gezwungen sein zurückzubleiben und zuzusehen, wie langsam alles niederbrannte. Dann tauchten Männer auf dem Schwarzweißbild auf, FBI-Beamte und Marshals, Gewehre und Handfeuerwaffen schußbereit, während sie langsam zur Blockhütte vorrückten.
Banish setzte sich in Bewegung. Es war ein Fehler, er wußte, daß es ein Fehler war, aber auch das spielte keine Rolle mehr. Er konnte nicht einfach dastehen und zusehen. Er konnte es nicht ignorieren und einfach weggehen. Um ihn herum brach alles zusammen. Er schnappte sein Funkgerät und folgte Blood.

Brücke

Alles ging so schnell, daß sie gar nichts tun konnten. Uniformierten Männern Waffen zu geben und sie dann nicht schießen zu lassen war schlimmer, als ihnen überhaupt keine Waffen zu geben. Nachdem sie auf beiden Seiten in den Wald eingedrungen waren und den Einbruch dort gestoppt hatten, indem sie die letzten unbefugt den Berg betretenden Demonstranten abschnitten und mehrere Festnahmen durchführten, sammelten sich die Marshals wieder auf der Straße. Orton drehte wie alle anderen den Kopf, als oben von der Operationsbasis Schüsse zu hören waren. Die riesige Menge reagierte lautstark. Orton teilte mit ihnen das Gefühl, daß man etwas hörte und genau wußte, es gab ganz in der Nähe Schwierigkeiten, daß man aber nicht in der Lage war, dorthin zu gelangen.

Also blieb er bei seinen Marshals, wartete auf Verstärkung oder irgendeine Erklärung oder einen direkten Befehl von oben. Die Menge sah den schwarzen Rauch zuerst. Bevor einer der Marshals etwas davon mitbekam, breitete sich der Lärm wie eine Lawine unter den zusammengerotteten Menschen aus, Stimmen brüllten und Körper setzten sich in Bewegung. Orton sah ihre nach oben gedrehten Köpfe und erhobenen Arme und nach oben zeigenden Finger, dann drehte er sich um und sah nun selbst die fette schwarze Rauchfahne auf der Bergspitze aufsteigen, von unten hell beleuchtet. Man hatte den Eindruck, daß dort oben ein Freudenfeuer loderte. Er hörte jemanden schreien: »Sie räuchern Glenn aus!« Und mehr war nicht nötig.

Die Menge machte kehrt. Sie drängten auf die Brücke, bevor Orton überhaupt mitbekam, was passierte, die gelben Absperrbänder der Polizei zerrissen, als sie vorpreschten. Orton und eine Reihe weiterer Marshals rannten auf die Brücke und gingen in Stellung, stellten sich der gewaltigen Masse Mensch entgegen. Sie schrien ihnen Warnungen zu, zogen ihre Waffen und richteten sie auf die anbrandenden Menschen, und für einen Augenblick zögerten die Leute in den ersten Reihen, doch dann wurden sie von einer blinden Woge nach vorne getrieben, und die Brücke erbebte unter der Wucht trampelnder Füße. Orton feuerte seine Waffe nicht ab. Schnell hatten sie ihn ergriffen, fünf oder sechs Paar Hände, und er wurde über das Seitengeländer gehoben. Er fiel. Er landete auf dem Bauch, atemlos, lag mit dem Gesicht im kalten Matsch. Hunderte Paare Stiefel trampelten auf beiden Seiten an ihm vorbei, stürmten jetzt durch das schmale Rinnsal des Baches, die Brücke war viel zu schmal für alle, sie rannten, sprangen, flüchteten, Körper hasteten in einem irrwitzigen Gedränge an ihm vorbei. Als wäre ein Korken gezogen, ein großer Druck freigesetzt worden. Orton feuerte seine Waffe nicht ab. Er hielt sie immer noch in der Hand, aber er feuerte sie nicht ab. Falls sie ihm später eine Auszeichnung dafür gaben, seine Waffe nicht abgefeuert zu haben, würde er sie ihnen zurückgeben oder sie Agent Banish schicken.

Sein einziges Ziel waren ihre Rücken. Er schaltete sein Funkgerät ein und brüllte hinein, starrte dem Mob nach, der weiterdrängte und die ansteigende Bergstraße hinaufrannte. Pressefahrzeuge rumpelten über ihm über die Brücke, folgten der Menge. Einfach so. Es war ein einziges, riesiges Gerangel, der reinste Wahnsinn. Mit benommener und erregter Stimme beteiligte sich Orton an dem Brüllwettkampf in seinem Ohr, und um ihn herum rappelten sich die Marshals wieder auf. Was immer er brüllte, er brüllte es wieder und wieder. Er hoffte nur, daß man sie auf der Operationsbasis anhalten konnte.

Blockhütte

Auf halber Strecke mußten sie den Jeep stehenlassen. Sie sprangen heraus und liefen den Rest des Weges, vorbei an all den Hilfsfahrzeugen und den Jeeps und Krankenwagen, die sich hier stauten. Blood konnte den schwarzen

Rauch weiter oben sehen, der in den Himmel quoll und seltsam leuchtete.
Sie erreichten die von Scheinwerfern angestrahlte brennende Blockhütte von links, überquerten die breite Schneise zerfetzter Bäume. Hier war einmal das Niemandsland gewesen, das jetzt Jedermannsland war, von Feuerwehrmännern, FBI-Agenten, Marshals – einfach Chaos. Männer rannten hierhin und dorthin, hatten Waffen, Äxte in der Hand. Der Wind trug den Gestank von Rauch und verwesenden Hunden herüber. Blood mußte langsamer laufen, seine Beinverletzung begann wieder zu schmerzen. Von seinem Standort aus konnte er die schwach erleuchtete Rückseite der Blockhütte sehen: kleinere Schuppen zwischen vereinzelten Bäumen, halb in der Erde begrabene Felsblöcke, Abfall und alte Bretter und von Unkraut überwuchertes Gelände, das zu der Felswand führte. Blood suchte nach fliehenden Gestalten, konnte aber nichts klar und deutlich erkennen. Die Flammen ließen alles und jeden trügerisch in Bewegung erscheinen. Der vordere Teil der Blockhütte war bereits ausgebrannt. Die Veranda war abgebrochen und nach vorne weggesackt wie ein erstes Opfer, das verkohlt war und tot. Flammen schossen schnell über das Dach, nährten die aufsteigende schwarze Rauchfahne und machten ein hohles, saugendes Geräusch wie peitschende Windböen.
Männer in Feuerwehranzügen standen vorne. Sie drangen in Zweiergruppen in die Blockhütte ein, stürmten durch ausgefranste Flammenwimpel, während das vorherige Team in geschwärzten Anzügen wieder herausstolperte, die Helme und die Gesichtsmasken abnahm und in tiefen Zügen nach Luft schnappte. Feuerwehrwagen waren vorgefahren, aber die nur teilweise ausgerollten Schläuche lagen schlaff auf der Erde. Der Wagen mit dem Löschwasser kam nicht durch. Ein Suchscheinwerfer bestrich das

Gelände, und ein Transporthubschrauber zog über ihre Köpfe hinweg, packte die Rauchwolke mit den Rotoren und wirbelte sie durcheinander und schleuderte sie in die Höhe.

Banish stand vor der lodernden Blockhütte, als wäre es sein eigenes, mit Hypotheken belastetes Haus. Sein verbranntes Gesicht glühte im rot-orangenen Schein der wogenden Flammen, seine Miene und die Konturen seines Gesichts wirkten zerrüttet wie das Fundament der einstürzenden Blockhütte.

Perkins kam zu ihnen herübergelaufen. Seine Hände waren dunkel vor Asche und sein rotblondes Haar zerzaust. Heftig erregt kam er von der rechten Seite der Blockhütte. »Leiche im hinteren Teil der Blockhütte«, sagte er außer Atem. »Stark verbrannt. Massives Schädeltrauma. Schußwaffe in der Hand.« Er holte mit gequältem Ausdruck tief Luft. »Sie glauben, es ist Ables«, sagte er.

Banish legte den Kopf leicht schräg, und sein Blick wurde starr und durchdringend. Einen langen Augenblick schien er die Luft vor seinem Gesicht nach Lebenswichtigem abzusuchen. Dann verschluckte er sich, oder vielleicht war es auch nur der Rauch. Blood schaute von ihm weg zu Boden.

Abgesehen von der bedrückenden Enttäuschung machte sich Blood noch mehr Sorgen über Banishs Reaktion. Er schaute wieder auf und sah, daß Banish immer noch mit leicht vorgebeugtem Körper suchte. »Die Kinder«, sagte er atemlos. Der Satz war wie ein letztes Gnadengesuch an Perkins gerichtet, und die Antwort würde entweder das über seinem Hals schwebende Stahlbeil lösen oder ihn begnadigen.

»Bislang noch nichts«, erwiderte Perkins. Er schaute nach links, von Blood und Banish aus gesehen nach rechts. »Mrs. Ables ist allerdings unverletzt rausgekommen.«

Blood sah auf. Sie stand ein Stück abseits der Blockhütte neben zwei Sanitätern, krümmte sich und hustete. Ihr Arm war in einer Schlinge, und ihre Kleidung war rußig und geschwärzt, ein Teil ihrer Haare angesengt.

»Sie will sich nicht behandeln lassen«, sagte Perkins. »Wir versuchen gerade, sie in den Sanitätshubschrauber zu bekommen.«

Sie lebendig zu sehen schien Banish wieder Auftrieb zu geben. Er drehte sich um. »Riegeln Sie den Berg ab«, sagte er schnell. »Sorgen Sie hier für Ordnung und kümmern Sie sich nicht um das Feuer, lassen Sie die Hütte niederbrennen. Finden Sie nur die Kinder –«

Verzweifelt schaute er herum, besonders zur linken Seite der Blockhütte. Er machte sich selbst auf die Suche nach ihnen.

Kommandozelt

Brian Kearney blieb noch auf seinem Posten, lange nachdem alle anderen fort waren. Zuerst die Explosionen und die Schüsse, die Löcher in die Zeltbahnen rissen. Sofort warf sich jeder auf den Boden. Dann die Generatoren, die draußen in die Luft flogen. Unmittelbar darauf dann die Schüsse oben bei der Blockhütte und all das Geschrei über Funk. Er saß immer noch an der Telefonvermittlung, jetzt allein, weil er nicht abgelöst worden war. Selbst Agent Coyle war zum Gipfel aufgebrochen, nachdem die Schießereien auf der Operationsbasis aufgehört hatten und der Brand der Blockhütte gemeldet worden war. Brian saß wieder auf seinem Stuhl vor der Schalttafel für hinausgehende Gespräche, tippte wieder die Zahlen ein, hörte, wie das Ferngespräch aufgebaut wurde, dann das erste, träge Klingeln, dann wartete er

fünf weitere Klingelzeichen ab, bevor er wieder von vorne anfing.
Draußen wurde es wieder lauter. Er vermutete, daß es die FBI-Beamten waren, die zur Operationsbasis zurückkehrten. Sie klangen triumphierend. Brians Stimmung hob sich, und er kämpfte gegen den Impuls an, hinauszulaufen und nachzusehen. Soweit es ihn betraf, war es mehr Erleichterung als sonst etwas – herrliche Erleichterung. Aber er wählte weiter und hatte die Nummer zur Hälfte eingetippt, bevor ihm bewußt wurde, daß jetzt kein Ton mehr aus dem Hörer kam. Er drückte einmal auf die Gabel des Telefons, dann mehrere Male schnell hintereinander. Nichts. Das Telefon war tot.
Er stand auf. Der Lärm vor dem Zelt war inzwischen gewaltig, aber bevor er hinausging, kontrollierte er noch mehrere Telefone im Zelt. Alle tot. Die Leitungen waren zusammengebrochen.
Brian ging zum Eingang und trat hinaus, um nachzusehen, und was er dann sah, war einfach unglaublich. Keine Siegesfeier – eine Revolution. Die Demonstranten stürmten alle über die Operationsbasis, Hunderte von ihnen, Tausende, sie kamen von der Einmündung der Straße herein und ergossen sich über die Lichtung wie eine Bürgerkriegsarmee. Sie waren außer Kontrolle. Brian sah Leute, die er kannte, Nachbarn, die zur Straße rannten, brüllten und mit in die Luft gereckten Fäusten und rasend stampfenden Beinen weiterdrängten. Er sah, wie einige FBI-Beamte versuchten, einzuschreiten und die Menge aufzuhalten, aber es war sinnlos. Wie Felsen im Fluß. Der Damm war längst gebrochen. Dann tauchten Lastwagen hinter der Menge in der Zufahrtsstraße auf, Laster von Fernsehgesellschaften, die wie Rammböcke die aufgebrachte Menge auf die Lichtung und weiter trieben, um dann ebenfalls die Straße bergauf zu stürmen. Es war ein

Schwarm. Eine rasende Menschenmenge, die sich wie ein Mann bewegte. Als die Laster an den Zelten vorbei auf die neue Gipfelstraße rollten, setzte sich Brian schnell in Bewegung und lief hinter ihnen her. Es war bereits jetzt schon ein ausgewachsener Aufstand. Er befürchtete ein Massaker.

Scheune

Als er sah, wie die Kiste in der Ecke zurückglitt, und gleichzeitig den Lärm oben bei der Blockhütte und in seinem Ohrstöpsel hörte, erforderte es schon Tabers ganze Geduld, trotzdem ruhig weiter dort zu bleiben, wo er war. Der mit Erde bedeckte Deckel hob sich und wurde fortgestoßen. In dicken Schwaden quoll Rauch aus dem Tunnelloch. Eine hustende Frau kroch heraus. Unverkennbar Michelle Mellis. In der rechten Hand hielt sie eine Waffe.

Bevor sie einen Schritt machen konnte, sagte Taber hinter dem alten Sitzrasenmäher gebieterisch: »Stehenbleiben.«

Wie ein Echo erklang Porters Stimme vom Eingang der Scheune: »US Marshals Service.«

Mrs. Mellis' Hemd und Jogginghose waren dreckverschmiert. Rauch hüllte sie ein. Sie blieb zwar stehen, senkte aber nicht sofort die Waffe.

»Ihre Entscheidung«, sagte Taber.

Noch ein Augenblick des Nachdenkens. »Verdammt«, sagte sie dann knapp, hustete trocken in eine schmutzige Faust und warf die Waffe fort.

»Hände über den Kopf«, befahl Porter.

Taber richtete sich auf und rückte mit gezogener Waffe vor, trat mit Handschellen hinter sie. »Wer hat Ihren Mann ermordet, Mrs. Mellis?« fragte er.

Mrs. Mellis unterdrückte ihr Husten. Sie sah Taber nicht

an, als die Armbänder um ihre Handgelenke zuschnappten. »Ich möchte einen Anwalt«, sagte sie.

Schuppen

Ein Krachen hinter Banish, als ein Teil des Dachs zusammenbrach und Funken über das offene Gelände hinter der brennenden Blockhütte stoben. Zwischen den Bäumen die Strahlen von Taschenlampen. Marshals und FBI-Beamte kämmten den Außenbereich ab. Banish ließ schnell seinen Blick über die Gegend wandern. Er befand sich in dem Gelände unmittelbar hinter der Blockhütte, an einer Stelle, die von den Spähern im Niemandsland nicht mehr eingesehen werden konnte.

Zwischen der Blockhütte und der Felswand standen drei kleine Schuppen und das Seitengebäude. Der nächstgelegene Schuppen war ein skelettartiges Gehäuse, bestehend aus Sparren und Balken, das nicht fertig gebaut war. Er ging zu dem mittleren, aus alten Brettern und Nägeln zusammengeschusterten Schuppen, der ein kleines, zur Blockhütte liegendes Fenster hatte und eine etwa einszwanzig hohe, mit einem Riegel verschlossene Tür an der rechten Seite.

Banish blieb dort stehen und versuchte, trotz seines lauten Atmens im Inneren eine Bewegung zu hören, zog dann vorsichtig den Türriegel hoch. Der Riegel bewegte sich, und die Tür ging ein paar Zentimeter weit auf. Kein Laut. Banish drückte die Tür weiter auf und ging hinein.

Drinnen gab es eine jähe, ruckartige Bewegung, und er blieb wie angewurzelt stehen. Orangefarbener Feuerschein fiel schräg durch das Fenster. Er sah eines der Ables-Mädchen, und dann noch eins. Sie saßen nebeneinander in den Schatten links auf dem Boden zwischen den

Holzbeinen einer Werkbank und der hinteren Wand. Die ältere der beiden, Ruth, hatte die Arme um die Knie geschlungen, sie wirkte verängstigt und schaute mit großen Augen zu ihm auf. Die fünfjährige Esther hatte einen Arm bei ihrer Schwester untergehakt. Mit dem anderen drückte sie etwas an sich, das wie eine Bibel aussah. Esther begann sofort zu weinen. Die beiden mageren Mädchen waren mit T-Shirts, schmutzigen Röcken und Sandalen bekleidet. Beide trugen Lederholster, in denen kleinkalibrige Pistolen hingen.

Banish war so erfreut, sie lebend zu sehen, daß er im ersten Moment sprachlos war. Er machte langsam einen weiteren Schritt auf sie zu und zeigte ihnen dann eher behutsam seine leeren Hände. Er sah, daß Ruth es bemerkte.

»Hallo«, sagte Banish.

Esther drehte sich fort, vergrub ihr Gesicht in Ruths Arm. Ruth sah ihn mit argwöhnischen, dunklen Augen an, drehte den Kopf dann wieder zum Fenster. Flackerndes Orange zuckte über ihr schmutziges Gesicht. Die Blockhütte draußen war inzwischen vollständig von den Flammen verschlungen. Die Mädchen hatten sich in den kleinen Werkzeugschuppen verkrochen und das Feuer beobachtet.

»Hallo«, sagte Banish wieder. »Alles in Ordnung mit euch?«

Ruth drehte den Kopf und sah ihn an. Keines der Mädchen sagte etwas.

»Wo sind eure Schwester und euer Bruder?«

Wieder sagten sie nichts. Das Gesicht der neunjährigen Ruth war dunkeläugig und mißtrauisch.

Banish betrat die Hütte nun richtig, allerdings sehr langsam, und ohne auf ihre Holster zu schauen, zog er zur weiteren Beruhigung seine Jacke aus. Ruth sah, daß er unbewaffnet war. Ein Hubschrauber brummte über ihnen, und

einen Augenblick lang erglühte der dunkle Schuppen weiß im Licht des Suchscheinwerfers.
»Niemand wird euch etwas tun«, sagte Banish. Esthers Gesicht war verborgen. Beide Mädchen wirkten sehr zerbrechlich, wie achtlos in die Ecke eines Dachbodens geworfene Flickenpuppen. »Habt ihr Hunger?« fragte er. »Wir haben was zu essen für euch. Alles was ihr wollt.«
Ruth drehte sich wieder um und sah das Feuer an.
»Was ist passiert?« fragte Banish.
Dann antwortete Ruth, ausdruckslos, tapfer weiter ins Feuer starrend. »Daddy hat ein Feuer angezündet und uns gesagt, wir sollten rausgehen und weglaufen«, sagte sie.
Banish nickte. »Er hat sich Sorgen um euch gemacht.«
Esther warf ihm einen verstohlenen Blick aus kleinen Koboldaugen zu und schniefte. Banish machte einen weiteren kleinen Schritt nach vorn in die Mitte des Schuppens.
»Ich habe auch eine Tochter«, sagte er. »Sie hat genau wie ihr zwei ausgesehen, als sie in eurem Alter war. Die gleichen dunklen Haare, die gleichen großen Augen.«
Ruth sagte: »Du wolltest uns unseren Daddy wegnehmen.«
»Nein«, antwortete Banish. »Wir wollten nur, daß ihr in Sicherheit seid. Eure Großeltern haben uns gebeten, euch zu holen.«
Draußen eilige Schritte. Das Hostage Rescue Team. Banish erreichte die Tür, als Beamte in schwarzer Ninja-Montur angerannt kamen. Er sah sie streng an und hielt sie mit erhobener Hand zurück, dann drehte er sich langsam wieder zu den Mädchen um. Sie saßen immer noch auf dem Boden, gebannt vom Schein des Feuers. Ihre Waffen blieben im Holster.
»Wir sind hier, um euch zu retten«, sagte Banish, als er zu den Mädchen zurückkehrte. »Um euch zu eurer Mutter zu bringen. Sie ist auch in Sicherheit. Sie wartet draußen auf euch. Soll ich euch zu ihr bringen?«

Esther sagte schniefend: »Mommy im Hinterzimmer.«
Banish starrte sie an, bis seine Augen glänzten. Seine Augen leuchteten. Fast blind ging er zu ihnen. »Kommt«, sagte er ruhig, hielt die Arme ausgestreckt. »Kommt.«
Esther stand als erste auf, zögernd, ließ weder ihre Schwester noch die Bibel los. Dann Ruth. Ruth hielt den Kopf abgewendet, beobachtete immer noch durch das Fenster die Flammen, als Banish sich auf einem Knie vor sie kauerte. »Alles wird wieder gut«, sagte er, während er zuerst Ruths und dann Esthers Waffengürtel löste.
Ruths nach oben gedrehtes, ausdrucksloses Gesicht schimmerte wie Messing. »Mommy«, sagte sie.
Als beide entwaffnet waren, winkte Banish die Beamten des HRT herein. Er stand auf und gab dem ersten die Holstergürtel, dann schnappte er sich die Pistole des Mannes und stürmte aus dem Schuppen.

Blockhütte

Banish rannte mit erhobener Waffe auf die Vorderseite der Blockhütte und zielte. Der Sanitätshubschrauber war davor gelandet, wartete mit heulenden Rotoren darauf, wieder starten zu können. Zwei Sanitäter begleiteten Mrs. Ables hinüber. Sie ging ohne Hilfe zwischen ihnen, trug einen weiten Pullover, einen weiten grauen Rock und eine lange, angesengte Perücke aus dunklem Haar. Banish kam von hinten und blieb etwa zehn Meter von ihnen entfernt stehen. Sie waren bereits zu nah am Hubschrauber. Er konnte nicht riskieren, noch länger zu warten.
»Mrs. Ables!« brüllte er.
Sie erstarrte. Die Sanitäter links und rechts von ihr blieben ebenfalls stehen, drehten sich um und sahen ihn perplex an.
»Mrs. Ables!« brüllte Banish wieder.

Er spürte, daß sich Perkins und die anderen FBI-Agenten in seiner Nähe nun umdrehten und verwirrt beobachteten, wie er mit gezückter Waffe dort stand. Aus dem Hubschrauber wurde ein Zeichen gegeben. Jetzt sahen die Sanitäter Mrs. Ables an. Sie rührte sich nicht. Banish rief sie ein letztes Mal, brüllte aus Leibeskräften.

»Mrs. Ables!«

Plötzlich schlug sie mit der Faust zu, stieß dann mit dem Ellbogen desselben, unverletzten Arms nach, und beide Sanitäter brachen auf dem Boden zusammen. Sie wirbelte herum, hielt eine Waffe in der Hand. Es war Ables. Die struppige Perücke war ihm tief in die Stirn gerutscht, und sein Gesicht war rußverschmiert, so daß er nicht ohne weiteres zu erkennen war. Die Kleider hingen formlos an seinem schmalen Körper und waren schmutzig von Asche, den linken Arm trug er in einer Schlinge.

Die Agenten in der Nähe warfen sich zu Boden und zogen ihre Waffen. Die Sanitäter erkannten, was hier passierte, und rannten so schnell wie möglich fort.

Ables starrte ihn finster über die .45er hinweg an. »Watson«, sagte er, »du verdammter Dreckskerl.«

In zehn Metern Entfernung zog Banish seinen Dienstausweis. »Banish«, sagte er. »FBI. Sie sind verhaftet.«

Ables' Gesicht zuckte einen Augenblick, er fand aber schnell seine Outlaw-Haltung wieder. »Dreckskerl«, sagte er. Er blickte nach links und rechts. »Eine Bewegung, und ich leg ihn um!« warnte er, sah dann wieder Banish an. »Ich werde in diesen Hubschrauber da steigen.«

Banish schüttelte den Kopf.

Er sah, wie Fagin von links kommend vor dem Hubschrauber nach rechts schlich. Fagin klopfte gegen die Glaskuppel und gab dem Piloten ein kurzes Okay-Zeichen. Mehr brauchte der Pilot nicht. Er gab Gas und brachte den Vogel in die Luft.

Der Rotor peitschte in Ables' Richtung, als der Hubschrauber über ihnen abdrehte und dann steil hinter den Bäumen wegtauchte und verschwand. Bis auf das Prasseln des Feuers war alles still. Ables schaute sich verzweifelt um. Weitere Marshals und Agenten tauchten aus dem Wald und hinter der Blockhütte auf. Jeder hatte eine Handfeuerwaffe oder ein Gewehr gehoben und zielte auf ihn. Ables sah sie alle. Er hob ein wenig den Arm, reckte sich selbstbewußt und richtete die Pistole auf Banish, als wolle er schießen.

»Du hast meine Frau und meine Tochter umgebracht«, rief er.

»Sie haben einen Polizisten erschossen«, sagte Banish. »Sie haben einen United States Marshal ermordet.«

»Ich bin reingelegt worden.«

»Sie wollten es nicht anders«, sagte Banish und schüttelte den Kopf. Sie standen da und richteten ihre Waffen aufeinander. »Genau so haben Sie's gewollt.«

Hinter Ables grollte die Erde. Rufe und das Getrampel von Füßen näherten sich schnell. Zuerst sah Banish nur die Köpfe, dann tauchten Körper zwischen den Fahrzeugen auf, näherten sich dem Schauplatz. Irgendwie war es den Demonstranten gelungen heraufzukommen. Sie waren den ganzen weiten Weg die neue Straße heraufgelaufen, und Hunderte stürmten jetzt auf den Berggipfel. Wenn sie die Blockhütte überrannten, würden sie Ables mühelos verdecken. Mit erhobenen Waffen wichen einige FBI-Beamte in der Nähe zurück, zahlenmäßig waren sie deutlich unterlegen. Es würde zu einer Schießerei kommen. Ables' Gesicht verriet, daß er genau wußte, was hinter seinem Rücken vor sich ging, und er grinste großspurig. Das hier war sein Wirklichkeit gewordener Traum.

Dann schob sich am oberen Ende der Straße eine Gestalt vor die herandrängende Menge. Blood. Er blieb vor ihnen stehen und feuerte eine einzelne Schrotladung in die Luft,

dann lud er die Waffe durch und richtete sie auf den Mob, brachte alle zum Stehen. Die Demonstranten in der ersten Reihe blieben sofort stehen, andere drängten von hinten nach. »Keinen Schritt weiter«, erklärte Blood gebieterisch. Keuchend standen sie da, drückten sich aneinander, waren benommen, sahen ihren Sheriff, der sich ihnen in den Weg stellte, all die bewaffneten Agenten und Banish und die Gestalt, die dort in Rock und Perücke stand.
Ables erkannte, was hinter ihm passiert war, und sein Selbstvertrauen geriet ins Wanken. »Alle zurück!« rief er den Beamten zu. »Sonst erschieße ich den FBI-Mann!« Nicht einer rührte sich. »Zurück!« brüllte er. »Ich tu's!«
Niemand zog sich zurück. Kaum eine Bewegung von den Männern. Nur Fagin rührte sich. Er ging auf Ables zu, war auf der rechten Seite deutlich zu erkennen. Seine Waffe hatte er unübersehbar gehoben und auf Ables gerichtet.
Ables registrierte ihn am Rand seines Blickfeldes, sah ihn kommen und bemerkte ganz sicher auch seine schwarze Hautfarbe. »Ich bring ihn um!« brüllte Ables, die Augen fest auf Banish gerichtet. »Ich hab keine Angst zu sterben!«
Fagin ging weiter. Ables' Blicke schossen zwischen Fagin und Banish hin und her. Aber Fagin kam einfach immer näher. Ables Schußhand zitterte. Seine Augen glitten fieberhaft zur Seite und sahen, wie sich Fagins Waffe seinem Kopf näherte. »Ich hab keine Angst zu sterben!« sagte er.
Fagin blieb neben ihm stehen, den Arm ausgestreckt, die Mündung seiner Waffe keine fünfzehn Zentimeter von Ables' linkem Ohr entfernt. »Hier hast du deine große Chance«, sagte er.
Nackte Verzweiflung stand Ables ins Gesicht geschrieben. Seine Augenbrauen hoben sich, als versuchten sie, den Kopf von der Mündung zurückzuziehen. Die .45er zitterte in seiner Hand, blieb aber oben.

Banish senkte die Waffe. Er richtete sie nicht mehr auf Ables und steckte sie locker in den Gürtel. Dann ging er los.

Ables' Kopf drehte sich eine Idee zur Seite. Fassungslos beobachtete er, wie Banish ihm unbewaffnet entgegenkam. Die .45er blieb oben.

»Nach all Ihrem großspurigen Gerede –«, sagte Banish auf halbem Weg zu ihm.

Ables' Gesicht verdunkelte sich vor Wut. »Dreckskerl«, zischte er, umklammerte die .45er wieder fester.

Banish kam näher, bis er schließlich direkt vor Ables stand, die Mündung von dessen .45er auf einer Höhe mit seinem Herzen. Er beobachtete Ables' Gesicht unter der dunklen Perücke, mit Asche geschwärzt, klein und mit schwächlichen Zügen, und verzerrt und wutschäumend und mitleiderregend. Banish sah, wie sich die Flammen in Ables' kleinen, schwarzen Augen spiegelten. Er sah den Mann hinter der Kanone. Hinter all der Phrasendrescherei und dem Haß – ein kleiner, bemitleidenswerter Mann. Steckte bis über beide Ohren in der Scheiße und war bis zu diesem Augenblick zu blind, es zu erkennen. All den Ärger, den er verursacht, und alles, was es ihn gekostete hatte.

Banish streckte die Hand aus und schob Ables' .45er zur Seite. Er trat noch näher an ihn heran. Ables atmete schnell. Er starrte Banish an. Banish empfand nichts für ihn. All die Zeit und das Geld, das investiert worden war, die Arbeitsstunden, die Ausrüstung. Alles, was Banish und seine Männer durchgemacht hatten, um diesen siegreichen Augenblick der Kapitulation zu erreichen, um diesen armen Trottel aus seinem Haus zu holen. » – ist das alles, was dabei herausgekommen ist«, beendete Banish seinen angefangenen Satz. Fagin ging um Ables herum und nahm ihm die .45er ab, riß die Schlinge herunter und drehte ihm beide Arme nach hinten auf den Rücken. Ables stöhnte vor Schmerz auf. Er verrenkte den Kopf, um zu sehen, wie der schwarzhäutige Mann ihn verhaftete.

Vor der brennenden Blockhütte drehte Banish Ables zu dem Mob herum. Banish sah Deke Belcher, der sich dort durch die Menge nach vorne drängelte. Er sah Kearney direkt neben Blood.

Banish zog Ables die Perücke vom Kopf und warf sie auf den Boden. Er spürte, wie die fast greifbare Stimmung der Menge, ihr kurz vor dem Scheitelpunkt stehender Triumph, plötzlich vor ihm erstarb wie ein Geist, der sich von einem Leichnam löst. Hier hatten sie ihren Retter und Erlöser vor sich – bloßgestellt. Hier war ihre befleckte Seele.

Sheriff Blood wandte sich von der verstummten Menge ab. Sie waren jetzt nur noch Zuschauer, scheinbar wie aus einer Trance gerissen und dann zufällig auf diesen merkwürdigen Anblick gestoßen. Blood trat vor Ables und zog ein Blatt Papier aus der Jackentasche. Er drückte es gegen Ables' schmale Brust.

»Hiermit zugestellt«, sagte Blood. »Der Räumungstitel.«

Fagin hatte Handschellen bereit und ließ sie um Ables' Handgelenke zuschnappen. »Sie haben das Recht zu schweigen«, begann er laut und fügte leise hinzu, *»du Arschloch.«*

Dann trat Banish vor. Er empfand eine traurige Ergriffenheit, als er über die Menge schaute. Hier gab es weder Ruhm noch Ehre. Er betrachtete den breiten Strom Leiber, der sich über die frisch durch den Wald geschlagene Straße ergoß. »Geht nach Hause«, sagte er zu ihnen. »Verschwindet alle von hier. Es ist vorbei.«

Ein erleichtertes Schweigen. Das Scheitern brachte der Menge einen kleinen, erlösenden Augenblick echten Friedens. Dann rührten sich die Leute in den vordersten Reihen, reagierten plötzlich, begannen wieder zu murmeln und schauten nach links, rechts von Banish aus gesehen.

Er drehte sich um. Eine Gestalt tauchte aus dem Wald auf. Es war Rebecca, die vierzehnjährige Tochter. Auf dem einen Arm hielt sie den Säugling Amos, in der anderen Hand eine .38er. Marshals und FBI-Beamte machten ihr vorsichtig Platz. Sie sah ihren Vater, wie er dort in Rock und Handschellen gefesselt stand. Sie ging auf ihn zu, hielt ihre Waffe hauptsächlich auf Banish gerichtet.

Banish streckte ihr die geöffneten Hände entgegen. »Nein«, sagte er. Er sagte es einfach so, streckte die Arme aus, versuchte, sie durch bloße Willenskraft aufzuhalten. »Nein«, sagte er. »Tu das nicht.«

Die Marshals wichen alle in einem großen Bogen vor ihr zurück, als sie mit dem Baby und der Pistole von den Bäumen auf die brennende Blockhütte zuging. Das Mädchen weinte. Tränen rollten ihm in zwei sauberen Streifen über das Gesicht. Sie trug ein schlichtes, ausgefranstes Baumwollkleid und Sandalen mit zerrissenen Riemchen.

»Laßt ihn gehen«, sagte sie.

Banish schob sich zwischen sie und ihren Vater. Die Arme immer noch ausgestreckt. »Tu mir das nicht an«, sagte er.

»Becca –«, sagte Ables hinter ihm, gefolgt von einem Ächzen, als Fagin ihn zum Schweigen brachte.

Tränen rollten ungehindert über das Gesicht des Mädchens. »Laßt meinen Daddy gehen!« schrie sie. Die Pistole in ihrer Hand zitterte.

Ein paar Meter vor Banish blieb sie stehen. Das Baby auf ihrem Arm wachte auf. Langsam rückten von hinten die Marshals um sie herum vor.

»Nein, nein, nein«, sagte Banish. Er hatte die Arme ausgestreckt und hielt gleichzeitig die Marshals zurück und flehte das Mädchen an. »Nein«, sagte er und versuchte die Zeit anzuhalten, alles anzuhalten.

Die Marshals wurden langsamer, blieben aber dicht hinter ihr. Banish zog seine Waffe aus dem Gürtel und warf sie fort. Er machte einen Schritt auf sie zu. Er schüttelte den Kopf. Wenn er sie nicht überzeugen konnte, würde er sie selbst überwältigen. Jetzt zielte sie richtig auf ihn.

»Gib mir die Waffe«, sagte er. Er hielt ihr eine geöffnete Hand hin. »Gib mir die Waffe. Es ist alles vorbei.«

Leidenschaftlich schüttelte sie den Kopf. »Du läßt ihn gehen!«

Banish trat noch näher. Die Hände hielt er ausgestreckt vor sich. Er flehte sie an. »Ich möchte nicht, daß man dir weh tut«, sagte er.

»Rühr mich nicht an.«

»Gib mir die Waffe.« Er ging weiter, war dicht vor ihr. Traurig schüttelte er den Kopf. »Es ist jetzt alles vorbei«, sagte er. »Es ist vorbei. Es ist vorbei.«

Kleine Fältchen tauchten in ihren Augenwinkeln auf, dann quollen frische Tränen hervor. Die Unterlippe schnellte hoch, um die andere zu trösten. Die Belagerung hatte ihren Preis. Er sah, daß sie jetzt ihren verhafteten Vater anschaute. Sie kämpfte mit der Vernunft. Sie schüttelte sich zweimal, zwei kleine, stumme Schluchzer. In ihr tobte ein Kampf. Der kleine Junge, Amos, der auf ihrem Arm saß, sah Banish ausdruckslos an.

»Es ist jetzt vorbei«, sagte Banish. Er drang zu ihr durch. Ihre Unterlippe bebte, als ihr Gesicht sich unübersehbar verzog. Das Baby und die Waffe waren schwer. Sie kämpfte verzweifelt darum, nicht die Beherrschung zu verlieren. Er überzeugte sie. Sie war erst vierzehn Jahre alt.

Wieder schüttelte Banish den Kopf, weinte beinahe selbst. Traurig griff er nach ihr. »Tu mir das nicht an«, sagte er.

Sie senkte die Pistole. Sie nahm die Waffe runter. Ihre Schultern zitterten, und Tränen rollen ihr übers Gesicht, und die Waffe senkte sich weiter. Zwei Marshals, einer auf jeder Seite, setzten sich in Bewegung. Banish ließ sie gewähren. Er wagte nicht, sich zu rühren. Jetzt war die Pistole etwa auf seine Knie gerichtet. Er bereitete sich darauf vor, ihr nun auch die Waffe abzunehmen.

Das Mädchen sah noch einmal seinen Vater an, und wie in einer letzten Regung der Fügsamkeit hörten dann ihre Schultern auf zu zittern und blieben still. Aber auch die Waffe sank nicht weiter. Verharrte etwa bei Banishs Füßen, und Rebecca sah nun ihren Vater fest an. Nur Banish war nahe genug, um das Brennen in ihren Augen zu sehen, wie sich ihr Gesicht vor seinen Augen veränderte, als das Brennen alles andere verschlang. Flammen loderten heftig in ihren Augen, von der Blockhütte reflektierte und solche, die sich aus einer anderen Quelle nährten, und in einem Augenblick aufblitzender Intuition erkannte Banish, daß sie jetzt überhaupt nicht mehr ihren Vater ansah, sondern vielmehr den Mann, der hinter ihrem Vater stand, den Mann, der ihrem Vater Handschellen angelegt hatte, und daß sie die schwarze Hautfarbe dieses Mannes sah. Er sah es passieren, unmittelbar, bevor es wirklich passierte, ein Moment der reinsten Vision, und als er plötzlich zu ihr stürzte, nach vorn schnellte, kam ihre Waffe wieder hoch, und sie feuerte einen Schuß an ihm vorbei ab, bevor er sich auf sie und den Säugling werfen konnte, sie zu Boden schleuderte und hart auf beide fiel.

Blockhütte

Alles passierte auf einmal. Blood sah, daß sich der Arm des Mädchens nicht weiter senkte, und dann dieser Ausdruck auf ihrem Gesicht, wie Wind, der Sand von einer Sonnenuhr blies, und wie Banish vorsprang und die Waffe wieder hochkam und das Mädchen einen Schuß abfeuerte und hinter Ables Fagin nach hinten umstürzte, getroffen war. Sein Kopf schlug zurück, als er durch einen Schuß in die Brust von den Beinen gerissen wurde, und sein Körper fiel schnell, und der Rückschlag riß die Waffe in ihrer kleinen, weißen Hand hoch, und der leere Blick auf ihrem Gesicht – es war reiner Instinkt –, und neben ihr kamen die Gewehre der Marshals hoch, und Banish sprang durch die Luft und landete mit ausgestreckten Armen auf dem Mädchen und dem Jungen, er riß sie mit, bedeckte sie unter sich und stürzte zu Boden, die Gewehre der Marshals zuckten zurück und stießen Rauch aus. Das alles passierte auf einmal, Banish landete hart auf dem Mädchen mit dem Baby und der Waffe, und Ables wurde nach vorn gestoßen, als Fagin nach hinten hochgeschleudert wurde und bewegungslos auf der Erde liegenblieb.

Blockhütte

Er sah den Nachthimmel. Benommen rappelte er sich auf. Ein gottverdammt beschissener Schmerz in seiner Brust. Fagin stieß ein wütendes *»Jesus fucking Christ!«* aus und schaute hinunter und sah das Loch in seiner Jacke und riß sie auf und sah den zerfetzten Stoff. Er sah die Vertiefung in seiner kugelsicheren Weste. Scheiße, es tat weh. Genau auf das beschissene Brustbein. Schnell schaute er wieder auf, der Schmerz schoß in Bauch und Hals. Hatten sie die Kanone? Und wieso half ihm gottverdammt keiner?
Er kam auf die Knie, dann auf die Beine. Himmel, es tat beschissen weh. Ables lag neben ihm auf dem Bauch, die Hände auf dem Rücken gefesselt, unfähig sich zu bewegen. Fagin stolperte vorwärts, konnte ohne fremde Hilfe stehen. Mußte es auch. Niemand war in seiner Nähe. Er schaute hinüber und sah, daß Banish das Mädchen zu Boden geworfen hatte. Er bedeckte sie und das Baby mit

dem Körper, hielt sie immer noch am Boden fest, und die Kanone lag da. Die Marshals und FBI-Beamten zogen sich um sie zusammen. Blood hatte Banish als erster erreicht und berührte dessen Schulter. Dann sah Fagin zum ersten Mal die beiden Löcher in Banishs Rücken. Er sah das Blut wie rote Tinte in Banishs weißes Hemd sickern. Blood rollte ihn von den Kindern herunter, die hysterisch schrien. Banishs halb verbranntes Gesicht war erstarrt. Seine Augen suchten den Nachthimmel ab, seine Lippen bewegten sich fast lautlos.

Blockhütte

Blood war als erster bei ihm. Banish rührte sich nicht. Blood rief seinen Namen und berührte seine Schulter, das Mädchen und der kleine Junge unter Banish schrien. Dann sah Blood die Löcher in Banishs Rücken. Zwei deutliche Löcher, die sich rot füllten. Blood packte Banishs Schulter und rollte ihn von den Kindern herunter und trat schnell zurück. Banish starrte nach oben. Seine blauen Augen waren glasig, versuchten blinzelnd zu verstehen. Sein Gesicht wirkte träge, aschgrau, die Lippen öffneten und schlossen sich ohne Sinn. Hände griffen kraftlos nach der Erde. Blood machte einen ganzen, entsetzten Schritt zurück, dann stürzte er nach vorn und auf die Knie. Das Blut versickerte in einer Pfütze unter Banishs Rücken in der trockenen Erde, breitete sich schnell aus. Sein Kopf fiel schlaff auf eine Seite. Er sah die Kinder an. Blood griff nach Banishs Kopf und drehte ihn so, daß er zu ihm aufschaute. Blood brachte kein Wort heraus. Er versuchte es. Dann versagte Banishs schwacher Hals wieder, und sein Kopf fiel in die andere Richtung, und Blut strömte ihm wie roter Sirup aus dem Mund. Blood richtete ihn wieder auf, hielt jetzt mit beiden Händen seinen Kopf. Banish murmelte leise, unverständlich zunächst. Dann, keuchend: »Meine Frau anrufen.« Blood hörte, wie Fagin hinter ihm brüllte: *»Jemand soll einen beschissenen Sanitäter holen!«* Er spürte den Wirbelwind von Menschen, die plötzlich um sie herum rannten, die Last des Verstehens aller. Der Junge und das Mädchen wurden fortgezogen, sie schrien. Banish schaute an Blood vorbei auf. »Tut mir leid«, sagte er. »Tut mir leid.« Er entschuldigte sich wieder und wieder. Blood brüllte ihn an, irgendwas, hielt seinen Kopf hoch, sah zu, wie das rote Leben aus Banishs Mund strömte.

Blockhütte

Sie rollten ihn auf den Rücken, und er schaute zu den letzten hoch aufschießenden Flammen auf und zu dem schwarzen Turm aus Rauch, der sich in den Nachthimmel erhob. Ein dröhnender Hubschrauber zog langsam durch sein Blickfeld. Banishs Blick fiel nach links, und er sah Rebecca, und er sah Amos, und sein Blut war auf ihren schmutzigen Kleidern, aber die Waffe war fortgeschlagen worden, und sie weinten, und beide waren in Ordnung. Sie waren in Ordnung.

Wieder wurde sein Kopf bewegt, und er fragte nach seiner Frau. Er bat darum, daß Molly und Nicole sofort zu ihm gebracht wurden. Falls er überhaupt sprach, dann sagte er das. Er versuchte zu sprechen. Er war jetzt nur noch ein Kopf, nichts mehr in seinen Armen oder Beinen oder in seiner Brust außer der Schwere, die nicht wirklich prickelnd war, sondern nicht mehr da und vorbei.

Er sah Blood über sich. Der Hut des Indianers war verschwunden, und seine langen schwarzen Haare hingen herab, und er sah verzweifelt aus, rief irgend etwas laut. Er

sagte Blood, er solle seine Frau und seine Tochter holen und sich dabei beeilen. Er mußte es ihnen sagen. Es war nie zu spät. So hieß es doch immer in den Songs. Es war nie zu spät. Jetzt sah er Fagin, er lebte. Andere schauten mit erstarrten Gesichtern zu ihm hinunter. Kearney, dessen Gesicht fassungslos war. Coyle in Tränen. Perkins. Die Rauchfahne hinter ihnen.
Er sah den Rauch und das Feuer und den Hubschrauber und die Äste und die Nacht. Er hörte jetzt laut das Klingeln im Kopf. Das Klingeln. Er bekam seine Verbindung zu Molly. »Tut mir leid«, sagte er. Er sagte es wieder und wieder. »Tut mir leid.« Alles in ihm entspannte sich. »So leid«, sagte er. Der Rauch und das Feuer und die Nacht. »Verzeih mir«, sagte er. Alles, was er jemals jemandem angetan hatte, den er jemals verletzt hatte.
Blood brüllte ihn jetzt an. Fagin machte Zeichen. Sanitäter beugten sich über Banish, schüttelten ihn. Richteten Taschenlampen auf ihn, sprachen zu seinem Gesicht.
Über manche Dinge kann man nicht verhandeln. Manche Dinge sind unabänderlich und weder verhandelbar noch verhandlungsfähig. Banish entspannte sich vollkommen und ließ seinen Blick abwandern, ganz sanft, wie ein sich abspulendes Band.

Kommandozelt

[BELAGERUNG, S. 83]
SA Banish verstarb am 10. August 1993 um 22 Uhr 47 (Mountain Time). Sein Leichnam wurde auf einen Militärlastwagen geladen, nach Paradise Ridge überführt und zur Obduktion ins FBI-Hauptquartier nach Washington D.C. geflogen. Der Bereich wurde zum Tatort eines Verbrechens erklärt und abgesperrt, und sämtliche Waffen mußten zur ballisti-

schen Überprüfung abgegeben werden. Angehörige der Presse wurden kurzfristig in Gewahrsam genommen, Filme und Videoaufzeichnungen als Beweismaterial beschlagnahmt.
Die spätere offizielle Entscheidung über SA Banishs Ableben als Tod durch Unfall war angemessen und die Abweisung aller Anklagepunkte gegen die beiden Deputy Marshals gerechtfertigt. Von keinem einzelnen Polizeibeamten oder einer Personengruppe konnte gesagt werden, daß ihm oder ihnen eine Schuld zuzusprechen war oder er oder sie sich in der Folge des versuchten Mordes an Deputy Marshal Fagin durch Rebecca Ables einer Überschreitung seiner oder ihrer Kompetenzen schuldig gemacht hatten.

Zum eigentlichen Gegenstand dieses Berichtes, zur Person von Special Agent John Banish:
Wie am 4. August 1993 telefonisch von Assistant Director Richardsen, GID, angewiesen, habe ich mich während der neuntägigen Operation BELAGERUNG in Montana so weitgehend wie möglich in der Nähe von SA Banish aufgehalten und seine täglichen Aktivitäten überwacht, nachts persönlich AD Richardsens Büro Bericht erstattet und Notizen und Beobachtungen aufgezeichnet, wie sie hier verschiedentlich wiedergegeben werden. Zusammenfassend stelle ich fest, daß ich nicht in der Lage bin, weder genau und umfassend den Geisteszustand und die psychische Verfassung von SA Banish zu beurteilen noch zu sagen, welche Einschränkungen sich daraus für sein logisches Denken ergeben oder nicht ergeben haben, soweit sie Auswirkungen auf seine Entscheidungsfähigkeit im Verlauf der Belagerung hatten. Jedoch kann ich meinen Eindruck bezüglich SA Banishs Leistung im Vergleich mit jenen Verhaltensschemata anbieten, wie sie allgemein als angemessen für einen Bundesbeamten angesehen werden.

SA Banishs Methoden waren unorthodox. SA Banishs Handlungen waren fragwürdig und oft verwirrend, und seine Motivationen für diese Handlungen rätselhaft und gelegentlich jedem außer ihm selbst absolut unbekannt. SA Banish war inkonsequent sowohl in der Befolgung der grundlegenden Vorgehensweisen für Unterhändler als auch für normale Beamte, und wenigstens bei zwei in diesem Bericht näher ausgeführten Fällen hat er ganz offen eindeutige Befehle des Bureaus mißachtet oder im günstigsten Fall einfach nicht zur Kenntnis genommen. Das Vertrauen der verschiedenen Polizeibehörden in seine Person schwankte im Verlauf der Belagerung erheblich, muß jedoch insgesamt auf einem Niveau unterhalb der Minimalanforderungen eingestuft werden, das zu erlangen von jedem leitenden Beamten einer Operation erwartet wird. SA Banish besaß praktisch keine Fähigkeiten der Menschenführung, und seine Persönlichkeit – das heißt sein Auftreten, wie es sich durch seine Führungsqualitäten darstellte – war bestenfalls als unnahbar zu bezeichnen.

Nachdem all dies gesagt ist, sehe ich mich jedoch nicht in der Lage, mich denjenigen Stimmen anzuschließen, die in jüngster Zeit SA Banishs Leistungen auf dem Paradise Ridge in Bausch und Bogen verdammen. Ich habe festgestellt, daß SA Banish sich trotz seiner zahlreichen Unzulänglichkeiten vollkommen auf den ihm übertragenen Fall konzentriert und sich jederzeit und mit ganzem Herzen der erfolgreichen Lösung der Operation BELAGERUNG gewidmet hat. Ferner muß ich den Berichten von SAC Perkins und anderen bezüglich SA Banishs beruflichem Verhalten mit so einfachen Worten wie möglich widersprechen: Zu keinem Zeitpunkt während meiner zahlreichen täglichen Gespräche mit SA Banish habe ich irgendeinen Anhaltspunkt für Alkoholmißbrauch vermutet, gespürt oder anderweitig festgestellt. Unbegründete Behauptungen bezüglich SA Banishs Betragen können nur dazu dienen, diese bereits ohnehin schwierige und komplizierte Ermittlung nach Abschluß der Operation weiter zu verdunkeln. SA Banish wurde unter ungewöhnlichen Umständen mit der Weisung nach Paradise Ridge versetzt, die dort stattfindende heikle, unter großem öffentlichen Interesse stehende Belagerungssituation zu beenden und die Festnahme des mutmaßlichen Täters herbeizuführen, gleichzeitig jedoch jeden weiteren Schaden von der als Geiseln genommenen Familie abzuwenden. Wenn man einen Augenblick die Frage des Todes von Marjorie Ables, mit dem diese innerbehördliche Untersuchung primär beschäftigt ist, und den Tod von Judith Ables, der sich vor SA Banishs Ankunft ereignete, unberücksichtigt läßt, dann hat SA Banish die Operation BELAGERUNG erfolgreich und zu einem außergewöhnlich hohen persönlichen Preis beendet. SA Banish hat alle vier Ables-Kinder in Sicherheit gebracht, wobei er ohne Hilfe die Leben des ältesten und des jüngsten auf Kosten des eigenen Lebens rettete. In diesem Licht gesehen halte ich die jüngsten heftigen Angriffe gegen SA Banish und die erneute Infragestellung seines Rufs durch SAC Perkins und andere nicht nur für irrig sondern auch, ganz offen gesagt, für höchst bedauerlich.

Zur Ergänzung dieses Berichts möchte ich um ein persönliches Gespräch bitten, Sir.

SA Mary Grace Coyle
26. Oktober 1993
Butte, Montana
[Unterschrift, mit
Initialen versehen]

[Stempelaufdrucke »TELEX« und »VERTRAULICH«]

1 – Mr. Richardsen
1 – Mr. Carlson
1 – Mr. Frankson
1 – Mr. Lewis
1 – Mr. Patrick

[Vermerk auf dem unteren Rand der Seite:]
Diese Anmerkungen stellen weder die Empfehlung noch die abschließende Auffassung des FBI dar. Dieser Bericht dient ausschließlich internen Zwecken.

John le Carré

Unser Spiel

Roman

Titel der Originalausgabe: *Our Game*
Deutsch von Werner Schmitz

John le Carrés neuer Roman ist ein einmaliges literarisches Leseabenteuer, die atemberaubend spannende Geschichte des ehemaligen britischen Geheimdienstmannes Tim Cranmer, der seine Geliebte an seinen früheren Doppelagenten verliert. Die Suche nach den beiden Verrätern führt ihn quer durch das heutige Rußland bis in den von Nationalitätenkonflikten erschütterten Kaukasus.

». . . hellsichtig, spannend und mit einem Helden, der einer wie le Carré ist.« *Der Spiegel*

Erik Fosnes Hansen
Choral am Ende der Reise

Roman

Titel der Originalausgabe: *Salme ved reisens slutt*
Aus dem Norwegischen von Jörg Scherzer
Leinen

Ein mitreißender Roman über die sieben Musiker auf der »Titanic« und ein literarisches Porträt Europas vor dem Ersten Weltkrieg.
Selten treffen in einem Roman literarisches Können, historische Recherche und spannende Unterhaltung so zusammen wie in diesem Buch.

»*Choral am Ende der Reise* ist nicht nur eine große klassische Erzählung von Reifeprozeß und Erfahrung, von Freundschaft und Liebe, von Heranwachsen und Untergang. Es ist gleichzeitig mit seiner Gelehrtheit und röntgenartigen Genauigkeit ein überaus modernes Porträt der Schönheit und Selbstdestruktion der europäischen Kultur.« Peter Høeg

Kiepenheuer & Witsch

Reg Gadney
Totzeit

Roman

Titel der Originalausgabe: *Just when we are safest*
Aus dem Englischen von Birgit Lamerz-Beckschäfer
Leinen

Ein tödlicher Anschlag auf eine Polizistin und ein Bombenattentat erschüttern London. Bei der Aufklärung der Terrorakte sieht sich Alan Rosslyn, Mitglied einer Sondereinheit, nicht nur einer kaltblütig agierenden Terroristin gegenüber, sondern auch Korruption und Verrat innerhalb der britischen Geheimdienste. Dieser spannende Thriller fesselt durch eine außergewöhnliche Handlung und die bitterböse Darstellung der zwielichtigen Welt der Geheimdienste.

E. L. Doctorow
Das Wasserwerk
Roman

Titel der Originalausgabe: *The Waterworks*
Aus dem Amerikanischen von Angela Praesent
Leinen

Vor dem Hintergrund eines furiosen Zeitgemäldes erzählt E. L. Doctorow die Geschichte des jungen Journalisten Martin Pemberton, der 1871 in New York in ein gespenstisches Abenteuer gerät. Mit Elementen des Detektiv- und Schauerromans durchwoben, zeigt dieser spannende Roman E. L. Doctorows literarische Meisterschaft.

»Einer der bedeutendsten Schriftsteller Amerikas.«
Publisher's Weekly

Bret Easton Ellis
Die Informanten

Titel der Originalausgabe: *The Informers*
Deutsch von Clara Drechsler
Leinen

»Eine scharf beobachtete, düster-witzige Anklage gegen eine von Geld, Autos und Drogen saturierte Kultur.«
Times Literary Supplement

Geld, Autos und Drogen – B. E. Ellis über Los Angeles in den 80ern

Kiepenheuer & Witsch

Charles Bukowski
Ausgeträumt
Roman

Titel der Originalausgabe: *Pulp*
Deutsch von Carl Weissner
Leinen

Nick Belane, der Held von Charles Bukowskis letztem Roman, hat als Privatdetektiv mehrere absurde Fälle zu lösen. Witzig, spritzig, melancholisch, parodistisch, ist dieser spannende Roman ein selbstironisches Adieu des alten Mannes aus L. A.

Kiepenheuer & Witsch